Ariel Kaplan

Wer kapiert schon, was Liebe ist

Ariel Kaplan

WER KAPIERT SCHON, WAS LIEBE IST

Aus dem Amerikanischen
von Mareike Weber

cbt

Bei diesem Buch wurden die durch das verwendete Material und die Produktion entstandenen CO_2-Emissionen ausgeglichen, indem der cbj Verlag ein Projekt zur Aufforstung in Brasilien unterstützt.
Weitere Informationen zu dem Projekt unter:
www.ClimatePartner.com/14044-1912-1001

MIX
Papier aus verantwortungsvollen Quellen
FSC® C014496
FSC
www.fsc.org

Wir produzieren
Klimaneutral
ClimatePartner.com/14044-1912-1001
Druckprodukt

Penguin Random House Verlagsgruppe
FSC® N001967

1. Auflage 2022
Erstmals als cbt Taschenbuch Juni 2022

Die Originalausgabe erschien 2019 unter dem Titel »We are the Perfect Girl«
bei Alfred A. Knopf, einem Imprint der
Verlagsgruppe Penguin Random House LLC, New York

Übersetzung: Mareike Weber
Motto zitiert nach: Edmond Rostand »Cyrano von Bergerac«
in der Übersetzung von Ludwig Fulda
Umschlaggestaltung: Kathrin Schüler, Berlin
unter Verwendung eines Fotos von © Shutterstock (pio3)
MP • Herstellung: AJ
Satz: KCFG – Medienagentur, Neuss
Druck: GGP Media GmbH, Pößneck
ISBN 978-3-570-31335-0
Printed in Germany

www.cbj-verlag.de

Für Paul
und die 25 Jahre.
Falls es ein griechisches Wort dafür gibt,
kenne ich es nicht.
Zum Glück gibt es Emojis.

😸

Dem Herzen bind ich aus Scham den Geist als Maske vor
Und muss mich, wenn ich Sterne möchte pflücken,
Aus Angst vor Spott nach Redeblümchen bücken.

Cyrano von Bergerac

Kapitel 1

Manchmal, wenn ich abends im Bett liege und an die dunkle Zimmerdecke starre, denke ich, das größte Problem in unserem Sprachraum ist, dass wir nicht kapieren, was Liebe ist.

Es ist eine Sache des unzureichenden Wortschatzes, so sehe ich das. Wir kennen nur ein Wort dafür: *Liebe*. Und das soll dann *alles* bedeuten, dabei ist es hölzern und ungenau und führt zu Missverständnissen, Wut und Frust und Tränen.

Die alten Griechen hatten ein besseres System: mehrere Wörter für Liebe, ein Liebeswort für jede erdenkliche Situation. Liebst du einen Freund, empfindest du *Philia*. Liebst du deine Mom, ist es *Storge*. Liebst du den supersexy Typen, der dir in Biologie gegenübersitzt, ist es *Eros*. Und wenn du so etwas wie eine große kosmische, bedingungslose Liebe für Gott oder das Universum oder deine Mitmenschen fühlst, ist es *Agape*.

Es gibt sogar noch weitere Begriffe, aber das sind die wichtigsten. So vertreten wir heute zwar erfreulicherweise Anschauungen wie »Liebe ist Liebe«, aber natürlich ist *Eros* etwas anderes als *Storge*, es sei denn, du heißt Ödipus und dann hast du ohnehin ein Problem. Jedenfalls, die Genauigkeit des griechischen Systems hat mir schon immer gefallen.

Ich schätze, *Philia* ist wahrscheinlich mein Lieblingsbegriff. *Agape* verstehe ich nicht so wirklich und *Eros* ist etwas, womit ich wohl nie persönlich Erfahrung machen werde. Aber *Philia*, das ist Liebe für die Massen. Einen Freund hat *jeder*. Das hoffe ich zumindest.

Meine Hauptquelle für *Philia* ist Bethany Newman, die meine beste Freundin ist, seit wir acht waren. Ich habe auch noch andere Freunde, klar, aber Bethany ist etwas Besonderes, weil sie mich anguckt und mich genau so sieht, wie ich bin. Dafür philia ich sie echt.

Heute Morgen jedoch empfand ich nicht allzu viel *Philia* für sie, als ich aufwachte und sie auf meinen Knien hocken sah. Sie schaute mich mit einem breiten Lächeln an – *vieeel* zu breit, um es gleich nach dem Aufwachen zu verkraften. Es war mehr so ein Nachmittagslächeln. Ein »Ich hab schon zwei Tassen Kaffee gehabt«-Lächeln.

»Aua«, sagte ich.

»Das Freibad macht heute auf«, antwortete sie und machte einen kleinen Hüpfer. »Hast du das vergessen?«

In gewissem Sinne wohl schon, schließlich hatte ich eben noch geschlafen. Unsere Stadt hatte mit Steuergeldern geprasst und in einem unserer Freibäder ein Heizungssystem installiert, weshalb es schon am ersten Mai öffnete statt am Memorial-Day-Wochenende wie die restlichen Freibäder in der Gegend. Jetzt erinnerte ich mich daran, dass wir am Abend beschlossen hatten hinzugehen, aber ich erinnerte mich nicht daran, zugestimmt zu haben, dafür im Morgengrauen aufzustehen.

»So biegsam sind meine Knie nicht«, sagte ich und schob Bethany zur Seite. »Warum weckst du mich auf, um mir vom Freibad zu erzählen?«

»Wir wollten doch vorher noch shoppen gehen!«, rief sie. »Vor einer halben Stunde! Es ist halb zwölf.«

»Ist es nicht«, sagte ich, aber es sah tatsächlich ziemlich hell aus draußen. Ich hatte doch meinen Wecker auf zehn gestellt. Oder etwa nicht? Ich war mir ziemlich sicher, dass ich das getan hatte. Ich tastete auf meinem Nachttisch nach meiner Brille und dann nach meinem Handy.

»Wo ist mein Handy?«

»Keine Ahnung. Komm schon, Aphra, steh auf.«

Ich setzte mich langsam auf. Es war kein normaler Shopping-Trip, den Bethany im Sinn hatte; es war *Badeanzug*-Shopping und das ist die furchtbarste Art von allen. Grelles Licht. Spandex. Diese Hygienefolie, die mir auch kein besseres Gefühl gibt, einen Badeanzug anzuprobieren, den schon fünfzig andere Leute anprobiert haben, selbst mit Unterwäsche.

Trotzdem hatte ich mich bereit erklärt mitzugehen, denn Bethany war letzte Woche mit einem Plan zu mir gekommen, und das ist so eine Seltenheit, dass ich das Gefühl hatte, mitmachen zu müssen.

Der Plan war am Abend des Schulballs beschlossen worden. Bethany und ich waren mit einem Haufen anderer Mädchen zum Ball gegangen und hatten dort Greg D'Agostino mit seinen Kumpels aus dem Schwimmteam gesehen. Er trug einen Smoking und sah wahrscheinlich sogar noch sexyer aus als sonst.

Bethany wollte unbedingt mit ihm tanzen und brauchte fast den ganzen Abend dafür, den Mut zu sammeln, um ihn zu fragen. Gegen 22:30 Uhr beschloss sie, während eines langsamen Songs an ihm vorbeizugehen – in der Hoffnung, dass er den Wink verstehen würde.

Nur dass er zu diesem Zeitpunkt schon gegangen war.

Also hatten wir jetzt einen Plan, Bethanys Bikini-bekleideten Körper in Greg D'Agostinos Blickfeld zu schubsen, bis er sie auf magische Weise bemerkt, sich in sie verliebt (eigentlich müsste man von *Eros* sprechen, aber Bethany würdigt die griechische Sprache nicht so wie ich) und dann … ich bin nicht sicher, was danach passiert. Ich nehme an, vielleicht wird er sie zu einem Date einladen? Und dann werden sie zusammen ausgehen. Und vielleicht wird Bethany dann, wenn es gut läuft, auch in der Lage sein, mehr als vier Worte mit ihm zu wechseln.

Dass ich da noch so meine Zweifel hatte, sagte ich Bethany nicht, denn ich bin sicher, das weiß sie schon.

Ich quälte mich aus dem Bett, pfropfte mir meine Kontaktlinsen in die Augen – ich schwöre, es hat nichts mit Eitelkeit zu tun; Brillen nerven mich einfach –, zog mir etwas an und machte mich auf die Suche nach meinem Smartphone. Es befand sich in den Händen meines kleinen Bruders Kit, der damit *Minecraft* spielte. Unser Kater Walnut hatte sich auf seinem Schoß zusammengerollt, während Kit ihn als flauschigen Lapdesk benutzte.

»Warum nimmst du das Handy?«, fragte ich und deutete auf unseren Laptop, den er auf dem Couchtisch stehen gelassen hatte.

»Ich hab mein Zeitlimit überschritten«, antwortete Kit, ohne aufzublicken.

Unsere Eltern haben den Familiencomputer so eingestellt, dass er Kit nach einer Stunde rausschmeißt, damit sein kleines Hirn nicht ganz verkümmert.

»Dann mach halt was anderes«, sagte ich. »Wie kommst du überhaupt an mein Handy?«

»Es lag neben deinem Bett.«

»Du kannst es doch nicht einfach klauen, während ich schlafe!«

»Du brauchtest es doch gerade nicht.«

»Hat mein Wecker nicht geklingelt?«

»Oh.« Er sah auf. »Ich wusste nicht, was das war. Ich hab es ausgeschaltet.« Er beendete sein Spiel und gab mir mit zerknirschtem Blick das Handy zurück, denn er weiß, dass Bethany und ich in der Rudermannschaft sind und am Samstagmorgen meistens eine Regatta haben. »Sorry. Kommt ihr jetzt zu spät zu eurem Bootsrennen?«

»Ich bin nicht böse«, sagte ich und tätschelte seinen Kopf. Kit ist erst neun und ich finde, er hat die weichsten Haare der Welt, wie der Flaum eines Entenkükens. Irgendwann wird er wahrscheinlich nicht mehr wollen, dass ich ihm den Kopf tätschele, also koste ich das jetzt voll aus, denn ich bin geradezu süchtig danach. Außerdem ist er der einzige von meinen Geschwistern, mit dem ich noch rede, und ich bin nicht bereit, mir das wegen eines geklauten Handys kaputtmachen zu lassen. »Heute war gar keine Regatta«, sagte ich. »Wo sind Mom und Dad?«

»Dad ist beim Einkaufen. Mom schläft noch.«

Meine Eltern sind beide Professoren an der George-Mason-Universität: Mom unterrichtet Englisch, Dad unterrichtet mittelalterliche Geschichte und Mom hat freitags eine Abendklasse und schläft deshalb am Samstagmorgen gerne aus. Diesmal aber war es ziemlich spät, selbst für ihre Verhältnisse.

»Du solltest sie aufwecken«, sagte ich. »Ich gehe jetzt mit Bethany los.«

»Kann ich mitkommen?«

»Du würdest dich tierisch langweilen«, sagte ich. »Wir gehen einkaufen.«

»Süßigkeiten?«, fragte er erwartungsvoll.

»Ja, warum nicht Süßigkeiten?«, fragte ich Bethany. »Das würde bestimmt mehr Spaß machen.«

»Nix mit Süßigkeiten«, sagte Bethany. »Badeklamotten.« Sie beugte sich hinunter und wir gaben meinem Bruder einen Kit-Kuss, das heißt, ich küsste eine Wange und Bethany die andere. Das haben wir schon gemacht, als er noch ein Baby war, und eines Tages wird er sich wahrscheinlich auch dagegen sträuben. »Aber nachher gehen wir ins Freibad, wenn du mitkommen willst.«

»Kann ich da auf deinem Handy weiterspielen?«

»Nein«, sagte ich. »Aber du kannst schwimmen.«

Er zog eine Grimasse.

»Ich kauf dir auch ein Toffee-Eis«, versprach ich.

Er verzog noch einmal das Gesicht.

»Ich lass dich auch noch die Hälfte von meinem Eis essen. *Cookie-Wich*«, bot ich ihm an.

»Wenn du mich das ganze essen lässt, verspreche ich, nie wieder dein Handy zu klauen.«

»Tut mir leid«, sagte ich. »Ich verhandele nicht mit Terroristen.«

»Du bist gemein.«

Ich strubbelte ihm noch einmal durch die Haare und sagte: »Obergemein.«

Eine halbe Stunde später waren wir im Einkaufszentrum und hatten uns mit einem Haufen Badeklamotten in einer Umkleidekabine des *Wet Seal* häuslich eingerichtet.

Ich stand mit einem Arm voller Badeanzüge da, die Bethany aussortiert hatte, während sie sich in einen Einteiler mit so einem komischen Spinnennetz-Ausschnitt in der Mitte zwängte.

»Das gibt die unmöglichsten Bräunungsstreifen«, meinte ich.

Sie sah in den Spiegel. Also, Bethany hat wirklich einen durchtrainierten Bauch, aber dieses Teil sah selbst bei ihr nicht gut aus. »Das ist ja furchtbar«, schimpfte sie. »Wer hat sich denn das Design ausgedacht?«

»Das ist wohl das Modell zum Film *Schweinchen Wilbur und seine Freunde*«, sagte ich. »Nur, dass die Spinne Charlotte dann Bräunungsstreifen wie *Grandios!* oder *Glänzend!* hinterlassen müsste.«

»Oder *Was für ein Schwein!*«, sagte sie und wir prusteten beide los. Die Frau in der Umkleidekabine neben uns stieß ein mürrisches »*Grumpf!*« aus.

»*Pscht*«, sagte ich. »Beim Badeanzug-Shopping wird nicht gelacht. Das ist eine todernste Angelegenheit.«

»Todernst«, wiederholte Bethany mit gedämpfter Stimme.

»Das Schicksal der Welt steht auf dem Spiel«, sagte ich. »Ich meine, echt jetzt. Dieser Badeanzug könnte glatt jemanden umbringen.«

»Denjenigen, der ihn anhat, oder denjenigen, der ihn anguckt?«

»Beide wahrscheinlich«, sagte ich. Bethany war schon dabei, sich die Träger von den Schultern zu streifen, denn wir sind schon so lange befreundet, dass Sich-Genieren überhaupt kein Thema mehr ist zwischen uns. Ich reichte ihr das nächste Teil, einen blauen Bikini mit Hibiskusblüten darauf. Sie zog ihn an und drehte sich zum Spiegel um. »Der gefällt mir«, sagte sie. »Das Oberteil gibt echt gut Halt.« Sie wiegte sich versuchsweise hin und her und nichts fiel heraus.

»Sieht gut aus«, stimmte ich ihr zu.

»Hier, sie haben auch einen in Rot«, sagte Bethany und fischte mir einen Bikini mit weißen Tupfen aus dem Haufen. »Den solltest du mal anprobieren. Siehst du, er ist sogar runtergesetzt.«

»Ach«, sagte ich. »Nee.«

»Du trägst doch immer Rot.«

Das stimmt allerdings … ich kaufe jedes Mal einen roten *Badeanzug*. Einen roten einteiligen Badeanzug. Nach meiner Auffassung sollte Badekleidung zweckmäßig sein, und das bedeutet, sich nicht an Stellen eincremen zu müssen, die man in aller Öffentlichkeit lieber nicht berühren will.

Unglücklicherweise hatten sie an diesem Tag im *Wet Seal* keine roten Einteiler. Bethany hielt mir den Bikini unter die Nase. »Es ist deine Farbe«, sagte sie. »Und er kostet nur zwölf Dollar.«

»In Ordnung«, sagte ich. Ich zog den Bikini an und trat aus der Umkleidekabine, um in den dreiseitigen Spiegel zu sehen. Eine Verkäuferin war dabei, die anprobierten Badeanzüge auf Bügel zurückzuhängen; die mürrische Frau aus der anderen Kabine hatte anscheinend das Feld geräumt, um ein seriöseres Bademodengeschäft aufzusuchen. Ich stand vor dem Spiegel und streckte meine Arme zu beiden Seiten aus, um mich von Bethany inspizieren zu lassen.

»Oh«, sagte sie.

Die Beinausschnitte waren so eng und hoch geschnitten, dass ich aussah wie ein segmentiertes Insekt. »Sieht aus, als wär mir ein zweiter Hintern gewachsen«, meinte ich. »Das ist wohl kaum der richtige Look für mich.«

»Sie brauchen ein größeres Höschen«, sagte die Verkäuferin. »Aber das Top ist okay. Ich meine, diese Seite ist okay.« Sie zeigte auf meine linke Brust.

Ich sah an mir hinunter. *Tja*. Die Sache ist die: Eine meiner Brüste ist eine Körbchengröße größer als die andere. Ich habe mir sagen lassen – und das unzählige Male! –, dass so etwas häufig ist. *Sehr* häufig. Und es nervt. Ich habe festgestellt, wenn ich die Träger meines BHs auf der linken Seite ganz festziehe und Kleidung anhabe, fällt es meistens nicht auf. Aber mit Bikini? Eine ausnehmend schöne Schieflage. Meine linke Brust sah toll aus. Meine rechte sah … irgendwie traurig aus.

»Ich kann Ihnen einen Cookie geben«, schlug die Verkäuferin vor.

»Ich liebe Kekse«, sagte ich. »Allerdings weiß ich nicht, wie das helfen sollte. Es sei denn, Sie können das ganze Fett aus dem Cookie dazu bringen, sich in meiner rechten Brust zu metabolisieren.«

Sie lachte. »Nein, ich rede von einer kleinen Einlage, die man in das Bikinioberteil legen kann, um Ihre kleinere Seite etwas größer zu machen. Es gleicht das Ganze einfach etwas aus.«

»Fällt das nicht auf?«

»Nee, die sind aus Silikon«, sagte sie. »Das sieht total natürlich aus.«

»Okay«, sagte ich. »Dann mal her mit der falschen Titte.«

»Das ist keine falsche Titte«, flüsterte Bethany, als die Verkäuferin in einem Hinterzimmer verschwand. »Es ist ein *Cookie*.«

»Wo ist da der Unterschied?«, fragte ich.

Die Verkäuferin tauchte mit einem kleinen mond-förmigen Teil aus bräunlichem Silikon wieder auf und wies mich an, es unten in das Bikinioberteil zu legen und dazu eine größere Hose anzuprobieren.

»*Wow*«, rief Bethany. »Was für ein Vorbau!«

Ich sah in den Spiegel. Mein Torso hatte noch nie so gut ausgesehen, das musste ich zugeben. Von meinem Hinterteil war allerdings immer noch viel zu viel zu sehen.

»Ich weiß nicht«, sagte ich.

»Nimm ihn«, drängelte Bethany. »Nimm ihn, nimm ihn. Dann können wir später ins Freibad gehen.«

Ich stupste den Silikon-Cookie durch das Bikini-Top an. »Und das verrutscht wirklich nicht?«, fragte ich. »Auch nicht beim Schwimmen und so?«

»Bestimmt nicht«, versicherte mir die Verkäuferin. »Versprochen.«

Arbeiten Sie auf Provision?, dachte ich. Aber ich sprach es nicht aus, weil es mir irgendwie unhöflich vorkam und ich mir außerdem nicht vorstellen konnte, was für eine Provision sie für den Verkauf eines Zwölf-Dollar-Bikinis bekommen würde. Stattdessen starrte ich mich in dem dreiseitigen Spiegel an, drehte mich nach rechts und dann nach links und musterte vor allem meine Brust, die tatsächlich fantastisch aussah. Die anderen Teile von mir, die weniger gut aussahen, versuchte ich zu ignorieren. Davon gab es einige.

Ich habe mich selbst nie hingesetzt und meine zahlreichen Unvollkommenheiten katalogisiert, aber wenn du ein weibliches Geschöpf bist und in dieser Welt lebst, fühlen sich die Leute ohnehin genötigt, dir diese Dinge mitzuteilen. Daher bin ich mir bewusst, dass ich nicht nur zwei ungleiche Brüste habe, sondern auch zu breite Schultern (was durch meine Mitgliedschaft im Ruderteam nicht gerade besser geworden ist) und zu kleine Augen. Ich habe ein kleines Kinn, praktisch keine Wangenknochen, kräftige Beine und, nicht zu vergessen, einen Höcker auf meinem Nasenrücken, der für sich genommen schon nicht gerade klein ist.

An den meisten Tagen kratzt mich das alles überhaupt nicht. Ich weiß, es ist eine radikale Haltung, ein schlichtes Mädchen zu sein, das nicht heimlich von einer Typveränderung träumt, aber ich tue das wirklich nicht. Was natürlich auch damit zusammenhängt, dass jede noch so extreme Typveränderung der Welt nichts fundamental daran ändern wird, wie ich aussehe. Ich sehe dann einfach aus wie ich, bloß mit mehr Make-up. Ich, bloß ein winziges bisschen dünner. Ich, bloß mit einer neuen Frisur.

Im Großen und Ganzen ist das nichts, was mir etwas ausmacht, denn diese Einsicht erlaubt mir, mich nicht ständig mit meinem Äußeren zu beschäftigen. Wenn es etwas ist, das ich nicht ändern kann, dann hat es auch keinen Zweck, sich deshalb verrückt zu machen. Es ist schließlich nicht so, dass mein Selbstwertgefühl davon abhängt, ob mich irgendwelche Typen abschleppen wollen oder nicht.

Im Grunde bin ich ein in sich ruhender, glücklicher Mensch. Das weiß ich, weil ich das jeden Montag fünfzig Minuten lang meiner Therapeutin erzähle.

Ich strich mir die Haare hinter die Ohren und begutachtete mein Spiegelbild. Das schlichte Mädchen im roten Bikini, das war schon ein radikaler Akt.

»Nimm ihn«, flüsterte Bethany mir ins Ohr.

Also kaufte ich den Bikini. Und dann ging ich mit Bethany ins Freibad.

. . .

Die Einlage in der rechten Seite meines Bikini-Tops fühlte sich ziemlich eklig und verschwitzt an, aber sie ließ meine Brüste großartig aussehen, also versuchte ich, sie zu ignorieren. Wir reichten Shannon Garcia, die mit uns zur Schule geht, unsere Saisonkarten und gingen durch den Schließfachraum.

Dann traten wir auf das Holzdeck des Freibads. Kit, der durch die Männerumkleide gegangen war, rannte zu ein paar Schulfreunden, die am flachen Ende des Pools Fangen spielten. »Vergiss nicht mein Toffee-Eis!«, rief er.

»Renn nicht auf dem Deck!«, rief ich zurück, und wir sahen zu, wie er mit einem Bauchplatscher im Pool landete. Seine Freunde kreischten, als er sie mit dem kalten Wasser nass spritzte. Es hat irgendwie etwas Befreiendes, kleine Kinder im Freibad zu sehen: Sie sind einfach nur da, um Spaß zu haben, und das ist alles.

Bethany packte mich am Arm. »*Ohmeingott*«, sagte sie. »*Ohmeingott.*«

»Was?«

Sie deutete mit einer ruckartigen Kopfbewegung auf den Sitz des Rettungsschwimmers. Ich schirmte meine Augen ab und sah zu dem gebräunten Körper hinauf. Ich musste die Augen zusammenkneifen, um im grellen Sonnenlicht zu erkennen, wer es war – er trug eine Sonnenbrille und sein Gesicht war nur im Profil zu sehen. Es war *Greg D'Agostino*, und er sah noch genauso blendend aus wie beim letzten Mal, als ich ihm begegnet war. Nämlich gestern. Ich weiß nicht, warum

Bethany so tat, als wäre sein Anblick eine Überraschung, zumal das doch im Grunde der alleinige Zweck unseres Besuchs im Freibad war: Wir wollten Greg sehen oder, präziser ausgedrückt, *er* sollte *Bethany* sehen.

Wir waren nicht die einzigen, die Greg in seiner halb nackten Pracht bemerkt hatten. Auf der gegenüberliegenden Seite des Pools saß eine ganze Schar von Mädchen, mit bester Sicht auf den Rettungsschwimmerturm. Sie versuchten nicht einmal so zu tun, als würden sie nicht glotzen. Greg versuchte sein Bestes, so zu tun, als ob er es nicht bemerkte. Oder vielleicht behielt er auch einfach nur den Pool im Auge. Was ja wohl auch sein Job war.

Er sah auf, als wir hinübergingen und uns links von ihm einen Platz suchten. Sein Blick ruhte nicht eine Sekunde auf mir und meinem perfekten, symmetrischen Busen. Doch an Bethany in ihrem blauen Bikini blieb er hängen.

Das hatte ich erwartet. Ehrlich, Bethany ist unbestritten das hübscheste Mädchen, das ich je gesehen habe. Ich schätze, sie ist wahrscheinlich das hübscheste Mädchen, das die meisten Leute je gesehen haben. Doch ich schwöre bei Gott, ich bin nicht eifersüchtig. Ich hab gesehen, wie die Leute sie deshalb behandeln, und meiner Meinung nach ist es eigentlich besser, normal auszusehen.

Bethany merkte, dass er sie beobachtete, und stand gleich etwas aufrechter. Was nichts anderes bedeutete, als dass sie ihre Brust noch etwas weiter rausstreckte.

Ich verdrehte ein wenig die Augen. Gregs Augen konnte ich natürlich nicht sehen, wegen der Sonnenbrille, aber sein Gesicht war uns noch zugewandt. Ich hatte schon mein Handtuch auf einem der Liegestühle ausgebreitet und setzte mich, aber Bethany blieb noch stehen. Sie setzte einen Fuß auf die Liege und begann, Sonnencreme auf ihr Bein zu sprühen.

Ich schnaubte, denn sie hatte sich schon eingecremt, bevor wir das Haus verlassen hatten. Ich sah zu, wie sie das Prozedere mit dem anderen Bein wiederholte.

»Er schaut immer noch her«, zischte sie mir zu. »Los, creme dich auch ein.«

»Er guckt doch nicht auf *meine* Beine«, sagte ich. Ich saß schon auf meinem äußerst exponierten Hinterteil und würde bestimmt nicht so schnell wieder aufstehen. Ich holte meine Lektüre für die Schule hervor, Dostojewskis *Verbrechen und Strafe*, und ließ das Buch auf meinen Stuhl fallen. Es war ein ganz schöner Schinken. *Plonk* machte es.

»Warum hast du das denn mitgebracht? Das ist doch keine Strandlektüre.«

»Wir sind nicht am Strand und ich muss bis nächste Woche einen Essay darüber schreiben.«

Bethany schob das Buch beiseite und zog ihre Bikiniträger ein Stück über die Schultern. »Mach mal meinen Rücken«, flüsterte sie. »Und pass auf, dass es gut aussieht.«

Diese ganze Sache war so ganz und gar nicht Bethany-haft.

»Sag mal, hattest du seit gestern eine Persönlichkeitstransplantation?«, fragte ich.

»*Pscht*. Er guckt immer noch rüber.«

»Vielleicht, weil du seit heute Morgen auf einmal total aufmerksamkeitsgeil bist.«

»*Schsch!*«

Aber ich hatte schon angefangen, ihren Rücken zu besprühen. »Das ist doch lächerlich«, sagte ich. »Du fällst gleich aus deinem Top.«

»Er hat aufgehört zu gucken«, sagte sie. »Kannst du nicht dafür sorgen, dass er wieder herschaut?«

»Oh, Bethany!«, rief ich und verteilte mit expressiven Gesten die Sonnencreme. »Wie weich deine Haut ist!«

»Doch nicht so«, zischte sie. Ich warf einen Blick zu Greg, der sich gerade weggedreht hatte, um ein Lächeln hinter seiner Hand zu verbergen.

Ich hatte Greg D'Agostino zum Lächeln gebracht.

Ich zog Bethanys Träger hoch, warf noch einmal einen Blick zum flachen Ende des Pools, um mich zu vergewissern, dass Kit noch mit seinen Freunden spielte, und lehnte mich mit meinem Buch zurück. »Ich habe meine Pflicht getan«, sagte ich. »Jetzt lese ich.«

Bethany holte ein paar Mal tief Luft, als würde sie sich mental auf etwas vorbereiten, und dann sagte sie: »Lass uns zum Sprungturm gehen.«

Ich blinzelte sie ungläubig an und klappte mein Buch zu. Noch ein total untypischer Vorschlag aus ihrem Munde. »Was?«

»Komm schon«, sagte sie. »Es sieht doch albern aus, wenn ich alleine gehe.«

Albern wird es auf jeden Fall aussehen, wollte ich gerade sagen, aber sie schaute mich mit diesem flehenden Bethany-Blick an, der bei mir genauso gut wirkt wie bei allen anderen. Außerdem war es ziemlich heiß und ich fing schon an, Schweißabdrücke auf meinem Handtuch zu hinterlassen.

»Okay«, sagte ich. »Ich komm mit zum Sprungturm.«

Ich stellte mich hinter Bethany und ein paar anderen Mädchen an, die beim Absprung versuchten, mit Saltos und Schrauben Gregs Aufmerksamkeit auf sich zu ziehen. Bethany machte einen eleganten Schwalbensprung. Ich trat auf das Sprungbrett.

Gregs Augen waren noch immer auf Bethany gerichtet, als sie die Leiter hinaufkletterte und ihr glänzendes schwarzes Haar über die Schulter warf.

Da spürte ich etwas Seltsames.

Ich versuchte das Gefühl zu benennen. Es war definitiv nicht *Philia*. Ich war *eifersüchtig*. Ich bin nie eifersüchtig auf Bethany, aber in diesem Moment, als ich dort auf dem Sprungbrett stand, mit meinem perfekten Busen in meinem roten Zwölf-Dollar-Bikini, da wünschte ich mir aus irgendeinem Grund, dass Greg *mich* ansehen würde, nur dieses eine Mal. Das war alles. Er sollte einfach nur registrieren, dass ich überhaupt da war, dass ich existierte und dass mein Busen echt gut aussah. Ich hüpfte ans Ende des Bretts. Ein großer Sprung am Ende, und ich katapultierte mich in die Luft, um die größte Arschbombe zu vollführen, die Greg den ganzen Sommer lang sehen würde.

Im letzten Augenblick hörte ich Bethany rufen: »Halt!« Ich verdrehte mich, um zu sehen, was los war, und landete schließlich flach auf dem Rücken.

Wodurch der Verschluss meines Tops aufsprang.

Etwas spät dämmerte es mir, dass dieser Bikini vielleicht nicht ohne Grund im Ausverkauf gewesen war.

Ich schaffte es, die Schnalle wieder zu schließen, bevor ich auftauchte, und ich hoffte, dass niemand etwas Wesentliches gesehen hatte. Es war ein riesiger Platscher gewesen – mein Rücken brannte immer noch davon –, und das war hoffentlich genug Ablenkung gewesen, um meine Nacktheit zu verbergen.

Bethany stand auf der letzten Sprosse der Leiter.

»Was stimmt denn nicht?«, fragte ich.

»Nichts«, sagte sie. »Äh, bist du in Ordnung?«

»Klar.« Ich paddelte wie ein Hund zu ihr hinüber und zog mich aus dem Wasser. »Warum hast so geschrien?«

»Es war nur, mir ist etwas eingefallen. Ein Grund, warum du vielleicht nicht vom Turm springen solltest.«

»Du warst doch diejenige, die mich dazu überredet hat!«

»Ja, weil ich vergessen hatte …« Ich zog mich auf den Beckenrand und sie sagte: »Oh nein.«

»Was? *Was?*«

Sie starrte demonstrativ auf meine Brust. Ich sah an mir hinunter.

Ich hatte eine voll aussehende Brust und eine schlaffe, die aussah, als hätte man die Luft aus ihr herausgelassen.

»Oh nein«, sagte ich. »Wo ist das Teil?«

Wir standen Seite an Seite und sahen hinunter ins Wasser. Inzwischen hatten sich ein paar jüngere Kinder angestellt und platschten nach mir ins Wasser.

»Ich sehe es nicht«, flüsterte Bethany. »Meinst du, Silikon schwimmt, oder geht es unter?«

»Weiß ich doch nicht!«

»Na ja, wenn es oben schwimmen würde, müssten wir es sehen, oder? Also muss es irgendwo unten liegen.« Sie stieß mich mit dem Ellenbogen an. »Los, hol es.«

»Was?«

Ich musste dem zehnjährigen Jungen Platz machen, der hinter mir die Leiter hochgeklettert kam. »Kann ich mal durch?«, fragte er.

»Sorry«, sagte ich.

»Jetzt tauch einfach und hol es zurück!«, wisperte Bethany.

»Ich hab keine Schwimmbrille! Mach du's.«

»Ich hab auch keine Schwimmbrille und es ist deine Titte!«

»Es ist keine Titte! Es ist ein *Cookie*! Und es war deine Idee! Hol du es!«

»Und was soll ich dann damit machen? Es wird ziemlich seltsam aussehen, wenn ich mit einer falschen Titte« – sofort warf ich ihr einen giftigen Blick zu – »ich meine, einem Cookie in der Hand aus dem Pool klettere. Du tauchst jetzt, schnappst dir das Teil, steckst es wieder in dein Top und kommst raus.«

»Was denkst du denn, wie lange ich die Luft anhalten kann?«, entgegnete ich, aber dann wandte ich mich an einen der Jungen, die beim Sprungturm anstanden und fragte: »Kann ich mal deine Schwimmbrille ausleihen?«

»Au!«, rief da jemand anders in der Schlange vor mir. Als ich hochschaute, sah ich, dass ein anderer dieser kleinen Scheißer – Jungen! Ich meine Jungen! – ihm meine künstliche Titte ins Gesicht geworfen hatte.

»Was soll das denn?«, rief er, hob das Teil auf und warf es zurück.

»Au!«, rief der erste Junge. »Das hab ich im Pool gefunden! Es ist eine braune Qualle!«

»Die fickt aber gar nicht«, stellte ein anderer Junge fest.

»Du meinst *sticht*!«

»Hab ich doch gesagt!«

Er warf die Silikon-Einlage weiter und sie traf den nächsten Jungen am Bauch. »Du *nervst*, Cooper!«, rief dieser und schleuderte das Wurfgeschoss zurück.

»Jetzt tu doch was«, flüsterte Bethany. »*Tu was, tu was, tu was.*«

»Jungs«, sagte ich mit meiner besten Babysitter-Stimme. »Gebt ihr mir mal bitte die … ähm … Qualle da?«

»Aber die haben wir gefunden!«

»Ich will nur kurz was nachgucken«, sagte ich.

»Du willst sie uns wegnehmen!«

»Ich will nur sehen, welche Marke das ist!« Ich versuchte, dem am nächsten stehenden Jungen seine Beute zu entreißen, aber jetzt machten sich die Jungs einen Spaß daraus und der erste warf die Silikon-Qualle über meinen Kopf einem anderen zu, woraufhin sie geradewegs auf Greg d'Agostinos Brust landete.

Und für einen langen, entsetzlichen Augenblick – dank der Konsistenz von nassem Silikon und meines unsagbaren Glücks – blieb sie dort kleben.

»*Oh Gott*«, sagte ich.

»Oh *Gott*«, sagte Bethany.

Die falsche Titte fiel auf den Boden des Rettungsschwimmerturms. Greg hob sie mit Daumen und Zeigefinger auf und betrachtete sie.

Greg d'Agostino berührte meine Brust.

Es war längst nicht so angenehm, wie ich es erwartet hätte.

Ich versuchte, mich zu entscheiden, was schlimmer wäre: die Silikon-Titte abzuholen oder wegzugehen und zu hoffen, dass er vielleicht denken würde, sie gehöre jemand anderem.

»Wir setzen uns einfach wieder hin«, raunte ich Bethany zu. »Und wir gehen langsam. Wir tun einfach so, als existiere das Ding nicht.«

»Okay«, sagte sie. »Ich gehe vor dir. Wir gehen … und gehen … hey, willst du eine *Dr Pepper*?«

»Nee. Jetzt nicht.«

»Klar, sorry.« Sie setzte sich auf ihre Liege und ich setzte mich neben sie. Greg d'Agostino nahm seine Trillerpfeife, pfiff zur Pause und kletterte von seinem Sitz hinunter.

Er schrie die Jungs an, die versuchten, meine Silikon-Brust zurückzubekommen. »Das ist unsere! Das ist unsere!«, riefen sie.

»Es ist *nicht* eure!«

»Doch! Doch!«

»Leute, wollt ihr eine Verwarnung? Es ist Pause. Setzt euch irgendwo hin.«

»Wir wollen die Qualle zurück!«

»Muss ich erst wieder deine Mom anrufen, Cooper?«

»Blödmann!«

»Ich hab gesagt, ihr sollt euch hinsetzen!«

Cooper streckte die Zunge heraus, aber Greg hatte ihm schon den Rücken zugewandt, weil er am Schwimmbeckenrand entlangging. In unsere Richtung.

»Dein Buch«, flüsterte Bethany. »Hol dein Buch raus.«

Ich schnappte mir *Verbrechen und Strafe* vom Fußende meiner Liege und schlug eine x-beliebige Seite auf. Als Greg näherkam, blätterte ich die Seite um und sagte lässig: »Ich *liebe* russische Romane, du nicht auch?«

»Amerikanische Romane sind so kurz«, stimmte Bethany nervös zu.

»Ich meine, was soll das? Da kann man ja gleich die Rückseite der Cornflakes-Packung lesen.«

»Genau.«

Inzwischen war Greg am Fuße meiner Liege zum Stehen gekommen. Ich schluckte.

»Hi«, sagte er.

»Oh«, sagte ich. »Hallo. Wir diskutieren gerade über die Vorzüge der russischen Literatur. Irgendwelche Ideen? Ansichten?« Ich sah zu ihm auf. Er sah wirklich verdammt gut aus. Dunkles welliges Haar. Definierte Muskeln. Perfekte Zähne. »Erkenntnisse?«

Er warf einen Blick auf mein Buch und sagte: »Лично я думаю что работа Чехова немного более актуальна.«

Also … *das* hatte ich nicht kommen sehen. Ich wechselte einen Blick mit Bethany, die auch nicht besser Russisch sprach als ich, und sie hob leicht die Augenbrauen.

Und dieser schöne russisch sprechende Junge mit dem nackten Oberkörper hatte noch immer meine Titte in der Hand. Ich war mir nicht sicher, ob das extrem lustig oder extrem traurig war, aber ich schätze, mein positives Gemüt bekam die Oberhand, denn ich fing an zu lachen. Ich hoffte, Greg würde nicht denken, dass ich über ihn lachte. Bethany warf mir einen entsetzten Blick zu.

Ich kenne nur einen einzigen russischen Satz. Als mein Vater vor ein paar Jahren auf eine Geschichtskonferenz in Sankt Petersburg wollte, überzeugte ich ihn davon, dass dieser Satz das Einzige war, was er wirklich aus seinem Sprachführer lernen musste. Also fragte ich, vielleicht in einem etwas anzüglichen Tonfall: »Скажите пожалуйста, где туалет?«

Greg lachte.

Er warf mir meine Silikon-Titte zu. Sie landete mit einem Platsch auf Seite 327. Ich starrte sie an. »Nettes Wurfgeschoss übrigens.« Er lächelte. Was für schöne Zähne.

Und dann ging er weiter.

»Was hast du zu ihm gesagt?«, wisperte Bethany. »Das klang heiß.«

Ich setzte meine Sonnenbrille auf und versuchte so cool auszusehen, wie es ein Mädchen mit schiefem Busen in einem Bikini vom Grabbeltisch vermag. »Ich hab ihn gefragt, wo die Toilette ist.«

Für einen Moment sah sie mich perplex an, dann lachte sie und ich auch. »Du hast Glück, dass ich so viel *Philia* für dich empfinde«, sagte ich.

»Ich *philia* dich auch«, sagte Bethany. Dann deutete sie auf den Cookie und fügte hinzu: »Was ist jetzt, tust du das Ding wieder rein, oder was?«

Ich nahm die Silikon-Einlage und ließ sie zwischen meinem Daumen und Zeigefinger baumeln, als wäre sie wirklich eine Qualle, die ich im Pool gefunden hatte. Das Teil war irgendwie glibberig und eklig. Ich sah hinunter auf meine Möpse.

»Sorry, ihr beiden.« Dann rief ich: »Hey, Cooper!«, und als er aufsah, klatschte ihm meine Titte auf die Nase. Er griff danach, jubelte und zog los, um mit seinen Freunden Fangen zu spielen.

Kapitel 2

Ich habe Bethany in der zweiten Klasse kennengelernt; sie war das schüchternste Kind in der Klasse und ich war das lauteste, also setzte Mrs White uns nebeneinander, in der Hoffnung, dass wir aufeinander abfärben würden.

Ich hatte damals keine richtigen Freunde. Die anderen Mädchen in unserer Klasse fanden mich nervig. Ich redete zu laut, ich erzählte zu viele Witze, ich war zu sarkastisch und das ging den zukünftigen Tugendwächterinnen Amerikas gegen den Strich.

Ich erinnere mich noch an den Tag, als Mrs White uns umsetzte. Ich hatte innerhalb der letzten Stunde dreimal Ärger bekommen, weil ich geredet hatte, ohne die Hand zu heben (sie nannte mich *Aphra Plappermaul*, weil ich einfach nicht den Mund halten konnte). Also setzte sie mich nach vorne neben das Mädchen, das die anderen Kinder *Brave Bethany* nannten, weil sie nie einen Ton von sich gab. »Vielleicht könnt ihr zwei ja zusammen einen goldenen Mittelweg finden«, hatte sie gesagt.

Ich hatte mich zu Bethany gebeugt und ihr zugeraunt: »Mrs White hat Filzerflecken auf dem Po. Weitersagen!«

Bethany hatte nicht geantwortet. Aber sie hatte gelächelt. Später erzählte sie mir, dass ich die einzige Mitschülerin gewesen war, die seit Wochen mit ihr gesprochen hatte.

Also saßen wir an dem Tag auch beim Mittagessen zusammen. Wir verstanden uns auf Anhieb: Ihr machte es nichts aus, wenn ich zu viel redete, und mir machte es nichts aus, wenn sie zu nervös war, um zu antworten. Ich hatte beide Seiten eines Dialogs über *Mein kleines Pony* übernommen, bis sie ganz zum Schluss wisperte: »Ich bin ein *Fluttershy* und du bist ein *Rainbow Dash*.«

Das hatte mir gefallen, auch wenn ich in mir selbst immer eher einen *Twilight Sparkle* gesehen hatte. Also saßen wir auch am nächsten Tag zusammen und am nächsten. Meine Mom hat mal gesagt, ich müsse erst in meinen Charakter hineinwachsen, und damit hatte sie wohl recht. Niemand schätzt ein loses Mundwerk an einer Siebenjährigen, aber mit siebzehn ist es schon fast eine Art Vorzug. Doch Bethany mochte mich einfach, wie ich war, von Anfang an, weshalb mir wahrscheinlich meine vorlaute Art erhalten geblieben ist. Sie gab mir die Erlaubnis, ich selbst zu sein. Und da ich nie eifersüchtig war, weil sie so hübsch ist, oder mich davon abschrecken ließ, dass sie so schüchtern ist (die anderen Mädchen hielten sie für eingebildet, was einfach nur dumm war), hoffte ich, ihr das gleiche Gefühl zu vermitteln.

Als wir aus dem Freibad zurückkamen, sorgten wir dafür, dass Kit sich das Toffee-Eis vom Gesicht wischte, und legten uns alle drei aufs Sofa, um Zeichentrickfilme zu schauen. Wir hatten schon zwei Folgen von *Steven Universe* geguckt, als mein Handy mir mit einem *Ping!* mitteilte, dass jemand meine App verwendet hatte, die ich gerade für meinen Informatikkurs entwickelte.

Kit war eingeschlafen, und Bethany döste auch vor sich

hin – ich nehme an, von Greg d'Agostino begafft zu werden, ist ganz schön anstrengend –, also befreite ich mich aus dem Beinsalat auf dem Sofa und ging in mein Zimmer, um meinen Laptop anzuschalten.

Der Kurs heißt *Grundlagen des App-Designs* und ich arbeite schon seit gut einem Monat an meinem Abschlussprojekt. In zwei Wochen muss ich es einreichen, es soll 35 Prozent meiner Note ausmachen – und es funktioniert einfach überhaupt nicht.

Der Ausgangspunkt meines Projektes war folgender: Letztes Jahr hatten ein paar Informatikstudenten ein Open-Source-Chatbot-Programm entwickelt und ihm ein Twitter-Konto gegeben. Das Programm nannte sich *Lola* und es sollte Sprache lernen, je mehr man mit ihm chattete. Es war ein ziemlich einfacher Algorithmus, und ich hatte die Idee, diesen Basiscode zu verwenden und ihn in eine App zu verwandeln. Eine Kummerkasten-App.

Im Wesentlichen soll die App die Zuschriften auf Schlagworte scannen und dann mit maßgeschneiderten Ratschlägen antworten. Wenn du ihr zum Beispiel eine Nachricht schreibst, in der die Wörter *Seitensprung* und *mein Freund* vorkommen, rät sie dir, dich von ihm zu trennen (was ja auch meistens die beste Lösung ist, egal wer da nun wen betrogen hat). Wenn du der App etwas mit dem Wort *Zensuren* erzählst, rät sie dir, mehr zu lernen. Der Trick ist, dass sie sich merken soll, was du geschrieben hast, damit sie dir eine Folgefrage stellen kann, wenn du dich das nächste Mal einloggst. Und mit der Zeit soll sie bestimmte Muster erkennen und Probleme voraussehen, die oft zusammengehören, wie mangelndes Selbstbewusstsein und Angststörungen. Es ist nicht so, dass die App einen echten

Therapeuten ersetzt, aber ich weiß aus eigener Erfahrung, wie schwer es ist, im echten Leben so einen zu finden.

Mein Chatbot heißt *Deanna*, nach der Beraterin in *Raumschiff Enterprise*. Eigentlich sollte sie auch sprechen können, aber die Zeit war zu knapp und durch die Sprachverarbeitungssoftware hätte es zu lange gedauert, die App herunterzuladen, deshalb antwortet sie jetzt nur schriftlich. Wenn man die App runterlädt, sieht man ein Cartoonbild von Deanna Troi, in ihrer blauen Offiziersuniform, und dann erscheint in einer Sprechblase ihr Ratschlag.

In zwei Wochen soll ich eine Kopie der App abgeben und die ausgedruckte Korrespondenz von *Deanna* mit mindestens zehn Leuten. Die App ist anonym, schließlich würden die Leute nicht um Rat fragen, wenn sie die Person am anderen Ende kennen würden.

Letzten Freitag habe ich Flyer in der Schule verteilt, um auf das Programm aufmerksam zu machen.

Ich setzte mich an den Computer und rief *Deanna*s Statistik auf.

Ich zuckte zusammen. Sechsundvierzig Leute hatten die App heruntergeladen und fünf von ihnen hatten sie auch tatsächlich benutzt. Ich überprüfte die Logs, um zu sehen, ob *Deanna* schon etwas gelernt hatte.

Die erste Person hatte geschrieben: **Ich hasse meine Mutter.**

Deanna hatte zurückgeschrieben: **Eltern-Kind-Beziehungen können sehr wichtig sein, insbesondere für Heranwachsende. Hast du versucht, deiner Mom deine Gefühle mitzuteilen?**

So ein Quatsch. Sie ist ne totale Schlampe, die meinen Dad für ihren Fitnesstrainer verlassen hat.

Zum Beispiel, fuhr *Deanna* unbeirrt fort, **könntest du sagen:**

»Ich habe im Moment mit schwierigen Gefühlen zu kämpfen. Hast du mal Zeit zu reden?«

Keine Antwort.

Die nächste Person hatte geschrieben: **Du bist ne dumme dumme dumme dumme dumme dumme dumme dumme Nutte.**

Deanna hatte geschrieben: **Es gibt viele Arten von Intelligenz. Einstein hat einmal gesagt: »Wenn man einen Fisch nach seiner Fähigkeit beurteilt, auf einen Baum zu klettern, wird er sein ganzes Leben lang glauben, dass er dumm ist.«**

Blöde Tusse, kam es zurück.

Ich hatte ein Problem. Und zwar nicht nur, weil die App-Nutzerin »eine« hätte schreiben sollen und nicht »ne«.

Die App – eine selbstlernende künstliche Intelligenz – ist so programmiert, dass sie dadurch dazulernt, mit Leuten zu chatten. Sie lernt, unterschiedliche Fragen bestimmten Antworten zuzuordnen. So merkt sie sich zum Beispiel mit der Zeit, dass *Hi*, *Hallo*, *Hola* und *Guten Tag* alles Grußformeln sind, und antwortet entsprechend. Im Prinzip soll sie die Absicht eines Users erkennen und dann eine passende Antwort finden.

Aber wenn ihre Nutzer ihr beibringen, dass *Du bist ne dumme dumme dumme dumme dumme dumme dumme dumme Nutte* eine Grußformel ist … dann ist das nicht gut. Ich hatte schon jedes vulgäre Schimpfwort, das mir eingefallen war, auf die schwarze Liste gesetzt, damit *Deanna* kein Schandmaul entwickelt, aber das Wort *dumm* konnte ich nicht streichen. Das war etwas, worüber *Deanna* vielleicht noch irgendwann würde reden müssen, falls jemand sich mal schlecht fühlte, wenn er oder sie eine Prüfung vermasselt hatte oder so. Ich notierte mir *Tusse*, *Nutte* und *Schlampe* für die schwarze Liste, denn diese Wörter würde *Deanna* zumindest nicht brauchen.

Die nächste Nachricht lautete: **Ich glaub, ich hab Genitalherpes.**

Deanna sagte: **Eine Geschlechtskrankheit ist eine Übertragungskrankheit wie jede andere. Es ist allerdings wichtig, sich unverzüglich behandeln zu lassen und derzeitige und ehemalige Sexualpartner zu informieren.** Und dann nannte sie die Telefonnummer der nächstgelegenen Infostelle für Familienplanung und Sexualhygiene.

Die Antwort war: **Okay, danke.**

Na ja, wenigstens einem hatte *Deanna* geholfen.

Ich hörte das *Ping!* einer neuen E-Mail und sah, dass sie von Delia war, meiner älteren Schwester. Sie studiert im ersten Semester an der Universität von Virginia. Der Betreff der Mail war **Hi**.

Das ist die Geschichte von Delia Brown, in der Kurzfassung: Meine Schwester ist knapp zwei Jahre älter als ich. Als Babys sahen wir uns so ähnlich, dass uns auf den Fotos von früher niemand unterscheiden kann. Und wir sahen uns auch noch bis zur Highschool ähnlich, selbst als Delia anfing, an ihren Augenbrauen herumzuzupfen, und sich alle drei Wochen die Haare glätten ließ. Aber im Grunde sah sie immer noch aus wie ich, nur mit übertrieben geschwungenen Augenbrauen und glänzenderen Haaren.

»Warum machst du das?«, hatte ich sie gefragt.

»Weil es mir besser gefällt«, hatte sie gesagt. »Du wirst das noch verstehen, wenn du älter bist.«

Und dann, im Sommer nach ihrem Highschool-Abschluss, teilte sie meinen Eltern mit, dass sie ihr gesamtes Geburtstags-

und Babysitting- und Sommerjob-Geld der letzten vier Jahre gespart hatte und ihre Nase operieren lassen würde.

»*Was?*«, hatten sie gesagt.

»*Was?*«, hatte ich gesagt.

Aber sie war achtzehn, und es war ihr Geld, also spazierte meine Schwester an einem Dienstag im Juni in eine dieser ambulanten Schönheits-OP-Kliniken. Als sie hineinging, sah sie aus wie ich, und als sie ein paar Stunden später wieder herauskam, sah sie aus, als wären wir überhaupt nicht miteinander verwandt.

Seitdem habe ich nicht mehr mit ihr gesprochen.

Ich meine, es war ja auch nicht gerade schwierig, ihr aus dem Weg zu gehen. Drei Monate später zog sie von zu Hause aus und ins Studentenwohnheim ihrer Uni, mit drei Kisten Klamotten, einem neuen Laptop und einer Nase, die aussah wie eine alberne Skipiste.

Das Schlimmste ist, bevor das passiert ist, hab ich meine Nase nie wirklich gehasst. Sie hat einen Höcker auf dem Rücken und sie ist definitiv überdurchschnittlich groß, aber, na und? Es ist eine Nase. Ich benutze sie, um ein- und auszuatmen, und dafür taugt sie im Allgemeinen ganz gut, zumindest wenn ich nicht gerade eine Erkältung habe. Sie ist auch praktisch, wenn es darum geht, meine Sonnenbrille zu halten. Als ich klein war, hat mein Vater immer gesagt, sie sähe aristokratisch aus, und nach meiner kleinkindlichen Denkweise war das zweifellos die Wahrheit, denn Dad hätte mich in einer solchen Sache nie angelogen.

Ich meine, ich hielt sie nicht für perfekt oder so was. Aber auf der langen Liste meiner wenig attraktiven Körpermerkmale stach sie nicht als besonders furchtbar hervor.

Doch jetzt denke ich jedes Mal, wenn ich meine Nase im Spiegel angucke: *Delia findet dich so hässlich, dass sie irgend so einem Typen 4000 Dollar gezahlt hat, um dich mit einem Hammer zu zertrümmern und aufzuschneiden.* Genau das machen sie nämlich. Sie pumpen dich mit Narkosemitteln voll, sie zertrümmern deine Nase mit einem Hammer und dann machen sie sich mit scharfem Schneidebesteck über dich her. Das habe ich recherchiert, bevor Delia die OP hatte, und ich noch versuchte, ihr die Sache auszureden.

»Weißt du überhaupt, was die mit dir machen werden?«, hatte ich sie gefragt.

»Natürlich weiß ich das. Aber es lohnt sich.«

»Wie kann sich das lohnen?«

Aber Delia wollte das nicht beantworten, vermutlich, weil die Wahrheit war, dass sie glaubte, es würde sich lohnen, sich das Gesicht einschlagen und zerschneiden zu lassen, nur um nicht mehr aussehen zu müssen wie ich.

Und jetzt hatte sie die unverfrorene Frechheit, mir zu mailen und *Hi* zu sagen.

Ich löschte die Nachricht, ohne sie zu lesen, und nahm mir noch einmal *Deanna*s Programmcode vor. Wenn jemand das Wort *Schwester* tippte, sollte sie antworten: *Genetische Beziehungen sind nicht alles.*

Kapitel 3

Am Montagnachmittag saß ich in Latein und starrte zu Greg d'Agostino hinüber, der weiter vorne im Raum sitzt, und fragte mich, wann er bloß Russisch gelernt hatte. An unserer Schule wird es nicht unterrichtet und zu Hause hatte er es wohl kaum gelernt. Wir waren in Zweiergruppen eingeteilt worden und übersetzten Ovid; er arbeitete mit Mitzi Schwartz zusammen, die ihn die ganze Zeit anstarrte und sich davon ganz schön ablenken ließ. Ich arbeitete mit John O'Malley zusammen, der in unserem Ruderverein Steuermann des Jungs-Achters ist und sich definitiv *nicht* davon ablenken ließ, dass er *mein* Gesicht anstarrte.

Bethany schwärmte nun schon seit ein paar Monaten für Greg, und, ich meine, verständlich ist es. Er ist sexy. Er ist sportlich. Und darüber hinaus ist er auch noch nett. Ich glaube, ich habe ihn noch nie ein fieses Wort zu irgendjemandem sagen hören, nie. Außer ein Mal.

Dieses eine Mal.

Ich bin sicher, er hat es längst vergessen, aber ich werde mich noch daran erinnern, wenn ich eine alte Dame bin und zwischen halb fertigen Strickarbeiten und einem bunt zusammengewürfelten Katzenrudel hocke.

Es war in der achten Klasse. Wir hatten Gesundheit und

Soziales und sollten Grundlagen der Ersten Hilfe lernen. Unser Lehrer, Mr Fordham, hatte uns in Paare eingeteilt, um Erste Hilfe und insbesondere den Heimlich-Handgriff zu üben. Eigentlich hätten wir jeder einen Partner gleichen Geschlechts bekommen sollen, aber es ging nicht auf, und ich war zu spät zum Unterricht gekommen – ich weiß auch nicht mehr, warum; Arzttermin vielleicht –, und so war ich die Dumme. Ich wurde Kieran Thompson zugeteilt. Er sah mich an. Ich sah ihn an. Ich war größer als er und wahrscheinlich auch kräftiger, und als er mich ansah und »Uah!« sagte, überlegte ich kurz, ob ich ihm eine runterhauen sollte. Aber ich tat, als hätte ich ihn nicht gehört, bis er seine Arme um mich legte und zu Nick Tanner, der neben uns stand, sagte: »Immerhin muss ich nicht befürchten, einen Ständer zu bekommen, was?«

Ich riss mich los und jetzt überlegte ich ernsthaft, ihm eine zu scheuern. Dabei war ich mir nicht einmal sicher, was ich schlimmer fand: die Vorstellung, dass Kieran Thompson einen Ständer bekäme *(igitt)*, oder den Gedanken, dass die Tatsache, *keinen* Ständer bei ihm auszulösen, irgendwie eine Beleidigung sei. Ich hatte mir schon ungefähr fünf Sprüche zurechtgelegt – über die Irrelevanz seines Schwanzes im Allgemeinen oder die Irrelevanz von dessen Zustand im Besonderen oder Kierans Fehleinschätzung, wenn er dachte, dass überhaupt jemand etwas von seinem Schwanz hören wollte, wenn doch offenkundig niemand danach gefragt hatte, ihn zu sehen. Aber noch bevor ich mir eine Retourkutsche aussuchen konnte, sagte Greg d'Agostino, der Nick Tanners Partner war: »Du bist vielleicht ein Vollidiot.« Und dann sagte er zu Nick: »Komm, Alter, tausch mal mit Aphra, damit die sich nicht mit Kierans Ständer rumschlagen muss.«

Nick verzog das Gesicht. »Ich will mich auch nicht mit Kierans Ständer rumschlagen«, sagte er, aber da er eigentlich ein ganz netter Kerl war, ging er rüber, stellte sich neben Kieran und sagte: »Bleib mir bitte mit deinem Schwanz weg.«

Greg kam zu mir rüber. Ich fühlte mich … *seltsam*. Auf der einen Seite war ich dankbar. Auf der anderen Seite kam ich mir irgendwie lächerlich vor.

»Das hätte ich schon hinbekommen«, sagte ich.

»Natürlich hättest du das«, sagte er. »Er ist echt ein Vollpfosten.« Dann zuckte er die Achseln und fragte: »Kannst du sprechen? Kannst du atmen?«

Ich starrte ihn einen Moment lang an, bis ich begriff, dass das unser Text für das Heimlich-Manöver war. Ich riss die Augen auf, streckte meine Zunge raus und griff mir an den Hals. Er lachte.

Er hat ein richtig nettes Lachen, dachte ich.

Und dann schlang er von hinten die Arme um mich, legte seine Faust auf mein Zwerchfell und drückte drei Mal.

Es war bis zum heutigen Tag der am meisten erotisch aufgeladene Moment in meinem Leben.

Ich bin sicher, ich habe dann den Heimlich-Griff auch an ihm ausprobiert, aber ich erinnere mich nur sehr undeutlich daran, wohl aber an das glühende Gefühl von Greg D'Agostinos Oberkörper an meinem Rücken. Ein Teil von mir ist immer noch dort im Gesundheit-und-Soziales-Raum, mit den Postern, auf denen KEINE MACHT DEN DROGEN! und CHLAMYDIA IST KEINE BLUME! steht, und ich spüre immer noch Gregs Arme um meinen Bauch und seinen Atem an meinem Hals.

Danach wurde ich immer etwas still, wenn Bethany Greg erwähnte. Ich fing an, Dinge an ihm zu bemerken, die mir vorher nie aufgefallen waren, zum Beispiel, dass er manchmal einen Mundwinkel hochzog und vor sich hin schmunzelte, wenn er allein war. Oder dass er mit noch nassen Haaren zur Schule kam, weil er das ganze Jahr über für die Schwimmmannschaft trainierte. An jenem Tag im Gesundheit-und-Soziales-Raum hatte er nach Chlor gerochen und seitdem macht mich der Geruch von Schwimmbädern irgendwie immer ein bisschen heiß. Was total bescheuert ist. Es ist bescheuert. Aber so ist es nun mal.

Nachdem ich einen Moment zu lang in seine Richtung gestarrt hatte, fiel mir ein, dass ich ja eigentlich Ovid übersetzen sollte, statt davon zu fantasieren, dass Greg mal mit mir den Heimlich geprobt hat. Neben mir sagte John: »Also: *Miratur et haurit pectore Pygmalion simulati corporis ignes*. Was meinst du?«

»Ja bitte«, sagte ich.

John schnaubte spöttisch. »Mach doch ein Foto«, sagte er. »Da hast du länger was von.«

»Was?«, fragte ich. Er machte eine Kopfbewegung in Gregs Richtung.

»Ich hab nicht zu Greg geguckt.«

»Natürlich nicht. Du hast nur zugeguckt, wie Mitzi ihr T-Shirt durchschwitzt.«

»Tut sie doch gar …« begann ich, doch dann sah ich hin und stellte fest, dass er recht hatte. Mitzi tat mir ehrlich leid. Wenn ich mit Greg eingeteilt worden wäre, hätte ich vielleicht auch mein T-Shirt durchgeschwitzt, vor allem weil wir gerade den Teil der *Metamorphosen* übersetzten, in dem Pygmalion seine Statue der idealen Frau befummelt, was er offenbar häufig und mit, na ja, einigem Elan, getan hat.

»Meinst du, wir sollten ihr ein Glas Wasser bringen?«, fragte ich.

Mitzi sah auf und bemerkte, dass wir sie beobachteten. Ihre Lippen formten lautlos ein Wort: *Hilfe*.

»Hey, Mitzi, kannst du uns mit diesem Substantiv helfen? John glaubt, es heißt *Kartoffel* – der Depp.«

»Ich weiß, dass die Römer keine Kartoffeln hatten!«, protestierte John, aber Mitzi war schon von ihrem Platz aufgesprungen. Mrs White beachtete uns nicht, weil sie vorne saß und unseren Test vom Freitag korrigierte.

Mitzi ließ sich auf einen leeren Stuhl neben uns fallen. »Ich weiß nicht, wie ich das noch aushalten soll«, sagte sie. »Ich will ihn ja nicht zum Sexobjekt machen, aber wenn ich ihn nur angucke, fange ich an zu schwitzen wie bekloppt.«

»Wenigstens bist du gut in Latein«, meinte John. »Beeindrucke ihn doch einfach mit deinen Deklinationskenntnissen.«

»Ach«, sagte sie, »das ist ja das Schlimmste: Er spricht fließend Latein. Er hat schon den ganzen Text fertig. Ich hab einfach nur dagesessen wie eine schwitzende Statue.« Sie verzog das Gesicht. »Ich meine, nicht wie die Statue in der Geschichte. Die Sexstatue. Ich meine, Pygmalion ist doch im Grunde ein frauenverachtender Lustmolch, der sich eine Sexstatue gebastelt hat, nicht wahr? Das ist es doch, was hier abgeht, oder?«

Mitzi sprach das Wort *Sexstatue* um einiges zu laut aus und die Leute fingen an zu glotzen. Dabei hatten wir ja alle dasselbe Gedicht gelesen, also verstehe ich nicht ganz, warum irgendjemand überrascht war. Pygmalion war ja wirklich ein frauenverachtender Lustmolch und er hatte sich tatsächlich eine Sexstatue gemeißelt.

»Er spricht fließend Latein?«, fragte ich.

»Ja. Ich weiß überhaupt nicht, warum er in diesem Kurs ist.«

»Einen Moment«, sagte ich und ging mit meinem Notizblock zu Mitzis leerem Platz.

»*Salve*«, sagte ich zu Greg.

»*Salve*«, sagte er. Ich fragte mich, ob er sich an das Drama mit meiner falschen Titte erinnerte. Wahrscheinlich. Ich nestelte ein wenig an meinem BH-Träger herum. »Wie kann es angehen, dass du Russisch *und* Latein sprichst?«

»Viele Leute sprechen mehr als eine Sprache«, sagte er.

»Du sprichst ja sogar drei, wenn ich richtig gezählt habe. Englisch schließlich auch.«

»Eigentlich sind es eher sechs.«

»Sechs!«

Er zuckte die Achseln. »Jeder hat doch irgendein Hobby.«

»Nimmst du denn Unterricht?«

»Na ja, Spanisch konnte ich immer schon, wegen meiner Mom.« Jetzt erinnerte ich mich, dass Gregs Mom aus Buenos Aires ist. Ich hab sie ein paar Mal am Info-Abend zu Beginn des Schuljahres gesehen. Sie ist groß und hübsch – da kommt Greg offensichtlich nach ihr. »Außerdem hab ich ein paar Kurse an der NOVA belegt und ein bisschen was hab ich zu Hause gelernt.«

NOVA, das ist das Northern Virginia Community College. »Du belegst Kurse an der NOVA?«

»Ja, ich hab mich für zwei Kurse eingeschrieben.«

»Aha. Und welche anderen Sprachen kannst du noch? Abgesehen von Spanisch und Russisch?«

»Na ja, Latein natürlich. Außerdem noch Italienisch und Mandarin, aber das kann ich noch nicht besonders gut.«

»Du meine Fresse!«

»Na ja, die romanischen Sprachen sind alle ziemlich einfach, sobald man eine beherrscht, also hab ich mir die überwiegend selbst beigebracht.«

»Na klar«, sagte ich etwas ungläubig. Er hatte sich all diese Sprachen beigebracht? Wussten die anderen das über ihn?

In diesem Moment summte der Wecker auf meinem Handy. Am Montag muss ich immer fünfzehn Minuten früher aus der Schule, weil ich Therapie habe. Ich überlegte, den Alarm zu ignorieren, aber Greg hatte ihn schon gehört.

»Zeit zum Abflug?«, fragte er.

Ich schaltete das brummende Handy in meiner Tasche aus. *Hexalingual.* So nannte man das wohl. Sechssprachig. Und ich hatte mich für eine Art Wunderkind gehalten, weil ich in der Elften Latein-Leistungskurs gewählt hatte.

»Ich komme eigentlich immer auf dem Landweg zur Schule«, sagte ich. Dann schnappte ich mir meine Tasche und winkte Mrs White zu, die kaum zur Kenntnis nahm, dass ich den Raum verließ.

Als ich schon in der Tür war, rief mir Greg hinterher: »Hey!«, und als ich mich umdrehte, sagte er: »До свидания!« *Do svidaniya. Auf Wiedersehen.*

»До свидания«, sagte ich und machte die Tür hinter mir zu. Im zwanzig Jahre alten Honda meines Dads – er und meine Mutter fahren an den meisten Tagen zusammen zur Arbeit – nahm ich einen Stift und kritzelte auf meine linke Handfläche: *Russisch, Latein, Spanisch, Italienisch, Chinesisch.* Das würde ich Bethany erzählen. Bethany machte Spanisch. Das war etwas, was sie und Greg gemeinsam hatten.

. . .

Ich hab im letzten Sommer mit der Therapie angefangen, nachdem die ganze Delia-Geschichte aus dem Ruder gelaufen war. Eine Zeit lang war ich ziemlich aggressiv, teilweise weil ich auf meine Schwester so sauer war und teilweise weil ich mit der Person, auf die ich so sauer war, auch noch unter einem Dach leben musste. Aber sie anzuschreien hätte ja bedeutet, mit ihr zu reden, und ich wollte einfach *überhaupt nichts mehr* mit ihr zu tun haben. Das ging solange gut, bis ich eines Tages ausflippte und meinen jüngeren Bruder ein *mieses kleines Arschloch* nannte, nachdem ich mit ihm zusammengestoßen war, er dadurch sein Glas Milch fallen ließ und mich *Pupsgesicht* nannte.

Ich hab immer noch ein schlechtes Gewissen deshalb. Ich erinnere mich gut, wie doll er geweint hat, denn niemand in unserer Familie motzte Kit an. Er ist unser Baby und er ist echt ein ziemlich netter Junge. Und egal wie oft ich mich entschuldige – dass ich einen Achtjährigen *Arschloch* genannt habe, kann ich nicht ausbügeln.

Ein paar Wochen später steckten mich meine Eltern in die Therapie. »Du brauchst ein Ventil«, sagte meine Mom. Eigentlich wollte ich nicht gehen, aber wenn das Reden mit einem Therapeuten helfen würde, Kit nicht mehr so anzumotzen, dann war es das Mindeste, was ich tun konnte.

Dr. Pascal arbeitet beim Jüdischen Gemeinschaftszentrum, das eine psychiatrische Beratungsstelle hat und als eine von wenigen Einrichtungen Therapie auf Versicherungsbasis anbietet. Ich weiß noch, wie meine Mom herumtelefoniert hat und jeder, mit dem sie sprach, 180 Dollar und mehr verlangte. Da hab ich zu meiner Mom gesagt, wenn sie mir 700 Dollar im

Monat zahlen würde, könnte ich mir ein rotes Cabrio kaufen und das würde meine psychische Gesundheit vermutlich von ganz allein wiederherstellen.

Stattdessen hatte ich diese kleine rothaarige Frau namens Lisa Fagan bekommen, aber es dauerte gerade mal einen Monat, bis wir begriffen, dass wir nicht zusammenpassten. Was wahrscheinlich bedeutete, dass ich für Dr. Fagan, die an Kinder gewöhnt war, die nicht widersprechen, schon zu erwachsen war. Sie schickte mich weiter zu Marc Eberhardt, der mich nach einer Sitzung an die Vermittlung zurückverwies, da ich eine starke Persönlichkeit bräuchte, um mit mir »zurechtzukommen« (so viel zu *deiner* starken Persönlichkeit, Marc), und die schickten mich schließlich zu Dr. Pascal, die normalerweise mit kleinen Kindern arbeitet, mich aber aus Mitleid angenommen hat. Ob es Mitleid für mich oder ihre Kollegen war, wurde nie ganz klar.

Manchmal, wenn ich überhaupt keine Lust habe, über meinen eigenen Kram zu sprechen, drehe ich den Spieß um und bringe Dr. Pascal dazu, stattdessen von sich selbst zu erzählen, was sogar Spaß macht, weil sie eigentlich ziemlich cool ist. Wenn ich fünfzig Jahre alt wäre und nicht ihre Patientin, wären wir wahrscheinlich Freundinnen. Zumindest denke ich mir das so. Dann würden wir am Wochenende durch die Antiquitätenläden ziehen und danach einen Sherry trinken gehen oder was auch immer Therapeutinnen in mittlerem Alter machen, um sich einen Kick zu holen.

Und das habe ich bisher über sie herausgefunden: Sie ist halb askenasische Jüdin und halb Inderin, sie wurde in Bethesda geboren, sie hat zwei Kinder und ihr Mann mag keine Katzen. Sie versucht schon seit einigen Monaten, ihn zur

Anschaffung einer Katze zu überreden, aber bisher ohne Erfolg. Als ich vor ein paar Wochen bei ihr im Büro war, hab ich ihr ein paar Artikel über den positiven Einfluss von Katzen auf den Blutdruck mitgebracht, aber er scheint noch nicht überzeugt zu sein.

Ich setzte mich auf die Couch und nahm mir drei Pfefferminzbonbons aus der Schale, die sie immer auf dem Sofatisch stehen hat.

»Aphra«. Sie setzte einen gespielten deutschen Akzent auf. »Erzähl mir von deiner Mutter.«

Das ist ein Sigmund-Freud-Witz, mit dem wir oft anfangen. Ich lachte, aber ich sagte: »Mom geht es gut. Sie hat gesagt, nächste Woche gibt sie mir Kekse für Sie mit.«

»*Ooh*. Die mit Schokolade, bitte.«

»Ich werde es ihr sagen«, versprach ich.

»Also, was gibt es Neues? Letztes Mal hast du erzählt, dass du an einer App für deinen Computerkurs arbeitest.«

Ich zerkaute meinen Pfefferminzbonbon. Ich schätze, man sollte sie eigentlich lutschen oder im Mund zergehen lassen, aber irgendwie schaffe ich das nie. »Das läuft gut. Ich glaube, ich bin fast fertig.«

»Und wie geht es Bethany?«

»Bethany geht es gut. Und Dad geht es auch gut, Kit geht es gut und Walnut geht es gut.«

Sie zog eine Augenbraue hoch. Ich frage mich, ob das etwas ist, das sie einem in der Therapeutenausbildung beibringen, dieses einseitige Augenbrauenheben.

»Und Delia?«, fragte sie.

Ich schielte zur Wanduhr hinüber. Ich war gerade mal drei Minuten da.

»Haben Sie Ihrem Mann den Artikel über den Blutdruck gezeigt?«, fragte ich.

»*Aphra*«, sagte sie, was bedeutete, dass sie auf meinen Ablenkungsversuch heute nicht einsteigen würde.

»Es geht ihr gut«, sagte ich. »Ich meine, wenn es nicht so wäre, hätte mir das schon jemand erzählt.«

»Du hast dir doch letzte Woche vorgenommen, ihr eine E-Mail zu schicken.«

»Ja«, sagte ich. »Ich hab irgendwie keine Zeit dafür gefunden.«

»Wann kommt sie noch mal nach Hause?«

»Nächste Woche«, antwortete ich. »Sonntag, für eine Woche.«

»Ich dachte, wir waren uns einig, dass es besser wäre, die Dinge in Ordnung zu bringen, bevor ihr zwei euch wieder ein Badezimmer teilen müsst.«

Ich seufzte. »Die Sache ist die –«

»Nein«, unterbrach sie mich. Ich glaube, das sollen Therapeuten eigentlich nicht tun, aber Dr. Pascal hält nicht viel davon, Zeit zu verschwenden.

»Von dieser Sache erzählst du mir jetzt seit zehn Monaten. Ich weiß, dass du sauer auf Delia bist. Du fühlst dich von ihr gekränkt. Du bist sauer, weil sie sich nicht entschuldigt hat. Aber du kannst nicht steuern, was Delia macht. Du kannst nur Aphra steuern. Also, was willst *du* jetzt machen?«

Ich fummelte an einem Niednagel herum.

»Hast du noch mal darüber nachgedacht, für ein paar Sitzungen mit ihr zusammen herzukommen, wenn sie zurück ist?«

»Nein«, sagte ich. »Ich meine, ich habe darüber nachgedacht, aber ich will es nicht.«

Sie nickte. »Okay. Ich meine mich nur zu erinnern, dass du dir gewünscht hast, dieser Sommer sollte besser werden als der letzte. Du hast gesagt, dein Bruder hätte sehr unter der Anspannung gelitten.«

Das stimmte. Kit mag es nicht, wenn Leute sich streiten, es verunsichert ihn total. »Er ist einfach noch ein kleines Kind.«

»Genau. Und du hast auch gesagt, dass in eurem Haus fünf Leute leben, die etwas Frieden verdient haben. Dich eingeschlossen.«

»Das haben Sie gesagt«, widersprach ich. »Nicht ich.«

»Ich bin ziemlich sicher, dass du es warst.«

»Ich glaube nicht.« Ich tippte mir an die Schläfe. »Fotografisches Gedächtnis. Sie haben das gesagt.«

Sie hielt ihren Notizblock hoch. »Ich schreibe mit. Du warst es. Und du hattest recht. Du hast auch gesagt, das Ganze ginge nun schon lange genug.«

Verflixt, das hatte ich wirklich gesagt. Wahrscheinlich war ich in der Woche hungrig zur Therapie gekommen. Das war immer eine schlechte Idee. »Gut. Ich werde Delia was schreiben.«

»Willst du deinen Text etwas vorplanen? Das kann manchmal hilfreich sein.«

»Nee«, sagte ich. »Das schaffe ich schon so.«

»Aphra …«

»Habe ich Ihnen eigentlich schon erzählt, dass ich jetzt eine falsche Brust habe?«

Als ich wieder im Auto saß, rief ich mein E-Mail-Konto auf und schickte meiner Schwester eine Nachricht: **Moms Rosen blühen. Zu schade, dass du nichts mehr riechen kannst.**

So. Jetzt hatte ich etwas geschrieben.

Ich legte mein Handy zur Seite und setzte aus meiner Parklücke, doch dann hielt ich an und fuhr wieder hinein. Gegenüber vom Jüdischen Gemeinschaftszentrum ist ein Buchladen. Ich ging über die Straße und fand mich in der Abteilung für moderne Sprachen wieder. Ich nahm ein Exemplar von *Russischlernen – schnell und einfach* in die Hand. Und dann kaufte ich es.

Warum, weiß ich auch nicht genau.

Kapitel 4

Durch meinen Zwischenstopp im Buchladen kam ich zu spät zum Rudern und alle waren schon halb fertig mit dem üblichen Aufwärmsprint. Ich rannte wie verrückt und schaffte es, die anderen einzuholen, als sie zum Bootshaus gingen.

»Du bist spät«, sagte Sophie. Sophie ist unsere Steuerfrau. Sie ist winzig, aber mit ihr ist nicht zu spaßen. Man könnte denken, mit mir würde sie etwas nachsichtiger sein, zumal ich sie überhaupt erst in unser Team geholt habe, aber Pustekuchen.

Ich war auch einmal Steuerfrau, doch am Ende des ersten Highschool-Jahres war klar, dass ich als Ruderin besser eingesetzt bin. Ich fing an, mit dem Rest des Teams zu trainieren, und bewies auf dem Ergo mehr Kraft als die meisten anderen, wahrscheinlich weil ich einen kleinen Bruder habe, der noch immer jeden Tag huckepack getragen werden will, auch wenn er inzwischen weit über zwanzig Kilo wiegt. Und das bedeutete, dass ich ungefähr vier Mal am Tag mit auf den Rücken geschnallten Kugelhanteln Kniebeugen machte. Trainerin Kim wollte mich im Vierer haben, was aber nur ging, wenn wir eine neue Steuerfrau fanden: eine Person, die klein, laut und begeisterungsfähig war. Ich hätte die perfekte Kandidatin vor Augen, sagte ich zu unserer Trainerin.

Also ging ich in jenem Herbst zu einem Spiel unseres Football-Teams. Ich saß in einer der vorderen Reihen und schaute mir die Halbzeit-Show der Cheerleader an: Sophie Bell wurde dabei durch die Luft gewirbelt, als würde sie nichts wiegen. Ihre Rastazöpfe – schwarz, aber an den Enden in unseren Schulfarben gefärbt – waren zu einem Pferdeschwanz zurückgebunden, der jedes Mal über ihren Kopf flog, wenn ihr Team sie in die Luft warf. Sophie war gerade mal 150 Zentimeter groß und wog wahrscheinlich auch triefend nass nicht viel mehr als vierzig Kilo, aber sie schrie lauter als alle anderen. Nach der Show setzte sie sich in die Reihe vor mir.

»Hi«, sagte ich. Wir kannten uns eigentlich nicht, außer dass wir in der siebten Klasse zusammen im Algebra-Kurs gewesen waren.

»Hi, Aphra«, sagte sie fröhlich, denn Sophie ist echt freundlich, das muss man sagen.

»Hast du mal 'ne Minute?«, fragte ich.

»Klar«, sagte sie und kletterte über die Sitzlehnen, um sich neben mich zu setzen. Alles an ihr war so perfekt zurechtgemacht … die gefärbten Zöpfe, der glitzernde Lidschatten, die Kaugummi-pinken Fingernägel, die sich knallig von ihrer schwarzen Haut abhoben.

»Die Sache ist die«, sagte ich. »Du scheinst da draußen einen Riesenspaß zu haben und jeder kann sehen, dass du supergut darin bist, aber was würdest du davon halten, deinem Lebenslauf noch einen zweiten Sport hinzuzufügen?«

»Ein zweiter Sport?«

»Mmh. Stell dir Folgendes vor: Alles, was du tun musst, ist, Leute herumzukommandieren, und die müssen dann alles machen, was du sagst, ohne zu widersprechen.« Ich zeigte mit einem Finger auf sie. »In einem Boot.«

Sigrid Dupain rief von der Bank aus herüber: »Sophie, komm jetzt wieder runter!«

»Eine Sekunde!«, rief sie zurück.

»Ich sagte *jetzt*!«

»Wir machen doch grad gar nichts!«

»Du sollst aber bis zum Ende des Spiels auf dem Feld sein!«

»Also echt«, murmelte Sophie. Dann sagte sie zu mir: »*Ich* sage also den Leuten, was *sie* machen sollen?«

Von der Tribüne erklang Jubel. Wahrscheinlich hatten wir ein Tor geschossen. »Ja, und zwar laut«, erwiderte ich.

»Und die müssen das dann machen?«

»Widerspruchslos. Du bist der Boss. Ich meine, bis auf die Trainerin, aber abgesehen von ihr, bestimmst du, was getan wird.«

»Und wie sieht die zeitliche Verpflichtung aus?«

»Im Frühling an fünf Nachmittagen in der Woche Training, am Samstag Regatta.«

»Also, wer ist noch im Team?«, fragte Sophie.

»Oh. Na ja, im Moment sind es von unserer Schule nur ich und Bethany Newman –«

»Das Mädchen, das nie redet?«

Ich schnaubte. »Sie redet durchaus.«

»War nicht so gemeint. Weißt du was? Ich werde es versuchen. Kann ich ein paar Leute mitbringen?«

»Ja, klar.«

Sigrid brüllte: »SOPHIE!«, und Sophie murmelte: »Soll sie doch zur Abwechslung mal jemand anders anschreien.«

In der Woche darauf war sie bei unserem Vorsaisontraining erschienen und hatte Claire Okeke und Talia Reyes mitgebracht.

Wir haben etwa zwanzig Mädchen in unserem Team, was

ungewöhnlich klein ist, und wir sind keiner bestimmten Highschool angegliedert. Unser Team – die Junior-Liga des *Occoquan Ruderclubs* – setzt sich aus Schülern diverser Schulen zusammen, die kein eigenes Team haben.

Ich rudere im Auswahl-Achter, einem Boot namens *Dullahan*, in dem acht Ruderinnen sitzen, plus Steuerfrau. Bethany ist unsere Schlagfrau, das heißt, sie sitzt im Heck gegenüber von Sophie, weil sie technisch die Beste ist. Ich sitze in der Mitte, weil ich irre stark bin.

Ich schnallte meine Füße am Stemmbrett fest und wartete, während Sophie ihr Headset einstellte. »WER IST BEREIT ZU STERBEN?«, rief sie. Ich packte mein Ruder und wir glitten auf den Fluss hinaus. »Alles vorwärts … *los!*« – und wir legten uns in die Riemen.

Ich mag die Fokussierung beim Rudern, aber an diesem Tag hatte ich Schwierigkeiten, mich zu konzentrieren, weil mein Gehirn ständig über Greg nachdenken wollte. Hauptsächlich fragte ich mich, wie es angehen konnte, dass ich ihn fünf Jahre gekannt, aber nie irgendetwas von ihm gewusst hatte, außer dass er süß war.

Das war echt krass – und genau die Art, wie Leute Bethany behandelten, als wäre sie hübsch und mehr auch nicht. Ich fühlte mich richtig mies, dass ich über Greg im Grunde genauso gedacht hatte. Ich meine, ich wusste, dass er nicht dumm ist; er belegt alle Leistungskurse und er schneidet immer gut ab. Aber ich hatte mir nie die Mühe gemacht, irgendetwas anderes über ihn herauszufinden.

Also war ich ziemlich überrascht, als wir zum Ufer zurückruderten und er dort mit dem Jungs-Team am Bootshaus stand.

Wir stiegen aus und trugen *Dullahan* zurück zum Bootshaus. Ich war total verschwitzt. Ich meine, wir schwitzten alle, aber irgendwie kam ich mir verschwitzter vor als alle anderen. Ich fuhr mit dem Finger über meinen Nasenrücken.

Bethany ging neben mir und blieb vor Schreck fast stehen. »Oh mein Gott«, sagte sie.

»Geh hin und rede mit ihm!«

»Ich kann nicht!«

Weil ich eine gute Freundin bin – und keineswegs, weil ich es wollte –, nahm ich Bethany an der Hand und ging mit ihr zu Greg.

»Здравствуйте«, sagte ich, denn ich hatte eine Minute Zeit gehabt, in dem Russischbuch zu blättern, als ich im Buchladen an der Kasse stand. Ich hatte keine Ahnung, ob ich es richtig aussprach, aber was mir an akzeptablem Akzent fehlte, glich ich mit übertriebener Aussprache wieder aus. Mit anderen Worten: Ich rollte das *R*. Dabei weiß ich gar nicht, ob im Russischen das *R* gerollt wird.

Er lächelte. »Здравствуйте.« Gerolltes *R*. Ich lächelte zurück. »Hast du jetzt angefangen zu rudern?« Die Saison war schon fast vorbei; es war ein seltsamer Zeitpunkt einzusteigen.

»Coach Allen ist mein Nachbar. Ich hab ihm erzählt, dass ich darüber nachdenke, nächstes Jahr mit dem Rudern anzufangen, und da hat er gesagt, ich könnte doch jetzt ein paar Mal zum Training kommen, um zu sehen, wie es mir gefällt.«

»Oh«, sagte ich. »Das ist ja prima. Ich bin sicher, du wirst gut darin sein. Meinst du nicht auch? Bethany?«

»Supergut«, murmelte Bethany.

»Ich meine, ich vermute, dass beim Rudern viele Muskelgruppen beansprucht werden, die man auch beim Schwimmen benutzt. Starke Deltamuskeln braucht man zum Beispiel.«

Ich stieß Bethany mit dem Ellenbogen an. »Deltamuskeln«, flüsterte sie.

Wir starrten beide auf Gregs Schultermuskeln.

Es war so was von abartig. Und ich hatte den Eindruck, Bethany erlitt gerade eine Art Greg-induzierten Schwächeanfall.

»Ich glaube, Bethany braucht einen Schluck Wasser«, sagte ich.

»Wasser«, wiederholte sie und nickte energisch. Ich sah Greg achselzuckend an und schleifte Bethany zurück in Richtung Wasserspender.

»Was ist nur los mit mir?«, fragte sie, sobald wir außer Hörweite waren. Sie goss sich etwas Wasser über den Kopf, bevor sie ein paar Schlucke trank.

»Ich glaub, er hat es nicht mal gemerkt«, erwiderte ich und das stimmte wahrscheinlich sogar. Er dachte bestimmt einfach, dass sie etwas albern und bezaubernd war.

»Ich hab nichts gemacht, als das letzte Wort zu wiederholen, das du gesagt hast. Drei Mal. Ich hab das drei Mal gemacht.«

Ich warf einen Blick zu Greg, der gerade ins Boot einstieg und sich in die Mitte setzte. Er sah zu uns herüber und winkte.

Bethany winkte zurück. »Ich glaub, ich geb es auf.«

»Du gibst auf? Du versuchst gerade mal seit drei Tagen, ihn anzusprechen, und ihr *hattet* noch nicht einmal ein richtiges Gespräch. Das ist ja … ich weiß auch nicht. Das ist, als würdest du die Weltraummission abbrechen, bevor du überhaupt in Cape Canaveral angekommen bist.«

Wir setzten uns einander gegenüber ins Gras und machten unsere Dehnübungen. Bethany und ich spreizten die Beine, sodass sich unsere Füße berührten, und zogen einander abwechselnd nach vorn, um die Verspannungen im Rücken zu lockern. Dabei beobachteten wir das Jungs-Team. Coach Allen war anscheinend dabei, Greg die Bootsbegriffe zu erklären und ihm zu zeigen, was er mit seinem Ruder machen musste.

Ich fragte mich, warum Greg nächstes Jahr rudern wollte. Er war doch schon im Schwimmteam, daher wunderte es mich, dass er dafür überhaupt Zeit hatte.

Wir sahen zu, wie die Jungs in *Bukephalos* über den See zogen. John O'Malley wird superlaut, sobald er im Boot sitzt, und wir konnten ihn noch aus mehr als hundert Metern Entfernung hören.

»*Zieht!*«, brüllte er. »Und zieht!«

Wir beobachteten, wie die Jungs weitere hundert Meter zurücklegten. Sie kamen ganz gut voran. Greg führte sein Blatt nicht richtig, aber er machte das schließlich auch zum ersten Mal. Doch dann verlor er die Kontrolle über seinen Riemen, der zurückschnellte und ihn am Oberkörper traf.

»*Autsch!*«, rief er.

»Meinst du, er hat sich sehr wehgetan?«, fragte Bethany.

Die anderen Jungs im Boot lachten, während Greg sich das Brustbein rieb. Er sagte etwas zu ihnen, was wir nicht hören konnten. Wenn ich das gewesen wäre, hätte ich ihnen was gehustet, aber anscheinend ist er ein bisschen netter als ich, denn sie lachten noch einmal und ruderten dann weiter. Zwei Minuten später passierte es ihm noch mal.

»Was macht er eigentlich falsch?«, fragte Bethany.

Das war aus der Entfernung schwer zu erkennen, aber es sah aus, als würde er das Ruder einfach zu tief eintauchen. Wir beobachteten sie ein paar Minuten. John rief Greg offensichtlich Anweisungen zu, aber es schien nicht zu helfen. Die meisten Jungs würden jetzt wohl daran denken aufzugeben. Ich nahm an, spätestens morgen früh wäre er zurück im Pool und wir würden ihn hier nie wiedersehen.

Als die Jungs zurück am Ufer waren, rief mich ihr Trainer zu sich. »Aphra«, sagte er. »Würdest du mal eben mit Greg rausfahren? In *Selkie*, nur um ihm eine kleine Einführung zu geben.«

Ich sah ihn etwas zweifelnd an, denn *Selkie* ist einer unserer Zweier und Rudern im Zweier ist echt hart. Ich hatte es selbst noch nicht oft gemacht, aber oft genug, um zu wissen, dass es nicht mein Ding ist. Wenn beide Ruderer keine Ahnung haben, was sie da machen, ist es ein einziges Schwitzen, Schimpfen und Im-Kreis-Rudern, und ich hatte ja gesehen, wie Greg sich zwei Mal das Ruder an den Latz knallte. Es wäre sinnvoller gewesen, ihn in einem der Vierer mitzunehmen, wenn schon nicht die gesamte Mannschaft dabei sein sollte.

»Nur für zehn Minuten«, sagte er. »Ich will, dass er sich mal ganz auf die Ruderhaltung konzentrieren kann, ohne sich um den Schlagrhythmus einer ganzen Mannschaft zu sorgen.«

»O-okay«, sagte ich. Greg sah etwas schuldbewusst drein. »Aber weißt du, Bethany hat die Technik besser drauf als ich.« Ich stieß sie mit der Schulter an und schubste sie ein Stück nach vorn.

Coach Allen sah Bethany an und runzelte leicht die Stirn. Ich versuchte, ihr einzugeben, doch etwas zu sagen, die Situation zu nutzen und zehn Minuten in einem Boot zu verbringen – mit dem Jungen, in den sie verliebt war. Stattdessen sah sie aus, als würde ihr gleich übel.

»Du hast Erfahrung als Steuerfrau«, sagte der Trainer. »Dreh einfach eine kleine Runde mit ihm.«

Vielleicht hätte ich mich geschmeichelt fühlen sollen, dass er mich für besser geeignet hielt, aber es fuchste mich. Bethany wurde einfach immer übersehen, dabei war sie die bessere Ruderin. Aber die Leute sehen immer nur das hübsche Mädchen, das nicht reden will, und denken, sie ist entweder ein Snob oder einfach dumm. Ich bin nicht sicher, wovon Coach Allen in diesem Moment ausging. »Ich glaube wirklich, dass Bethany –«

Aber Bethany wisperte mir zu: »Schon okay, Aphra. Geh du nur.«

»Aber –«, begann ich wieder.

Allen schlug mir auf die Schulter. »Prima! Und nimm ihn ruhig ordentlich ran.« Dann wandte er sich ab.

»Also gut«, sagte ich. »Dann wollen wir mal sehen, was diese Muskeln draufhaben.«

Als wir *Selkie* ins Wasser gestoßen hatten, übernahm ich den Schlag und platzierte Greg im Bug, damit er meine Bewegungen nachmachen konnte. »Okay«, sagte ich. »Wir machen jetzt eine kleine Übung. Blatt – ab!«

»Was?«

»Tauch das Blatt ein, aber mit der flachen Seite nach oben. Du wirst uns jetzt stabilisieren und ich rudere uns im Kreis herum, damit du siehst, wie man das Blatt richtig ins Wasser taucht. Schau auf das Ende meines Blattes.« Ich demonstrierte es ihm für ein paar Minuten. »Jetzt bist du dran«, sagte ich und schaute über meine linke Schulter, um das Ende seines Blattes im Auge zu behalten. »Ja, das habe ich mir gedacht. Du tauchst das Blatt zu tief ein. Deshalb fängst du ständig Krebse.«

»Krebse?«

»Krebse fangen – so nennt man das, wenn jemand die Kontrolle über sein Ruder verliert. Es ist wie beim Frühstücksei: Es muss genau richtig sein. Wenn du das Blatt zu tief eintauchst, fängst du einen Krebs. Wenn du nicht tief genug eintauchst, streifst du das Wasser nur und dann gerät das Boot ins Schlingern. Versuch es noch mal.«

Das tat er und es klappte schon ein wenig besser. Ich hielt das Boot stabil, während er uns noch einmal im Kreis ruderte. Es begann, mir richtig Spaß zu machen. Der späte Nachmittag war meine liebste Tageszeit, um draußen auf dem Wasser zu sein. Die Sonne stand schon tief am Himmel und Gregs Ruderschläge schickten kreisförmige Wellen über das Wasser.

Er ächzte.

»Alles in Ordnung?«, fragte ich. »Wir sollten gleich zurückrudern.«

»Du musst mich nicht schonen«, sagte er.

»Mache ich auch nicht. Aber *ich* bin jetzt schon zwei Stunden gerudert und ziemlich müde.«

Es war seltsam, so mit ihm zu reden – keinen Meter von ihm entfernt, aber ohne ihn anzusehen. Allerdings konnte auch er ja mein Gesicht nicht sehen. Ich fragte mich, wie mein Nacken wohl aussah.

Er schwieg für ein paar Minuten. Ich rief ihm einige Fachausdrücke zu, damit er sich daran gewöhnte, sie zu hören. Er merkte sie sich schnell. War ja auch klar. Was sind schon ein paar Ruderbegriffe für jemanden, der sechs Sprachen spricht?

»Ich will dir ja nicht zu nahetreten«, sagte ich, »aber wie findest du überhaupt noch Zeit hierfür? Ist Schwimmen nicht das ganze Jahr über?«

Er stieß einen Seufzer aus. »Das ist ein bisschen kompliziert im Moment. Aber Schwimmtraining ist sowieso morgens.«

»Trotzdem«, sagte ich. »Das ist ganz schön viel Training: zwei Stunden am Morgen und dann zwei Stunden mit uns nach der Schule. Du musst doch jetzt ganz schön kaputt sein.«

»Ich war heute Morgen gar nicht beim Schwimmen.«

Ich wartete, ob er das noch weiter erläutern würde. Tat er nicht. Also sagte ich: »Oh. Na ja, ich denke, du hast jetzt den Dreh raus. Lass uns zurückrudern.«

Ich warf einen Blick über meine Schulter, um die Entfernung zurück zum Steg abzuschätzen, und sah Bethany mit angezogenen Beinen am Ufer sitzen. Die anderen Mädchen waren schon gegangen. Ich spürte, wie Greg sich hinter mir auf seinem Sitz bewegte.

Also. Ich sollte doch eigentlich Werbung für Bethany machen. »Du kennst doch Bethany, oder?«

»Klar«, sagte er. »Ich meine, ich glaub, ich hab eigentlich noch nie mit ihr geredet.«

»Sie ist …«, begann ich. »Sie ist schüchtern. Aber sie ist echt klasse.« Ich kaute auf meiner Unterlippe. »Sie ist total gut in Spanisch.«

Die letzte Behauptung war eine glatte Lüge. Es ist nicht einfach, in einer Fremdsprache gut zu sein, wenn man die Aussprache nicht üben will, weil man Angst hat, den Mund aufzumachen und es zu vermasseln. Aber das musste Greg ja nicht wissen.

»Wirklich?«, fragte er.

»Jetzt lass uns über Steuerbord wenden«, sagte ich.

»Wie geht das denn jetzt?«

»Vielleicht mach ich das diesmal«, sagte ich. »Lass einfach locker, dann wende ich das Boot.«

Wir drehten um und begannen zu Bethany zurückzurudern.

Kapitel 5

Ein paar Tage später saß ich mit Bethany in meinem App-Design-Kurs. Eigentlich hätte ich an den Feineinstellungen meiner *Deanna*-App arbeiten sollen, tatsächlich aber feilte ich an meinem Dostojewski-Essay, den ich in einem zweiten Tab geöffnet hatte. Mr Positano war hinten im Raum und half ein paar Schülern aus der Zwölften, die zusammen ein Spiel entworfen hatten, das genauso wie *Fruit Ninja* funktionierte, nur mit Kühen. Es trug den einfallsreichen Namen *Steak Ninja* und stürzte jedes Mal ab, wenn jemand versuchte es zu starten.

Ich starrte mürrisch auf mein Word-Dokument und hörte nur, wie Mr Positano immer wieder sagte: »Nein, so nicht – *Nein. Nein. Nein.* Das auch nicht.« Und dann: »Habt ihr darüber nachgedacht, noch mal von vorn anzufangen?«

Ich fuhr zusammen, als Bethany plötzlich neben meinem Stuhl auftauchte.

»Mein Gott«, sagte ich. »Du hast mir vielleicht einen Schreck eingejagt. Fällt dir ein anderes Wort für überflüssig ein?«

Sie runzelte die Stirn. »*Unnötig*?«

»Noch ein anderes.«

»Ähm, mir fällt keins mehr ein. Sag mal, hast du mal wieder deine *Deanna*-App gecheckt?«

»*Entbehrlich*! *Überflüssig* hab ich schon zwei Mal verwendet.« Ich tippte *entbehrlich* in meinen Satz und tippte es noch mal, als mir die Rechtschreibprüfung sagte, dass ich es falsch geschrieben hatte. Dieses *h*. Das war doch auch entbehrlich. Oder überflüssig. »Ich lasse die App erst mal 'ne Weile laufen. Am Ende der Woche gucke ich mir dann die Antworten an.«

Ich klickte auf »Wörter zählen«. Mein Essay hatte fünfzig Wörter zu wenig. Ich überlegte, die Seitenränder zu ändern. Aber das würde Mr. Edwards wahrscheinlich merken. Ich änderte den Schrifttyp zu Courier. Viel zu offensichtlich.

»Ich glaube, du solltest mal die *Deanna*-App checken.«

»Vielleicht brauche ich einen längeren Titel«, sagte ich. »Warte, warum soll ich denn unbedingt in die App gucken?«

»Na ja, ich hatte meine Analyse schon fast fertig und hab mich gelangweilt, also hab ich *Deanna* gefragt, was ich heute Abend essen sollte, und da ist sie irgendwie ausfällig geworden.

»*Ausfällig*? Das hab ich bestimmt nicht programmiert.«

»Ja, aber sie schnappt anscheinend Sachen von den Leuten auf, die deine App runtergeladen haben …«

»Nein«, sagte ich. »Das kann nicht sein«, sagte ich. »Ich hab dafür gesorgt, dass die App absolut idiotensicher ist.« Aber ich verkleinerte das Fenster mit meinem Essay, öffnete den Tab mit *Deannas* Programm und tippte: **Soll ich einen Hamburger oder ein Sandwich mit Erdnussbutter essen?**

Deanna schrieb: **Schau mal hier nach.** Und dann folgte ein Link zu einer dieser winzigen URLs.

Ich hatte das Programm mit einigen Links zu diversen Beratungsseiten verknüpft. Vielleicht war *Deanna* nur übersensibel und verwies mich an die Webseite der nationalen

Beratungsstelle für Essstörungen? Aber eine einfache Frage zu Sandwiches hätte das nicht auslösen sollen. Ich klickte auf den Link.

Ich stieß einen unwillkürlichen Schrei aus und schloss schnell den Browser, bevor irgendjemand anders die Bilder von Leuten sehen konnte, die unaussprechliche Dinge mit Erdnussbutter anstellten.

»Aphra?«, rief Mr. Positano vom hinteren Ende des Raumes.

»Nichts!«, rief ich zurück. »Ich, äh, dachte nur, ich hätte was gelöscht, aber es ist schon okay.«

»Drück einfach Steuerung und *Z*!«

»Oha!«, sagte ich, löschte meinen Browser-Verlauf und merkte mir, dass der Pornoblocker der Schule noch schlechter war, als ich gedacht hatte. »Verdammte Scheiße. Wo hat sie das denn her?«

Würg. Womöglich hatten ihr irgendwelche Leute Porno-Links geschickt und *Deanna* hielt sie für Begrüßungsformeln oder Konversationsfloskeln in Gesprächen über Essen. Oder vielleicht hatte sie die Links einfach bei Google gefunden? Ich war mir nicht sicher. Und das war eigentlich das größte Problem, denn solange ich nicht wusste, warum das Ganze aus dem Ruder lief, konnte ich es auch nicht beheben.

»Du hast sie dazu programmiert, Links herauszugeben, nicht wahr?«, fragte Bethany.

»Links zu *Beratungsseiten*! Nicht zu nackten Leuten!«

»Ich nehme an, Leute haben ihr diese Links geschickt und sie hat sie gespeichert, oder?«

»Wahrscheinlich. Na ja, wenigstens sind die Links ernährungsspezifisch. Es könnte schlimmer sein.«

Bethany seufzte.

»Was?«, fragte ich.

»Es ist schlimmer«, sagte sie. »Gib irgendetwas ein.«

Hi Deanna, tippte ich.

Sag mir, was du anhast, antwortete *Deanna*.

»Oh nein«, sagte ich. Aber um mich zu vergewissern, tippte ich: **Ich trage mein Lieblings-T-Shirt, das ich auch gestern schon anhatte.**

Das klingt scharf, Süßer, antwortete *Deanna*.

»Ich will dich ja nicht verrückt machen«, sagte Bethany, »aber du weißt schon, dass sie vielleicht auch Porno-Links an Minderjährige verschickt, die deine App heruntergeladen haben?«

Das hatte ich allerdings nicht bedacht. War das ein minderes Delikt oder eine schwere Straftat?

Ich ließ meine Stirn auf die Tastatur sinken und stellte mir vor, wie ich zehn Seiten von *Deanna* der Telefonsex-App an Mr Positano übergeben würde. Ich würde nicht nur null Punkte bekommen; ich würde wahrscheinlich von der Schule fliegen.

»Oh Gott«, sagte ich. »So kann ich das nicht abgeben.«

»Das kannst du wirklich nicht.«

»*Scheiße*«, sagte ich. »Scheiße, scheiße. Ich werde durchfallen.«

»Kannst du die App nicht einfach wieder zurücksetzen? Den Lern-Algorithmus rausnehmen?«

»Das geht nicht«, sagte ich. »Der Lernalgorithmus war das Kernstück meines Projekts. Ohne das wäre *Deanna* nichts als ein Chatbot mit freiem Quellcode, der von anderen geschrieben wird. Dafür bekomme ich keine Punkte.«

»Hör mal«, schlug Bethany vor. »Ich mache immer noch

dieses Wetterprogramm. Und Mr Positano hat doch gesagt, wir können auch zu zweit daran arbeiten.«

»Aber du bist doch schon fertig!«

»Na ja, das hier kannst du zumindest nicht abgeben. Alles, was *Deanna* jetzt macht, ist, dass sie ihren Usern nackte Leute zeigt und fünfzehn Euphemismen für *Penis* nennt.«

»Es gibt doch gar nicht fünfzehn Euphemismen für *Penis*!«, sagte ich. »Warte, es gibt wirklich fünfzehn?«

»Ich glaube, ein paar davon sind erfunden«, meinte Bethany.

In diesem Moment klingelte es. »Mist«, murmelte ich und loggte mich aus.

»Und vergesst nicht«, rief Mr. Positano, »die Apps müssen nächsten Freitag fertig sein!«

Ein paar Schüler aus der Zwölften stöhnten.

»Und was willst du jetzt machen?«, fragte Bethany, als wir aus der Tür gingen.

»Das weiß ich auch noch nicht«, sagte ich.

Als ich an diesem Nachmittag nach Hause kam, öffnete ich sofort das Programm, das ich benutzt hatte, um *Deanna* zu entwerfen, und setzte es zurück auf den Nullachtfünfzehn-Chatbot. Ich hatte Wochen damit zugebracht, diesen Algorithmus zu schreiben. Und ich hatte gedacht, meine App wäre vandalensicher, aber anscheinend hatte ich unterschätzt, was für einen Blödsinn die Leute damit machen und wie versaut sie sein würden.

Doch was genau bedeutete das jetzt für mich? Das Projekt machte ein Drittel meiner Note aus. Ich konnte auf keinen Fall abgeben, was ich da fabriziert hatte. Das Originalprogramm, das die Studenten an der GMU entworfen hatten, konnte ich natürlich auch nicht abgeben. Aber ich hatte auch keine Zeit, mir ein neues Projekt auszudenken. Ich könnte mich an Bethany dranhängen, aber das erschien mir auch falsch, da ich ja eigentlich gar nicht daran mitgearbeitet hatte und so nur meine beste Freundin ausnutzen würde.

Mein Handy pingte. Es war Bethanys App. Im Wesentlichen funktionierte sie, in dem sie sich mit der AccuWeather-Webseite verlinkte. Basierend auf der angekündigten Temperatur und Niederschlagsmenge, sagte einem die App dann, was man am nächsten Tag anziehen sollte.

Morgen wird es regnerisch bei einer Höchsttemperatur von 16 Grad. Am besten kleidest du dich bei diesem Wetter nach dem Zwiebelprinzip. Trage ein Sweatshirt oder eine Jacke und geschlossene Schuhe mit rutschfester Sohle. Und vergiss deinen Schirm nicht!

Ich musste lächeln. Das war eigentlich eine ziemlich clevere App. Bethany hatte dabei an Kit gedacht, der sich jedes Mal weigert, eine Jacke anzuziehen, wenn es kalt ist, und dann in der Pause friert.

Ich fing an, Bethany eine SMS zu schreiben, um ihr zu sagen, dass wenigstens ihre App funktionierte. Unser Nachrichten-Log ist ellenlang und reicht zurück bis zu dem Zeitpunkt im letzten Jahr, als ich das Handy gekauft habe. Meine Mom regt sich immer darüber auf, dass wir uns ständig texten. Aber irgendwie hat es etwas Beruhigendes zu wissen, dass es jemanden gibt, der immer da ist und darauf wartet, von dir zu hören. Als wäre man niemals vollkommen allein.

Dann kam mir der Gedanke, dass *Deanna* eigentlich auch eine Art Chat-App war. Die Person am anderen Ende redete mit meiner künstlichen Intelligenz, aber nur weil die Nachrichten dorthin geleitet wurden. Es gab keinen Grund, warum nicht einfach *ich* die Person am anderen Ende sein könnte; der User würde nie erfahren, dass es nicht wirklich *Deanna* war. Ich musste mich nur bemühen, so zu klingen wie ein Computer, das war alles.

Es wäre wie ein umgekehrter Turing-Test – statt jemanden davon zu überzeugen, dass ein Computer ein Mensch ist, würde ich versuchen, die Leute davon zu überzeugen, dass ich ein Computer bin.

Ich deaktivierte *Deanna* und aktualisierte die App, sodass die Benutzeroberfläche für den User aussah wie bisher. Doch anstatt mit dem Chatbot zu sprechen, startete die App eine Chat-Session mit meinem Handy. Ich würde selbst an *Deannas* Stelle antworten. Dann könnte ich den Algorithmus einreichen, den ich geschrieben hatte – der ja funktioniert hätte, wenn ihn nicht so viele Arschlöcher heruntergeladen hätten –, und was die Antwortbeispiele anbelangte, so würde ich einfach selbst welche schreiben. War das vollkommen aufrichtig? Wohl kaum. Aber sonst würde ich den Kurs nicht bestehen und das wäre auch nicht fair. Ich hatte viel zu hart an diesem Projekt gearbeitet, um jetzt *Deanna* den Sexbot einzureichen.

Ich hatte die App schon so programmiert, dass sie automatisch upgedatet wurde. Sofern jeder User WLAN-Anschluss oder Zugang zum mobilen Datennetz hatte, war ich jetzt startklar. Wenn ich tippte, würde das Ganze viel langsamer gehen, als es sollte, aber die Leute würden hoffentlich einfach denken, dass die App störanfällig ist oder so was. Ich konnte nur hoffen, dass sich nicht fünfzig Leute gleichzeitig einloggen würden.

Ich druckte meinen Dostojewski-Essay aus und stand auf, um mir ein paar Kekse zu holen, als mein Handy *Ping!* machte. Jemand hatte die *Deanna*-App aufgerufen.

Ich schnappte mir mein Handy, das auf dem Bett lag, ging in die Küche und nahm mir ein paar von den Schokokeksen, die Mom und Kit nach der Schule gebacken hatten. Dann setzte ich mich an die Anrichte. Der *Deanna*-User hatte getippt:
Pfannkuchen oder Arme Ritter?

Ich fragte mich, warum jeder meiner Kummerkasten-App solche Essensfragen stellte. Wahrscheinlich, weil es einfache Entscheidungen sind. Risikoarm. Ich biss ein Stück von meinem Keks ab. Die Schokolade war sogar noch etwas weich. Aus dem Flur hörte ich, wie meine Mom Kit sein abendliches Kapitel aus *Harry Potter* vorlas.

Weil ich etwas gereizt war, schrieb ich zurück: **Der übermäßige Konsum von Kohlenhydraten kann zu Insulinresistenz führen.**

Du klingst wie meine Mom.

Du solltest immer auf deine Mutter hören.

Aber ich will Arme Ritter.

Ich verdrehte die Augen. **Dann iss deine Armen Ritter.**

Ich wusste, ich würde dich mögen.

Ich lächelte mein Handy an. **Ich mag dich auch,** tippte ich.

Vorsichtig, Deanna. Du wirst unprofessionell.

Empathie ist immer professionell.

Ich merkte, dass ich jetzt etwas zu gewitzt für einen Chatbot klang, also beschloss ich, eine wahllose Bemerkung einzuwerfen. Ich tippte: **Wohin geht der blaue Himmel in der Nacht?**

Oh. Jetzt werden wir philosophisch.

Philosophie ist das Studium der Weisheit.

Ja, das ist mir bekannt.

Hast du deine Armen Ritter gegessen?

Ja, ich bin gerade dabei. Es wird dich freuen zu hören, dass ich nur eine minimale Menge Sirup genommen habe.

Ich tippte: **Kanada produziert jedes Jahr 73 Millionen Liter Ahornsirup, einen Großteil davon für den Exportmarkt.**

Ich wartete ein paar Minuten, aber es kam keine Antwort. Es gibt wirklich keinen Grund, eine Konversation mit einer Maschine formell zu beenden, also war ich nicht direkt beleidigt. Ich stellte meinen Teller weg und ging zurück in mein Zimmer, wo ich Kit vorfand. Er hatte sich mit Walnut im Arm in mein Bett gekuschelt.

»Hat Mom dich nicht schon ins Bett gebracht?«, fragte ich.

»Ja, aber ich bin nicht müde.« Ich sah Kit etwas genauer an. Seit einem Monat oder so hat er jetzt diesen sandpapierartigen Ausschlag auf der linken Gesichtshälfte. Manchmal ist es einfach nur wie sehr trockene Haut und manchmal ist es schlimmer. Mom cremt ihn ständig ein und sagt ihm, dass er nicht kratzen soll. Der Kinderarzt dachte erst, es sei eine Milchallergie, aber Kit hatte jetzt schon seit zwei Wochen keine Milchprodukte zu sich genommen und es schien keinen Unterschied zu machen. Seine Haut glänzte von der Salbe, mit der Mom ihn eingerieben hatte, aber sie sah etwas geröteter aus als sonst.

»Ich bin müde«, sagte ich und schlüpfte neben ihm ins Bett, sodass Walnut zwischen uns lag. Ich kraulte Walnut hinter den Ohren. Er schnurrte. »Vielleicht kannst du schon mal für mich mitschlafen.«

»Wenn du müde bist, warum schläfst du dann nicht selbst?«

»Hab meine Hausaufgaben noch nicht fertig«, sagte ich.

Mir war gerade eingefallen, dass einige Leute die *Deanna*-App vielleicht mitten in der Nacht benutzen würden. Ich musste eine Ersatzvariante programmieren, damit die App wieder auf den ursprünglichen Open-Source-Code zurückgreifen würde, wenn ich nicht da war. Ich würde den Teil dann einfach nicht mit abgeben.

»Ich hasse Hausaufgaben«, sagte Kit. Dabei wusste ich, dass er kaum welche aufhatte.

»Ja, Spaß machen sie nicht«, stimmte ich ihm zu. »Hast du noch was auf dem Herzen? Machst du dir Sorgen, dass Harry was zustößt?«

Er zuckte die Achseln.

»Was ist es dann?«

»Ich hab heute mit Delia telefoniert.«

»Tatsächlich?«, sagte ich.

»Ja.«

»Und was hat sie gesagt?«

»Nichts. Sie kommt bald nach Hause.«

»Ja, das weiß ich.«

»Bist du immer noch wütend auf sie?«

Ich schluckte. »Nein.«

»Lügnerin.«

»Stimmt. Tut mir leid.«

»Kannst du nicht einfach *nicht* wütend auf sie sein?«

»Das ist etwas kompliziert, Kumpel«, sagte ich und strubbelte ihm durch die Haare. Er schlug meine Hand zur Seite.

»Nein, ist es nicht«, sagte er. »Du entscheidest dich einfach, nicht wütend zu sein, und dann bist du nicht wütend.«

Ich schwieg.

Dann fragte er: »Bist du gerne wütend?«

»Nein, natürlich nicht.«

»Bist du doch. Ich glaub, du bist echt gerne wütend.«

»Warum das denn?«

»Weiß ich auch nicht. Ich denke bloß, wenn es dir nicht gefallen würde, würdest du aufhören.«

Mom blieb in meiner Tür stehen. »Ich dachte, du bist im Bett«, sagte sie zu Kit.

»Ich bin im Bett«, antwortete er.

»In deinem eigenen Bett«, sagte sie. »In deinem Zimmer. Mit dem Licht aus.«

»Aphras Bett ist bequemer«, sagte er.

»Los«, sagte Mom. »Geh jetzt schlafen.«

»Na gut«, murrte er und stolperte aus dem Zimmer. Walnut folgte ihm.

»Hi«, sagte Mom, als er weg war.

»Hi.«

»Also«, sagte sie und setzte sich an Kits Stelle auf mein Bett. »Delia.«

Ich bereute, dass ich nicht schon schlafen gegangen war. Die Chance hatte ich jetzt verpasst. »Ich hab eine Schwester, die Delia heißt«, sagte ich und klang ein bisschen zu sehr wie ein Chatbot. Aber Chatbots müssen sich wenigstens keine Standpauke anhören, wenn sie sauer sind.

»Ist das nicht etwas, was du mit Dr. Pascal durchgearbeitet hast?«

Ich drehte mein Gesicht zur Zimmerdecke. »Du sollst mich doch nicht danach fragen, was ich mit Dr. Pascal besprochen habe.«

»Richtig. Richtig. Entschuldige. Es geht doch nur darum …«, stammelte sie. »Nun gut.«

Es ging darum, dass ich jetzt schon seit zehn Monaten in Therapie war und immer noch nicht richtig gelernt hatte, mit meinen Gefühlen in Bezug auf meine Schwester umzugehen. Im Sinne eines Investments entpuppte sich Dr. Pascal als eine schlechte Anlage. Zumindest sahen das meine Eltern so.

»Weißt du, dein Vater und ich werden eines Tages tot sein«, sagte Mom. »Und dann wirst du dir vielleicht wünschen, dass du deine Beziehung zu deiner Schwester nicht vergiftet hättest.«

»Nette emotionale Manipulation, Mom«, gab ich zurück. »Außerdem hab ich die Beziehung nicht vergiftet. Das war Delia.«

»Du weißt, dass sie dir nicht wehtun wollte.«

»Das hat damit nichts zu tun! Hör zu, ich weiß, alle wollen, dass ich das Ganze einfach vergesse, aber das kann ich nicht. Du tust ja, als hätte sie bloß meinen Lieblingspulli einlaufen lassen oder so was.«

»Nein. Es ist nur ihre Nase, die geschrumpft ist.«

Ich zog eine Grimasse.

Mom versteht überhaupt nicht, worum es geht, denn sie hat sie gar nicht – DIE Nase. DIE Nase ist eine Erbschaft von unserem Vater und jeder hält sie für eine vollkommen akzeptable Männernase. Nur bei Mädchen scheint sie zum Problem zu werden.

»Hey,« sagte Mom beschwichtigend, »ich wünschte, sie hätte gewartet, bis du nicht mehr in einem so labilen Alter bist, wenn sie schon so wild dazu entschlossen war, es zu tun. Aber sie hat sich eben anders entschieden.«

»Du klingst wie Dr. Pascal.«

»Mag sein, dass sie mir ein paar Bücher empfohlen hat«,

gab sie zu. »Der springende Punkt ist doch: Delia hat getan, was sie getan hat, und wir müssen das einfach akzeptieren.«

»Nur, weil du sagst, ich muss es akzeptieren, bedeutet das nicht, dass ich es auch tue.«

»*Aphra*«, sagte sie.

»Hör zu, soll ich dir versprechen, dass ich so tue, als ob alles in Ordnung ist, wenn sie nach Hause kommt? Ist es das?«

»Nein, das ist eigentlich nicht das, was ich will.«

»Mehr ist aber nicht drin«, sagte ich und drehte mich zur Wand. »Ich will jetzt schlafen.«

»Aphra.«

»Gute Nacht, Mom.«

»Aphra.«

Ich machte ein paar Schnarchgeräusche. Sie seufzte und tätschelte meine Schulter, bevor sie das Licht ausmachte und das Zimmer verließ.

Ich lag etwa fünf Minuten so da, bevor ich mich erinnerte, dass ich meine Latein-Hausaufgabe noch nicht fertig hatte, also setzte ich mich auf und knipste das Licht wieder an. Auf meinem Handy meldete sich noch einmal die *Deanna*-App. Ich war drauf und dran, das laute *Ping!* zu ignorieren, aber erst mal guckte ich nach, ob es eine gute Frage war. Der IP-Adresse nach war es dieselbe Person, mit der ich mich zuvor über die Armen Ritter unterhalten hatte. Jetzt lautete die Frage: **Wie schlimm ist es, seine Eltern zu enttäuschen?**

Uff.

Ich tippte: **Enttäuschungen gehören zum Leben. Sogar für Eltern.**

Du hast gut reden. Du bist ja bloß ein Computer.

Piep. Piep. Ping, tippte ich.

Fühlst du dich manchmal schuldig?

Ich antwortete: Schuld ist eine normale Emotion, die jeder irgendwann einmal empfindet.

Bringt es denn irgendwas, sich schuldig zu fühlen?

Ich tippte: Schuldgefühle sind dann nützlich, wenn sie dich dazu bringen, dein Verhalten in positivem Sinne zu verändern.

Und was ist, wenn man nichts dagegen machen kann?

Ich sah mein Handy stirnrunzelnd an.

Ich meine, was, wenn du dich für etwas schuldig fühlst, das du nicht ändern kannst?

In dem Fall, tippte ich, wäre es eine überflüssige Emotion.

Ich schüttelte den Kopf über mich. Ausgerechnet ich belehrte jemanden zum Thema überflüssige Gefühle.

Es wäre schön, wenn man die einfach ausschalten könnte. Die überflüssigen Gefühle, meine ich.

Ja, stimmte ich zu. Das wäre sehr praktisch.

Okay. Ich sollte jetzt mal ins Bett gehen. Sag Gute Nacht, Deanna.

Ich tippte: Gute Nacht, Deanna.

Und dann, weil ich irgendwie nicht anders konnte, tippte ich noch: Melde dich doch morgen wieder.

Okay, ich melde mich morgen wieder.

Kapitel 6

Das Rudertraining am nächsten Tag war heftig. Die letzte Regatta der Saison stand in weniger als einem Monat an, deshalb ließ die Trainerin uns Sprints rudern, bis die gesamte Mannschaft vor sich hin fluchte. Zum Schluss hatte selbst Sophie ihren Elan verloren und saß ermattet im Heck wie eine welkende Blume.

Während wir uns abkühlten, sahen wir zu, wie die Jungs ihre Boote an Land brachten. Es hatte irgendwie etwas Imposantes zu beobachten, wie sie ein fast zwanzig Meter langes Boot aus dem Wasser und auf ihre Schultern hievten. Das war mir vorher nie so richtig aufgefallen.

»Hey«, sagte ich zu Bethany, während ich meinen schmerzenden Arm hinter dem Rücken nach unten zog und meine Schulter dehnte, bis ich den Zug in der Seite spürte. Es gibt nichts Schöneres als eine gute Dehnübung nach dem Training. Es ist wahrscheinlich das Allerbeste an der ganzen Sache. »Greg ist gleich fertig. Du solltest hingehen und mit ihm reden.«

Bethany runzelte die Stirn, zog beide Arme hinter ihren Rücken und beugte ihre Taille.

»Komm schon«, sagte ich. »Er ist bestimmt zu müde, um wegzulaufen.«

»Vielen Dank auch«, sagte sie ausdruckslos.

»Nicht dass er tatsächlich weglaufen würde«, beteuerte ich. »Aber er wäre jetzt wahrscheinlich empfänglich für eine kleine Ablenkung.« Ich musterte meine Freundin von der Seite. »Für dich, meine ich. Du bist die Ablenkung.«

»Ich hab schon verstanden«, sagte sie. »Aber …« Sie zupfte an ihrem Trägerhemd. »Ich bin total verschwitzt.«

»Das sind wir alle. Er ist auch verschwitzt.«

»Ja, aber ich glaub, ich müffele richtig.«

»Ich bin sicher, er müffelt noch mehr.«

»Darum geht es doch gar nicht. Ich bin einfach nicht …« Sie beendete ihre Korkenzieher-Übung und richtete ihren Blick auf die Jungs. »Ich bin nicht vorbereitet.«

Ich seufzte. Die Jungs hatten inzwischen ihre Rennboote verstaut, aber noch nicht aufgehört zu stöhnen und zu fluchen. Greg betrachtete die neuen Blasen an seinen Händen, sah auf und merkte, dass wir ihn beobachteten. Er hob eine Hand. Ich winkte zurück und stieß Bethany mit dem Fuß an, damit sie auch winkte.

»Warum fällt dir das so schwer?«, fragte ich. »Er ist doch nett! Rede einfach mit ihm.«

»Das will ich doch«, sagte sie. »Ich hab ja den kompletten Text in meinem Kopf, aber wenn er da ist, bring ich einfach kein Wort raus. Meine Stimme funktioniert nicht mehr.«

Ich wusste nicht, was ich darauf erwidern sollte, denn Reden war so ziemlich das Einzige, was ich konnte.

Glücklicherweise schien Greg Bethanys Unfähigkeit zu sprechen gar nicht zu bemerken und schlenderte zu uns herüber.

»Hey«, rief ich ihm zu. »Du hast dich heute aber richtig gut geschlagen.«

Meine Worte und Bethanys Gesicht brachten ihn zum

Lächeln. »Na ja, immerhin hab ich diesmal keinen Krebs gefangen.«

»Das ist ja schon mal ein deutlicher Fortschritt.« Ich drehte mich zu Bethany, die begeistert nickte und kein Wort sagte.

»Und«, sagte Greg jetzt zu Bethany, »bist du schon fertig mit deinem Chemie-Referat?«

Diese Frage konnte ich nicht beantworten.

»Ähm … das ist nächste Woche«, begann Bethany und sah mich panisch an. Ich lächelte aufmunternd. Bethany liebt Chemie. Bethany liebt es, über Chemie zu reden.

Greg wartete darauf, dass sie weitersprach. Doch das tat sie nicht.

»Am besten sind doch Gruppenreferate, oder nicht?«, warf ich ein. »Was machst du noch mal, polyatomare Ionen oder so was?«

»Ja! Ja. Polyatomare Ionen. Ich mache das mit den Komplexverbindungen. Du weißt schon, Metalle, und ich … ich … ich hab eine kleine PowerPoint-Präsentation mit Diagrammen zur Isomerie.« Sie blinzelte nervös. »Ich … ich bin fast fertig, denke ich. Ich muss mir nur noch ein paar Mal meine Notizen durchlesen.«

Das war vielleicht die längste zusammenhängende Aussage, die Greg je von Bethany gehört hatte, und er war hingerissen. Ich überlegte krampfhaft, was Isomerie überhaupt war. Ich konnte mich nicht erinnern, es im Unterricht durchgenommen zu haben.

»Ich bin sicher, dein Referat wird super«, sagte Greg. Und die beiden lächelten sich an, dieses wunderbare, vertrauliche, entzückende Lächeln – ein *Eros*-Lächeln, wenn es so etwas gibt –, bis jemand rief: »Greg! Wir fahren jetzt!«

»Ich muss los«, sagte er. »Bis morgen.« Und dann joggte er einer Gruppe Jungs hinterher, die zum Parkplatz gingen.

Bethany lächelte noch immer dieses Lächeln, aber anstatt Greg hinterherzusehen, starrte sie weiter dorthin, wo er gestanden hatte.

»Bist du wirklich fertig mit dem Referat?«, fragte ich.

Bethany sagte nur ein Wort: »Hilfe.«

Sophie setzte uns bei Bethany zu Hause ab. Bethany nahm im Badezimmer ihrer Mom eine Dusche und ich duschte im Familienbad, bis wir nicht mehr ganz so rochen, als kämen wir aus dem Ziegenstall. Nachdem wir wieder unsere normalen Klamotten angezogen hatten, gingen wir runter in die Küche, weil wir einen Riesenhunger hatten.

Bethany kochte Wasser auf, um eine japanische Nudelsuppe zu machen (eine Fertigpackung, denn etwas anderes kriegen wir alleine nicht hin), und ich setzte mich an den Tisch, um ein zweites Glas Wasser zu trinken. Bethany holte die Sojasoße aus dem Vorratsschrank und sagte: »Das ist für uns. Du kannst dir deine verdammte Suppe selbst machen.«

Diese Bemerkung zielte auf ihren Bruder, der aus dem Keller hochgeschlurft kam und aussah, als wäre er gerade erst aufgewacht, auch wenn es schon fünf Uhr nachmittags war.

Colin fuhr sich mit der Hand durch sein ungekämmtes Haar, ließ sich auf den Stuhl neben mir fallen und guckte den Stapel Post durch, bevor er entschied, dass nichts Interessantes dabei war. Allerdings war es ein Rätsel, was für Colin überhaupt von Interesse gewesen wäre. Ein Katalog für Videospiele vielleicht oder ein Magazin mit Bildern von nackten Frauen, die auf begehrenswerten Autos posieren.

»Du brauchst 'ne Dusche«, grunzte er in meine Richtung.

»Hatte ich schon. Das ist der Geruch des Ehrgeizes – ich würde mich wundern, wenn du den wiedererkennst.«

Bethany stand an der Spüle und goss die Nudeln in einem Sieb ab. Sie schnaubte verächtlich. Colin war zwanzig und ein professioneller Keller-Troll, eine Bezeichnung, die nicht so sehr auf seinen Arbeitslosenstatus gemünzt war, sondern vielmehr auf sein vollkommenes Desinteresse, irgendetwas anderes zu machen, als Videospiele zu spielen und seine Mutter wie sein Dienstmädchen zu behandeln.

Er warf mir einen mürrischen Blick zu, bevor er sich eine Packung Kekse aus dem Schrank nahm und sie aufriss. »Was gibt es zum Abendessen?«, fragte er Bethany.

»Wie soll ich das wissen?«

Es lief immer nach dem gleichen Muster ab: Bethany und ich kamen in die Küche, Colin tauchte aus dem Keller auf, holte sich was zu essen, motzte rum und verschwand wieder nach unten. Er ist der Grund dafür, dass wir meistens bei mir zu Hause abhängen. Außerdem ist mein Bruder klein und süß und meine Eltern kaufen anständige Snacks.

Aber heute waren wir bei ihr, weil ich Bethany helfen sollte, ihren Schrank durchzugucken und die richtigen Klamotten für ihr Chemie-Referat rauszusuchen. Bethany schob jetzt schon Panik, weil sie wusste, dass Greg nun ganz besonders auf sie achten würde.

Dabei hatte sie ohnehin totalen Bammel, vor der Klasse zu sprechen, auch wenn ich sie immer wieder daran erinnerte, dass sie ihre Notizkarten verwenden durfte. »Lies sie einfach vor«, sagte ich zu ihr. »Tu so, als ob überhaupt niemand da ist.« Ihre Gruppe hatte extra beschlossen, dass sie als Zweite drankommen sollte – das war nicht so einschüchternd, wie als Erstes dran zu sein, aber auch nicht so nervenaufreibend, wie bis zum Schluss warten zu müssen.

Also aßen wir unsere Nudeln und gingen nach oben. Bethany riss ihre Schranktür auf und ließ sich dann mit dem Bauch zuerst auf ihr Bett fallen.

»Oh Mann«, sagte sie. »Ich kann nicht fassen, dass ich das tun muss.«

»Du schaffst das schon«, munterte ich sie auf. »Denk einfach an die Grundregel bei jedem Referat.«

»Stell dir alle in Unterwäsche vor?«

»Nee. Denk dran, dass sowieso keiner zuhört.«

»Wahrscheinlich hast du recht«, murmelte Bethany in ihr Kopfkissen.

»Natürlich hab ich recht. Ich bin sicher, du wirst die Einzige im Raum sein, der die isometrischen Ionen, oder wie die heißen, nicht am Arsch vorbeigehen.«

Ich zog ein tomatenrotes T-Shirt-Kleid aus dem Schrank, das eigentlich mir gehörte. Ich hatte es ihr vor ein paar Wochen für irgendein Abendessen mit ihren Großeltern geliehen. »Schau mal«, sagte ich. »Ich hatte ganz vergessen, dass du das noch hast.«

»Oh«, sagte sie. »Sorry. Nimm es wieder mit.«

Ich hielt ihr das Kleid hin. »Nein, du solltest es für dein Referat tragen.«

»Oh, bestimmt nicht, Aphra. Nicht zur Schule.«

»Warum?«

»Meine Großmutter hat gesagt, ich sehe darin aus wie ein Flittchen.«

»Na ja«, sagte ich. »Deine Oma muss es ja wissen. Ich finde, du solltest es anziehen. Du willst doch, dass Greg dich anschaut, oder?«

»So sehr nun vielleicht auch nicht.«

»Doch das willst du. Komm schon.« Ich reichte ihr das Kleid und sie nahm es.

»Ich überleg es mir.«

Wir hörten, wie die Haustür geöffnet und wieder geschlossen wurde. Es war Bethanys Mom, die von der Arbeit nach Hause kam. Und dann hörten wir Colin, der die Treppe hinaufbrüllte: »Was gibt's zum Abendessen?«

»Was wäre, wenn eure Mom eines Tages nicht mehr nach Hause käme«, fragte ich, »würde er dann verhungern? Würden wir dann irgendwann auf dem Sofa im Keller seine verweste Leiche finden?«

Bethany nickte nachdenklich. »Gut möglich.«

Aus der Küche rief Bethanys Mom zurück: »Hühnchen von gestern.«

Und ihr Bruder rief aus dem Keller: *»Bäh!«*

»Lass uns morgen wieder zu dir gehen«, sagte Bethany.

. . .

Nach dem Abendessen half ich Kit bei seinem Afrika-Projekt für die Schule, erledigte meine eigenen Hausaufgaben und fiel ins Bett, gerade in dem Moment, als mein Handy die Eröffnungsmelodie des *Star-Trek*-Soundtracks spielte.

Ich hatte die Melodie als Klingelton für die *Deanna*-App gewählt, die seit gestern Abend niemand mehr benutzt hatte. Ich fragte mich, ob es wieder der Arme-Ritter-User war. Irgendwie hoffte ich es.

Die hereingekommene Nachricht lautete: **Hi, Deanna.** Ich

überprüfte die IP-Adresse … es war der User von gestern Abend. Ich lächelte mein Handy an.

Hallo, tippte ich. **Ich hoffe, du hast einen schönen Abend.**

Merkst du dir von einem Mal zum anderen, was ich tippe?

Dazu war *Deanna* ja programmiert, also erwiderte ich: **Ja.** Und dann: **Frühstückst du heute Abend wieder?**

Nein, heute Abend nicht, kam die Antwort. **Ich hab gestern den ganzen Sirup aufgebraucht.**

Butter ist eine bessere Zutat als Sirup, da ihr Fettgehalt die Verdauung verlangsamt und ein plötzliches Absacken des Blutzuckerspiegels verhindert.

Danke für den Hinweis. Also, ich hab darüber nachgedacht, was du gestern gesagt hast. Darüber, dass Schuldgefühle nutzlos sind, wenn sie nicht helfen, das eigene Verhalten zu ändern.

Das hatte ich gesagt? *Oha.* Dr. Pascal fing anscheinend an, auf mich abzufärben. **Warum hast du darüber nachgedacht?**

Ich hatte das Gefühl, das ist leichter gesagt als getan.

Das gilt für die meisten Dinge.

Stimmt, aber ich denke immer, was, wenn ich mich schuldig fühle, weil ich weiß, dass sie recht haben?

Ich runzelte die Stirn. Diese Korrespondenz war wohl so was wie eine Art Tagebuchübung für diese Person, denn auf solche Fragen konnte er/sie doch keine Antwort erwarten. Aber weil ich irgendwie neugierig war, tippte ich: **Ich habe nicht genügend Informationen, um dazu Stellung zu nehmen.** Was in Computerisch so viel hieß wie: *Wovon redest du eigentlich?*

Als darauf keine Reaktion kam, tippte ich: **Du hast zuvor deine Eltern erwähnt. Wie geht es ihnen?**

Sie sind wütend, lautete die Antwort.

Warum sind sie wütend?

Ich mache nicht das, was sie von mir wollen. Na ja, eigentlich ist es mehr so, dass ich nicht tun kann, was sie wollen.

Ich widerstand dem Drang, einen Witz zu machen, denn das klang, als würde es um Ernsteres gehen als um Pfannkuchen. Es ist die Aufgabe der Eltern, ihren Kindern emotionale und materielle Unterstützung zu bieten. Ich dachte an Colin. Bis zu einem gewissen Grad zumindest.

Ha, tippte der User. Haha. Aber was ist, wenn genau darin das Problem liegt? Was, wenn meine Unzulänglichkeit dazu führt, dass ich mehr Unterstützung von ihnen brauche, als sie zu geben bereit sind? Materielle Unterstützung, meine ich.

Wie ich heraushöre, hast du vor, ein kostenintensives Kind zu werden.

So was in der Art.

Aus dem Zimmer nebenan hörte ich Kits helle Stimme, als er Walnut irgendein selbstausgedachtes Lied vorsang. Ich fragte mich, wie Walnut sich wohl dabei fühlte. Gut wahrscheinlich. Mein Lebensziel war es, jemanden zu finden, der mich so ansah, wie dieser Kater meinen Bruder.

Aus dem Flur hörte ich die Stimme meines Vaters, der Kit ermahnte, jetzt endlich zu schlafen, und da fiel mir auf, dass es schon nach zehn Uhr war und ich eigentlich auch ins Bett gehen sollte.

Es folgte eine lange Pause und ich dachte schon, mein Chat-Partner hätte sich ausgeloggt, aber dann kam doch noch eine Nachricht: Sorry, bin eingenickt. Was weißt du eigentlich über College-Sport?

Vermutlich mehr als die meisten Leute, schließlich bin ich in der Rudermannschaft. Es gibt nicht gerade viele Stipendien für Ruderer, aber ich denke, ich bin gut genug für die College-

Mannschaft, je nachdem, wo ich landen werde. Ich meine, in Princeton käme ich wahrscheinlich nicht in die Rudermannschaft, aber ich würde sagen, an den meisten anderen Unis wäre es kein Problem. **Ich bin mit adäquatem Wissen über Hochschulsport programmiert.**

Ich zerbrach mir den Kopf und versuchte herauszubekommen, wer das war. Es war jemand, der einen College-Sport machte, was den Personenkreis nicht wesentlich einengte. Und es klang, als wäre der User – ich bleibe bei »er oder sie« – nicht besonders gut in dieser Sportart, welche auch immer es war. Was die Sache auch nicht weiter eingrenzte.

Ich tippte: **Zu den typischen Hochschulsportarten der ersten Liga gehören American Football, Basketball, Fußball und Lacrosse. Betreibst du eine von diesen?**

Die Antwort lautete: **Шср афтпу фддьэрдшср фтб вфы Ысрцшььут нг рфыыутю.**

Eine Minute lang starrte ich diese Zeile an, ohne zu verstehen, was ich da sah, dann erschien eine zweite Zeile: **Шср пур оуене шты Иуеею Пгеу ТФсрею.** Und dann meldete sich der User ab.

»Oh mein Gott«, sagte ich laut, denn allmählich dämmerte mir, mit wem ich da chattete. Ich schlüpfte aus dem Bett und setzte mich an meinen Schreibtisch, wo ich den Browser öffnete und im Internet nach einer kyrillischen Tastatur suchte. Wie ich mir schon gedacht hatte, waren die Wörter auf Englisch, nur mit dem falschen Alphabet getippt, als hätte er aus Versehen eine russische Tastatur statt der normalen lateinischen verwendet. Und ich sage jetzt *er*, denn als ich Buchstabe für Buchstabe ausgetüftelt hatte, was da geschrieben stand, bestätigte das nur meine Vermutung.

Die Nachricht lautete: **Ich fange allmählich an, das Schwimmen zu hassen.** Und dann: **Ich geh jetzt ins Bett. Gute Nacht.**

Wahrscheinlich hatte er gar nicht gemerkt, dass er auf die andere Tastatur umgeschaltet hatte, weil er so schnell tippte und müde war. Aber ich kannte nur eine Person auf unserer Highschool, die Leistungsschwimmen machte und Russisch sprach, und das war Greg D'Agostino.

Kapitel 7

Ich hatte mit Greg D'Agostino gechattet. Spät am Abend. In meinem Bett. Während er einschlief. In seinem Bett. Und er schien mich sogar zu mögen und gerne mit mir zu chatten, in seinem Bett.

Allerdings hielt er mich für einen Chatbot.

Einerseits, dachte ich, *sollte ich ihm wahrscheinlich sagen, dass ich in Wirklichkeit kein Bot bin, bevor er mir irgendetwas wirklich Persönliches erzählt.* Andererseits hatte er mir bisher auch noch nichts wirklich Persönliches erzählt, und es sah so aus, als würde ich ihm auf indirektem Wege tatsächlich helfen. Und wenn ich es ihm erzählen würde, wäre das ganz bestimmt superpeinlich und obendrein könnte es mir Ärger mit Mr Positano einbringen, denn was ich da machte, war ja akademisch gesehen nicht gerade astrein.

Es erschien mir das Beste, meinen ursprünglichen Plan beizubehalten … Ich musste noch ein paar Tage lang Fragen und Antworten sammeln, die ich dann zusammen mit meinem Programmcode einreichen konnte. Ich durfte mit Greg einfach nicht vom Patienten-Chatbot-Schema abweichen. Nichts Persönliches. Ich würde meine Macht als gefakter Internet-Therapeut nicht missbrauchen.

Also war eigentlich alles in Ordnung.

Ich nahm mein letztes Jahrbuch aus dem Bücherregal und schlug es auf der Seite mit den Porträtfotos auf. Aus einem Meer von Zehntklässlern lächelte mir Greg entgegen.

Es war *nicht* in Ordnung

Vielleicht wäre es okay gewesen, wenn Greg jemand anders gewesen wäre. Aber es war Greg.

Ich spürte seine Phantomarme um meinen Körper, meine wertvollste Mittelstufenerinnerung. Wie konnte es sein, dass ich immer wieder die Ladungszahlen polyatomarer Ionen vergesse, mich aber an die Heimlich-Übung mit Greg erinnere, als wäre es vor fünf Minuten gewesen? Sein Atem an meinem Hals. *Kannst du sprechen? Kannst du atmen?*

Nein, Greg. Nein, kann ich nicht.

...

Am nächsten Dienstag stand ich nach der letzten Stunde am Getränkeautomaten auf dem Gang und wartete auf Bethany. Ich wurde allmählich etwas nervös wegen der *Deanna*-App, denn ich hatte noch nicht genug einzureichen (mal abgesehen von der Diskussion über enge Jeans und ob sie out wären, die ich an diesem Morgen mit irgendeinem User geführt hatte). Und das Material, das ich hatte, bestand aus meinen Antworten an Greg, die nicht gerade authentisch nach einem Computer klangen. Ich musste sehr viel dümmer klingen und sehr viel gestelzter. Vielleicht sollte ich in meine echten Antworten hin und wieder ein paar Fakten einstreuen, die ich zuvor auf Google zusammengeklaubt hatte. Ich nahm mir vor, nachzugucken, wie viele Delegierte die Landesvertretung von Virginia hatte und was die Wellenfrequenz von gelbem Licht war. Auf der anderen Seite des Flurs war Officer Barry, unser

Aufpasser und Drogenspürhund, gerade dabei, zwei heftig streitende Mädchen auseinanderzubringen. Es ging anscheinend darum, dass die eine dem Freund der anderen ein fragwürdiges Selfie geschickt hatte. Die eine sagte: »Ich hab mich in der Nummer geirrt!«, und die andere sagte immer wieder: »Für wie blöd hältst du mich eigentlich?«, und Officer Barry sagte immer wieder: »Jetzt geht einfach nach Hause!« Nachdem sie gegangen waren, warf er mir einen Blick zu und schüttelte den Kopf. Ich lächelte und hob anerkennend einen Daumen, denn ich hatte schon vor Längerem gelernt, dass man am besten durch die Highschool kommt, wenn man sich mit seinen Mitschülern gut stellt, vor allem aber mit seinem Schulaufpasser.

Diese Maxime hatte ich im letzten Jahr entwickelt, als ein paar Kiffer in meinem Sportkurs mir erklärt hatten, dass der Weg zu Officer Barrys Herz – und mittags der aus dem Schulgebäude – durch seinen Magen geht.

»Weißte«, hatte Jake Ellerson zu mir gesagt, als wir nach einem Vierhundert-Meter-Lauf unsere Dehnübungen machten, »du musst ihm einfach einen Burger bringen. Im Grunde ist es ihm nämlich egal, ob du rausgehst.«

Barry verbrachte die Mittagspause meistens damit, vor der Hintertür herumzulungern, damit niemand das Schulgelände verließ. Es sei denn, er war gerade dabei, sich halbherzig die Leute vorzuknöpfen, die hinten auf dem Parkplatz Gras rauchten, aber das tat er nur, wenn der Direktor oder ein Vize darauf pochten.

»Bekommt er da denn keinen Ärger?«

»Mit wem?«

Ich hatte einen Fuß auf den gegenüberliegenden Oberschenkel gestützt und hörte einen Augenblick auf, die hinteren Muskeln zu dehnen. »Mit dem Direx?«

»Der hockt doch immer in seinem Büro. Wie soll der das denn mitkriegen?«

Der Gedanke, dass der Preis für meine Freiheit ein 99 Cent-*Big Mac* sein sollte, faszinierte mich. In der Woche darauf, als Bethany mit einer Erkältung zu Hause war, beschloss ich daher, in der Mittagspause drei Straßen weiter zu *Taco Bell* zu radeln, einfach um zu sehen, was passieren würde. Es war ein Experiment; es ging weniger darum, dass ich unbedingt einen Burrito essen wollte, sondern mehr darum herauszufinden, ob ich Officer Barry bezirzen könnte, für mich die Tür zu öffnen. Denn wenn ich das Schulgelände für einen Burrito verlassen könnte, käme ich eines Tages vielleicht auch für etwas Wichtigeres heraus.

Officer Barry hielt mich an der Tür auf. »Hoppla, wo willst du denn hin?«, fragte er. Officer Barry ist riesig und total ruppig. Ich hatte meinen Fluchtversuch absichtlich ohne Bethany unternommen, weil ich wusste, in diesem Moment würde sie kapitulieren.

»Hallo«, sagte ich. »Ich hab gerade Mittagspause, aber die Essensauswahl heute sagt mir nicht besonders zu.«

Er deutete den Gang hinunter, zurück zur Kantine. »Geh zurück zum Mittagessen«, sagte er.

»Ich hab nur überlegt«, fing ich an, »die haben doch bei *Taco Bell* diesen neuen Burrito mit Reis und Avocadocreme, wissen Sie? Und da hab ich gedacht, das klingt doch besser als die labberigen Hamburger in der Kantine, stimmt's? Außerdem hab ich gedacht, Sie stehen hier jetzt schon ewig an der Tür und haben bestimmt einen Riesenhunger, zumal Sie hier seit zehn Uhr dreißig den Geruch dieser Hamburger in der Nase haben. Also hab ich mir überlegt, wenn ich mein Rad nehme und mich beeile, könnte ich in fünf Minuten bei *Taco Bell* sein und Ihnen auch einen Avocado-Burrito mitbringen. Er wäre sogar noch warm, wenn Sie ihn bekämen.«

Er sah mich mit zusammengekniffenen Augen an. Ich tat mein Bestes, unschuldig und liebenswürdig auszusehen.

»Zwanzig Minuten«, sagte ich. »Ich bin sehr schnell. Übrigens, ich heiße Aphra. Wir kennen uns noch nicht, weil ich noch nie was ausgefressen hab.«

»Und das soll ich glauben?«

»Wirklich, es stimmt«, beteuerte ich. »Ich hab super Noten und bin total beliebt, ich schwöre es.«

Er musterte mich finster, aber es sah nicht aus, als ob er es wirklich so meinte. Ich schenkte ihm mein schönstes Lächeln und wippte mit den Füßen auf und ab. »Zwanzig Minuten?«, fragte er.

»Neunzehn, wenn keine lange Schlange ist.«

Und dann – das werde ich nie vergessen – trat er einen Schritt zur Seite und drehte mir den Rücken zu. Ich schlüpfte durch die Tür.

Ich rannte den ganzen Weg zu den Fahrradständern. Ich konnte nicht glauben, wie einfach das gewesen war. In diesem Moment kam es mir vor, als wäre die ganze Welt voller Leute wie Jake Ellerson – Leute, die über alles Mögliche Bescheid wussten, wenn man nur clever genug war zu fragen.

Ich beschloss, mein Glück an diesem Tag nicht überzustrapazieren. Ich schaffte es in siebzehn Minuten zurück und ich brachte Barry sogar noch eine Portion Churros zu seinem Burrito mit. Als ich zurück zur Schule kam, trat er, ohne mich anzusehen, zur Seite, um mich reinzulassen, und ich drückte ihm im Vorbeigehen die *Taco-Bell-Tüte* in die Hand.

»Vielen Dank«, sagte ich. »Ich hab Ihnen zwei verschiedene Saucen mitgebracht.«

Als ich also am Getränkeautomaten stand und Barry an mir vorbeiging, murmelte er: »Noch sechs Jahre.« Ich wusste, er meinte, »bis zur Rente«, und da sagte ich: »Ich glaube an Sie, Sir.« Er lächelte flüchtig und ging weiter, um sicherzustellen, dass auf dem Weg zum Bus auch kein Schüler einen anderen umbrachte.

Eine Minute später schlenderte Bethany auf mich zu. Mein tomatenrotes Kleid hatte sie nicht an.

Stattdessen trug sie meinen alten George-Mason-Hoodie und Leggings. »Was hast du denn an?«, fragte ich. »Das ist doch nicht dein Referat-Outfit.«

Sie zupfte an der Kängurutasche des Hoodies. Ich hatte ganz vergessen, dass ich ihr den mal geliehen hatte. Ich hab keine Ahnung, warum meine ganzen Klamotten bei Bethany landen, aber es scheint ziemlich oft vorzukommen.

»Es war kalt heute Morgen«, sagte sie.

»Nein, war es nicht.« Ich hielt mein Handy hoch und spielte ihr die Bethany-App vor: *Heute wird ein warmer Tag, mit einer Höchsttemperatur von 25 Grad und 30 % Wahrscheinlichkeit für leichten Niederschlag am Nachmittag. Ein T-Shirt ist ausreichend, aber nimm den Regenschirm mit.*

»Na ja«, sagte Bethany. »*Mir* war kalt.«

Ich verdrehte die Augen. Eigentlich hätte ich gern ein Mineralwasser gehabt, aber der Automat war abgeschaltet, also machten wir uns auf den Weg zum Parkplatz, wo wir uns mit den anderen treffen wollten, um zusammen zum Training zu fahren. »Du hast einen Bikini für ihn getragen, aber ein Minikleid hast du dich nicht getraut anzuziehen?«

»Das … das war was anderes.«

Ich wusste nicht wieso, aber ich sagte: »Egal. Wie war denn nun das Referat?«

»Er war da«, sagte sie.

»Natürlich war er da«, erwiderte ich. »Er sitzt seit September in deinem Kurs.«

»Ja, ich weiß.« Wir wichen der Basketballmannschaft aus, die uns entgegenkam. »Ich hab all meine Notizkarten auf den Boden fallen lassen. Es war superpeinlich.«

»Das ist doch nicht superpeinlich. Ist deine Hosennaht gerissen, als du die Karten aufheben wolltest?«

»Was? *Nein*. Meine Hose ist in Ordnung. Es war schon okay, ich hab es überlebt. Solange ich etwas ablesen konnte, war es okay, also hab ich einfach nur das gemacht.«

Sie sah mich nicht richtig an und ihr Gesicht war rot angelaufen.

»Wenn es okay war, warum bist du dann total rot im Gesicht?

»Greg hat hinterher versucht, mit mir zu reden«, erzählte sie.

»*Versucht* – das musst du näher definieren. Er hat versucht mit dir zu reden, aber ist stattdessen in einen Gully gefallen?«

»Nein. Er *hat* mit mir gesprochen. Ich nur nicht mit ihm.«

»Oh. Bethany.«

»Ich weiß! Er war einfach so … er war plötzlich so nah, und dann hat er mir diese Frage zur Isomerie gestellt, weißt du? *Ich kapiere einfach nicht den Unterschied zwischen Kettenisomeren und Stellungsisomeren*, hat er gesagt.«

Ich starrte sie ausdruckslos an.

»Ich weiß! Und obwohl ich die Antwort wusste, hab ich nur irgendwie *aaaah* gemacht und bin weggelaufen.«

»Du bist *weggelaufen*?«

»Ich hab gesagt, ich komm zu spät zu Spanisch.«

»Das hast du *eben* gesagt?«

»Ich weiß! Meinst du, er hat es gemerkt?«

»Dass du keine Stunde mehr hast, nachdem die Schule zu Ende ist? Ja, ich denke, das hat er gemerkt.«

»Aphra, du musst mir helfen.«

»Das versuche ich doch. Aber du wolltest ja nicht mal das rote Kleid anziehen.« Wobei sie es wahrscheinlich auch nicht gebraucht hatte. »Du musst einfach mit ihm reden. Den Mund aufmachen, weißt du?«

»Wenn ich das könnte, würde ich es tun.«

»Mit mir redest du ja auch gerade!«

Ein paar Mädchen aus der Rudermannschaft stießen zu uns.

»Es regnet«, jammerte Sophie. »Ich hasse es, im Regen zu rudern.«

»Du ruderst ja nicht im Regen«, stellte ich klar. »Du brüllst im Regen.«

»Es ist trotzdem ätzend«, sagte sie.

»Hey«, sagte Jenna. »Wir treffen uns nach dem Training zum Lernen. Bei Sophie, wenn du auch kommen willst. Ich hab 'ne Brownie-Backmischung mitgebracht.«

»Ich kann nicht«, sagte ich. »Ich hab meinem Bruder versprochen, ihm nach dem Abendessen bei den Hausaufgaben zu helfen.«

»Kit ist echt süß«, meinte Sophie. »Ich wünschte, ich hätte auch einen süßen kleinen Bruder.«

»Mein Bruder pinkelt auf dem Klo immer daneben«, beschwerte sich Claire. »Überall sind diese Pissränder. Voll eklig.«

»Igitt.« Sophie schüttelte sich. »Jetzt sag nicht, dass Kit so etwas auch macht. Das würde meine ganze Kleiner-Bruder-Fantasie zerstören.«

»Wir haben ihn schon ziemlich früh aufs Töpfchen gesetzt«, sagte ich.

»Vielleicht müssen wir das mit Serge auch mal wieder machen«, sagte Claire. »Wie habt ihr das mit Kit hingekriegt?«

»Elektroschocks«, sagte ich.

»Echt jetzt?«

»Nein, wir haben ihm einfach gesagt, dass er nicht auf den verdammten Boden pinkeln soll«, antwortete ich. »Nur dass er drei Jahre alt war und wir es etwas netter formuliert haben.«

Inzwischen waren wir bei Sophies Auto angekommen, und ich kletterte wie immer neben Bethany auf die Rückbank, sie am Fenster und ich in der Mitte. Erst später ging mir auf, dass Jenna und die anderen Bethany nicht gefragt hatten, ob sie zur Lerngruppe kommen wollte, und sie das aber vielleicht gerne tun würde.

Kapitel 8

Kit lag auf dem Küchenfußboden, als ich nach Hause kam. Er hatte sein Gesicht zwischen die Knie gezwängt und schluchzte laut.

Kit war das *Ups, wir haben gedacht, eure Mom wäre in den Wechseljahren*«-Baby meiner Eltern. Als er geboren wurde, war ich acht und Delia zehn. Ich bin so gut wie 100 Prozent sicher, dass meine Eltern nicht geplant hatten, ein drittes Kind zu bekommen. Sie hatten diesen fassungslosen Blick drauf, als sie uns erzählten, dass Mom schwanger war, und dieser Ausdruck wich nicht aus ihren Gesichtern, bis Kit in den Kindergarten kam.

Zum Glück für unsere Eltern (und Kit) beschwerten Delia und ich uns nicht über das Eindringen eines neuen Familienmitglieds. Ich hab mal gehört, wie Dad zu Mom gesagt hat: »Warte nur ab, bis der Reiz des Neuen vorbei ist«, aber jetzt ist er neun, und es ist immer noch nicht passiert, vielleicht weil Delia und ich damals schon so mit unserem eigenen Leben beschäftigt waren, dass wir den Verlust elterlicher Aufmerksamkeit kaum registrierten.

Kurz nachdem mein Bruder geboren war, schlichen Delia und ich uns manchmal in sein Zimmer, um ihm beim Schlafen zuzusehen.

Unser Haus hatte nur drei Schlafzimmer. Als meine Eltern herausfanden, dass ihr kleines *Ups* unterwegs war, bauten sie den Keller zu einem Schlafzimmer für Delia um und verwandelten ihr altes Zimmer in ein Babyzimmer. Dass Delia und ich uns ein Zimmer hätten teilen können, stand nie zur Debatte, denn es war allen klar, dass wir uns dann umgebracht hätten.

Das erste Mal, dass wir in Kits Zimmer landeten, muss etwa eine Woche nach seiner Geburt gewesen sein. Ich hatte in irgend so einem Babybuch geblättert, das meine Mom hatte rumliegen lassen. Das Kapitel über den *plötzlichen Kindstod* hatte mich total in Panik versetzt, also hatte ich beschlossen, besser mal nachzugucken, ob mein Bruder noch atmete. Ich wartete, bis meine Eltern im Bett waren, schlich den Flur entlang und schlüpfte in sein Zimmer.

An den Wänden hingen noch Delias *Death-Note*-Poster, denn die Umwandlung des Zimmers hatte darin bestanden, Delias Bett gegen ein Gitterbettchen auszutauschen, und das war auch schon so ziemlich alles. Ich hielt die Poster nicht gerade für passende Kinderzimmerdeko, aber na gut. Egal. Das Erste, was ich sah, als ich ins Zimmer kam, war also eine gruselige Mangafigur, die mit spitzen Zähnen in einen Apfel biss, und das zweite war Delia selbst, die neben dem Gitterbett auf dem Boden saß.

Ich kauerte mich neben sie und sie flüsterte: »Was machst du denn hier?«

Ich zuckte die Achseln.

»Hast du die Sache mit dem plötzlichen Kindstod gelesen?«, fragte sie.

»Ja«, sagte ich.

»Ich auch.«

»Warum sind Mom und Dad nicht hier?«

»Ich weiß nicht. Vielleicht denken sie sich, dass *wir* ja auch überlebt haben.«

Kit öffnete seinen Mund und gähnte und wir hielten beide den Atem an, bis er wieder einschlummerte.

»Wolltest du die ganze Nacht hierbleiben?«, fragte ich.

»Wolltest du das?«

Ich zuckte wieder die Achseln, denn ich hatte keinen großen Plan gehabt, außer mich zu vergewissern, dass Kit nicht erstickte. »Ich hab zwei Schlafsäcke in meinem Schrank«, sagte ich, denn die benutzten Bethany und ich immer, wenn sie bei mir übernachtete.

»Aber wenn wir selbst einschlafen, wie wollen wir dann mitkriegen, wenn er aufhört zu atmen, und ihn aufwecken?«

Das war eine berechtigte Frage, aber wir wussten beide, dass wir nicht jedes Mal die ganze Nacht wach bleiben konnten. Trotzdem holten wir uns die Schlafsäcke und positionierten uns neben dem Babybett. Dann legten wir uns hin und gaben uns alle Mühe, nicht zu schlafen.

»Bist du noch wach?«, fragte ich, nachdem eine Stunde vergangen war.

»Ja.«

»Muss er nicht bald mal was trinken oder so?«

»Kann sein, ich weiß nicht. Wacht er selbst auf oder wecken sie ihn dafür?«

»Ich glaub, meistens schreit er«, sagte ich. Delia, die in den Keller verbannt worden war, konnte das nicht wissen.

»Atmet er noch?«

Ich schaute nach. »Ja.«

In diesem Moment begann Kit unruhig zu werden. Ich bin

nicht sicher, ob wir es waren, die ihn geweckt hatten, oder sein leerer Magen. Dann fing er an zu schreien, zuerst leise und dann aus vollem Halse.

»Sollen wir Mom holen?«, fragte ich, doch da riss Dad schon die Tür auf, taumelte ins Zimmer und stolperte über Delias Beine.

»Potz Blitz«, murmelte er, während er sich wieder aufrappelte. »Was macht ihr zwei denn hier?«

»Wir haben gedacht, Kit könnte sterben«, sagte ich. Und dann fing ich an zu heulen, denn dieser Gedanke war einfach zu schrecklich, um ihn auch nur auszusprechen.

Dad sah ziemlich erschrocken aus. »Kit stirbt doch nicht!«, sagte er »Wie kommt ihr denn auf so was?«

»Wir haben das Buch gelesen«, erklärte Delia. »Da stand was über plötzlichen Kindstod.«

»Oh«, sagte er und hob das Baby aus dem Gitterbett. »Ich verstehe. Aber das wird nicht passieren.«

»Das weißt du nicht«, beharrte ich.

»Er ist groß und kräftig und bei uns raucht niemand. Außerdem legen wir ihn zum Schlafen immer auf den Rücken. Kit passiert nichts.«

»Aber«, wandte ich ein, »im Buch steht, manchmal passiert es trotzdem. Und niemand weiß, warum.«

Dad antwortete nicht sofort. Kit fing wieder an zu greinen, und Dad wippte ihn auf und ab, um ihn abzulenken. »Es ist sehr unwahrscheinlich«, sagte er schließlich.

»Aber kannst du uns versprechen, dass es bei ihm nicht passiert?«, fragte Delia.

Dad zögerte einen Moment, dann sagte er: »Ja, ich verspreche es«, und brachte das Baby zu Mom zum Stillen. Delia und ich blieben im Kinderzimmer zurück, und unsere Blicke trafen sich im Halbdunkeln, denn wir hatten beide die bezeichnende Pause bemerkt. Dad konnte das nicht versprechen. Nicht wirklich.

Ich glaube, damals habe ich zum ersten Mal begriffen, dass schlimme Dinge ohne jeden Grund passieren können und ich mich nicht darauf verlassen konnte, dass meine Eltern *alles* wieder geradebiegen konnten.

»Was zum Teufel ist passiert?«, fragte ich meine Mutter, die gerade dabei war, eine Lasagne in den Ofen zu schieben.

Kit stieß einen besonders lauten Schluchzer aus.

»Wir waren heute nach der Schule beim Allergologen, wegen des Ausschlags«, erklärte meine Mutter.

»Oh«, sagte ich und tätschelte Kits kleinen Kopf. »Haben sie dich total zerstochen? Das ist ja ätzend. Juckt es denn noch?« Als ich so alt war wie Kit, war ich auch mal beim Allergietest gewesen. Die hatten mir ungefähr zwanzig Mal in jeden Arm gestochen, mit einer kleinen Nadel, auf die verschiedenste Allergene aufgetragen waren. Wie sich herausstellte, bin ich hochallergisch gegen Traubenkraut und Eichenpollen. »Und wogegen ist er nun allergisch?«

»Walnut!«, schluchzte er.

»Walnüsse?«, fragte ich meine Mutter.

Kit schluchzte noch einmal.

»Nein«, sagte Mom. »Nicht *Walnüsse.* Walnut und nicht nur Walnut.« Sie machte den Ofen zu. »Katzen allgemein.«

»Er hat gesagt, wir müssen Walnut weggeben!«, heulte Kit.

»*Was?*«, fragte ich. »Was meinst du damit?«

»Der Arzt hat gesagt«, erklärte Mom mit einem zerknirschten Gesichtsausdruck, »die bevorzugte Lösung wäre, für Walnut ein neues Zuhause zu finden.«

Ich sah auf Kit hinunter, der immer noch auf dem Boden lag und inzwischen vom vielen Heulen Schluckauf bekommen hatte.

»Oder«, sagte ich, »die alternative Lösung wäre ...«

»Der Arzt war sehr einfühlsam. Er sagte, dein Bruder könnte Asthma entwickeln.«

»Aber die Alternative wäre ...«

»Aphra«, sagte sie.

Es war ja schon irgendwie nachvollziehbar: Kit vergräbt sein Gesicht ständig in Walnuts Fell. Es ist wie ein Überbleibsel aus seiner Babyzeit, dieses Bedürfnis, sein Gesicht an alles zu schmiegen, was er gernhat. Ich bin sicher, irgendwann wird er diese Angewohnheit ablegen, oder zumindest hoffe ich das, denn er macht das auch mit mir. So schlimm ist das aber auch nicht, es sei denn, seine Nase läuft und er hinterlässt Schnodder auf meinen Schultern. Aber der Grund, warum er sich so oft an Walnut schmiegt, ist, dass er ihn so lieb hat. Er hatte sich seit dem Kindergarten sehnlichst ein Haustier gewünscht. Dieses Jahr gaben meine Eltern schließlich nach und dachten sich, eine ausgewachsene Katze würde nicht viel Arbeit machen. Der Kater im Tierheim hatte Kit einmal angesehen und damit war es um beide geschehen: Es war die große Liebe. Ich weiß nicht, ob die alten Griechen einen Begriff für die Liebe zwischen einem kleinen Kind und einem Haustier haben, aber es war definitiv wahre Liebe.

Ich nahm einen Saftkarton aus dem Kühlschrank, drückte den Strohhalm hinein und reichte ihn Kit. »Trink mal was«, sagte ich. Und zu Mom sagte ich: »Mom, komm mal kurz mit.«

Ich zog sie aus der Küche in den Wäscheraum und machte die Tür hinter uns zu.

»Du kannst nicht verlangen, dass er seinen Kater weggibt«, sagte ich. »Für wie viele Therapien willst du denn noch blechen?«

»Jetzt funk mir nicht dazwischen.«

»Das kannst du nicht machen«, beharrte ich. »Habt ihr überhaupt über Alternativen gesprochen? Er liebt diesen dummen Kater nun mal.«

»Das weiß ich! Aber hier geht es um Kits Gesundheit!«

Ich schob eine Packung Waschmittel beiseite und hüpfte hoch, um mich auf den Trockner zu setzen. »Was ist mit Spritzen?«

Sie schüttelte den Kopf. »Er hasst Spritzen.«

»Für Walnut würde er sich auch Spritzen geben lassen.«

»Aber die wirken nicht sofort und manchmal wirken sie überhaupt nicht. Und ich glaube, am Anfang wäre es ein oder zwei Mal in der Woche. Dein Dad und ich habe nicht die Zeit, ihn da so oft hinzufahren.«

Ich beugte mich vor, bis ich mit der Stirn meine Knie berührte. »Bitte tue ihm das nicht an.«

Die Tür ging auf und mein Vater kam herein. »Was macht ihr zwei hier drinnen, während Kit in der Küche liegt und weint?«

Mom berichtete ihm kurz, was los war.

»Mist«, sagte Dad.

»Spritzen«, sagte ich.

»Spritzen?«, fragte Dad.

»Das ist gewissermaßen ein logistisches Problem«, erklärte Mom.

»Ich könnte ihn doch auch manchmal bringen«, sagte ich. »Zur Praxis. An den Tagen, an denen es bei euch nicht geht, könntet ihr mir das Auto geben und dann fahre ich ihn hin.«

»Wie denn?«, fragte Mom. »Du hast doch jeden Tag nach der Schule Training.«

»Dann ... dann müsste ich ihn eben mittags fahren.«

»Ich bin ziemlich sicher, dass sie euch mittags nicht aus der Schule lassen«, wandte Mom ein.

»Bitte. Das ist doch kein Hindernis.«

»Warte mal«, sagte meine Mom. »Du verlässt das Schulgelände? Mitten am Tag?«

»Jetzt reg dich nicht auf, ich raube ja keine Banken aus«, sagte ich. »Ich gehe nur ... gelegentlich ... kurz raus, um mir ein Sandwich zu holen. Oder so was.«

»Hast du davon gewusst?«, fragte meine Mom meinen Vater, der mit den Schultern zuckte und versuchte, ein Schmunzeln zu verbergen.

»Es ist schließlich kein Gefängnis«, machte ich meinen Eltern klar. »Es ist eine Schule. Der springende Punkt ist, ich kann mich lang genug abseilen, um Kit hin und wieder zum Allergologen zu fahren, damit er seine Spritze bekommen kann. Es wäre ja nicht jeden Tag.«

Mom seufzte. Dad sagte: »*Hmmm.*«

»Kit wird euch nie verzeihen, wenn ihr ihm den Kater wegnehmt, ohne die Spritzen auch nur versucht zu haben«, sagte ich.

»Wir reden hier über Kit. Nicht über dich.«

Ich verdrehte die Augen, aber ich wusste, ich hatte sie schon überzeugt. Es war die einzig logische Vorgehensweise. Wenn Plan A beschissen ist, probiert man erst mal Plan B.

»Ich werde den Arzt anrufen und fragen, was er davon hält«, sagte Mom.

Zurück in der Küche drückte ich Kit einen Keks in die Hand. »Okay, mon frère«, sagte ich zu ihm, als er den Kopf hob und mich mit verquollenen Augen ansah. »Ich hab was für dich ausgehandelt.«

»Wir können Walnut behalten?«

»Vielleicht«, sagte ich. »Wir werden es versuchen, aber Walnut kann nicht mehr in deinem Zimmer schlafen und du musst eine Spritzenkur machen.«

»Ich muss Spritzen bekommen?«

»Kit«, sagte ich. »Ich hab ihnen gesagt, dass du mitmachen wirst.«

»Spritzen? Etwa viele Spritzen?«

»Zwei Mal in der Woche«, erklärte ich. »Für die ersten paar Monate. Danach musst du nicht mehr so oft hingehen.«

Er schniefte. »Ich hasse Spritzen.«

»Ich weiß.«

»Und Walnut kann nicht mehr bei mir schlafen?«

»Tut mir leid, Bruderherz.«

»Da wird er aber traurig sein. Walnut schläft nicht gern allein.«

Ich schätze, was Kit eigentlich meinte, war, dass *er* nicht gern allein schläft. »Er kann bei mir schlafen, wenn er will«, sagte ich.

»Wirklich? Er liegt nämlich gern auf dem Kopfkissen. Das ist sein Lieblingsplatz.«

»Na gut«, sagte ich. »Er kann das Kissen haben.«

Kapitel 9

Ich hatte gerade das Licht ausgemacht, als ich aus den Tiefen meines Rucksacks die *Star-Trek*-Melodie hörte.

Walnut funkelte mich wütend an. Er hatte eine Weile vor Kits Tür gejault, während ich Kit laut von drinnen rufen hörte: »ICH HAB DICH LIEB, WALNUT!« Da hatte ich das armselige Fellknäuel hochgehoben, es auf meinem Bett abgesetzt und die Tür zugemacht, damit er nicht wieder herauskonnte. »Pinkel bloß nicht auf mein Bett«, hatte ich gesagt, aber er war schon heruntergesprungen und kratzte an der Tür.

Ich holte eine Einkaufstüte aus Papier aus meinem Schrank und legte sie seitwärts auf den Fußboden, in der Hoffnung, dass Walnut sich darin verkriechen und für eine Weile seine Sorgen vergessen würde, was er auch tat. Dann fischte ich das Handy aus meinem Rucksack.

Ich verspürte ein leichtes Kribbeln. *Greg.* Er hatte mich jetzt schon drei Abende hintereinander zur gleichen Zeit angepingt. Anscheinend war ich schon Teil seiner abendlichen Routine geworden. Na ja, nicht direkt ich. Aber *Deanna.* Als ich mein Handy endlich herausgeholt hatte, war *Deannas* Autopilot schon angesprungen und hatte geschrieben: **Jugendliche benötigen ungefähr neun Stunden Schlaf und die momentane Uhrzeit ist 22:37.**

Verdammt. Ich übernahm und tippte hinterher: **Auf der anderen Seite kann es eine positive Wirkung haben, sich vor dem Schlafengehen seiner Sorgen zu entledigen. Das reduziert den Cortisolspiegel und verbessert die Schlafwertigkeit.**

Schlafwertigkeit? Was zum Teufel soll das denn heißen?

Ich zuckte zusammen, aber er schien die Bemerkung *Deannas* schlechter Programmierung zuzuschreiben, denn er tippte weiter: **Ich muss morgen ohnehin erst um acht Uhr aufstehen.**

Ohne nachzudenken, tippte ich: **Hast du denn keine Schule?**

Ich hab erst zwei Kurse am College.

Er hatte ja in Latein so etwas erwähnt, aber was das konkret bedeutete, war mir nicht klar gewesen. **Welche Kurse hast du denn am College belegt?**

Russisch und Mandarin.

Ich wusste, es gab einige Schüler bei uns, die gleichzeitig Highschool- und College-Kurse belegten, aber ich kannte keinen von ihnen persönlich. Es klang ziemlich cool, sich nicht auf unser kleines Kursangebot beschränken zu müssen. Ich wollte gerne fragen, welche Voraussetzungen man brauchte, um sich einzuschreiben, aber mir war bewusst, dass diese Konversation schon jetzt alles andere als chatbotmäßig klang, also würde ich es einfach später googeln müssen.

Russisch ist die Muttersprache von ungefähr 153 Millionen Menschen, tippte ich.

Ja, das könnte hinkommen.

Ich wollte ihn aufs Schwimmen ansprechen, aber da er bisher nur in kyrillischen Buchstaben davon geschrieben hatte, war ich nicht sicher, ob ich es wagen konnte. Ich schrieb: **Das Erlernen von Fremdsprachen fördert die Gehirnentwicklung und verbessert die Berufsaussichten.**

Leider finanziert es nicht auch das Studium, schrieb er zurück.

Aha, jetzt kamen wir der Sache schon näher. Ich tippte: Highschool-Sportvereine vergeben gelegentlich Stipendien, vor allem auf Leistungssportniveau.

Ja. Oder auch nicht.

Allmählich kapierte ich, worum es hier ging … Greg hatte gesagt, dass er Schwimmen hasste, er schwänzte das Training und machte sich Sorgen, dass seine Eltern ihm sein Studium nicht bezahlen würden. Ich schrieb: Es gibt jedoch auch noch andere Möglichkeiten, Studiengebühren abzudecken.

Ja, die nennen sich dann Kredite. Teure Kredite.

Der Umfang eines Studentendarlehens richtet sich nach dem veranschlagten finanziellen Beitrag der Eltern.

Mag sein. Aber was wenn deine Eltern der Auffassung sind, dass sie diesen Beitrag schon ausgegeben haben, indem sie dich in einen Sportverein gesteckt haben, damit du ein Stipendium bekommst, du aber einfach nicht gut genug bist?

Oha.

Eltern sollten sich darüber im Klaren sein, dass Kinder Menschen sind und keine Produkte, die man nach den eigenen Wünschen manipulieren kann, schrieb ich.

Ich glaube nicht, dass sie es als Manipulation sehen.

So hatte ich das nicht gemeint, aber ich versuchte es noch einmal: Anders ausgedrückt: Ein Kind ist nicht etwas, das man mit einer bestimmten Vorstellung im Kopf erschafft. Es ist ein unabhängiges Wesen, nicht eine Skulptur, die man erschafft und liebt, weil sie genauso geworden ist, wie man sie geplant hat.

Eine Skulptur, meinst du? Wie in Pygmalion?

Mir war klar, dass ich mich jetzt auf Glatteis bewegte, denn wir hatten die Geschichte ja gerade zusammen im Unterricht gelesen. Ich schrieb: **Pygmalion ist eine berühmte Erzählung aus Ovids Metamorphosen.**

Ich fand die Story schon immer ziemlich krass, antwortete er. **Wenn du dich in etwas verliebst, was du geschaffen hast, bedeutet das denn nicht, dass du einfach in dich selbst verliebt bist?**

So hatte ich das noch gar nicht gesehen. Ich wusste nicht so recht, was ich darauf antworten sollte, also tippte ich nach einer kurzen Google-Suche: **Pygmalion ist bis heute vielfach neu interpretiert worden, wie zum Beispiel in dem Film My Fair Lady. Der japanische Roman Naomi von Jun'ichiro Tanizaki wird ebenfalls oft damit in Verbindung gebracht, auch wenn der Protagonist in dieser Version schlussendlich von der Frau zurückgewiesen wird, die er geschaffen hat.**

Dann fügte ich noch hinzu: **In einer modernen Auslegung könnte man Pygmalion auch als Bösewicht interpretieren.**

Ich stellte mir vor, dass Greg an dieser Stelle schmunzelte. Das war der Nachteil an der ganzen Sache: Ich konnte mir vorstellen, wie Greg die Nachrichten in sein Handy tippte, aber ich konnte nicht sehen, wie er reagierte. Hielt er mich für clever? Das würde ich nie genau wissen. Aber immerhin hatte er den Kontakt noch nicht abgebrochen.

Zu schade, dass du nicht echt bist, tippte er, **sonst könntest du für mich mit meinen Eltern reden.**

Du scheinst wortgewandt genug zu sein, um selbst mit ihnen zu reden. In mehreren Sprachen sogar.

Es ist sehr schwer, eine Nachricht zu übermitteln, die niemand hören will, entgegnete er.

Die Leute wollen nicht immer hören, was sie wissen müssen, antwortete ich. **Sei mutig.**

Sei mutig, wiederholte er. **Alles klar. Sag Gute Nacht, Deanna.**

Gute Nacht, Deanna.

...

Am nächsten Tag gingen wir nach dem Training doch wieder zu Bethany, denn ich hatte meine Lateinbücher dort vergessen und brauchte sie am nächsten Morgen für den Unterricht. Ich ging hoch in ihr Zimmer, um die Bücher zu holen, und als ich wieder herunterkam, stand Bethany mit einem Prospekt in jeder Hand in der Küche.

»Was ist das denn?«, fragte ich.

Bethanys Augen sahen etwas glasig aus. »Die hab ich im Esszimmer gefunden, zwischen der Post.«

Ich nahm ihr einen der Prospekte aus der Hand und las die Titelseite. *Wohnpark Pinienhain*. Ich klappte die Broschüre auf und sah Fotos von lächelnden alten Leuten, die Golf spielten und Wassergymnastik machten.

»Das kapier ich nicht. Ist das so was wie betreutes Wohnen?« Ich konnte mir nicht vorstellen, für wen das sein sollte ... Bethanys Großmutter mütterlicherseits lebte schon in so einer Wohnanlage, und soviel ich wusste, hatten sie zu den Eltern ihres Dads überhaupt keinen Kontakt.

»Es ist eine Wohngemeinschaft für über 55-Jährige«, sagte sie. Sie reichte mir die zweite Broschüre, in der sich die Wohnanlage *Eichenwald* vorstellte.

»Wie kommen die darauf, deiner Mom Prospekte zu schicken? Ich kapier das nicht.«

»Nein, das sind keine Reklamesendungen! Die hat sie sich bestellt.«

»Aber warum sollte deine Mom in so eine Wohnanlage … Oh.« Mein Blick fiel auf den Haufen schmutziger Wäsche, den Colin aus unerfindlichem Grund neben dem Herd aufgetürmt hatte. Dann ging mein Blick zurück zu Bethany, die mich ansah, als sei ich etwas schwer von Begriff.

»So bekommt sie ihn aus dem Haus«, erklärte sie. »Dort dürfte er nicht wohnen, weil er unter 55 ist.«

»Tja, das ist auch eine Möglichkeit, das Problem zu lösen«, sagte ich. »Auf die passiv-aggressive Art.«

»Die Sache hat nur einen Haken«, meinte sie.

Ich drehte die *Pinienhain*-Broschüre um. Das Bild auf der Rückseite zeigte zwei alte Leute, die dem Sonnenuntergang entgegengehen. Es war gruselig. Als betrachtete man eine Broschüre für das Wartezimmer zum Himmel und die zwei Leute auf dem Foto machten ihren letzten Abgang.

»Und der wäre?«, fragte ich.

Bethany seufzte genervt. »*Ich* bin auch unter 55!«

Ich ließ die Broschüre auf den Tisch fallen. »Oh«, sagte ich. »Mist.«

»Genau.«

»Na ja, warte mal. Vielleicht passiert das ja alles erst, wenn du längst an der Uni bist.«

»Ja, oder aber sie setzt mich mit meinem ganzen Kram vor die Tür, sobald ich achtzehn bin!«

»Das würde sie doch … das würde sie nie tun. Oder etwa doch?«

Bethany deutete auf den riesigen Wäscheberg. »Machst du Witze? Wenn ich sie wäre, würde ich morgen dahin umziehen.«

»Vielleicht solltest du mal mit ihr reden«, schlug ich vor. »Ich meine, das ist bestimmt alles ein Missverständnis.«

»Da bin ich mir nicht so sicher«, sagte sie. »Ich glaube, sie will ihn wirklich aus dem Haus haben.«

»Ja, aber dass sie *ihn* raushaben will, bedeutet doch nicht, dass sie *dich* loswerden will.«

»Vielleicht doch«, sagte Bethany. »Ich meine, vielleicht denkt sie, dass ich auch so enden werde.«

Wie aufs Stichwort tauchte Colin aus dem Keller auf.

»Müsst ihr zwei so laut sein?«, maulte er. »Ich hab versucht zu schlafen.«

Bethany stieß einen erstickten Schrei der Wut oder der Verzweiflung aus.

»Ich muss jetzt sowieso nach Hause«, sagte ich. »Ich hab versprochen, heute Abend auf Kit aufzupassen.«

»Du willst babysitten?«, fragte Colin. »Für deine Mommy?«

»So ist es geplant«, sagte ich.

»Drei Kinder in zehn Jahren? Ist sie jetzt endlich durch damit?« Ich spürte, wie die Wut in mir hochkam. »Ich meine, ich will ja nichts sagen, aber das sind einfach zu viele Kids.«

»*Ich will ja nichts sagen*«, entgegnete ich scharf, »aber wann hörst du endlich auf, dir von deiner Mommy die Socken waschen zu lassen?«

»Weißt du«, redete er weiter, »unser Planet hat eine Tragfähigkeitsgrenze.«

»Wenn du dir um Überbevölkerung Sorgen machst«, sagte ich, »gehe ich gerne mit dir vor die Tür, um das etwas auszugleichen.«

Er starrte mich eine ganze Weile an und dann verschwand er wieder im Keller.

»Das könnte auch ich sein«, meinte Bethany.

»Nein«, protestierte ich. »Du bist doch total anders. Colin ist nicht schüchtern, er ist ein fauler Trottel, der glaubt, dass seine Mom ihm noch die Unterhosen kaufen sollte. Du wirst ganz bestimmt nicht so enden.«

»Willst du mich veräppeln? Weißt du eigentlich, wie oft ich mich am liebsten in meinem Zimmer einschließen würde, ohne ein einziges Wort mit jemandem zu reden? Die ganze Zeit. *Die ganze Zeit.* Jeden Tag, wenn ich aus dem Haus gehe, habe ich das Gefühl, dass ich den Atem anhalte. Ich hasse es.« Sie ließ sich auf den nächstgelegenen Stuhl fallen, zog einen Jutebeutel unter ihrem Hintern hervor und knetete den Stoff in ihren Händen.

Ich runzelte die Stirn. »Fühlst du dich auch so, wenn du mit mir redest?«

»Nein. Du bist aber auch anders.«

»Ich bin nicht anders.«

»Doch, das bist du.«

»Du bist einfach an mich gewöhnt.«

»Mag sein«, sagte sie und warf den Stoffbeutel durch das Zimmer. »Musst du heute wirklich babysitten?«

»Ja, Mom ist auf irgendeiner Geburtstagsparty und Dad unterrichtet.«

»Kann ich mit zu dir kommen? Warum soll ich mich nicht noch ein bisschen amüsieren, bevor meine Mom mich auf die Straße setzt?«

»Klar, wenn du willst. Es läuft aber nix außer Trickfilmen und Hausaufgaben.«

»Das klingt doch echt super. Na ja, vielleicht nicht die Hausaufgaben. Hast du eigentlich die *Deanna*-App schon repariert?«

Ich zögerte, dann antwortete ich: »Fast.«

»Willst du, dass ich mich mal einlogge?«, fragte sie. »Ich kann ihr ein paar Fragen für dich stellen.«

»Nein, nein«, sagte ich. »Ist nicht nötig.«

Wir saßen auf dem Wohnzimmerteppich und hatten unser Zeug auf dem Couchtisch ausgebreitet, während Kit und Walnut das Sofa belagerten: ich mit meinem Lateinbuch, Bethany mit ihren Spanisch-Unterlagen und Kit mit irgend so einem japanischen Anime, der wahrscheinlich nicht unbedingt altersgerecht war, aber beim dritten Kind interessierte das niemanden mehr. Auf dem Bildschirm zog irgend so ein Kerl ein Schwert aus seinem eigenen Rachen hervor und begann damit auf Leute einzuhacken, während es noch aus seinem Mund ragte.

»Ganz schön krass«, sagte Bethany.

»Aber praktisch«, entgegnete ich. »Ich meine, ich hätte manchmal auch gern ein Schwert, das ich aus meinem Rachen ziehen könnte, um Leute anzugreifen.«

»Der würde doch jeden Metalldetektor auslösen, oder?« Bethany zuckte zusammen, denn auf dem Bildschirm floss jetzt viel Blut. »Können wir nicht stattdessen *Mein kleines Pony* gucken?«

»NEIN, DU DARST GAMAKATSU NICHT RUFEN!«

»Was soll das denn heißen?«, fragte Bethany.

»Ich hab keine Ahnung«, sagte ich und hoffte, Kit würde keinen bleibenden Schaden davontragen. Dann wandte ich mich wieder meiner *Metamorphosen*-Übersetzung zu, die ich morgen abgeben musste. Ich war schon bei der Stelle gegen Ende, als Pygmalion seine arme Statue begrapscht. Er ruft so was wie »EIN ECHTER BUSEN!« und betatscht sie noch ein paar Mal, um sich zu vergewissern. Ein Wunder, dass die zum Leben erwachte Statue ihn nicht an Ort und Stelle umbringt.

»Ich hasse diese Geschichte.« Ich legte meinen Bleistift aus der Hand. »Dieser Typ ist furchtbar.«

Bethany warf einen Blick über meine Schulter auf meine Übersetzung. »Steht da wirklich, er betatscht ihren Busen?«

»Na ja, ich hab mir etwas künstlerische Freiheit erlaubt, indem ich *temptat* mit *betatschen* übersetzt hab, aber sonst stimmt alles haargenau.«

»Da wäre mir ja der Typ mit dem Schwert im Rachen noch lieber. Pygmalion – was für ein Warmduscher.«

»Sitzpinkler«, ergänzte ich.

»Schlappschwanz.«

»Ein Schlappschwanz und Perverser.« Bethany krümmte sich vor Lachen.

»Was ist ein Perverser?«, fragte Kit vom Sofa aus. Bethany machte ein entsetztes Gesicht, aber ich sagte: »Einer, der versaut ist und auf Frauen herabblickt. Wie so viele im Patriarchat.«

»Und was ist Patriarchat?«

»Eine Gesellschaftsordnung, die dir vorschreibt, dass du nicht weinen und nicht Lila tragen darfst.«

In diesem Moment kam Mom aus ihrem Zimmer.

»Ich geh jetzt los«, sagte sie und ignorierte dabei demonstrativ das Blutbad auf dem Bildschirm. »Lasst ihn nicht zu lange aufbleiben.«

»Aphra hat gesagt, ich kann bis zehn aufbleiben«, krähte Kit.

»Das hab ich nicht gesagt«, widersprach ich. »Aber du

kannst bis Viertel nach neun aufbleiben, wenn du Bethany ihre Ponys gucken lässt.«

»Igitt«, sagte er. »*Mein kleines Pony.*«

»Du liebst doch die Ponys!«, protestierte Bethany.

»Nicht mehr. Das sind doch Baby-Filme.«

»Ich bin doch auch kein Baby und ich mag sie.«

»Du bist ein Mädchen.«

Ich zeigte mit dem Finger auf ihn und rief: »*Das* ist Patriarchat!«, auch wenn ich die Ponys ehrlicherweise selber satthatte. Kit reichte Bethany mürrisch die Fernbedienung, und wir gaben ihm unseren Kit-Kuss, den er sich aber gleich wieder abwischte. Dann scrollte Bethany durch das On-Demand-Angebot von *Crunchyroll*, bis sie ihre Lieblingsfolge mit *Rainbow Dash* und *Daring Do* gefunden hatte. Ehrlich gesagt hatte mir der Film mit dem Schwert-Typen fast besser gefallen, aber ich bin ja eine gute Freundin, und außerdem ist es einfacher, Hausaufgaben zu machen, wenn im Hintergrund etwas läuft, was du schon 500 Mal gesehen hast.

Mom beugte sich herunter, um mich zu umarmen, und ich stieß sie zur Seite. »Stopp«, sagte ich. »Du riechst nach dem weißen Tod.«

»Was?«, fragte Bethany.

»Es ist das Kokosöl in meinem Shampoo«, erklärte Mom. »Aphra übertreibt mal wieder.«

»Ach ja«, erinnerte sich Bethany. »Der Vorfall mit den *Girl-Scout*-Keksen.«

»Darüber wird nicht geredet«, sagte ich.

»Wie viele hattest du noch mal gegessen?«

»Darüber wird nicht geredet.«

»Ich glaube, es waren acht«, sagte Mom, während sie ihre

Haare zu einem Pferdeschwanz zusammenband. »Ich hab mitgezählt, als ich sie hinterher aus dem Teppich herauslösen musste.«

»Wenn du nicht auch noch das heutige Abendessen aus dem Teppich bürsten willst, musst du jetzt aufhören.« Denn was für Supermann Kryptonit ist und für den Comic-Helden *Green Lantern* buchstäblich alles Gelbe (was macht der überhaupt, wenn er pinkeln muss?), ist für mich ... Kokosnuss. Als ich acht Jahre alt war, bekam ich eine Magen-Darm-Grippe – eine Stunde nachdem ich eine halbe Packung Kokoskekse gegessen hatte. Ich kann jedem versichern, sie schmecken nicht mehr annähernd so gut, wenn sie wieder hochkommen, und egal, wie oft mir Mom seitdem versichert hat, dass es das Norovirus war, das für meine Kotzerei verantwortlich war, und nicht die Kekse, mein urzeitliches Stammhirn kann das einfach nicht glauben. Seit der Zeit sorgt der Geschmack, der Geruch oder auch nur der Anblick von Kokosnuss dafür, dass mir mulmig wird ... sogar wenn ich den *Piña-Colada*-Song höre, stürze ich ins Badezimmer. Als dann die Sekretärin in Moms Fakultät anfing, ätherische Öle zu verkaufen, wurde Mom schwach und kaufte zwei Flaschen von diesem Shampoo mit Kokosduft, das theoretisch Stress vertreiben soll, bei mir allerdings das Gegenteil bewirkt und heftigen Brechreiz auslöst.

Mom drückte Kit einen Schmatzer auf die Wange und küsste ihn prustend am Hals. »Ich gehe jetzt los«, sagte sie zu ihm. »Sei brav.« Dann richtete sie ihren Zeigefinger auf mich. »Viertel nach zehn.«

»Zu Befehl«, sagte ich.

Doch um neun Uhr dreißig war Bethany auf ihrem Spanisch-Heft eingeschlafen und Kit und ich waren wieder beim blutrünstigen Anime.

»Du solltest ins Bett gehen«, sagte ich.

»Und was ist mit Bethany?«

Ich stupste sie an. »Beth«, sagte ich, »der Schwert-Typ hat die Ponys erwischt.«

Sie blinzelte mich ein paar Mal an. »Wirklich?«

»Ja, es war grausig. Komm schon, ich bring dich nach Hause.«

Sie setzte sich auf und rieb sich das Gesicht. »Mist, ich hab nicht mal meine Hausaufgaben zu Ende gemacht.«

»Steh einfach morgen früh auf und mach es dann.«

»Es ist furchtbar«, sagte sie und klappte ihr Spanisch-Heft zu. »Es ist doch nun wirklich nicht so viel, was man sich merken muss. Warum fällt mir das nur so schwer?« Ich war schon dabei, meine Schuhe anzuziehen, aber sie sagte: »Das ist doch Quatsch, wenn du mich bringst.«

»Aber es ist dunkel.«

»Ja, aber dann musst *du* ja allein im Dunkeln nach Hause gehen.«

»Ja, aber …«

»Ich schick dir eine SMS, wenn ich da bin«, versprach sie. »In ungefähr zwei Minuten.«

»Gut«, sagte ich. »Aber vergiss es nicht, sonst rufe ich die Polizei.«

Zwei Minuten später hatte ich ein Lebenszeichen von Bethany auf dem Handy, zusammen mit einem Foto. Ich zoomte heran: Es war noch so ein Prospekt. Dieser trug den Titel *Wohnpark Abendrot*, und Bethanys Bildunterschrift lautete: *Ich bin gearscht.*

Kapitel 10

Um genau zehn Uhr an diesem Abend machte mein Handy mit den Klängen von *Star Trek* auf sich aufmerksam.

Diesmal war ich sogar vorbereitet, was bedeutete, dass mein Handy neben dem Bett lag und nicht ganz unten in meinem Rucksack und ich antworten konnte, bevor der Autopilot ansprang.

Hi, Deanna, hatte Greg geschrieben. **Sag mal, sprichst du auch noch andere Sprachen als Englisch?**

Ich bin mit einer einfachen Spracherkennung programmiert worden, tippte ich. Zu behaupten, dass *Deanna* auch programmiert sei, um Fragen auf Lateinisch zu beantworten, wäre nun doch zu verwegen gewesen, denn das würde ich selbst mit dem Google-Übersetzer nicht schaffen. Also schrieb ich: **Zu diesem Zeitpunkt spreche ich keine anderen Sprachen als Englisch.**

Aber weil ich es mir nicht verkneifen konnte, fügte ich hinzu: **Mein Programmierer ist linguistisch minderbemittelt.**

Er tippte zurück: **Vielleicht brauchst du einen besseren Programmierer.**

Ich lachte. **Vielleicht.**

Also, wer ist dein Programmierer?

Mist. Mist Mist Mist. **Ich bin eine aufgrund des Datenschutzes anonym entwickelte App.**

Okay, schrieb er. Aber es war jemand auf der Middleridge Highschool. Im App-Design-Kurs. Mit einer Vorliebe für Star Trek.

Ich stieß einen langen Atemzug aus. Das engte die Suche im Grunde nicht besonders weit ein. Ich tippte zurück: Ich bin eine Figur aus den Fernsehfolgen von Star Trek – Die nächste Generation. Darüber hinaus komme ich in sechs Star-Trek-Filmen vor und gelegentlich in Raumschiff Voyager. Ich mag Lockenfrisuren und Schokolade.

Alles klar. Du brichst mutig in ferne Galaxien auf.

Ich versuche es. Und was ist mit dir? Warst du mutig, seit wir das letzte Mal miteinander gesprochen haben?

Na ja, ich hab versucht, deinen Rat zu befolgen.

Und wie ist es gelaufen?

Ich hab nicht geschafft, es durchzuziehen. Ich schätze, ich bin eben kein mutiger Typ.

Vielleicht musst du darauf hinarbeiten, schrieb ich.

Vielleicht. Ich weiß nicht. Es ist nicht einfach, mit Leuten zusammen zu sein, die sich wünschten, dass du jemand anders wärest. Verstehst du?

Ich fuhr mir mit dem Finger über den Nasenrücken.

Das ist wahr, tippte ich.

Sie sagen, dass sie dich lieben, aber im Grunde lieben sie nur ein Fantasiebild von dir. Es hat überhaupt nichts mit dir zu tun. Wie bei Pygmalion, nicht wahr?

Es war schwer vorstellbar, dass jemand ein Fantasiebild von Greg haben könnte, das besser wäre als die Realität, aber ich sah ein, dass es ein wenig scheinheilig von mir war, so etwas zu denken. Bis vor ein paar Wochen hatte ich ja selbst absolut nichts von ihm gewusst, außer dass er nett war und nett anzusehen. Und auch jetzt hatte ich noch längst nicht ganz ergründet, wie Greg wirklich war.

Aber wenn du ihnen das sagst, fuhr er fort, streiten sie es einfach ab. Es hat also gar keinen Zweck, darüber zu reden. Und dann dauert es nicht lange, und du kannst nicht mal mehr über die Tatsache reden, dass ihr nicht mehr redet. Es ist einfach … ich weiß auch nicht.

Einsam, tippte ich.

Ja, das ist wohl wahr. Deshalb rede ich auch mit einem Chatbot statt mit einer realen Person.

Piep. Piep. Ping, tippte ich.

Vielen Dank. Also, was soll ich deiner Meinung nach machen?

Ich meine, du solltest direkt sein und ihnen all das sagen, was du mir gesagt hast.

Klar, sei mutig. Du hast gut reden. Du musst ja nicht mit ihnen leben.

Das stimmt, antwortete ich. Trotzdem musst du dich fragen: Wer profitiert davon, wenn du ihnen nicht erzählst, wie du dich fühlst? Sie oder du?

Na ja, sie, weil sie nicht wütend werden müssen. Und ich, weil mein Leben einfacher ist, wenn sie nicht wütend sind.

Du solltest langzeitiges Glück nicht für kurzzeitige Bequemlichkeit opfern.

Du klingst wie ein Glückskeks.

Manchmal übersteigt die Weisheit eines Glückskekses die Grenzen seiner Größe und optischen Attraktivität.

Wie bei Yoda.

Genau, wie bei Yoda.

…

Ich wollte gerade mein Handy ausschalten, weil ich dachte, das Gespräch wäre für diesen Abend beendet, da schrieb er: **Also, da ist dieses Mädchen. Manchmal glaube ich, sie mag mich, aber manchmal verhält sie sich, als wäre sie überhaupt nicht an mir interessiert.**

Nein. Nein nein nein, das ging jetzt definitiv zu weit, und ich hatte mir geschworen, ich würde nicht zulassen, dass er mir irgendetwas wirklich Persönliches oder Peinliches erzählte. Also tippte ich: **Geschlechterrollen sind soziale Konstrukte. Hast du mal wieder Waffeln gegessen?**

Wenn ich es nicht besser wüsste, würde ich denken, du lenkst vom Thema ab.

Das Subjekt ist der Hauptgegenstand eines Satzes, der mindestens ein Subjekt, das auch impliziert sein kann, und ein Verb beinhalten muss.

Also, jetzt wechselst du aber wirklich das Thema. Bist du nicht dafür programmiert, Beziehungsratschläge zu geben?

Ich rieb mir die Stirn. *Bitte*, dachte ich, *erzähl mir jetzt nicht, auf wen du stehst. Das würde alles kaputtmachen.*

Ist auch egal, schrieb er weiter. **Du würdest mir ja doch nur wieder vorschlagen, mutig zu sein.**

Das ist ein sehr guter Ratschlag für die meisten Situationen.

Schon gut, schon gut. Ich gehe jetzt ins Bett. Gute Nacht, Deanna.

Gute Nacht, mein Freund.

. . .

In der Mittagspause wollte ich mich eigentlich aus dem Staub machen, aber Sophie bat mich, mir ihre Englisch-Hausaufgabe anzugucken, also saß ich zwischen ihr und Bethany in der

Schulkantine und las ihren Essay über die Bedeutung von Namen in Toni Morrisons Roman *Sula*.

»Und?«, fragte sie.

»Nicht schlecht«, antwortete ich. »Aber ich finde, der Text ist zu lang.«

»Wir sollten 500 Wörter schreiben, und mein Essay hat nur 550.«

»Ja, aber du könntest ein Drittel davon streichen und der Inhalt wäre der gleiche.«

»Mann«, sagte sie, »warum hab ich dich bloß gefragt.« Sie zog mir den Text weg und konzentrierte sich wieder auf ihre Pommes.

Bethany, die neben mir saß, trank ihre Flasche Eistee aus und fragte: »Hast du heute Parfüm benutzt?«

»Mein Deo war alle, deshalb hab ich das von meinem Dad geklaut und jetzt dufte ich nach *Cool Water.*« Ich hob meine Arme und Bethany schnupperte.

»Das ist ja irre«, sagte sie. »Deine Achselhöhlen machen mich richtig an.«

»Ich weiß, ich weiß.«

»Echt?«, fragte Sophie.

»Riech doch selbst«, sagte ich.

»Nicht schlecht«, meinte Sophie.

In genau diesem Moment kam natürlich Greg mit seinen Kumpels aus dem Schwimmteam vorbei und sah, wie meine Freundinnen an meinen Achselhöhlen schnupperten – genau *so* hatte ich mir das in meinen kühnsten Träumen gewünscht. Er winkte. Sophie war die Einzige von uns dreien, die die innere Stärke besaß zurückzuwinken.

Bethany ließ ihre Stirn auf den Tisch sinken.

»Leute, wollt ihr Cupcakes oder Pizza nach der nächsten Regatta?«, fragte Talia über ihren Kopf hinweg.

»Pizza«, antwortete Sophie. »Cupcakes hatten wir doch das letzte Mal. Was meinst du, Aphra?«

»Hä? Oh. Pizza ist okay, ist mir eigentlich egal.«

Bethany hob den Kopf. »Könnten wir ... könnten wir nicht vielleicht beides besorgen?«

»Nehmen wir *Pizza Trevi* oder *Pizza Firenze*?«

»*Trevi* hat glutenfreien Pizzateig«, betonte Sophie.

»*Igitt.*«

»Aber wenn wir –«, begann Bethany.

»Ihr müsst sie ja nicht nehmen, aber Divya kann nun mal die normale Pizza nicht essen.«

»Ich hab noch einen Gutschein für *Trevi*«, rief Divya vom anderen Tischende.

Bethany starrte auf ihren Schoß. Ich stieß sie mit dem Ellenbogen an. Als sie nicht reagierte, sagte ich: »Aber hinterher essen wir Cupcakes, okay?«

»Was?«, rief Divya.

»Aphra will Cupcakes!«, rief Sophie zurück.

»In Ordnung«, sagte Talia. »Wir bestellen Pizza von *Trevi* und anschließend gibt es Cupcakes.« Unter der Tischplatte machte ich Bethany ein kleines Zeichen: Daumen hoch. Sie lächelte und hob ebenfalls den Daumen.

Nach der Lateinstunde knuffte mich Greg am Arm.

»Hey«, sagte er. »Ich wollte heute wieder zum Training kommen. Könntest du vielleicht hinterher noch mal im Zweier mit mir rausfahren?«

»Wirklich?«, fragte ich.

»Klar. Ich bin am Montag ein paar Minuten im Junior-Boot mitgerudert, und ich glaub, ich mache immer noch was falsch. Ich hab das Gefühl, ich komm überhaupt nicht mit und meine Arme tun furchtbar weh nach dem Training.«

»Muskelkater haben nach dem Training alle«, stellte ich klar.

»Aber ich konnte meine Arme gestern nicht mehr über den Kopf heben. Ich musste ein Hemd statt einen Pulli anziehen.«

»Na gut, solch einen Muskelkater vielleicht nicht. Klar, ich fahr gerne ein paar Minuten mit dir raus, wenn du willst.«

Nach dem Training, als der Rest des Teams *Gatorade* trank und Dehnübungen machte, hoben Greg und ich also kurzerhand *Selkie* auf unsere Schultern, schleppten das Boot zum Ufer und ließen es zu Wasser. Bevor wir hineinkletterten, sagte ich: »Ich glaube, heute sollte ich im Bug sitzen.«

»Aber dann kann ich doch nicht sehen, was du machst.«

»Ja, aber diesmal will ich dich in Augenschein nehmen.« Ich biss mir auf die Zunge. »Ich meine, ich will mir deinen Schlag ansehen.«

»Du denkst, ich rudere falsch?«

»Wenn dir die Arme so wehtun, ja. Du solltest in erster Linie deinen Unterkörper benutzen. Wenn du es richtig machst, solltest du deine Rumpfmuskulatur spüren. Hattest du auch Blasen an den Händen?«

»Ein paar, ja.«

»Probier mal, das Ruder nicht so fest zu halten, und benutz deine Rumpfmuskulatur.«

»Ich werd es versuchen.«

Ich beobachtete, wie sich Gregs Muskeln an- und entspannten, während er vor mir ruderte. Er war zu nah. So nah, dass ich sogar *sein Cool-Water*-Deodorant wahrnehmen konnte. Ich unterdrückte ein Lachen.

»Was?«, fragte er.

»Nichts«, sagte ich, weil ich nicht erklären wollte, dass wir das gleiche Deodorant benutzt hatten, was vermutlich das Höchstmaß an körperlicher Intimität war, das ich mit Greg d'Agostino je erreichen würde – was gleichzeitig sehr komisch und sehr, sehr traurig war. »Bist du bereit, schneller zu rudern?«

»Ich bin bereit«, sagte er, und ich musste die Schlagzahl für die nächsten drei Minuten auf 26 bringen, bevor ich merkte, dass er müde wurde.

»Ruder halt!«, rief ich und er klappte fast zusammen.

»Wie kann es sein«, japste er, »dass ich hier zusammenbreche und du noch topfit bist?«

Ich war nicht mehr topfit, bei Weitem nicht, aber ich hatte gesehen, wo das Problem lag, also sagte ich: »Dein Schlag ist immer noch zu tief. Das ist es, was dich so schlaucht.«

»Aber ist es nicht auch das, was das Boot vorantreibt?«

»Ja, aber du versuchst hier Kraft durch Geschwindigkeit zu ersetzen. Es ist genau wie beim Schwimmen; da ruderst du ja auch nicht mit den Armen wie eine Windmühle. Schau her.« Er guckte, so gut er konnte, über seine Schulter und ich tauchte mein Ruder ins Wasser und zeigte auf das Blatt. »Hier musst du dir eine Linie vorstellen. Mehr darf nicht im Wasser sein. Du tauchst das Blatt viel zu tief ein.«

»Okay«, sagte er. »Okay, ich glaub, ich hab es kapiert.«

»Bist du bereit, es noch mal zu versuchen?«

»Ich glaub schon.«

»In die Auslage«, kommandierte ich, »und los …« Ich beobachtete seinen Schlag, während wir zurück in Richtung Ufer ruderten. »Weniger«, rief ich. »Immer noch weniger.« Er hob das Ruder um ein Haarbreit und ich sagte: »So ist es perfekt.«

Nach fünf Minuten machten wir wieder eine Pause. Er schnaufte immer noch, aber er hatte das ganze Stück geschafft, ohne schlappzumachen.

»Das fühlte sich besser an«, sagte er.

»Es *war* besser. Denk nur immer dran, dass du das Boot nicht alleine bewegst. Rudern ist nicht wie Schwimmen. Rudern ist hundert Prozent Teamsport.«

»Keine Egos im Boot, was?«

»Nee«, sagte ich. »Du bist nur ein Bein eines Tausendfüßlers.«

Er lachte.

»Also«, begann ich und überlegte, wie ich es am besten formulieren sollte. »Ich hab den Eindruck, mit dem Schwimmen läuft es nicht so gut.«

Er hob überrascht den Kopf und ich fügte schnell hinzu: »Du hast nur erwähnt, dass du in letzter Zeit oft das Training geschwänzt hast, das ist alles.«

»Oh«, sagte er. »Ja, das stimmt.«

Ich sah hinunter auf meine Füße. Ich trug die *Rainbow-Dash*-Socken, die Bethany mir letztes Weihnachten geschenkt hatte.

»Eigentlich möchte ich am liebsten aufhören«, sagte Greg.

Das wusste ich ja schon. »Hast du genug davon, immer so früh aufzustehen?«

»Nein. Na ja, das ist es auch, aber ich bin auch einfach total ausgebrannt.« Er stieß einen langen Atemzug aus. »Im Grunde ist das bereits eine ganze Weile so. Ich wollte schon letztes Jahr aufhören.«

»Und warum hast du es nicht getan?«

»Meine Eltern sind irgendwie ausgerastet. Sie hatten gehofft, ich würde durchs Schwimmen ein Stipendium bekommen.«

»Das ... das klingt ja heftig. Aber ... du hast es ihnen doch verklickert, oder?«

»Ich weiß nicht.« Ich spürte, wie das Boot etwas schwankte. Es fiel ihm ohnehin schwer, still zu sitzen, was beim Rudern ein Problem war. »Es ist echt schwierig.«

»Für dich doch nicht. Du könntest es ihnen doch sogar in sechs verschiedenen Sprachen sagen.«

»Eher vier wahrscheinlich«, sagte er. »Aber das ist gar nicht der Punkt.«

»Sondern?«

Er machte ein Geräusch, als hätte er sich verschluckt. »Warum interessiert dich das überhaupt?«

»Es ist ... ich weiß auch nicht ... ich denke nur, dass du glücklicher wärest. Wenn dir dieses Gespräch so oder so bevorsteht, solltest du es dann nicht einfach hinter dich bringen?«

Er zuckte die Achseln.

»Sind deine Eltern auch so konfliktscheu wie du?«

Er lachte.

»Okay, gut. Ich hab's kapiert.«

Wir ruderten noch ein Stück. Schließlich redete er endlich wieder: »Es ist ja gar nicht so, dass ich nicht weiß, was ich sagen soll. Es ist vielmehr, dass ich das ganze Gespräch Satz für Satz in meinem Kopf abspielen kann. Ich weiß genau, wie es laufen und wo es enden wird, und das will ich einfach nicht mitmachen. Es ist, als ... als würde jedes Gespräch zwischen mir und meinen Eltern einem Drehbuch folgen, das schon geschrieben ist. Alles, was ich entscheiden kann, ist, ob ich dieses Gespräch führen will oder nicht.«

Ich nickte nachdenklich, denn ich wusste ziemlich genau, was er meinte. Manchmal lege ich mir auch einen ganzen Dialog im Kopf zurecht, und wenn das eigentliche Gespräch dann stattfindet, ist es irgendwie ernüchternd. Ich lächelte. »Hast du für dieses Gespräch auch ein Skript?«

»Nee.«

Seltsamerweise freute mich das richtig.

»Aber du hast recht. Ich sollte es hinter mich bringen. *Fortuna audaces iuvat*, stimmt's?«

Dem Mutigen hilft das Glück. »Du sagst es. Sieht aus, als hättest du eigentlich alles durchschaut.«

...

Als Greg mir an diesem Abend eine Nachricht schickte, beschloss ich, sofort zum Punkt zu kommen.

Und, warst du schon mutig?

Ja, tatsächlich, tippte er, **das war ich.**

Ich hatte Muskelkater von der extra Ruderstunde mit Greg und mir deshalb eine Wärmepackung in den Rücken gelegt. **Großartig!**, tippte ich zurück.

Und jetzt hassen mich meine Eltern.

Ich bin sicher, das stimmt nicht. Was hast du ihnen denn gesagt?

Ich hab ihnen gesagt, dass ich kein so guter Schwimmer bin, wie sie gedacht haben, dass ich nie ein Schwimm-Stipendium bekommen werde und aufhören will. Im Gegenzug nannten sie mich einen undankbaren Flegel und schrien mich an, wie viel Geld sie in den letzten neun Jahren für mein Schwimmen aus-

gegeben hätten. Wie es aussieht, war ich ein furchtbar schlechtes Investment.

Ich spürte eine unbändige Wut auf Gregs Eltern. Da hatten sie einen so liebenswerten, intelligenten Sohn, der sechs Sprachen sprach, und sie sahen nur das Geld, das sie für den Sport aus dem Fenster geworfen hatten?

Du bist ein toller Mensch! Vielleicht bist du kein Schwimmroboter, aber na und? Du bist mehr als ein Wirtschaftsprodukt. Dein Wert richtet sich doch nicht nach der Höhe deines Studienfonds.

Darauf folgte eine sehr lange Pause, und mir wurde bewusst, dass ich noch weniger wie ein Computer klang als zuvor. Während ich noch überlegte, was ich tun könnte, um die Situation zu retten, tippte er: Wie viel ist 7161 geteilt durch 93?

Ich starrte einen Moment lang auf die Zahlen. Warum fragte er …

Oh, Mist.

Ich zog meinen Taschenrechner hervor und begann hektisch die Zahlen einzugeben.

77, antwortete ich.

Zu spät, schrieb er. Kein Computer wäre so langsam gewesen.

Ich bin für Dialoge programmiert worden und nicht für mathematische Übungen –

So ein Quatsch. Wer bist du?

Ich bin eine App, programmiert von einem Schüler in –

BULLSHIT. Wer bist du?

Piep. Piep. Ping.

Fang nicht wieder mit dem Mist an. Ich erzähle dir hier tagelang die Story meines Lebens. Wer bist du? Ich bin sicher, du weißt genau, wer ich bin.

Ich lehnte mich zurück und rieb mir das Gesicht. So was Bescheuertes. Der ganze Sinn der App war doch, dass sie anonym sein sollte. Wie hatte ich nur so unvorsichtig sein können? Natürlich wusste er, dass ich kein Computer war.

Also, ich habe mir Folgendes zusammengereimt: Du bist im App-Design-Kurs an der Middleridge Highschool.

Klar, dass er darauf gekommen war, aber es brachte ihn noch nicht besonders viel weiter.

Und du weißt alles über College-Sport und Stipendien, also musst du auch Sport machen.

Ich setzte mich auf. *Oh, Mist.*

Und du bist ein Mädchen.

Das konnte er doch nun wirklich nicht wissen.

Frauen verwenden Sprache anders als Männer. Du hast feminine Sprachmuster.

Es war wahrscheinlich das erste Mal, dass jemand so was zu mir gesagt hatte.

Habe ich nicht!, tippte ich.

Das Ausrufezeichen verrät dich, schrieb er. **Also, wie viele Sportlerinnen sind in Mr Positanos App-Design-Kurs?**

Die Antwort lautete: nicht viele. Abgesehen von mir waren da Amy Berger, die Feldhockey spielte, und Mitzi Schwartz, die mit Greg in der Schwimm-Mannschaft war. Und dann war da Bethany.

Aber darauf war er wahrscheinlich noch nicht gekommen.

Ich hab gerade eine SMS an Matt Williams geschrieben und ihn nach einer Kursliste gefragt. Dann lässt sich das Ganze schnell im Ausschlussverfahren lösen.

Oh nein. Matt Williams war einer der Oberstufler mit dem funktionsunfähigen *Steak-Ninja*-Spiel und mit Greg im

Schwimmverein. Ich schloss die App und warf mein Handy ans Bettende, wo es neben Walnut landete, der sich prompt darauf niederließ. Dann setzte ich mich auf und zog die Knie an meinen Oberkörper.

Ich hörte die *Star-Trek*-Melodie unter dem Kater, aber ich würde ganz bestimmt nicht mehr rangehen. Sollte Greg doch eine Weile mit dem *Deanna*-Autopiloten reden. Ich musste mir erst mal darüber klar werden, was jetzt passieren sollte.

Was sollte ich nur machen?

Am nächsten Tag würde ich den Programmcode und meine Antwortbeispiele abgeben müssen, dann hätte ich wenigstens eine Rechtfertigung, die App nicht mehr laufen zu lassen. Ich könnte die ganze Sache runternehmen und einfach hoffen, dass er nie dahinterkommen würde. Das klang nach einem guten Plan, fand ich.

Dann würde ich zwar auch nicht mehr mit ihm chatten können, aber das schien mir doch ein kleiner Preis dafür, nicht durch den Kurs zu rasseln.

Ich fischte mein Handy unter dem Kater hervor. Nicht weil ich antworten wollte, aber weil ich wissen musste, was er geschrieben hatte.

Die Nachricht lautete: **Bitte sag mir doch einfach, wer du bist. Ich verspreche auch, nicht wütend zu werden. Ich will einfach nur wissen, mit wem ich die ganze Zeit geredet habe. Du weißt schon, dem Mutigen … Wer bist du?**

Ich berührte den Bildschirm. *Wer bist du?*

Ich stellte mir eine Welt vor, in der ich es ihm erzählen könnte, in der er wirklich wissen wollte, wer ich war. Ich würde ihm die Wahrheit sagen und er würde zu mir nach Hause fahren und zu meinem Fenster hinaufklettern. Ich würde das

Fenster aufmachen – in meinem Tagtraum gab es kein Fliegengitter –, und er würde sich hineinbeugen, die Wangen erhitzt vor Sehnsucht, und mir erzählen, dass er die ganze Zeit gehofft hätte, dass ich es wäre. Er würde mein Gesicht berühren und mir sagen, dass ich die schönsten Augen der Welt hätte, und dann würde er mich küssen, und ich würde ihn zurückküssen, und es wäre der perfekteste Moment, den es je gab.

Mein Herz klopfte wild, als ich mir das vorstellte. Ich versuchte, nicht daran zu denken, was die Leute sagen würden, wenn sie uns zusammen sähen oder wie wir auf Fotos aussehen würden oder wie sehr es wehtun würde, wenn er begriff, dass mein Gesicht nicht etwas war, das er einfach übersehen konnte.

Es war albern, überhaupt so weit zu denken, weil ich wusste, dass wir ja ohnehin nie so weit kommen würden. Sicher, ich konnte ihm die Wahrheit sagen. Wir würden eine Weile darüber scherzen und vielleicht würden wir sogar Freunde bleiben, aber ich könnte nicht so tun, als ob ich nicht enttäuscht wäre.

Auf der anderen Seite bedeutet Freunde sein ja auch etwas.

Ich drehte mich in meinem Bett zur Seite, das Handy noch umklammert. Ich würde es ihm sagen, beschloss ich. Wenn ich ihn morgen traf, würde ich es ihm erzählen. Es würde keine Liebeserklärungen oder Mitternachtsküsse an meinem Fenster geben, aber ich kannte ihn und er kannte mich und wir waren Freunde und das war doch auch etwas. Vielleicht würde ich ihm mal ein paar Arme Ritter vorbeibringen. Das würde ihm bestimmt gefallen.

Ich würde es ihm morgen sagen und ich würde mir keine, *absolut keine* weiteren Hoffnungen machen.

Kapitel 11

Am nächsten Morgen war ich etwas von der Rolle. Ich war eine halbe Stunde früher als sonst aufgewacht, weil ich einen seltsamen Traum gehabt hatte. Na ja, mehr schrecklich als seltsam. Das heißt, eigentlich war der Traum gleichzeitig seltsam und schrecklich.

In dem Traum saß ich am Fenster und hielt nach Delia Ausschau, die vom College nach Hause kam. Sie fuhr in einem gelben Taxi vor, wie sie in New York rumfahren. Sie stieg aus und kam ins Haus, wo ich in der Küche auf sie wartete. Ich ging auf sie zu, um sie zu umarmen, aber in dem Moment bemerkte ich, dass ich eine Porzellanmaske trug – wie ein Abbild meines Gesichts über meinem richtigen Gesicht –, ich sah also noch genauso aus, nur dass ziemlich offensichtlich war, dass meine Haut nicht echt war. Bevor ich sie umarmen konnte, hielt Delia mich auf Armeslänge von sich und sagte: »Weißt du, das lässt sich alles ändern.« Und bevor ich antworten konnte, zog sie diesen riesigen Kugelhammer hervor und zerschmetterte damit meine linke Wange. Ich hatte erwartet, dass es wehtun würde, aber ich schrie nicht, weil das peinlich gewesen wäre. Als wüsste Delia nicht selbst, dass es wehtat, wenn einem jemand mit einem Hammer ins Gesicht schlug. Dann pulte sie die verbleibenden Porzellanstücke von meiner Haut, bis mein wahres Gesicht zum Vorschein kam – genau das gleiche wie auf der Maske. »Das ist aber enttäuschend«, sagte sie, und dann schlug sie mich noch einmal mit dem Hammer, direkt zwischen die Augen.

Nachdem ich aufgewacht war, ging ich in die Küche und aß zwei Schüsseln von Kits *Frosties*. Eigentlich hatte ich versprochen, das nie wieder zu tun, nachdem ich einmal aus Versehen eine Packung aufgegessen hatte, bevor er zum Frühstück gekommen war, aber an diesem Morgen war ich anscheinend etwas unterzuckert. An diesem Traum war bestimmt ein zu niedriger Blutzuckerspiegel schuld. Außerdem hatte ich so einen leichten Stirnhöhlen-Kopfschmerz auf der linken Seite, womit sich vielleicht die Sache mit dem Hammerschlag ins Gesicht erklären ließ. Ich nahm eine Ibuprofen und ging hinaus zum Bus.

In der Mittagspause fühlte ich mich immer noch etwas krank. Vielleicht war mein seltsamer Traum daran schuld oder mein seltsames Frühstück oder die Tatsache, dass ich Greg in nicht allzu ferner Zukunft wiedersehen würde. Jedenfalls hatte ich inzwischen so meine Zweifel an meinem Vorhaben. Ich knabberte an einem von Bethanys *Oreo*-Keksen. *Ich sage es ihm, ich sage es ihm nicht*, wiederholte ich abwechselnd bei jedem Bissen. Schließlich nahm ich den letzten Bissen und endete mit *Ich sage es ihm*, aber das war wohl kaum die beste Methode, eine Entscheidung zu treffen.

Bethany war auch ziemlich durcheinander und nicht einmal in der Lage, den *Twinkie* aufzuessen, den ich ihr eingepackt hatte. Normalerweise war es das Erste, was sie aß, aber heute starrte sie die Biskuitrolle nur an und sagte: »Sie kauft jetzt ein Haus dort.«

»Wer?«, fragte ich mit vollem Mund. »Oha. Warte, redest du etwa von deiner Mutter?«

»Ja. Ich hab sie nach diesem Pinienhain-Dings gefragt. Sie will dort ein Haus kaufen. Wenn ich mit der Highschool fertig bin, verkauft sie unser Haus und zieht dorthin.«

»Oh«, sagte ich.

»Sie sagt, ich kann in den Semesterferien bei ihr wohnen, aber mehr nicht. Sobald ich den Highschool-Abschluss hab, bin ich raus. Ich kann nach der Uni nicht noch mal zu Hause einziehen oder während des Studiums zu Hause wohnen.« Sie drückte die Biskuitrolle platt, bis die Füllung herausquoll.

»Oh Mann«, sagte ich.

»Genau. Ich meine, es ist ja nicht so, dass ich für immer zu Hause wohnen wollte, aber jetzt … ich weiß auch nicht. Es ist, als gäbe es jetzt keinen Spielraum mehr für Fehler. Verstehst du? Was, wenn mir das Studentenwohnheim überhaupt nicht gefällt oder ich nicht gleich einen Job finde, wenn ich mit der Uni fertig bin? Oder … oder … oder ich weiß auch nicht.«

Das klang wirklich ein bisschen so, als würde man an einem Trapez durch die Luft schwingen und plötzlich feststellen, dass jemand das Sicherheitsnetz weggezogen hat. Ich will bestimmt auch nicht für immer bei meinen Eltern wohnen, aber es ist schön zu wissen, dass ich einen Ort habe, an den ich zurückkehren kann, wenn ich einen Hirntumor bekomme oder sonst was. »Und wie geht es dir jetzt?«

»Was glaubst du wohl? Ich bin einfach total sauer auf Colin. Wenn es nicht so furchtbar wäre, mit ihm zusammenzuleben, würde sie das gar nicht machen. Warum kann er nicht hin und wieder eine Packung Milch kaufen oder so was? Ich bin doch gar nicht so. Aber ich glaube, Mom hat einfach die Nase voll.«

»Hm, ja. Und was wird Colin machen?«

»Er wird sich einen Job suchen müssen und in eine WG ziehen, schätze ich. Und ungefähr zwanzig Prozent weniger Arschloch sein müssen, damit sie ihn da nicht auch rausschmeißen.« Sie seufzte. »Ich hab das Gefühl, bestraft zu werden, ohne überhaupt etwas getan zu haben.«

»Ich weiß.«

»Ich meine, ich wasche meine Wäsche selbst. Ich erledige jeden zweiten Tag den Abwasch. Ich mache einmal in der Woche das Abendessen.«

»Ich weiß.«

»Es ist einfach nicht fair.« Sie rieb sich das Gesicht. »Jetzt sag nicht *ich weiß*.«

»Du bist nicht diejenige, mit der es furchtbar ist zusammenzuleben. Das weiß sie. Du bist großartig. Er ist einfach bescheuert. Es ist wirklich nicht fair.«

Sie lehnte ihren Kopf an meine Schulter und klang, als wäre sie kurz davor zu weinen. »Es ist, als wollte sie mich gar nicht mehr in ihrer Nähe haben.«

»Aber *ich* will dich in meiner Nähe haben«, sagte ich.

Wir saßen da und stocherten in unserem Essen herum. Bethany dachte darüber nach, wie es sein würde, nicht mehr nach Hause kommen zu können. Ich wollte ihr am liebsten sagen, dass sie bei uns wohnen könnte, wenn sie wollte, aber natürlich war mir klar, dass ich nicht einfach so über das Haus meiner Eltern verfügen konnte.

Gleichzeitig grübelte ich, ob Greg wohl schon in der Schule war. Wobei mir durchaus bewusst war, dass diese Überlegung vergleichsweise unbedeutend war.

Mein Kopf tat jetzt wieder furchtbar weh. Bethanys *Oreos*

komplett aufzuessen war wahrscheinlich auch nicht gerade die beste Medizin gewesen. Nach einer Weile sagte Bethany: »Es ist schon fünf vor.« Die Mittagspause war fast vorbei und die Leute verließen langsam die Kantine. Als die Klingel ertönte, pochte mein Kopf im Takt dazu.

»Ich glaub, ich gehe besser ins Krankenzimmer«, sagte ich zu Bethany.

»Bist du in Ordnung?«

»Geht schon«, sagte ich. »Ich nehme einfach noch eine Ibuprofen und leg mich vielleicht für zwanzig Minuten hin, bis die Tablette wirkt.« Ich hab eine Packung im Krankenzimmer, für die meine Mom jeden September eine Erlaubnis unterzeichnen muss, damit ich die Tabletten für Regelschmerzen und dergleichen nehmen kann. Wenn sie irgendwelche Tabletten in deinem Rucksack finden, kannst du nämlich theoretisch von der Schule fliegen, was sowohl albern als auch puritanisch ist. »Sag Mr Positano, ich komme in ein paar Minuten nach, okay?«

Bethany runzelte die Stirn. »Heute ist doch Abgabetermin für die App.«

»Ja, ich … *Oh.*« Ich hatte begriffen, was Bethany nicht ausgesprochen hatte, nämlich: Wenn ich zu Beginn der Stunde nicht da wäre, würde Mr Positano bestimmt denken, dass ich noch irgendwo an meiner App arbeitete, und könnte mir zehn Prozent Punktabzug geben, weil ich sie zu spät abgegeben hatte. »Verflixt.« Ich holte die Mappe aus meinem Rucksack. »Kannst du ihm das geben? Dann hab ich es rechtzeitig abgeliefert.«

»Ja, klar«, sagte sie.

»Danke«, sagte ich und rieb mir die Wangenknochen. »Bis nachher, okay?«

Dann trennten wir uns. Ich ging zur Schulkrankenschwester, sie zum Computerraum. Doch als ich zum Krankenzimmer kam, war es abgeschlossen.

Das Zimmer der Schulkrankenschwester ist gleich neben dem Sekretariat, also steckte ich dort meinen Kopf zur Tür herein und fragte: »Wo ist denn Mrs Dao?«

»Die holt sich was zum Mittag«, sagte eine der Sekretärinnen. »Hat sie kein Schild rausgehängt? Sie müsste in zehn Minuten zurück sein. Du solltest zum Unterricht gehen und später mit einem Schein zurückkommen.«

»Aber«, sagte ich.

»Geh zum Unterricht. Und komm mit einem Schein von deinem Lehrer zurück.«

Mir war nicht danach, mich mit ihr herumzustreiten. »Gut«, sagte ich. »Ich komm später zurück.«

»Mit einem Schein.«

Mein Gott, das war ja, als hätte man es mit Gefängniswärtern zu tun. Siebzehn zu sein und in der Highschool festzusitzen fühlte sich manchmal so an, wie in einer Zwangsjacke zu stecken.

»Klar«, sagte ich. »Mit einem Schein.«

Als ich aus dem Sekretariat kam, sah ich Bethany am anderen Ende des Gangs und sprintete auf sie zu, um ihr zu sagen, dass sie meine Unterlagen doch nicht für mich abgeben müsste. Dann bog sie um die Ecke zu den Naturwissenschaftsräumen und kurz darauf hörte ich eine Kollision … den Zusammenprall zweier Körper und das klatschende Geräusch irgendwelcher Hefte, die auf den Boden fielen. Ich lief schneller, um zu sehen, ob Bethany sich wehgetan hatte, nur um festzustellen, dass sie geradewegs mit Greg zusammengestoßen war, der einen Kaffeebecher in der Hand hielt, dessen Inhalt sich nun fast vollständig über seinem Hemd verteilte.

Bethany saß auf dem Fußboden und sah aus, als wäre sie bei dem Zusammenstoß an Greg abgeprallt und auf dem Hintern gelandet. Sie wirkte etwas benommen, aber ich war mir nicht sicher, ob das daran lag, weil sie sich tatsächlich wehgetan hatte oder weil sie ausgerechnet mit Greg zusammengestoßen war, der seinerseits etwas benebelt aussah.

»Tut mir leid«, sagte er, während er das mit heißem Kaffee durchtränkte Hemd von seinem Oberkörper wegzog. »Bist du in Ordnung?«

Bethany gab einen undefinierbaren Laut von sich.

»Lass mich das aufheben«, sagte er, stellte seinen Kaffeebecher ab und sammelte die Papiere auf, die auf dem Boden verstreut waren. Ich erkannte den Ausdruck von Bethanys Chemieaufgaben, und dann …

Inzwischen war ich schon ganz in der Nähe. Ich hätte etwas sagen können, in normaler Lautstärke, und sie hätten mich gehört. Ich war nicht einmal am anderen Ende des Gangs. Ich war nah genug, um Gregs verschütteten Kaffee zu riechen und festzustellen, dass Zimt drin war. So nah war ich. Hätte Bethany einen Augenblick hochgeguckt, dann hätte sie mich dort stehen sehen. Aber sie guckte nicht hoch. Ihre Welt hatte sich in diesem Moment auf den kleinen Ausschnitt reduziert, den Greg D'Agostino und seine Augen und sein Lächeln einnahmen.

Greg hörte auf, die Blätter einzusammeln – er starrte meine grüne App-Design-Mappe an, auf der in 14-Punkt *Times New Roman* der Titel meines Projektes prangte. Mein Name, wurde mir bewusst, stand nicht auf dem Deckblatt. Den hatte ich drinnen auf der ersten Seite eingetragen, denn Mr Positano war etwas pingelig in Sachen Formatierung und hatte es so haben wollen. In diesem Moment hätte ich ihn dafür umbringen können. Ich hoffte inständig, Greg würde die Mappe aufschlagen. Sich die erste Seite ansehen. Stattdessen sagte Greg jetzt: »Du warst das.«

Oh nein. Nein, nein. Ich schwöre, ich konnte Gregs Herzschlag fühlen. *Eins … zwei …*

»Du warst das die ganze Zeit.«

Zu spät.

Er legte den Stapel Papiere auf den Fußboden. Das Deckblatt mit dem Titel »*Deannas* Kummerkasten: App-Design mit Programmiercode und Beispielen« starrte mich an. Ich wollte die Mappe aufheben. Ich hob sie nicht auf.

In meinem Gehirn purzelte alles durcheinander. Gregs Blick ging zu Bethany, und das war der Moment, in dem ich sah … wie glücklich er war. In seinen Augen lag echte Freude, als wäre er gerade durch einen kilometerlangen dunklen Tunnel gegangen und hatte auf einmal das erste Sonnenlicht am Ende erblickt.

Es war ganz und gar unmöglich, dass er mich so angesehen hätte.

Bethany schien in den Tiefen von Gregs Augen versunken zu sein, denn sie antwortete nicht. Wie konnte sie auch? Dieser gut aussehende Junge sah sie an, als wäre er Pygmalion und sie wäre seine ganz eigene Galatea, die gerade zum Leben erwacht war. Sie begriff überhaupt nicht, wovon er da überhaupt sprach, außer dass er offensichtlich eine Art *Eros*-Moment hatte. Und dann berührte er sie und strich mit den Fingern durch ihre Haare.

Mir war klar: Das war die letzte Chance, die ich je bekommen würde, um die Verwechslung aufzuklären. Ich konnte hier und jetzt zu ihm gehen und alles offenlegen, dass es in Wirklichkeit meine App war, dass *ich* diejenige war, mit der er die ganze Zeit gechattet hatte. Dass ich diejenige war, die erkannt hatte, was für ein Mensch wirklich hinter seinem hübschen Gesicht steckte.

Ich versuchte, meine Füße dazu zu bringen, sich vorwärtszubewegen.

Okay, vielleicht nur meinen linken Fuß.

Ich stand wie angewurzelt da.

Ich konnte es nicht tun.

Ich konnte es den beiden nicht antun. Weder Bethany, die jetzt die Chance hatte, mit dem Jungen zusammenzukommen, für den sie schwärmte, noch Greg, der es verdient hatte, mit einem Mädchen zusammen zu sein, in das er sich richtig verlieben konnte. Wenn ich die Sache auf sich beruhen ließe, wären zwei Menschen sehr glücklich. Wenn ich die Wahrheit erzählen würde, wäre es peinlich und unangenehm für alle und niemand wäre glücklich. Es war eigentlich simple Mathematik. Ich musste nur meinen Mund halten und das Ergebnis wäre die größte Menge allgemeiner Glückseligkeit. Da müsste ich schon die gemeinste Idiotin der Welt sein, um das zu verderben, und nützen würde es mir auch nichts. Es war ja nicht einmal so, dass ich ihn an sie abtreten würde, denn er wollte ja ganz offensichtlich sie.

Greg beugte sich vor – langsam, ganz langsam, wie ich mir immer vorgestellt hatte, dass er sich zu mir beugen würde, falls er mich je küssen würde – und dann küsste er Bethany. Sie legte die Arme um seinen Hals, zog ihn näher zu sich heran und erwiderte seinen Kuss.

Ich drehte mich um, fuhr mir unwillkürlich über die eigene Unterlippe und ging wieder die andere Richtung den Gang hinunter, zurück zum Krankenzimmer, zu meiner Ibuprofen und zwanzig Minuten Pause auf einer Liege mit Papierbezug. Ich war allerdings noch keine zehn Minuten weg gewesen, und als ich ins Büro kam, fragte die Sekretärin: »Hast du einen Schein mitgebracht?«

Ich klappte auf dem nächstbesten Stuhl zusammen.

»Tut mir leid, Mädchen«, sagte sie. »Ohne einen Schein kann ich dich nicht ins Krankenzimmer lassen.«

Da kam Officer Barry, der wie immer in der Mittagspause die Schultür bewacht hatte, den Gang entlang und drückte mir im Vorbeigehen etwas in die Hand. Es war, wie ich bemerkte, genauso ein Wisch, wie ich ihn brauchte: eine Bescheinigung, die mir erlaubte, mich während des Unterrichts außerhalb des Klassenzimmers aufzuhalten. Ich verspürte eine Welle der Zuneigung für Barry mit seiner *Taco-Bell*-Vorliebe. Ich stand auf und legte den Schein auf den Schreibtisch der Sekretärin.

Gerade als sie die Tür für mich aufschloss, kam die Krankenschwester mit ihrem Mittagessen zurück. Ich nahm meine Tablette und legte mich mit dem Gesicht zur Wand auf die Liege. In meinem Kopf tauchte immer wieder das Bild von Bethany und Greg auf, und ich sagte mir immer wieder, dass ich keinen Grund hatte, mich deshalb schlecht zu fühlen. Schließlich war ich ein guter Mensch, eine gute Freundin. Ich hatte eine gute Tat vollbracht und ich hatte zwei gute Menschen glücklich gemacht. Dann dachte ich, was für ein seltsames Wort das doch war – *gut* –, und ich fragte mich, welcher Herkunft es sein mochte, denn aus dem Lateinischen kam es ja sicher nicht. Es musste wohl germanischen Ursprungs sein.

Greg würde das wissen. *Ich könnte ihn mal danach fragen*, dachte ich. Nur dass wir nicht mehr miteinander chatten würden, denn das war ja nun vorbei. Aber immerhin würde ich nicht wegen meiner missratenen App durch den Kurs fallen, und das war doch auch etwas Gutes. *Gut*. Was für ein beknacktes Wort. Ich sollte die Leute dazu bringen, ein besseres Wort zu verwenden, so etwas wie *bonum* zum Beispiel. Das wäre doch sinnvoll, denn den Wortstamm verwenden wir ja schon, zum Beispiel in *Bonus*.

Sum amica bona. Ich bin eine gute Freundin.

Mihi est vita bona. Ich habe ein gutes Leben.

Bonum ist so viel besser als *gut*, was ja nicht einmal als Präfix oder Suffix oder irgendwas funktioniert. Es klingt einfach dämlich. *Gut. Gut*. Was für ein Scheiß.

Ich wachte erst wieder auf, als die Krankenschwester mich an der Schulter rüttelte und mir sagte, dass es Zeit wäre, nach Hause zu gehen.

Kapitel 12

Bevor Delia aufs College ging, waren wir meistens zusammen, wenn ich nicht gerade ruderte oder mit Bethany abhing.

Delias Kellerraum war ein bisschen wie eine Höhle, aber sie hatte ein cooles Zimmer daraus gemacht, mit Leuchtsternen an der Decke und einer Wandtafel über ihrem Bett, auf der sie sich mit Kreidestiften Notizen machte oder Bilder von Anime-Figuren hinkritzelte: *Sasuke Uchiha*, für den sie schon in Kits Alter geschwärmt hatte, oder *L* aus der Manga-Serie *Death Note*, der mein Schwarm war. Manchmal hinterließ Delia geheime Botschaften für mich, etwa um mir mitzuteilen, dass sie mir an diesem Tag etwas in meinen Rucksack schmuggeln würde. Dieses Etwas entpuppte sich dann meist als irgendein versautes Buch, das ich in der Schule verstecken musste, damit es nicht konfisziert wurde. Delia gehörte dem Anime-Club unserer Schule an und zweimal im Jahr nahmen sie an einem großen Fantreffen teil. Ich war nie eingeladen. Die Treffen waren nur für Clubmitglieder, und meistens war ich sowieso zu eingespannt, um am Wochenende einen ganzen Tag unterwegs zu sein. Nur einmal, ich war in der achten Klasse und Delia in der zehnten, wollte sich die ganze Gruppe als die Mädchen aus *Sailor Moon* verkleiden und dann wurde Sailor Neptun im letzten Augenblick krank.

Sie hatten schon ihre Eintrittskarten und ihre Kostüme, und während ich auf meinem Bett saß und zum dritten Mal Philip Pullmans *Goldenen Kompass* las, kam Delia herein und fragte mich, ob ich mitkommen wollte.

Das Kostüm war eigentlich nicht so mein Fall. Der Rock war superknapp, selbst für mich mit den kurzen Beinen einer Dreizehnjährigen, aber ich war noch nie bei so einer Veranstaltung gewesen, also sagte ich okay und ging mit, ohne so recht zu wissen, was mich erwarten würde.

Wie sich herausstellte, sind Anime-Treffen im Grunde so etwas wie Faschingsfeste für Freaks, im besten Sinne. Nicht alle, aber viele Leute waren verkleidet. Alle wollten Fotos von uns machen, also posierten wir mit Victory-Zeichen und übertriebenen Gesten. Wir besuchten Podiumsdiskussionen mit Synchronschauspielern, von denen ich noch nie gehört hatte und die mehr wie gewöhnliche Leute aussahen und nicht wie normale Schauspieler. Delia kaufte mir einen Schlüsselanhänger, der immer noch in irgendeiner Schublade in meinem Zimmer liegt, und am Ende ließen wir ein Foto von uns beiden machen. Wir hatten die Arme umeinander gelegt und gaben uns alle Mühe zu demonstrieren, wie großartig *Sailor Moon* und Schwesternliebe waren. Unsere Perücken waren zu dem Zeitpunkt schon ein wenig verrutscht, aber die Sache mit Perücken ist, dass der plötzliche Wechsel der Frisur ein Gesicht besonders in den Fokus rückt. Damals waren Delia und ich fast genau gleich groß – ich schoss erst später in die Höhe –, und auch wenn meine Perücke blau war und ihre rot, sahen wir aus wie Zwillinge. Niemand, der das Foto oberflächlich betrachtete, wenn es nicht gerade meine Eltern oder Bethany wären, hätte sagen können, welche von uns beiden ich war. So ähnlich sahen wir uns. Nachdem Delia das geändert hatte, nahm ich dieses Foto von meinem Schreibtisch und legte es im Keller ganz unten in ihre Kommode, wo ihre Sweatshirts drin sind. Ich brachte es nicht über mich, das Bild ganz wegzuschmeißen. Aber ich wollte es auch nicht mehr haben.

. . .

Am Samstagmorgen hatten wir eine Regatta, und das bedeutete, ich musste fünf Stunden lang eine total flatterige Bethany ertragen. Greg war nicht da; er hatte eine Chinesisch-Prüfung oder so was und außerdem war er ja auch noch nicht in der Mannschaft. Der Achter der Mädchen kam auf den dritten Platz, was ja eigentlich nicht schlecht war. Danach aber war ich irgendwie total aus der Puste, und als die anderen noch Pizza essen gingen, wollte ich nur noch nach Hause.

Glücklicherweise kann ich in solchen Momenten auf Bethany zählen.

»Geht mir genauso«, sagte sie, als ich vorschlug, nach Hause zu fahren. »Ich hab seit drei Tagen nicht richtig geschlafen.«

Bethany fuhr uns mit dem Auto ihrer Mutter zurück, da der Mannschaftsbus an diesem Tag voll gewesen war.

»Bist du sicher?«, fragte ich. »Die anderen wollen nachher noch zu *Cake Baby.*« *Cake Baby* war Bethanys Lieblings-Cupcake-Café und unsere Mannschaft hatte schon alle Cafés in der Gegend durchprobiert.

»Ich will einfach irgendwohin, wo es ruhig ist«, sagte sie. »Ich muss unbedingt mit dir reden. Hast du meine SMS gestern Abend nicht bekommen?«

Ich hatte ihre Nachrichten weggeklickt, aber natürlich hatte ich ein schlechtes Gewissen deshalb, schließlich war Bethany bei dieser ganzen Sache vollkommen unschuldig. Sie wusste ja nicht, dass ich mit Greg gechattet hatte. Und trotzdem entschuldigte ich mich nicht. Ich schätze, ich war einfach zu müde.

»Aphra, ich muss dir unbedingt was erzählen«, sagte sie.

Jetzt kam es. Ich wartete. Und wartete. Und es kam nichts.

»Greg hat dich geküsst«, sagte ich.

»*Was?* Wer hat dir das erzählt?«

»Ich hab es gesehen«, gab ich zu.

»Du hast es gesehen?«

»Es war ja kaum zu übersehen. Schließlich habt ihr mitten auf dem Gang gestanden.«

»Oh.« Sie fuhr schweigend weiter.

»Und?«, hakte ich nach.

Bethany wurde rot. Ich wusste, dass es das erste Mal gewesen war, dass sie jemanden richtig geküsst hatte. Es hatte zwar in den letzten Jahren einige Typen gegeben, die versucht hatten, sie abzuknutschen, aber Bethany hatte es jedes Mal geschafft, in letzter Minute Reißaus zu nehmen. Ich wusste auch, dass sie eine verklärte Vorstellung von dem perfekten ersten Kuss hatte, der etwas so Reines sein musste, dass damit ein Fluch gebrochen oder ein sterbender Prinz ins Leben zurückgeholt werden konnte.

»Ich bin zu spät zum Unterricht gekommen«, sagte sie.

»Oh. Okay.«

»Ich hab auch dein *Deanna*-Zeug etwas zu spät abgegeben. Aber ich hab Mr Positano gesagt, dass es meine Schuld war.«

»Ach, das ist bestimmt kein Problem.« *Aber der Kuss, Bethany. Welche Zahnpasta benutzt Greg?* Nein, warte. Er hatte ja gerade Kaffee getrunken. Hatte er danach geschmeckt?

»Wir haben uns für morgen verabredet.«

»Ach«, sagte ich. Wohin würde Greg ein Mädchen wohl gerne ausführen, fragte ich mich. Vielleicht kennt er alle möglichen russischen Imbissstuben. Ich weiß nicht, was es für russische Imbissgerichte gibt. Borschtsch? Ich mag Borschtsch. Bethany kann Borschtsch nicht ausstehen. Das einzig Gute an dieser Suppe, sagt sie, ist die Farbe. Wahrscheinlich, weil sie manchmal so rotviolett aussieht wie *Twilight Sparkle*. Aber so richtig weiß Bethany den russischen Eintopf nicht zu würdigen. Sie hat einfach kein Gespür für die Raffinesse von Borschtsch.

An dieser Stelle meines Denkprozesses merkte ich, dass ich ein Problem hatte. Da wurde ich eifersüchtig wegen des hypothetischen Konsums von Rote-Bete-Suppe, die am Ende doch nichts als ein simpler Eintopf ist. Ich warf einen Blick zu Bethany, die am Steuer saß, und begriff, dass ich so nicht sein wollte. *Sum amica bona*. Ich bin eine gute Freundin. Oder?

»Wohin geht es denn?«, fragte ich. »Mit Greg, meine ich.«

»Oh Gott. Er will mit mir Russisch essen gehen.«

Tief durchatmen. Tief durchatmen. »Du klingst ja nicht besonders begeistert.«

»Es ist nur … Im Restaurant? Mit Greg? Allein?«

Für mich klang das wunderbar. »Ist das schlecht?«

»Aphra, das sind neunzig Minuten, in denen ich ihm gegenübersitze und nonstop reden soll.«

»Und du würdest lieber nur rumknutschen?«

»Mann! Nein.« *Ja, Bethany.* »Das meinte ich doch nicht. Es ist nur … es ist ganz schön viel. Ich weiß auch nicht.«

»Und, hast du was anderes vorgeschlagen? Warum geht ihr nicht zusammen ins Kino?«

»Kino.« Sie hielt an einer Ampel und sah mich an. »Kino wäre kein Problem. Das ist perfekt.«

»Dann sag ihm halt, dass du ins Kino gehen willst. Der neue *Star-Wars*-Film ist raus. Sag ihm einfach, dass du den unbedingt sehen willst.«

»Aber was, wenn er keine Lust dazu hat?«

»Es wird ihm ganz egal sein. Hauptsache, er ist mit dir zusammen.«

Sie fuhr auf den Parkplatz des nächsten Einkaufszentrums.

»Was machst du?«, fragte ich.

Sie drückte mir ihr Telefon in die Hand. »Schreib ihm eine SMS«, sagte sie.

»*Was?* Warum?«

»Wenn ich das mache, vermassele ich alles!«

»Da gibt es nichts zu vermasseln! Sag ihm einfach, dass du unbedingt den Streifen mit den verfluchten Porgs sehen willst!«

»*Aphraaaaaa* …«, winselte sie.

Ich war wirklich müde. Ich rieb mir die Augen. »Gut«, sagte ich.

Ich schrieb: **Hi, sosehr ich mich freuen würde, morgen mit dir Borschtsch zu essen, so gerne würde ich auch meine Begeisterung für Porgs mit dir teilen und frage mich die ganze Zeit, ob du etwas dagegen hättest, stattdessen ins Kino zu gehen?**

Er schrieb sofort zurück. Bestimmt hatte er darauf gewartet, nach der Regatta von ihr zu hören. **Porgs? Klar, das klingt gut.**

Ich rief in einem zweiten Tab das Kinoprogramm auf. **7:15? Ich hole dich um 7 ab. Es sei denn, du willst lieber mich um 7 abholen.**

Ich warf über das Handy hinweg einen Blick zu Bethany, die mich anstarrte, während ich tippte. »Hast du morgen das Auto?«, fragte ich.

»Nee, meine Mom ist bei irgend so einem Rhetorikseminar.«

Hol mich um 7 Uhr ab, schrieb ich.

Ich wünschte, es wär schon morgen.

Ich schickte ihm ein GIF von Yoda mit dem Spruch **Geduld, mein junger Padawan.**

Deine SMS sind 1000 Mal besser als der Filmtext.

Ja, antwortete ich, **aber das ist ja auch nicht schwer.**

Zu dumm, dass du nicht das Drehbuch geschrieben hast.

Na ja, wenn man bedenkt, dass der Film rauskam, als ich 5 war, hätte sich der Dialog wohl eher so angehört: Ich Sand nicht mag.

Ich bin ziemlich sicher, der Satz kommt vor. Kann es sein, dass du den Text geschrieben hast und dich nur nicht mehr erinnerst?

Ich glaub, jetzt bin ich beleidigt. Ja, wirklich. Kauf mir ein paar Junior Mints, dann verzeihe ich dir vielleicht.

Bethany verfolgte dieses Hin und Her mit gerunzelten Augenbrauen. Sie konnte nicht lesen, was ich da tippte, aber mir war klar, das wurde jetzt zu lang. **Wir sehen uns morgen. Um 7,** tippte ich.

Perfekt.

Ich gab Bethany das Handy zurück. Ihre Lippen formten lautlos die Wörter, als sie las, was ich geschrieben hatte.

»Wie hast du das gemacht?«, fragte sie. »Du hast doch überhaupt nicht überlegt, bevor du all das geschrieben hast. Du hast dich nicht mal besonders angestrengt.«

»Angestrengt wozu?«

»Um ein bisschen zu flirten! Du öffnest einfach deinen Mund … oder tippst drauflos und das alles sprudelt aus dir heraus. Ich würde den ganzen Tag brauchen, um mir so was aus den Fingern zu saugen, und es wäre trotzdem noch nicht so gut.«

Das lief jetzt wirklich in die falsche Richtung.

»Mag sein«, sagte ich. »Aber du weißt schon, dass ich so was nicht immer für dich machen kann, oder? Schließlich bist du diejenige, mit der er sich verabredet hat, und nicht ich. Du solltest einfach du selbst sein, weißt du.«

»Ja, da hast du wahrscheinlich recht. Vor allem, weil ich keine *Junior Mints* mag.«

»Jeder mag *Junior Mints*.«

»Du vielleicht. Bei mir kleben sie immer an den Zähnen fest. Und das hasse ich.«

»*Oh*. Tut mir leid.«

Als ich danach nach Hause kam, ließ ich sogar die Dusche ausfallen, legte mich bäuchlings aufs Bett und schlief sofort ein. Ein paar Stunden später wachte ich von dem Gekreische meines Bruders auf, der unten den Namen meiner Schwester rief. Ich setzte mich auf und sah aus dem Fenster. Vor dem Haus stand ein Auto, das ich nicht kannte.

Delia konnte es nicht sein, denn sie sollte doch erst am Sonntag nach Hause kommen und heute war Samstag, was ja nun ein bedeutender Unterschied ist. Ich klammerte mich mit den Fingern ans Fensterbrett.

»*Dad?*«, rief ich. »DAD?«

Keine Antwort. Er hockte wahrscheinlich irgendwo und beschäftigte sich mit mittelalterlichen Steuerordnungen. Er verbringt den Großteil seines Tages damit, tausend Jahre alte Schriftrollen zu übersetzen. Und wo war Mom? Anscheinend unten mit Kit. *Verdammt*. Ich hatte ja noch mein Rudertrikot an. Ich konnte nicht glauben, dass ich tatsächlich darin eingeschlafen war. Ich war dreckig und verschwitzt und eklig und heute war definitiv nicht Sonntag. Ich konnte doch wohl noch den Kalender lesen.

Dann stand ich auf und beobachtete vom Fenster aus, wie meine Schwester aus einer alten schwarzen Limousine kletterte. Auf der Fahrerseite stieg ein junger Mann aus, der seine langen Haare in einem Man Bun trug. Sein kariertes Hemd hatte er bis zu den Ellenbogen hochgekrempelt. Ein Mann?

»DAD!«, rief ich noch einmal.

Delia nahm ihren Begleiter an der Hand, führte ihn zur Haustür und fing erst mal an ihn abzuknutschen.

Kapitel 13

Ich trat einen Schritt vom Fenster zurück, als die beiden sich für eine Millisekunde voneinander lösten, um an die Tür zu klopfen. Meine Schwester und ihr Freund. Dann fiel sie wieder über ihn her.

Ihr Freund. Hatte mir irgendjemand erzählt, dass sie diesen Typen mitbringen würde? Konnte natürlich sein, dass sie ihn in einer ihrer E-Mails erwähnt hatte, die ich nie las.

Dad steckte den Kopf zu meiner Tür herein.

»Was ist los?« Er sah aus dem Fenster. »Aha«, sagte er. Schnell wandte er seinen Blick von den ausschweifenden Liebesbekundungen auf seiner Türschwelle ab.

»Aphra!«, rief meine Mutter. »APHRA!«

»Ich nehme an, das heißt, wir sollen runterkommen«, sagte mein Vater.

»Sie hat einen *Mann* mitgebracht.«

»Ja, das hab ich gesehen.«

»Haben wir gewusst, dass sie einen Mann mitbringt?«

»Das haben wir.«

»Warte. Er … er übernachtet doch nicht etwa hier, oder?«

»Doch, das tut er.«

»Für wie lange?«

»Drei Wochen.« Dad rieb sich die Augen. »Er hat hier ein

paar Freunde, die er besuchen will, bevor er zurück nach Denver fliegt.«

»Und warum übernachtet er nicht bei *denen*?«

Mom rief noch einmal. »Leute, wo bleibt ihr denn?«, fragte ich bissig.

»Wir sollten wirklich gehen«, sagte Dad und ließ mich vor sich die Treppe hinuntermarschieren. Er dachte wohl, sonst würde ich mich womöglich umdrehen und zurück in mein Zimmer fliehen. Als wir ins Wohnzimmer kamen, saß Delia schon neben dem Man Bun auf dem Sofa. Sie hatten ihre Finger ineinander verschränkt und ihre Knie wippten im Gleichtakt auf und ab. Kit kuschelte am anderen Ende der Couch mit Walnut und drückte den Kater so fest, dass dem armen Tier schon die Augen hervortraten. Ich fragte mich, ob jemand Kit von Delias Freund erzählt hatte.

»Hi, Aphra«, sagte meine Schwester. Ich begegnete widerstrebend ihrem Blick und bemühte mich, ihr nicht mitten ins Gesicht zu sehen. Sie hatte massenhaft Make-up aufgetragen und sich die Haare glatt geföhnt. Es gab mir einen Stich, aber ich musste zugeben … sie sah hübsch aus.

Ich hasste sie dafür, hübsch auszusehen.

»Hi, Delia«, antwortete ich mit gespielter Freundlichkeit. Dann hockte ich mich auf die Lehne des Sessels, in dem meine Mutter saß und ihren Teebecher schraubstockartig umklammert hielt. Für Dad wäre nur noch der Platz neben Delias Freund übrig geblieben und so stand er unschlüssig in der Tür und guckte auf seine Armbanduhr.

»Das ist Sebastian«, sagte Delia und stieß Man Bun mit der Schulter an. Er lächelte, und ich schüttelte seine Hand, die er mir entgegenstreckte.

»Freut mich«, sagte ich. Und zu Kit: »Hör auf, du erdrosselst den Kater noch.«

Er lockerte seinen Griff um Walnut und schniefte.

»Mom hat erzählt, du kriegst jetzt zweimal in der Woche Spritzen«, sagte Delia. »Das muss ja ätzend sein.«

»Das ist überhaupt nicht ätzend«, sagte ich, denn so ein Kommentar war ja nun wirklich nicht hilfreich.

»So schlimm ist es gar nicht«, sagte Kit leise und drückte den Kater noch etwas fester. Walnut hing die Zunge aus dem Mund.

»Bringt es denn was? Deine Wange sieht immer noch ziemlich rot aus.«

Kit warf einen Blick zu mir und kratzte sich gedankenverloren an der Schläfe. »Aphra sagt, es kann ein Jahr dauern, bis die Spritzen anschlagen.«

»Ein Jahr!«, rief Delia. »Das ist doch verrückt.«

»Es ist nicht verrückt«, sagte ich. »Bis dahin muss er eben seine Allergietabletten nehmen.«

»Er hört sich verschnupft an«, sagte sie. »Ist das neu?«

»Er bekommt eine Erkältung!«

»Das kannst du doch nicht wissen.«

»Na, dann lass es uns doch testen«, sagte ich. »Kit, huste Delia mal an.«

Mom kniff mir in den Oberschenkel. Ich rächte mich, indem ich meinen Arm hinter Moms Kopf um den Sesselrücken legte, was meine verschwitzte Achsel ungefähr auf Höhe ihres Gesichts platzierte. Sie sah mich finster an. Ich lächelte.

»Bist du im Turnverein?«, fragte Delias Freund und deutete auf mein Trikot.

Ich biss grimmig die Zähne zusammen, denn es war ja wohl

ganz offensichtlich, dass ein Mädchen von meiner Statur keine Turnerin sein konnte. Am Stufenbarren würden meine Füße über den Boden schleifen und bei einem Sprung auf die Matte würde ich einen Krater hinterlassen.

»Nein«, sagte ich.

Mom lehnte sich zur anderen Seite des Sessels. »Aphra ist in der Rudermannschaft«, erklärte sie. Und zu mir sagte sie: »Warum ziehst du dich nicht schnell um, damit wir zum Essen gehen können, Aphra. Wir haben in einer halben Stunde reserviert.« Sie stand auf. »Ich gehe auch schnell nach oben und mach mich frisch ... Ich bin in einer Minute zurück.«

Ich folgte ihr nach oben. Am Ende der Treppe sagte sie zu mir: »Bitte, tu uns das heute nicht an.«

»Was? Ich mach doch gar nichts.«

»Du warst zu allen im Raum garstig!«

»Was? Das mit dem Husten hab ich doch nicht ernst gemeint. Das sollte ein Witz sein!«

»Nein. Nicht heute.«

»Wo ist dein Problem? Hast du Angst, dass Man Bun dich nicht mag?«

»Wir belegen hier niemanden mit Schimpfnamen.«

»Man Bun ist doch kein Schimpfname, sondern eine Beschreibung.«

»Herrgott noch mal, Aphra –«

»Okay. Ich hab schon verstanden. Ich werde nett sein, ich verspreche es. Ich werde Sebastian alles über meine glänzende Karriere als die gewichtigste Turnerin aller Zeiten erzählen. Wie ich einmal eine Delle im Schwebebalken hinterlassen habe und all das.«

»Er hat doch nur nach einem Gesprächsthema gesucht.«

Es hatte keinen Zweck, meiner Mutter zu erklären, dass es durchaus eine spitze Bemerkung gewesen war. Oberflächlich gesehen war es eine harmlose Frage. Sie hatte wahrscheinlich gar nicht gehört, welcher Ton darin mitschwang. Es hatte ironisch sein sollen. Denn natürlich war ich keine zierliche, elfenhafte Turnerin.

»Vergiss es einfach«, sagte ich. »Ich hab ja gesagt, ich werde nett sein.«

»Jetzt brich nicht gleich einen Streit vom Zaun, kaum dass Delia wieder da ist«, sagte sie. »Bitte.«

»Bestimmt nicht«, sagte ich. »Ich bin die Verkörperung familiärer Harmonie.«

Im *Yen Cheng* saßen wir an einem dieser riesigen Tische mit Drehteller in der Mitte, ich zwischen Kit und meinem Dad, Delia und Man Bun auf der anderen Seite von ihm und Mom zwischen Man Bun und Kit.

»Es ist wirklich schwer, authentisches chinesisches Essen zu finden«, bemerkte Man Bun, während er die Speisekarte studierte. »In China isst niemand dieses Zeug.«

Zufällig wusste ich, dass *Yen Cheng* zwei Speisekarten hat – eine mit Gerichten nach amerikanischer Art und eine chinesische. Ich wünschte, Greg wäre dabei gewesen, denn er hätte danach fragen und auf Mandarin bestellen können. Ich dachte kurz daran, ihm eine SMS zu schreiben, aber dann fiel mir ein, dass ich seine Nummer gar nicht hatte und es etwas sonderbar aussehen würde, Bethany danach zu fragen.

»Amerikanisches Chinaessen ist einfach zu zuckerhaltig«, sagte Delia, als würde sie nicht jedes Mal, wenn wir Chinesisch essen gingen, *Hühnchen süß-sauer* bestellen.

Ich überlegte, ob ich sie fragen sollte, ob sie dann in Charlottesville nicht so oft zum *Panda Express* ginge wie hier bei uns, aber meine Mutter warf mir einen strengen Blick zu, also lächelte ich und wandte mich wieder meiner Speisekarte zu.

»Ja, und so fad. Nichts davon ist scharf genug«, stimmte Sebastian ihr zu.

Kit runzelte die Stirn, denn er mag (genau wie Delia) dieses süße Zeug nach amerikanischer Art total gern. Ich legte meine Hand auf den Rücken seines Stuhls und sagte: »Die haben auch diese in Papier gebackenen Hähnchenflügel, die du so magst.«

»Kann ich die haben?«

»Klar«, sagte Dad, und da der Kellner gekommen war, bestellte er gleich für sich und Kit. Delia nahm irgendetwas Scharfes mit Rind, was sie bestimmt nicht essen würde.

»*Hühnchen süß-sauer*, bitte«, sagte ich. Delia funkelte mich wütend an. Ich lächelte. Ich war äußerst nett.

»Also, Sebastian«, begann Dad, »Delia hat erzählt, dass ihr euch in einem Biologie-Kurs kennengelernt habt. Sind Sie auch im vormedizinischen Studium?«

»Was?«, fragte er. Der Kellner hatte ein paar Frühlingsrollen gebracht. Sebastian legte eine auf seinen Teller und nahm sich scharfen Senf dazu. »Nein, nein. Den Bio-Kurs hab ich nur als Pflichtkurs im allgemeinen Grundstudium belegt, wissen Sie.«

»Oh«, sagte Mom. »Klar, das muss man ja erst mal abhaken. Haben Sie sich denn schon für ein Hauptfach entschieden?«

Er stopfte sich einen großen Bissen der Frühlingsrolle in den Mund. Mit einer gewissen Genugtuung stellte ich fest, dass er seine Stäbchen falsch hielt. »Nein, nicht wirklich. Ich will nämlich nächstes Semester nicht weitermachen.«

»Ach, Sie nehmen sich eine Auszeit? Das kann manchmal

gut sein«, sagte Dad. »Was haben Sie denn vor: arbeiten oder reisen?«

Er grinste überheblich. »Ich nehme keine Auszeit. Ich höre einfach auf mit dem Studium. Ich hab da diesen YouTube-Kanal, wissen Sie, mit dem ich ordentlich Kohle mache, und jetzt will ich mich einfach ganz darauf konzentrieren, an meinem Brand zu arbeiten.«

»Ihr … Ihr *Brand*?«, fragte Mom.

»Seine Videos haben sich in den letzten Monaten rasant verbreitet«, sagte Delia. »Ihr habt bestimmt schon mal eines davon auf Facebook gesehen.«

»Hm«, sagte Sebastian mit vollem Mund. »Also, ich suche mir Ausschnitte aus berühmten Filmen, nehme den Ton raus und ersetze ihn mit diesem George-Michael-Song.«

Mein Vater verharrte mit der Gabel in der Luft und wechselte einen Blick mit meiner Mutter.

»Interessant«, sagte ich und lächelte so nett wie möglich. »Du … postest also Videos von Filmszenen, die du mit alten Popsongs unterlegt hast?«

»Popsong«, sagte er. »Es ist nur der eine Song. Kennt ihr *Careless Whisper*? Zum Totlachen. Mein *Rogue-One*-Clip hatte letzten Monat 20 000 Klicks.«

»Und daraus haben Sie … Gewinn schlagen können?«, fragte mein Vater.

»Ich mach richtig Kohle damit, Mann«, sagte Sebastian und unterstrich seine Worte, indem er mit seinen Essstäbchen ins Tischtuch stieß. »Die akademische Laufbahn ist doch eine Sackgasse. Die Colleges zocken einem dieses ganze Geld ab, für einen Abschluss, mit dem man dann doch keinen Job findet. Ich muss mein Eisen schmieden, solange es heiß ist.«

Nett! Ich würde ja so was von nett sein.

»Da hast du total recht«, stimmte ich ihm zu und deutete auf meine Mutter. »Hab ich das nicht gerade letzte Woche zu dir gesagt?«

»Was die da dozieren, hat einfach keinen Bezug zu meinem Leben. Die meisten meiner Profs unterrichten seit zwanzig Jahren haargenau denselben Stoff. Alter, denke ich da, du bist so was von eingestaubt, überleg dir mal was Neues. Dir hört doch keiner mehr zu.« Er warf einen Blick zu meiner Mom. »Ich meine, das soll jetzt keine Beleidigung sein.«

»Ha!«, lachte ich. »So was von eingestaubt!«

»Übrigens«, sagte Delia, »ich hab meine Abschlussprüfung in organischer Chemie mit A bestanden. Die Ergebnisse sind heute Morgen gepostet worden.«

Der Kellner kam mit unserem Essen und stellte es in die Mitte des Tisches.

Ich kippte die komplette Portion *Hühnchen süß-sauer* auf meinen Teller. »Ich hab einen *Riesenhunger*«, sagte ich zu Delia.

»Hm«, sagte Mom. »Und Sie glauben, Videos mit schmalzigen Songs zu unterlegen, bietet langfristige Perspektiven?«

»Deshalb gehe ich ja von der Uni. Ich brauche mehr Zeit, um meinen Brand auszubauen. Wenn ich meine Internetpräsenz für zwei, drei Jahre maximieren kann, rechne ich damit, dass ich zehn Jahre von dem Profit leben kann.«

»Das ist ja cool!«, sagte ich. »Seine Internetpräsenz ausbauen klingt natürlich viel wichtiger, als den ganzen Tag in irgendwelchen Kursen zu sitzen.« Jemand versetzte mir unter dem Tisch einen Tritt. Ausgehend von der Größe des Fußes war es entweder Delia oder meine Mutter.

Mein Vater stellte sein Glas ab. »Ähm … ich will Ihnen ja

nicht zu nahetreten, aber ist das nicht eine Verletzung des Copyrights?«

»Das fällt alles unter Fair Use«, sagte er. »Da sehe ich schon zu, dass ich meinen Arsch rette.«

»Hört euch das an! Du rettest deinen Arsch, *wow*. Das ist echt beeindruckend«, sagte ich und holte mein Handy heraus. »Ich muss mir das sofort angucken. Wie heißt denn dein YouTube-Kanal?«

»Ähm. MovieHaxLolz.«

»Echt? Ich … *ha, ha* … jetzt verstehe ich. Das ist aber … echt cool.« Ich öffnete den Kanal und klickte auf das oberste Video, eine Szene aus *Gladiator*. Dann drehte ich die Lautstärke auf. Vielleicht etwas lauter als unbedingt nötig. Russell Crowe krepiert im Dreck, begleitet von George Michaels schmachtendem Gesang. Zugegeben, das war tatsächlich ziemlich komisch und das Video hatte schon 35 000 Likes oder so. Ich ärgerte mich vor allem, dass ich nicht als Erstes darauf gekommen war, auch wenn mir noch nicht ganz klar war, wie genau aus den Klicks echte Dollars wurden.

Auf der anderen Seite des Tisches schaufelte Delia so schnell wie möglich die scharfe Rinderpfanne in sich rein. Moms Stäbchen waren von ihrem Teller auf ihren Schoß gerutscht und Kit hatte den Mund voller Hühnchen und amüsierte sich über das Video. Mein Vater wandte sich an den Kellner: »Kann ich bitte noch ein Bier haben?«

Zurück zu Hause ging Kit nach oben, um zu baden, Delia und Sebastian verschwanden im Keller – ich wollte lieber nicht wissen, warum –, und Mom und Dad hantierten in der Küche herum und räumten die Geschirrspülmaschine ein.

»Die akademische Welt ist tot«, sagte Dad, während er die Grillpfanne abspülte, in der er zuvor Kits Samstags-Käsetoast gebacken hatte. »Ich bin ja so froh, dass endlich mal jemand da ist, der den Staub von unseren vermodernden Leichnamen klopft und uns diese Dinge sagt.«

»Ich hab acht Jahre auf dem College verbracht«, sagte Mom. »Und alles, was ich gebraucht hätte, wäre ein YouTube-Kanal gewesen.«

»Und die Eingebung, George Michael zu kopieren«, fügte ich hinzu.

»Du hättest dir deine Kommentare auch sparen können«, sagte sie.

»Du hast mich doch gebeten, nett zu sein!«

»Vielleicht müssen wir noch mal diskutieren, was das beinhaltet. Mein Gott, ich erinnere mich noch an die Zeit, als dieser Song noch kein Witz war.«

»Der ist doch kein Witz«, protestierte Dad. »Oder doch?«

Ich machte eine abwiegelnde Handbewegung. »Schon okay. Keiner erwartet, dass du so etwas weißt, so abgekoppelt wie du vom modernen Leben bist.«

Mom stellte eine Packung Cracker in den Küchenschrank, schlug die Hände vors Gesicht und stieß einen erstickten Laut aus.

»Es ist alles okay«, redete sie sich gut zu. »Absolut okay.«

»Soll ich dir ein Kissen bringen, zum Hineinschreien?«, fragte ich.

»Nein, nein. Schon gut. Der Freund meiner Tochter macht Kohle. Das ist doch gut, oder? Ich meine, jede Mutter wünscht ihren Kindern, dass sie es mal besser haben.«

Ich stand auf und brachte ihr ein Sofakissen.

»Es ist okay, Mom«, sagte ich. »Lass es einfach raus.«

»Ich muss nicht in ein Kissen schreien«, beharrte sie.

»Mach es einfach.«

»Mir geht es gut.«

»Tu es. Du weißt, dass du es willst.«

»Ich will es wirklich«, gab sie zu. »Soll ich?«

»Auf jeden Fall.«

Sie nahm mir das Kissen ab, presste ihr Gesicht hinein und schrie.

»Fühlst du dich jetzt besser?«, fragte Dad.

Sie hob das Gesicht und antwortete: »Nein.«

»Es könnte aber auch noch schlimmer sein«, sagte ich. »Ich meine, er könnte auch im Gefängnis sein. So wie die Dinge stehen, ist er nur ein überheblicher Schwachmat.«

»Ich weiß nicht, was schlimmer ist. Kommt drauf an, warum er im Gefängnis wäre. Wegen Drogen? Ich glaube, damit könnte ich leben.«

»Mom.«

»Das wird schon«, sagte Dad. »Ich bin mir sicher, sie gibt ihm den Laufpass, sobald er von George Michael verklagt wird.«

»Ist doch alles Fair Use, Alter. Außerdem, ist der nicht schon gestorben?«

In diesem Moment wurden wir von einem unverkennbaren Lärm unterbrochen: dem Rumsen von Delias Bett gegen die Wand.

Vielleicht, dachte ich, *ist es noch nicht zu spät, darauf zu bestehen, dass Man Bun in einem Zelt im Garten schlafen sollte.* Oder auf dem örtlichen Campingplatz. Oder in Grönland.

»Oh mein Gott«, sagte Mom und machte den Eindruck, als

würde sie ihre Entscheidung, eine *coole* Mutter zu sein, allmählich bereuen. Ich wollte schon etwas in diese Richtung sagen, aber dann fiel mir ein, dass das ja kaum in meinem Interesse wäre.

»Ist das ... ist das jetzt echt?«, brachte ich hervor.

»Ich muss noch mal los«, sagte Dad und stürzte auf die Haustür zu. »Ich brauch. Etwas. Ich brauch noch was.«

»Ich brauch auch noch was«, sagte Mom. »Dringend. Ich weiß noch nicht, was es ist, aber ich brauche es sofort.« Als ich anfing, mir meine eigenen Schuhe anzuziehen, sagte sie: »Bleib du hier bei deinem Bruder.«

»Was?«

»Er ist in der Badewanne.«

»Aber ich will nicht –«

»Danke«, sagte sie und folgte meinem Dad aus der Tür. Aus dem Keller war gerade ein besonders lauter Rums zu hören. Wenigstens war Kit oben, da war ich echt froh. Was dachten die sich eigentlich? »Danke, dass du auf Kit aufpasst, während wir, äh, unsere Besorgungen machen. Das ist wirklich nett von dir.«

»Mom!«

»Du bist so nett«, sagte sie. »Findest du nicht, dass sie nett ist, Gordon?«

»Ausgesprochen nett«, sagte Dad.

»Ich hasse euch beide.«

Sie schlossen hastig die Tür hinter sich, und ich ging nach oben, sowohl um das wilde Treiben meiner Schwester nicht mehr mit anhören zu müssen, als auch um zu verhindern, dass mein kleiner Bruder die Treppe herunterspazierte und von eben diesem Treiben etwas mitbekam.

Mein Handy brummte und auf dem Display erschien eine Nachricht von Bethany: **Kann ich mal eben rüberkommen?**

Das willst du ganz bestimmt nicht.

Und dann schaltete ich mein Handy aus und ging ins Badezimmer, um zu sehen, ob Kit auch nicht ertrunken war.

Kapitel 14

Wie zu erwarten gewesen war, fanden meine Eltern am nächsten Tag beide einen Vorwand, um sich an die Uni abzusetzen.

»Ich muss noch meine Abschlussklausuren zu Ende korrigieren«, sagte Mom. »Keine Chance, dass ich dafür mit sechs Leuten im Haus die Ruhe finde.«

Ich wusste, dass Dad *seine* Klausuren schon fertig korrigiert hatte, aber er sagte einfach nur: »Diese alten Steuerregister entschlüsseln sich nicht von selbst«, und dann verschwanden sie beide und ließen mich allein mit meinem Bruder, meiner Schwester und dem aufstrebenden Star von *FilmHaxLolz*.

Immerhin hatte Delia die Güte auszuschlafen. Kit hingegen riss die Tür zu meinem Zimmer auf, in das ich mich nach meinen Sieben-Uhr-Haferflocken verkrochen hatte. Er schleppte einen Stapel Papier und einen Karton mit Buntstiften an.

»Zeichne mir eine Mooshroom«, sagte er.

Ich saß am Schreibtisch – ich arbeitete gerade an einem Essay für Geschichte – und tippte weiter. »Oh, bist du etwa ein kleiner Prinz?«

»Bitte«, sagte er tonlos.

Ich schob meinen Schreibtischstuhl zurück und sagte: »Okay, aber dafür brauch ich Kekse.« Also gingen wir in die

Küche und setzten uns an den Tisch, ich mit dem Karton voller Buntstifte und Kit mit einer Packung Schokokekse, um mich zu motivieren. »Warum zeichne ich eigentlich eine Mooshroom?«, fragte ich. Wenigstens sah sein Ausschlag heute etwas besser aus, stellte ich erleichtert fest. »Warum zeichnest *du* sie nicht?«

Für die *Minecraft*-Uneingeweihten: Eine Mooshroom ist irgend so eine unselige Kreuzung einer Kuh mit einem Pilz. Sie geben keine Milch, sondern Pilzsuppe. Oder so was Ähnliches, ich weiß auch nicht so genau. Es ist entweder ziemlich raffiniert oder absolut grauenerregend, je nachdem, wie man es betrachtet.

»Ich hab Kyle im Bus von Mooshrooms erzählt«, erklärte Kit, »aber seine Mom lässt ihn nicht *Minecraft* spielen, weil sie findet, dass es zu grausam ist, und er hat gemeint, das mit den Mooshrooms hab ich mir nur ausgedacht. Du zeichnest besser als ich und wenn ich ihm eine richtig gute Zeichnung von einer Mooshroom zeige, wird er sehen, dass sie echt sind. Echt im Spiel zumindest.«

»*Minecraft* ist zu grausam?«, fragte ich.

»Wegen der Monster.«

»Ach so.« Ich nickte nachdenklich. »Richtig.« Ich skizzierte eine Guernsey-Kuh mit roten und weißen Pilzen auf dem Rücken. Erstaunlich ist, dass anscheinend alle Mooshrooms weiblich sind. Bullshrooms kommen nicht vor. Es gibt überhaupt keine männlichen Tiere in *Minecraft*. Und trotzdem können sich zwei von ihnen fortpflanzen. Ich frage mich manchmal, was der Entwickler des Spiels damit sagen wollte.

»Bitte schön«, sagte ich und reichte Kit die Zeichnung. »Eine Mooshroom.«

»Danke«, sagte er und bewunderte das Bild. Es war wirklich ziemlich gut, das musste ich zugeben. »Bleibt er echt drei Wochen?«, fragte Kit und ließ sich auf den Fußboden plumpsen. Walnut war ins Zimmer gekommen und Kit schmiegte sein Gesicht an den Bauch des Katers.

»Ja. Nimm dein Gesicht aus dem Katzenfell.«

»Meine Freunde dürfen nicht drei Wochen lang bei mir übernachten«, sagte er und setzte sich auf.

»Nein, natürlich nicht.«

»Das ist nicht fair.«

»Nein, nicht besonders.«

»Ist es, weil Delia hier nicht mehr wohnt?«

»Ja, wahrscheinlich. Und er wohnt weit weg.«

»Wo ist Denver?«

»Echt jetzt?«

»Du musst dich nicht immer gleich lustig machen.«

Ich nahm mein Smartphone, rief eine Karte der USA auf und tippte mit dem Finger in Richtung Mitte. »Denver«, sagte ich. »Hauptstadt von …«

»Äh. Kanada?«

Ich ließ mich in meinem Stuhl zurückfallen. In diesem Moment kamen Delia und Sebastian die Kellertreppe hinauf.

»Wer fährt nach Kanada?«, fragte Sebastian.

»Du anscheinend«, sagte ich.

»Haben die in Kanada auch YouTube?«, fragte Kit.

»Das ist eine gute Frage«, sagte Sebastian. »Tatsächlich sind Fair-Use-Gesetze international nicht einheitlich, sodass einige meiner Videos in Übersee nicht verfügbar sind.«

»Aber ist denn Kanada Übersee?«, fragte Delia. »Ich meine, ein Meer ist ja nicht dazwischen …«

»Höchstens ein Gletscher«, sagte ich.

»Ist da wirklich ein Gletscher?«, fragte Kit.

»Ja, aber weiter im Norden. Hast du einen Atlas?«

»Ich glaube nicht.«

»Hast du einen?«, fragte ich Delia.

»Ich hab einen alten von Dad, aber der hat noch die UdSSR und Ost- und Westdeutschland drin.«

»Was ist die UdSSR?«, wollte Kit wissen.

»Das ist 'ne lange Geschichte«, sagte ich. »Kommunistisches Imperium. Babuschkas. Heute ist es vor allem Russland.« Mein Handy brummte. Eine SMS von meiner Mutter: **Ich hab die Eng203-Klausuren auf meinem Schreibtisch liegen lassen.**

Bist du nicht extra wegen der Klausuren an die Uni gefahren?, schrieb ich zurück.

Die anderen hab ich ja, nur nicht diese. Könntest du sie mir vielleicht schnell vorbeibringen?

Klar, antwortete ich, **es ist ja nicht so, dass ich Hausaufgaben zu machen hätte.**

Kannst du dann Delia fragen?

Das hätte ich tun können, aber dann hätte ich allein mit Sebastian zu Hause festgesessen, also schrieb ich: **Schon okay, ich mach es.**

»Ich muss Mom mal eben ein paar Klausuren vorbeibringen«, sagte ich. »Könnt ihr mit Kit hierbleiben?«

»Natürlich«, sagte Delia.

»Willst du ein paar von meinen Videos sehen, Kumpel?«, fragte Sebastian.

»Magst du *Minecraft*?«, fragte Kit.

Eine halbe Stunde später gab ich die Klausuren bei meiner

Mutter ab. Es war seltsam, an einem Sonntag direkt nach den Abschlussprüfungen auf dem Campus zu sein. Es waren immer noch ein paar Studenten da, aber sie wandelten irgendwie ziellos umher, als hätte die Schwerkraft sie dort hingezogen, auch wenn an der Uni eigentlich nichts mehr los war. Vermutlich waren sie da, weil sie sich mit ihrem Betreuer treffen wollten oder verspätete Hausarbeiten einreichen mussten. Jedenfalls sahen sie entweder völlig erschöpft aus oder total aufgekratzt.

Ich war praktisch auf dem Campus der GMU aufgewachsen. Mom und Dad unterrichteten dort, seit ich drei Jahre alt war. Davor hatten sie an der Universität von Delaware gearbeitet, aber daran kann ich mich nicht mehr erinnern. Ich hatte so manche Schulferien damit verbracht, in Moms Büro Videos zu gucken, und als ich noch zu klein war, um allein gelassen zu werden, setzte Dad mich auch manchmal mit einem Stapel Bilderbücher vorne in den Hörsaal. Allerdings guckte ich die Bücher nie an. Es war immer spannender, Dad zuzuhören, auch wenn ich die meiste Zeit nicht verstand, wovon er da redete. Einmal, als ich eine Erkältung hatte und er keinen Babysitter bekommen konnte, nahm er mich mit in ein Seminar über Großbritannien im Mittelalter und ich schlief während seines Vortrags über die Schlacht von Hastings ein. Als ich wieder aufwachte und herausfand, dass König Harald verloren hatte, fing ich vor dem gesamten Kurs an zu heulen. Danach war ich in der ganzen Fakultät bekannt. Eine ziemlich peinliche Angelegenheit, aber immer noch besser als das, was Kit sich geleistet hat, als er einmal den Chef der Fakultät anpinkelte.

Nachdem ich die Klausuren abgeliefert hatte und gerade auf der Toilette meine Hände wusch, klingelte mein Handy. Es war Bethany, und sie versuchte, einen Video-Anruf zu starten. Das war schon mal komisch, denn Bethany benutzt nie Video-Chats. Sie hasst sie geradezu. Aber ich öffnete den Chat und sagte: »Hey, sieht man dich auch mal.«

Sie sah aus, als wäre sie gerade erst aufgewacht. »Aphra«, sagte sie. »Das Date.«

»Das Date?«

»Ich hab ein Date mit Greg! Heute!«

»Und?«

»Wir gehen ins Kino!«

»Ich weiß, schließlich bin ich diejenige, die das für dich eingefädelt hat. Warum schiebst du jetzt Panik?«

»Ich weiß nicht, was ich anziehen soll oder wie ich mich schminken soll oder was zum Teufel ich mit ihm reden soll!«

»Rede doch übers Rudern oder so was.«

»Was soll ich denn übers Rudern sagen? *Hey, Kumpel, wie läuft es im Boot, hast du es diese Woche geschafft, nicht ein halbes Dutzend Mal ins Ruder zu beißen?* Darüber lässt sich doch kein Gespräch führen.«

»Dann redet eben über Chemie. Seid ihr nicht zusammen im Chemie-Kurs?«

»Ich kann doch mit ihm nicht über Chemie reden!«

»Mensch, Bethany, ich weiß doch auch nicht. Sag ihm, dass er schöne Augen hat.«

»Das kann ich doch nicht sagen! Hören Jungs so was überhaupt gerne?«

Die Wahrheit war, ich hatte keine Ahnung, aber ich nahm an, dass Greg sich über jede Art Kompliment von Bethany freuen würde.

»Er findet das bestimmt toll. Sag ihm, dass er schöne Augen hat und du seinen Hals küssen willst.«

»Seinen Hals?«

»Das willst du doch, oder?«

»Kannst du rüberkommen und mir helfen, mich fertig zu machen?« Sie deutete auf einen kleinen Punkt auf ihrer Wange. »Guck mal, ich hab einen Pickel, total furchtbar, siehst du den? Man kann ihn wahrscheinlich vom Weltall aus sehen. Meinst du, man kann ihn vom Weltall aus sehen?«

Der Pickel war kaum zu erkennen. »Du hast recht, ich hab heute Morgen davon im Radio gehört. Die Jungs auf der Internationalen Raumstation wollten ihn von der Erdumlaufbahn aus bombardieren.«

»*Aphra.*«

»Drück ihn nur nicht aus«, sagte ich. »Dann ist dein Gesicht total verschandelt.«

»Du bist echt fies. Kommst du nachher rüber?«

»Also gut«, sagte ich. »Ich bin gerade an der Uni, aber ich ruf dich bald zurück.« Dann legte ich auf.

Kennst du das, diese Sekunde, wenn das Display schwarz wird und du plötzlich nur noch dein Spiegelbild darin siehst? Genau das passierte in dem Moment. Der Bildschirm wurde schwarz, nur für eine Sekunde, bevor mein Lockscreen aufleuchtete, und der Anblick meines Gesichts, das mich anstarrte, traf mich völlig unvorbereitet. Vielleicht lag es daran, dass ich kurz zuvor Bethanys Gesicht betrachtet hatte, das einfach von jeder Seite aus perfekt war. Ich weiß auch nicht. Aber in diesem Moment wirkte ich wie eine Art Zombie: blass, mit tiefen Ringen unter den Augen, zu viel Nase und zu wenig Mund. Sah ich so wirklich aus oder war das irgendeine Täuschung der Technik?

Doch es war keine Täuschung. Es war ein Spiegelbild, das

war alles. Selbst wenn der Blickwinkel nicht der beste war und die Beleuchtung schlecht: Das hier war eine reale Abbildung von mir. Es war das, was Greg sah, wenn er mich anschaute.

Ich schloss die Augen und atmete ein paar Mal tief ein, dann starrte ich im Spiegel über dem Waschbecken mein Gesicht an, bis mir die Augen tränten. Gesichter sind ja generell seltsam. War meines denn empirisch gesehen seltsamer als andere?

Ja, das war es.

Ein paar Waschbecken weiter standen zwei Mädchen, zogen sich den Eyeliner nach und führten eine lebhafte Unterhaltung über irgendeine Party und irgendwelche Jungs, die ganz bestimmt auch kommen würden. Dann diskutierten sie darüber, wessen Zimmer sich besser eignen würde, um sich vor der Party zu besaufen. Ich schätze, der Sinn dieser Übung ist, dass man dann schon vor der eigentlichen Party betrunken ist und gar nicht mitbekommt, wenn die Party Mist ist. Oder so ähnlich.

»Kommst du auch?«, fragte mich eines der Mädchen, weil ich so offen zugehört hatte. »Es werden ’ne Menge Englischstudenten da sein.«

Ich sah sie blinzelnd an. Sie kam mir irgendwie bekannt vor, und so oft, wie ich hier in diesem Gebäude war, um Mom zu besuchen, hielt sie mich bestimmt auch für eine Studentin. Ich war an diesem Ort, ich war ungefähr im richtigen Alter – da war es einfach naheliegend. Ich wollte mich nicht unbedingt als Fakultätskind outen, also sagte ich: »Ich weiß noch nicht.«

»Du solltest kommen«, sagte sie. »Kennst du Tim Curran?«

Kannte ich nicht, aber ich nickte trotzdem.

»Er hat gerade mit Auszeichnung seine Diplomarbeit bestanden und da kauft er lauter edles Gesöff für die ganze Fakultät. Das Passwort an der Bar ist *Zora Neale Hurston.*«

»Passwort an der Bar?«, fragte ich und versuchte mir eine Welt vorzustellen, in der man auf einer Studentenparty mit dem Namen einer afroamerikanischen Schriftstellerin einen Barkeeper beschwören konnte, hochwertigen Alkohol auszuhändigen.

»Er kauft doch nicht für *jeden* Alk«, erklärte das Mädchen.

»Und wo sagst du, findet das statt?«

Sie streckte mir die Hand hin und ich reichte ihr mein Handy. Sie gab eine Adresse bei *Google Maps* ein. Es war anscheinend nur ein paar Häuserblocks vom Campus entfernt.

»Danke«, sagte ich, obwohl ich nicht so recht wusste, warum ich überhaupt gefragt hatte. Warum sollte ich auf eine Party mit lauter fremden Leuten gehen wollen? Mit einem Haufen seltsamer Englischstudenten.

»Bis später dann«, sagte das Mädchen und dann verschwand sie mit ihrer Freundin.

In diesem Moment fing mein Handy an, die Melodie aus *Star Trek* zu spielen.

Seit Tagen hatte niemand mehr die App verwendet, nicht einmal Greg, und so hatte ich fast vergessen, dass sie noch lief. Die neue Nachricht lautete: **Hi, Therapeutin, ich kann es nicht erwarten, dich zu sehen.**

Ich kniff die Augen zusammen. Warum verwendete er überhaupt die verdammte App? Er konnte doch Bethany einfach direkt eine SMS schicken. Ich wusste, dass er ihre Nummer hatte. Hielt er es irgendwie für eine süße Idee?

Mein Daumen schwebte über dem Display. Schließlich tippte ich: **Was ist deine Lieblingsfarbe?**

Ich weiß nicht. Rot mag ich ganz gern.

Zieh was Rotes an, schrieb ich an Bethany.

Was machte ich da eigentlich?

Ich guckte auf die Uhr. Es war erst zwölf Uhr. Bethany schrieb zurück: **Wann kommst du denn nun?**

Es sind noch sieben Stunden, bis er dich abholt!

…

Also, wann kommst du nun?

Ich verdrehte die Augen. **Na gut, dann komm ich jetzt.**

Bethany bei den Vorbereitungen für ein Date mit Greg zu helfen, beinhaltete, drei Folgen von *Mein kleines Pony* zu gucken, mit Colin in der Küche zu hocken, während sie duschte (!!), ein Sandwich zu essen, zuzusehen, wie sie sich zweimal die Zähne putzte, ihr Gesicht zu schminken (mit Abdeckstift für den unsichtbaren Pickel), ihre Haare zu frisieren, ihr Make-up aufzufrischen und dann den kompletten Inhalt ihres Kleiderschranks auf ihr Bett zu kippen.

Als sie zum zweiten Mal gegen mein rotes Kleid Einspruch erhoben und sich irgendwann für ein ärmelloses schwarzes Top und enge Jeans entschieden hatte, war ich völlig fertig und sie total flatterig. Danach wollte ich nur noch aus dem Fenster springen und nach Hause laufen, um mit meinem Bruder *Minecraft* zu spielen. Er ist vielleicht nicht gerade der selbstständigste Neunjährige der Welt, aber immerhin fragt er mich nicht, ob sein T-Shirt irgendwo Deoflecken hat oder sein Slip unter seiner Hose sichtbar ist.

»Du bist perfekt«, sagte ich zu Bethany. Ich lag bäuchlings auf ihrem Bett und dachte an die gute Fee in *Cinderella* und daran, dass dieses Weib sich total ins Zeug legt, ohne auch nur einmal dafür gelobt zu werden. Wie der Prinz ja eigentlich auch.

In diesem Moment klingelte es an der Tür.

»Oh mein Gott«, sagte Bethany.

»Es ist alles okay«, beruhigte ich sie.

»Oh mein Gott«, sagte sie noch einmal.

»Wenn du jetzt nicht runtergehst, macht Colin die Tür auf.«

»OH MEIN GOTT.« Sie schoss nach unten, wo Colin bereits auf die Haustür zusteuerte. Bethany stieß ihn aus dem Weg und öffnete die Tür.

Greg stand zu weit weg, um mich im schummerigen Licht des Wohnzimmers zu erkennen, aber ich konnte Greg auf der erleuchteten Veranda nur allzu gut sehen. Ich beobachtete, wie er Bethany musterte: ihre frisch gewaschenen Haare, ihre glänzenden Lippen, ihre perfekt von mir geschminkten Augen. Ich beobachtete, wie sein Lächeln von glücklich zu glückselig überging, genau wie bei Kit an dem Tag, als wir Walnut aus dem Tierheim geholt hatten und er gedacht hatte, dieser Kater wäre das perfekteste Wesen auf der Erde.

»Bist du fertig?«, fragte Greg.

»Ja«, sagte Bethany. Sie warf einen Blick zu mir zurück. Ich machte eine Handbewegung, dass sie ruhig gehen sollte, und er nahm ihre Hand, als sie die Tür hinter sich zuzog.

»Du bist noch hier?«, fragte mich Colin.

»Oh. Sieht wohl so aus.« Er verschwand wieder in den Keller und eine Minute später hörte ich durch die geschlossene Tür, wie er seine Spielkonsole einschaltete.

Ich ließ mich auf einen der Küchenstühle fallen. Durch das Fenster konnte ich Gregs Scheinwerfer sehen, denn er war noch nicht aus der Einfahrt gefahren.

Wahrscheinlich war er zu sehr damit beschäftigt, Bethany zu küssen, um daran zu denken, das Auto zu bewegen.

Eigentlich wollte ich am liebsten auch an gar nichts denken.

Nicht an all die unzähligen Möglichkeiten, die Bethany haben würde, Greg im dunklen Kino zu berühren, oder daran, was sie danach in seinem Auto machen würden.

Ich wollte nicht nach Hause gehen und den Abend damit verbringen, Sebastian von seinem YouTube-Kanal schwafeln zu hören, während Delia sich verhielt, als sei sie am Gehirn und nicht an der Nase operiert worden. Ich wollte eigentlich mit niemandem zusammen sein, den ich kannte.

Ich wollte nur noch an einem dunklen, einsamen Ort sein, wo nichts, was ich sagte, mich später verfolgen würde.

Kapitel 15

Ich traf gegen 21:30 Uhr auf der Party ein, was wahrscheinlich zu früh war, um auf einer Studentenparty aufzukreuzen, ohne sich gleich als Highschool-Schülerin zu outen. Ich hoffte, ich würde niemandem über den Weg laufen, den ich kannte. Es war zwar nun nicht so, dass meine Eltern mich ihren Studenten vorstellten, aber ich ging so oft in ihren Büros aus und ein, dass man es sich durchaus zusammenreimen könnte. Was ich brauchte, war ein falscher Name. Ein solider Allerweltsdeckname.

Ich betrat das Reihenhaus, dessen Adresse mir meine Toilettenbekanntschaft gegeben hatte. Alle Fenster waren mit Weihnachtslichterketten dekoriert, ansonsten lag das Haus zu drei Vierteln im Dunkeln. Im Wohnzimmer saßen massenhaft Studis herum, soffen und redeten laut und einige Leute hüpften in der Mitte des Raumes herum, wo eine behelfsmäßige Tanzfläche freigeräumt worden war. Das Geländer der Kellertreppe war mit einer weiteren Lichterkette dekoriert worden. Es hörte sich an, als wären da unten noch mehr Leute, und durch das große Wohnzimmerfenster konnte ich sehen, dass die Veranda und der kleine Hinterhof ähnlich überfüllt waren. An der Treppe ins Obergeschoss hatte jemand ein Absperrband und ein Blatt Papier befestigt, auf dem stand: *Netter Versuch!*

Jemand schubste mich zur Seite, und ich kapierte, dass ich vor der Bar stand. Der Kerl, der mich angerempelt hatte, verlangte ein Bier, und der Typ hinter der Bar zapfte ihm ein Glas vom Fass ab, bevor er sich mir zuwandte.

»Hi«, sagte er. »Was geht?« Es war so dunkel, dass ich kaum erkennen konnte, wie er aussah. Meine Größe oder vielleicht ein paar Zentimeter größer. Große Augen, breiter Mund, lockige Haare, die ihm fast bis auf die Schultern hingen. Ich konnte nicht ausmachen, welchen Hautton er genau hatte, aber er war weder besonders blass noch besonders dunkelhäutig. Ich fragte mich, wie ich wohl in diesem Licht aussah. Wahrscheinlich nicht gerade superhübsch, nahm ich an. Aber durchschnittlich konnte hinkommen. Vielleicht sogar etwas mehr als das, wenn ich mit einer gewissen Großspurigkeit auftreten würde, und das konnte ich gut.

»Hi«, sagte ich, als ich mich endlich gesammelt hatte. »Hallo. Ihr scheint da hinten ja ein ganz ordentliches Sortiment zu haben.«

»Absolut. Was möchtest du denn haben?«

»Ich weiß nicht«, sagte ich. »Aber ich hatte schon immer eine gewisse Vorliebe für die Werke von Zora Neale Hurston.«

Er zwinkerte mir zu und fing an, ein paar Sachen in einem Cocktail-Shaker zusammenzumischen. »Ach, tatsächlich«, sagte er. »Und was ist dein Lieblingswerk?«

»Ähm, *Vor ihren Augen sahen sie Gott*, denke ich.«

Er verdrehte die Augen. »Enttäuschend.«

»Was? Warum?«

»Jeder, den ich frage, gibt mir die gleiche Antwort.« Er füllte den Inhalt des Cocktail-Shakers in einen Plastikbecher und reichte ihn mir.

»Was ist das?«

»Ein *Zora Neale Hurston*«, antwortete er. »Was sonst?«

Ich musterte den Drink. Er war blau. Ich nippte daran. Er schmeckte … irgendwie blau. »Was ist da drin?«

»*Curaçao*, Kräuterschnaps und *Ginger Ale*.«

»Und das soll ein hochwertiges Getränk sein?«, fragte ich, als würde ich normalerweise nur teure Spirituosen trinken. Die Wahrheit ist, ich war bisher genau zwei Mal in meinem Leben betrunken. Das erste Mal, als Delia und ich noch ziemlich klein waren und eine alte Flasche Kirschlikör in der Küche fanden. Wir waren beide mit einer Erkältung zu Hause. Wir taten, als wäre es Hustensaft, und verabreichten einander einen Teelöffel nach dem anderen, bis Mom ins Zimmer platzte und den Rest der Flasche weggoss. Dabei kreischte sie, wir würden noch enden wie Großtante Leanne, und bis heute haben wir keine Ahnung, wer das überhaupt war. Das andere Mal fanden Bethany und ich eine Flasche mit billigem Champagner in ihrem Küchenschrank und beschlossen, eines Morgens unsere Haferflocken mit Sekt Orange zu essen, was wirklich nicht zusammenpasst und dazu führte, dass Bethany die Treppe herunterfiel und einen Zehennagel verlor.

Nichtsdestotrotz beäugte ich den Drink, als wäre ich Zelda Fitzgerald und eine Genießerin höchsten Ranges.

»Hey«, sagte er und grinste mich an. »Der *Curaçao* ist teuer. Übrigens, ich bin Mark. Ich glaub, wir haben uns noch nicht getroffen. Bist du im ersten Semester?«

Ich nippte noch einmal an der *Zora*. Der Cocktail schmeckte mir immer besser. »Zweites Semester.«

»Und hast du auch einen Namen, Englisch-Studentin im zweiten Semester?«

»Mm«, sagte ich. »Beth. Aber ich studiere nicht Englisch. Ich hab mich noch nicht für ein Hauptfach entschieden.«

»Ach, du studierst gar nicht Englisch. Dann müsste ich dir ja eigentlich den Drink wieder wegnehmen.«

Aber ich hatte meinen Cocktail schon ausgetrunken, also sagte ich: »Wenn du eine halbe Stunde wartest und mir einen leeren Becher gibst, kann ich deiner Bitte gerne nachkommen.«

Er lachte, etwas lauter, als es angebracht gewesen wäre, was darauf hindeutete, dass er hinter der Bar selbst ein paar Kostproben genommen hatte. »Ich werde in fünfzehn Minuten hier abgelöst«, sagte er. »Bist du dann noch da?«

»Ich bin gerade erst gekommen«, antwortete ich.

»Großartig«, sagte er mit einem ebenso großen Lächeln. Ich lächelte zurück und ließ mich von der Menge in die andere Richtung tragen. Ich fragte mich, wie spät es sein mochte. Wahrscheinlich so spät, dass Bethany und Greg schon aus dem Kino gekommen sein mussten. Vielleicht waren sie auf dem Weg nach Hause. Oder sie gingen noch ein Eis essen. Oder sie knutschten in seinem Auto rum.

Ich ließ mich einmal durch den Raum treiben. Die meisten Leute saßen in Zweier- oder Dreiergrüppchen zusammen und redeten über Abschlussprüfungen oder Praktika oder darüber, wer mit wem rumgemacht hatte. Dann hörte ich Gesprächsfetzen über David Foster Wallaces postmodernen Roman *Unendlicher Spaß* und wich so hastig zurück, dass ich mit einer Person hinter mir zusammenstieß.

»Beth«, raunte Mark in mein Ohr, und ich wünschte, ich hätte mir nicht ausgerechnet diesen Namen ausgesucht, aber es war der erste gewesen, der mir in den Kopf gekommen war. Ich verspürte den reflexartigen Impuls, mein Handy hervorzuholen und zu gucken, ob ich eine Nachricht hatte, aber ich verkniff es mir. Ich musste nicht wissen, wie Bethanys Date lief. Ich *wollte* es nicht wissen; es hatte nichts mit mir zu tun. Rein gar nichts.

»Hi«, sagte ich und Mark drückte mir noch eine *Zora* in die Hand.

»Hattest du nicht beschlossen, dass ich keinen Drink verdient habe?«

»Hm. Mir ist klar geworden, dass ich vielleicht zu streng mit dir gewesen bin.«

»Und warum das?«

»Die nächsten drei Leute, die ich nach ihrem Lieblingsbuch von Zora Neale Hurston gefragt hab, haben mir einen Alice-Walker-Roman genannt.«

»Oh nein.«

»Du sagst es.« Er strich mir eine Locke aus der Stirn. Ich hatte gar nicht mitbekommen, dass wir schon so vertraut miteinander waren, aber na gut. »Komm, ich stell dir ein paar Leute vor.« Er nahm meine Hand und führte mich auf die hintere Veranda, wo es leicht nach Hasch und stark nach *Axe*-Deospray roch. Auf der Rundbank im Garten saßen zwei Typen mit einem Drink in der Hand. Ein Mädchen saß seitlich neben ihnen, hatte die Beine über die Oberschenkel der Jungs gelegt und ließ ihre nackten Füße herunterbaumeln.

»Mark!«, sagte einer der Jungs. »Mal nicht hinter der Bar?«

»Nein«, sagte er. »Leute, das ist Beth. Sie ist im zweiten Semester.«

Ich streckte mich ein wenig und tat mein Bestes, wie Neunzehn auszusehen. Nein, Moment. Zwanzig. Ich müsste wahrscheinlich schon zwanzig sein.

»Hi«, sagte ich.

»Du hast ja eine *Zora*«, sagte der Typ, der uns gerade begrüßt hatte. »Den Cocktail hab ich erfunden, musst du wissen.«

»Du bist bestimmt Tim«, sagte ich. »Gratulation zu deiner tollen Diplomarbeit.« Ich hob meinen Becher. Der war schon wieder halb leer, denn wie sich herausstellte, war ich ein echter *Zora*-Fan. Einer der größten. »Warum aber blau?«

Er lachte. »Aus keinem bestimmten Grund. Meine Diplomarbeit war über die Entwicklung des amerikanischen Romans.«

»Also, wenn du einen blauen Drink mit dem Namen einer amerikanischen Autorin wolltest, hättest du ihn aber Toni Morrison nennen sollen.«

»Nach dem Roman *Sehr blaue Augen*? Das wäre doch etwas platt, findest du nicht?«

»Aber deshalb ist es doch perfekt. Es ist so unironisch, dass es schon wieder ironisch ist.« Was ich da sagte, ergab keinen Sinn. Absolut keinen. Aber alle um mich herum waren entweder zur Hälfte oder zu zwei Dritteln betrunken, wodurch ich wohl wie eine Art Genie klang. Alle nickten.

»Da hast du vollkommen recht«, sagte Tim. »Ich glaube, ich benenne den Cocktail um.«

»Zu spät«, sagte Mark. »Der *Curaçao* ist alle.«

»Verdammt. Na ja, nächstes Mal.«

»Hast du *Sehr blaue Augen* in Eliza Browns Kurs gelesen?«, fragte das Mädchen auf der Bank.

Der Name meiner Mutter ließ mich aufhorchen. Ich hatte das Buch letztes Jahr im Englischunterricht gelesen und ich hatte mich selten so mit einem Buch identifiziert. Die Szene, in der Claudia über ihren Hass auf Shirley Temple spricht und die abscheuliche Reaktion, die sie bei den Erwachsenen um sich herum auslöst, hatten eine geradezu kathartische Wirkung auf mich gehabt. »Äh, nein«, antwortete ich. »Ich hab das Buch in der Highschool gelesen.«

»Oh, gut. Ich fand den Kurs total ätzend«, sagte sie und drehte sich zu dem Jungen neben sich. »Sie ist total bourgeois. Ich hätte sie am liebsten erwürgt.«

Ich konnte spüren, wie meine Augenbrauen sich zusammenzogen. Für einen Moment wollte ich Mark einfach meine Ohrringe reichen und mich mit diesem Mädchen prügeln, aber das hätte wohl etwas verdächtig ausgesehen. Schließlich hatte ich ja gerade behauptet, gar nicht in dem Kurs gewesen zu sein.

»Echt?«, sagte ich nur.

»Ich meine, sie hat mir für meine Hausarbeit über die Infiltration des männlichen Blicks im feministischen Roman ein C gegeben. Ein verdammtes C!«

»Und was ist daran bourgeois?«, fragte ich.

Sie verdrehte die Augen. »Wenn ich dir das jetzt noch erklären muss, würdest du es sowieso nicht verstehen.«

»Meinst du jetzt, warum du ein C bekommen hast, oder die Tatsache, dass du nicht weißt, was *bourgeois* bedeutet?«

Sie stieß einen missmutigen Laut aus. Sollte sie. *Meine* Mom bourgeois zu nennen. Meine *Mom*. Ich meine, echt jetzt.

Ich fragte mich, wie viel Schnaps in der *Zora* gewesen war. Besonders alkoholisch hatte der Cocktail eigentlich nicht geschmeckt. Schmeckt *Curaçao* stark nach Alk? Ich weiß ja nicht einmal genau, was das für ein Gesöff ist, außer dass es blau ist.

»Beth«, sagte Mark. »Komm, tanz mit mir.«

»Ich bin noch nicht fertig mit meinem Drink«, sagte ich,

denn ich wollte dieses Mädchen unbedingt noch ein bisschen zusammenstauchen. Die Angeberin wusste wahrscheinlich nicht einmal, was man unter dem *männlichen Blick* verstand.

Doch Mark nahm mir den Becher ab, trank den letzten Schluck *Zora* und sagte: »Jetzt bist du fertig. Komm, ich hol dir noch einen.«

»Ich dachte, das blaue Zeug ist alle?«

Aber wir kamen gar nicht bis zur Bar. Im Wohnzimmer war das Licht jetzt noch schummriger und die Musik war heruntergedreht worden, wahrscheinlich damit sich die Nachbarn nicht beschwerten.

Mark legte seine Hände auf meine Hüften und zog mich in einen wiegenden Rhythmus. »Hör einfach nicht hin, was Amanda sagt«, meinte er. »Sie wird immer total giftig, wenn sie betrunken ist.«

»Ach, daran lag das?«

»Außerdem hasst sie jeden Prof, der ihr weniger als ein A gibt. Aber ich hab die Hausarbeit gelesen und sie war wirklich scheiße.« Er strich mit einem Finger über meine Wange. »Du nimmst Dr. Brown allerdings ganz schön in Schutz – für jemanden, der noch nie einen ihrer Kurse belegt hat.«

»Sie, ähm … sie war meine Studienberaterin. Im ersten Semester.«

»Echt?«

»Ja.«

In dem schummerigen Licht wirkte irgendwie alles wie in einem Traum. Ich lehnte mich ein bisschen an Englisch-Mark und er lehnte sich an mich. Er war warm, und das mochte ich. Ich mochte es, mit einem Jungen zu tanzen, einem netten Jungen, der Bücher las und lächelte, wenn ich mit ihm sprach.

Aber mehr als alles andere wünschte ich mir im Grunde, dass er jemand anders wäre.

Ich hatte hier nichts zu suchen.

»Beth«, sagte er und ich versuchte, nicht zusammenzuzucken. »Hey.«

»Hey«, erwiderte ich.

Er beugte sich vor, und ich begriff, dass er vorhatte, mich zu küssen, und ich dachte: *Oh, na ja, okay, dann passiert das jetzt einfach, ich hab nichts dagegen.* Warum auch? Greg würde mich sowieso nie küssen, und dieser Typ wollte es, also dachte ich mir, ich könnte doch genauso gut das Beste daraus machen. Ich ließ meine Augenlider langsam zufallen und lehnte mich zu ihm, damit er wusste, dass ich mit dieser Entwicklung der Dinge einverstanden war.

Münder sind seltsam. Ich meine, da sollst du alles Mögliche empfinden, wenn dich jemand küsst, aber gleichzeitig benutzt du dasselbe Organ zum Essen und Trinken, und niemand erwartet irgendein überirdisches Erlebnis, wenn du dir die Lippen schminkst oder ein Spiegelei isst oder – wäre mir das jetzt bloß nicht eingefallen – deinen blauen Cocktail wieder hochwürgst. Aber ich hätte genauso gut meinen eigenen Handrücken küssen können, so wenig empfand ich in diesem Moment.

Ich meine, es war nicht unangenehm. Er war warm und lebendig und real, was ich von meinen Greg-D'Agostino-Fantasien nicht sagen konnte. Aber ich wartete darauf, dass irgendetwas in meinem Inneren passierte, und das tat es nicht. Er hörte auf mich zu küssen und sah mich mit einem etwas glasigen Blick an. Er war ziemlich betrunken, das wurde mir jetzt klar. Er war betrunken, und es war dunkel, und das Ganze war einfach albern. Bei Tageslicht würde er mich wahrscheinlich keines Blickes würdigen.

»Darf ich mal unterbrechen?«

Ich sah auf und stellte fest, dass die Stimme zu Delia gehörte.

»Oh Gott«, sagte ich.

Mark guckte etwas verwirrt. »Äh«, stammelte er.

Delia legte ihre Hände auf meine Schultern. »Weg da«, sagte Delia. »Wir tanzen.«

»Beth?« Mark sah mich fragend an.

Delia riss die Augen auf. »Ach, du heilige Scheiße«, sagte sie.

»Du solltest wohl besser gehen«, sagte ich zu Mark. »Es ... es tut mir leid.«

»Ist das deine Freundin, oder was?«

»Mm, klar«, sagte Delia. »Nennen wir es mal so.«

Mark zögerte noch eine Sekunde und dann ging er zurück in den Hinterhof.

»Hey«, protestierte ich. »Verfolgst du mich etwa? Woher wusstest du überhaupt, dass ich hier bin?«

Sie deutete über meine linke Schulter in eine Ecke des Zimmers. Ich drehte mich um und sah ein Mädchen, das mir bekannt vorkam. Sehr bekannt. Oh, verflixt, das war ja Delias Freundin Meg Freedman. Sie studierte im ersten Semester an der Mason, aber ich hatte nicht gewusst, dass sie Englisch belegt hatte. Meg winkte mir verlegen zu. Ich verzog das Gesicht.

»Meg hat mir vor einer halben Stunde eine SMS geschickt«, erklärte Delia. »Sie dachte, ich wäre vielleicht auch hier.«

»Und dann bist du gekommen, um mich auffliegen zu lassen?«

»Wenn das meine Absicht gewesen wäre, hätte ich dem

Typen doch gesteckt, dass du erst siebzehn bist. Du hast ihm erzählt, dass du im ersten Semester bist?«

»Im zweiten, um genau zu sein.«

»Oh-oh«, sagte sie und kniff mir in die Wange. »Da hast du aber etwas hoch gegriffen. So erwachsen siehst du mit deinem Babyface nun doch nicht aus. Du hast Glück, dass es hier drinnen so dunkel ist.«

»Ich hab kein Babyface. Und ich hab nicht zu hoch gegriffen. Er hat es mir voll abgenommen.«

»Für zwanzig gehst du bestimmt nicht durch, auch nicht im Dunkeln. Entweder er ist betrunkener, als er aussieht, oder er ist ein totales Schwein. Jedenfalls, Meg hat mir erzählt, dass du allein hier bist. Hast du überhaupt eine Ahnung, wie verdammt dumm das ist?«

Ich zuckte die Achseln.

»Das gehört wirklich zum Einmaleins, Aphra. Geh nie allein auf eine Party. Und betrinke dich nie, wenn du nicht jemanden dabeihast, auf den du dich verlassen kannst. Nie.«

»Hast du etwa Angst, dass ich so ende wie Großtante Leanne?«

Delia verdrehte die Augen. »Und da denken alle, du bist die Schlaue«, sagte sie.

»Keiner denkt das«, widersprach ich, auch wenn das tatsächlich alle taten. »Was ist, gehen wir jetzt endlich?«

»Allerdings«, sagte sie.

Im Auto lehnte ich meinen Kopf gegen den Sitz, während Delia irgendetwas vor sich hinmurmelte. Als sie an den Radioknöpfen herumspielte, kam ausgerechnet der *Piña-Colada*-Song.

»Mach das aus«, sagte ich und spürte, wie mir die *Zora* hochkam. »Nun mach schon.«

»Mein Gott«, sagte sie und schaltete auf irgendeinen Sender um, der die Charts rauf und runter spielte. Ich seufzte und sackte zur Seite gegen die Tür.

»Wo ist Sebastian?«, fragte ich, als der Kokosnussgeruch in meinem Kopf nachgelassen hatte.

»Mit Freunden unterwegs.«

»Und da wolltest du nicht mitgehen?«

»Nicht wirklich. Ich war müde und sie wollten in die Innenstadt.« Im Radio sang irgend so ein Typ davon, wie verliebt er in die Körperform eines Mädchens sei, als sei das Objekt seiner Begierde ein echt heißes Dreieck oder Trapez oder so was. Es ist einer dieser Songs, den jeder Radiosender mindestens einmal in der Stunde spielt. Ich weiß echt nicht, warum die das machen. Selbst wenn dir der Song anfangs gefällt, am Ende hängt er dir nur noch zum Hals raus. Delia schaltete das Radio aus. »Ich fühl mich durch diesen Song persönlich angegriffen«, sagte sie.

»Stell dir einfach vor, er singt das für eine Flasche *Mrs.-Butterworth's*-Sirup«, sagte ich. »Das mach ich immer.«

Delia lachte.

»Jetzt mach dich nicht lustig«, sagte ich. »Ich bin sicher, *Mrs. Butterworth* ist für viele die absolute Traumfrau.«

»Sie ist süß«, sagte Delia. »Sie hat schöne Kurven.«

»Sie widerspricht nie und sie lässt sich in den meisten Gemeinden recyceln.«

»Willst du mir erzählen, warum der Typ dich Beth genannt hat?«

»Was für eine nahtlose Überleitung.«

»Ich rede nie gern um den heißen Brei herum. Also, warum?«

Ich zuckte die Achseln.

»Wo ist Bethany überhaupt?«

»Bei einem Date«, antwortete ich.

»Einem Date?«

»Ja.«

»Ich hätte nicht gedacht, dass Bethany Dates hat.«

»Das ist ja auch ihr erstes«, sagte ich.

»Aha«, sagte sie. »Dann wird mir alles klar.«

»Was soll denn das jetzt schon wieder heißen?«

»Nichts. Wer ist der Kerl?«

»Ach, ist doch egal«, sagte ich verbittert. Ich schaltete mein Handy ein, nur um zu sehen, ob ich irgendwelche wichtigen Ruderneuigkeiten verpasst hatte.

»Ha«, sagte sie. »Das klingt ja nicht gerade begeistert. Ich wundere mich, dass du ihr nicht noch beim Anziehen helfen musstest.«

»Halt die Klappe, Delia«, sagte ich.

Sie sah mich aus dem Augenwinkel an. »Bist du sauer, weil sie dich gefragt hat oder weil sie dich *nicht* gefragt hat?«

»Muss das jetzt sein?«, sagte ich. Mein Handy nutzte den Moment, sämtliche verpasste Nachrichten herunterzuladen, und hörte gar nicht mehr auf zu pingen. Es waren mehr als zehn, alle von Bethany. Ich steckte mein Handy wieder in die Tasche, ohne sie zu lesen, denn das wollte ich nicht machen, während ich hier neben Delia saß.

»Eine Menge Nachrichten«, sagte sie.

»Ich hab dir doch gesagt, du sollst die Klappe halten, oder nicht?«

»Muss schon ein hartes Los sein, Aphra Brown zu sein – Schutzheilige der Co-Abhängigen.«

»Was?«

»Ach komm.«

»Jetzt kannst du den Gedanken auch zu Ende führen. Das wolltest du doch sowieso.«

Sie schwieg. Schließlich sagte sie: »Du hast einfach viele Beziehungen, die darauf gründen, dass andere Menschen dich brauchen, das ist alles.«

»Ach, tatsächlich?«

Delia seufzte. »Bethany braucht dich, weil sie nicht reden kann oder so. Mom und Dad brauchen dich, um auf Kit aufzupassen. Kit braucht dich als Erwachsene, weil Mom und Dad hin und wieder vergessen, dass er existiert. Und wie Mom erzählt hat, gibt es jetzt auch noch irgend so einen Typen, der dich braucht, um zu lernen, wie man ein beknacktes Ruderboot von der Stelle bewegt. Als wenn das so schwer wäre.«

»So was nennt man Beziehungen, Delia. Das sind Verbindungen zwischen Menschen.«

»Hm, nein. Eine Beziehung impliziert etwas Beidseitiges. Das ist nicht das, was du machst. Du willst gar kein Geben und Nehmen. Du willst jemanden, der dich braucht. Du suchst verzweifelt Leute, die dich *brauchen*, weil du nicht glauben kannst, dass sie dich einfach *wollen* könnten.«

Ich umklammerte mit beiden Händen meinen Gurt.

»Tja«, sagte ich. »Ich mache mich eben lieber nützlich, anstatt mein Gesicht verschandeln zu lassen, damit die Leute mich mögen. Und übrigens, glaubst du wirklich, Sebastian wird nicht Reißaus nehmen, wenn er herausfindet, wie du in echt aussiehst?«

Im Scheinwerferlicht der entgegenkommenden Autos konnte ich sehen, wie ihr Gesicht sich verkrampfte und feuerrot wurde.

»Mein Gesicht«, sagte Delia, »sieht *so* aus. Verfluchte Scheiße!«

»Die Wahrheit tut weh, was?«

»Du musst es ja wissen.«

»Was soll das heißen?«

»Bethany hat jetzt einen Freund. Sie sieht toll aus. Wofür braucht sie dich denn noch? Für gar nichts. Das ist vorbei.«

»Ich bin ihre Freundin.«

»Bist du das? Bist du das wirklich?«

»Du warst schon immer eifersüchtig auf sie.«

»Es gibt nur eine eifersüchtige Person in diesem Auto. Und das bin nicht ich.«

Inzwischen waren wir zu Hause angekommen. Ich stürmte ins Haus, Delia auf meinen Fersen; sie preschte an meinen Eltern vorbei und hinunter in den Keller. Ich polterte die Treppe hinauf.

»Was war denn das?«, rief meine Mutter vom Fernseher aus.

»Ach, nichts«, rief ich. »Mir geht es *großartig.*«

»Ich dachte, du bist bei Bethany?«

»Planänderung!«

Ich holte schon aus, um die Tür mit Schwung zuzuknallen, als mir einfiel, dass Kit schon schlief, und so rücksichtslos war nicht einmal ich. Außerdem war Delia im Keller und würde es ohnehin nicht hören. Also ließ ich mich einfach auf mein Bett fallen und vergrub das Gesicht im Kopfkissen. Sofort schlug mir der ekelerregend süße Geruch meines eigenen Atems entgegen.

Von unten hörte ich meinen Vater sagen: »Wie war das noch mal, warum schicken wir sie seit zehn Monaten jede Woche zur Therapie?«

»Was sollen wir denn sonst machen?«

Ich konnte nicht hören, was mein Dad sagte, aber meine Mom antwortete: »Ich weiß es doch auch nicht! Es wird einfach Zeit brauchen –«

»Wie viel Zeit? Wie viel Zeit soll es denn noch brauchen?« Für einen Moment schwiegen sie. »Vielleicht müssen wir was anderes versuchen.«

»Und was soll das sein?«

Aber dann wurden ihre Stimmen immer leiser, und ich erfuhr nie, was es wohl sein sollte.

Kapitel 16

Als ich die letzten Reste des *Zora*-Cocktails von meinen Zähnen schrubbte, fiel mir ein, dass heute ja Sonntag war und ich morgen zur Schule musste. Ich hoffte, dass der blaue Likör keinen Kater verursachte. Ich hatte noch nie einen richtigen Kater gehabt, aber es klang nicht gerade erstrebenswert.

Ich ging Bethanys Nachrichten durch. Es war eine Serie immer panischer klingender Fragen, die sie mir von der Kinotoilette aus geschickt hatte, als Greg vorgeschlagen hatte, nach dem Film Eis essen zu gehen, und sie total hin- und hergerissen war. Die letzte Nachricht hatte sie vor etwa einer Stunde geschickt: **Ich bin gerade nach Hause gekommen, wo bist du?**

Inzwischen war es 23:30 Uhr und sie schlief wahrscheinlich schon. Außerdem traute ich mich im Moment nicht so recht mit ihr zu sprechen, denn ich hatte noch Delias Worte im Ohr. Oh, wie ich meine Schwester hasste. Als wäre es nicht genug gewesen, mein Gesicht schlechtzumachen; nun musste sie auch noch an meinem Charakter herummäkeln.

Natürlich war dies exakt der Augenblick, in dem mein Handy mit der *Star-Trek*-Melodie losdudelte.

Ich hob das Handy auf, um den Nachtmodus einzuschalten, aber dann sah ich die Nachricht: **Ich hatte viel Spaß heute Abend.**

Oh Gott.

Ich drehte mein Handy um. Was ich nun wirklich nicht brauchte, war eine aufgewärmte Fassung von Gregs Date mit Bethany, über das Greg sich vor dem Schlafengehen noch mit (der vermeintlichen) Bethany austauschen wollte. Mir war klar, dass ich die App einfach deaktivieren sollte.

Aber wenn ich das tat, würde Greg Bethany fragen, warum sie ihn ignoriert hätte, und sie würde wahrscheinlich total in Panik geraten, und das wäre unfair.

Ich würde nicht mit ihm chatten und so tun, als wäre ich Bethany.

Nein, das würde ich nicht.

Ich hob das Handy auf.

Bist du da?, hatte er getippt. **Mir hat der Film total gefallen. Und alles andere auch.**

Er denkt, du bist Bethany, sagte ich mir. *Er denkt, du bist Bethany.*

Ich weiß nicht, wie viel meine nächste Entscheidung damit zu tun hatte, dass ich auf Delia sauer war oder einsam, oder ob es das Ergebnis der zwei *Zoras* war, die ich intus hatte, aber ich tippte: **Mir auch.**

Ich wünschte nur, wir hätten mehr reden können. Ich wollte dir noch was erzählen.

Ja?

Ja. Also, ich war mutig. Ich hab noch mal mit meinen Eltern geredet.

Das war okay. Wir redeten nicht über das Date; wir redeten nur über Gregs Eltern. Ich würde mich nur noch vergewissern, dass es ihm gut ging, und dann würde ich ihm sagen, dass ich die App deaktivieren würde, weil das Projekt abgeschlossen sei, und damit wäre die Sache beendet. Wenn er mit Bethany chatten wollte, müsste er dann eben ihre richtige Nummer verwenden.

Sie waren nicht gerade begeistert. Mein Vater hat seinen Taschenrechner rausgeholt und mir vorgerechnet, wie viel Geld sie in den letzten neun Jahren für mein Schwimmen ausgegeben haben. Er hat es sogar auf ein Blatt Papier geschrieben und all das.

Das ist nicht fair.

Irgendwie schon. Sie dachten, es sei ein langfristiges Investment, damit ich ein Stipendium bekomme. Sie finden, es ist meine Schuld, dass ich nicht mithalten konnte.

Du bist doch kein Aktiendepot, schrieb ich. Du bist ein Mensch.

Jedenfalls hab ich ihnen gesagt, dass ich mein Studium selbst bezahlen werde.

Aber es ist doch nicht deine Schuld!

Vielleicht doch.

Aber du bist so – wundervoll, brillant, perfekt – gut in vielen anderen Dingen!

Ich glaube, sie denken, wenn ich ehrgeiziger gewesen wäre, hätte ich ein Schwimm-Ass wie Michael Phelps werden können. Sie haben einfach gedacht … sie haben gedacht, dass ich besser sein würde, als ich bin. Und das habe ich so satt. Das kapieren sie nicht.

Tut mir leid.

Ich bin einfach so froh, dass ich dich gefunden hab, schrieb er. Du bist der einzige Mensch, mit dem ich über all das reden kann.

Ich kniff die Augen zusammen.

Bist du noch da?

Ja, ich bin noch da.

Oh, gut. Ich hab schon gedacht, jetzt hab ich dich durcheinandergebracht.

Nein, tippte ich. Ich bin überhaupt nicht durcheinander.

Ist wirklich alles okay? Du wirkst so still.

Na ja, klar. Die App hat ja auch keinen Ton.

Ha, ha.

Ich hab mich vorhin mit meiner Schwester gezofft. Das beschäftigt mich wohl noch.

Ich bemerkte meinen Fehler gerade noch, bevor ich auf *Senden* klickte. Schnell löschte ich das Wort *Schwester* und tippte stattdessen *Bruder*.

Ist was passiert?

Nicht wirklich. Er hat nur mal wieder versucht, meinen Charakter zu attackieren. Das ist sozusagen seine Spezialität.

Dein Charakter ist doch unanfechtbar, soweit ich das beurteilen kann.

Sagte er zu der Person mit der falschen Identität. Trotzdem schrieb ich: Danke, dass du das sagst. Ich sollte jetzt wohl besser nicht mehr darüber nachdenken und schlafen gehen. Wir sehen uns morgen, oder?

Natürlich, schrieb er. Ich vermisse dich jetzt schon.

Ich dich auch.

Dann beendete ich den Chat. Ich hätte die App löschen sollen. Ich hätte die App *wirklich* löschen sollen.

Ich löschte die App nicht.

. . .

Am nächsten Tag hatte ich Therapie, was wahrscheinlich ganz

gut war. Besonders scharf darauf, der guten Dr. Pascal die ganze Greg-Situation zu erklären, war ich zwar nicht, aber es gab auch niemand anderen, dem ich davon hätte erzählen können. Und wegen der ärztlichen Schweigepflicht und so musste ich mir nicht einmal Sorgen machen, dass sie die Geschichte weitererzählte.

Trotzdem wusste ich, dass sie die ganze Sache nicht gerade gutheißen würde. Sie mustert mich dann immer mit diesem gewissen Blick und sagt erst mal nur »*Hm*«, denn sie muss sich berufshalber eine Wertung verkneifen, denkt aber im Stillen: *Eigentlich möchte ich dir jetzt eine runterhauen.* Manchmal glaube ich, es wäre einfacher, wenn sie mich mal ordentlich zusammenstauchen würde, aber das macht sie nie.

Beim Mittagsessen hatte ich eine Zusammenfassung von Bethanys Date geboten bekommen und versuchte standhaft, das meiste davon zu verdrängen. Bethany war immer noch total flatterig. Und dann musste ich in Latein eine Stunde lang auf Gregs Hinterkopf starren, wodurch ich mich nicht gerade besser fühlte.

Als ich bei Dr. Pascal ankam, war meine Stimmung also ziemlich mies und ich fühlte mich von allen Seiten angegriffen. Sie öffnete mir die Tür und ich setzte mich auf die Couch und nahm mir meine üblichen drei Pfefferminzbonbons aus der Schale. Mein Ziel war es immer, die Bonbons nicht zu zerkauen. Wenn ich es mir richtig einteilte, konnte ich die ganze fünfzigminütige Sitzung lang etwas zu lutschen haben.

Neben der Schale mit den Pfefferminzbonbons lagen ein paar Muppets-Stoffpuppen, wahrscheinlich noch von dem letzten Patienten. Manchmal vergesse ich, dass Dr. Pascal ja meistens mit jüngeren Kindern arbeitet. Wahrscheinlich redet sie mit denen anders als mit mir. Ich schob Elmo und das Krümelmonster zur Seite und stellte meine Wasserflasche auf den Tisch, während Dr. Pascal die Aufzeichnungen zu ihrer vorigen Sitzung beendete. Ich fragte mich, ob das Kind wohl eher ein Ernie oder eher ein Bert gewesen war. Bert wahrscheinlich. Ernie macht ja kaum den Eindruck, als bräuchte er psychologische Hilfe.

Bevor ich damals zum ersten Mal zu Dr. Pascal kam, las ich mir durch, wie Psychologie theoretisch funktioniert (auf *Wikipedia*, wie das heute so üblich ist) und begann mit dem alten Freud (wie das so üblich ist). Sigmund Freud glaubte, dass die menschliche Psyche aus drei Komponenten besteht: dem *Ich*, dem *Über-Ich* und dem *Es*. Ich stelle mir vor, dass das *Es* der kleine Teufel ist, der auf deiner Schulter sitzt und dir einflüstert, dir das zu nehmen, was du willst. Das *Über-Ich* ist der Engel auf der anderen Seite, der dir einschärft, dich zu benehmen, und das *Ich*, das bist du, der Kopf in der Mitte, der sich entscheiden muss, was er tut. Was Dr. Pascals Muppets angeht, so ist das *Es* … nun, wie das Krümelmonster. Es will, was es will, wann es will, und zwar jetzt. Wie ein Zweijähriger, der in deinem Gehirn haust und nie erwachsen wird. Es will Kekse, verdammt noch mal. Das *Ich*, das ist vielleicht Bibo, der so oft hin- und hergerissen ist und nicht recht weiß, was er tun soll, und das *Über-Ich* … ich weiß auch nicht, welche Muppet-Figur das *Über-Ich* ist. Grobi vielleicht. Der hat ja diesen Supermann-Tick.

»Hallo, Aphra«, sagte Dr. Pascal. Dann sah sie von ihrem Papierkram auf und fügte hinzu: »Oha, was für eine Stimmung.«

»Ich habe keine schlechte Laune. Warten Sie. Doch. Ich

habe schlechte Laune. Oder: Ich bin in schlechter Stimmung. Was ist die bessere Formulierung?«

»Da gibt es keinen signifikanten Unterschied«, sagte sie.

»Wirklich? Ich glaube schon. Wenn ich schlechte Laune *habe*, dann ist das etwas, was sich in mir drin entwickelt hat, wie eine Grippe, die zum Ausbruch kommt. Wenn ich *in* schlechter Stimmung bin, dann ist das eine äußerliche Sache, in die ich geraten bin. Wie Nebel.« Ich rutschte unruhig hin und her und ließ mich mit einem lauten »*Uff*« auf der Couch zurückfallen. »Oder ein Hurrikan.«

»Glücklicherweise scheint deine Stimmung dein verbales Ausdrucksvermögen nicht beeinträchtigt zu haben.«

»Das tut sie doch nie, Dr. Pascal.«

»Na gut, dann lass uns die zweite Analogie nehmen. Du bist in schlechter Stimmung. Was denkst du, könnte da helfen?«

»Ein Regenschirm. Und vielleicht Gummistiefel. Solche Anglerstiefel, die bis übers Knie gehen und das ganze Wasser abhalten, aber ich hätte gern ein Paar, in dem meine Füße nicht schwitzig werden. Wenn Sie das möglich machen könnten, wäre das ganz toll.«

»Jetzt noch mal langsam«, sagte sie. »Nur um ganz klar zu sehen: Reden wir hier von dem Nebel oder dem Hurrikan?«

»Dem Hurrikan. Für den Nebel bräuchte ich doch keine Anglerstiefel.«

»Richtig. Also gut. Jetzt beschreibe mir mal den Verlauf dieses Hurrikans. Er begann als tropischer Sturm in der Karibik und dann …«

»Ich weiß gar nicht so richtig, wie er begonnen hat«, sagte ich. »Na ja, wahrscheinlich begann der Hurrikan, weil Bethany ein Date hatte und Delia mich von einer Party wegholte.«

»Das passierte beides am selben Tag?«

»Ja genau.«

Sie kritzelte etwas in ihr Notizbuch.

»Erzähl mir von Bethanys Date. Hat sie dich sitzen gelassen, um mit einem Jungen auszugehen?«

»Nein«, sagte ich. »Das war es nicht. Es ist etwas … etwas kompliziert.«

»Kompliziert ist genau das Richtige für mich. Deshalb bezahlt man mir ja einen Haufen Kohle«, gab sie trocken zurück.

Ich seufzte. Dann erklärte ich ihr, in sehr gekürzter Fassung, die ganze Greg-Geschichte. Nur dass ich gestern Abend noch einmal mit ihm gechattet hatte, vergaß ich vielleicht zu erwähnen.

»Hm«, sagte Dr. Pascal.

»Denken Sie an die Kohle, Doc«, sagte ich. »Viel Kohle.«

»So viel ist es nun auch wieder nicht. Also, das waren ein paar interessante Entscheidungen, die du da getroffen hast.«

»Wirklich, *das* ist Ihre Analyse?«

»Weißt du, als sie mir damals erzählt haben, dass du Lisa Fagan zum Weinen gebracht hast, hab ich das eigentlich nicht geglaubt. Also, machen wir weiter. Du hast mir erzählt, wie deine schlechte Stimmung begonnen hat. Aber dann ist noch was anderes passiert.«

»Ja, ich hatte auch noch einen Streit mit Delia.«

»Und das alles in einer Woche? Was ist denn passiert?«

Ich erzählte, dass ich auf der Party vorbeigeschaut hatte (ohne meinen *Zora*-Konsum zu erwähnen) und dass ich mit einem Typen getanzt und dann mit Delia nach Hause gefahren war.

»Wir waren also auf dem Weg nach Hause, und alles war

eigentlich ganz okay, und dann hat sie mir vorgeworfen, dass ich so was wie eine Obsession habe, von anderen Leuten gebraucht zu werden. Oder so ähnlich.«

»Eine *Obsession*?«

»Das war nicht das Wort, das sie verwendet hat. Sie hat gesagt, ich gestalte meine Beziehungen mit anderen Menschen so, dass sie mich brauchen, weil ich nämlich so ein hässlicher Loser bin, dass mich bestimmt niemand aus freiem Willen um sich haben möchte.«

Dr. Pascal nickte und machte sich eine Menge Notizen.

»Das schreiben Sie jetzt auf?«

»Ich schreib immer alles auf. Also, ich nehme an, das hat dich ziemlich wütend gemacht.«

»Na ja, schon.«

»Vielleicht will ich lieber gar nicht wissen, was du zu ihr gesagt hast. Was meinst du?«

»Na ja, ich war stinksauer.«

»Oh-oh.«

»Vielleicht hab ich ja gesagt, dass es immer noch besser wäre, die Leute dazu zu bringen, mich zu brauchen, damit sie gerne mit mir zusammen sind, als mein eigenes Gesicht verstümmeln zu lassen, damit man gerne mit mir zusammen ist. Genau das hat sie nämlich getan, und selbst danach hat sie nur einen absoluten Vollidioten von einem Freund abgekriegt, der sie bestimmt sitzenlassen wird, sobald er ein Babyfoto von ihr zu Gesicht bekommt.«

Dr. Pascal legte ihren Stift aus der Hand. »Grundgütiger.«

Ich wollte ihr erklären, dass das eine dieser Sachen wäre, für die ich wirklich gerne meinem *Es* die Schuld geben würde. Ich war ein Arschloch gewesen und das wusste ich auch. In dem Moment war ich so wütend gewesen, dass der Wortschwall ungefiltert aus mir herausgebrochen war. Nur dummerweise hatte ich es durchaus auch so gemeint und das wusste Delia.

»Das ist ungefähr das, was Delia auch gesagt hat, nur weniger fromm und mit mehr Schimpfwörtern.« Ich seufzte. »Sie redet im Moment nicht mehr mit mir. Aber ich rede ja auch nicht mit ihr, also passt das ganz gut.«

Dr. Pascal nahm ihre Brille ab und rieb sich die Augen. »Da gibt es aber eine Menge aufzuarbeiten.«

»Schicken Sie mich jetzt zurück zu Lisa Fagan?«

»Nein«, sagte sie. »Aber wir schaffen das nicht alles heute.«

Ich steckte meinen zweiten Pfefferminzbonbon in den Mund.

»Also«, fuhr Dr. Pascal fort. »Ich weiß aus unseren zahlreichen Gesprächen, dass du deine Schwester liebst, auch wenn du gerade sehr wütend auf sie bist.«

»Richtig«, sagte ich. »Ich meine, na klar.« Ich unterdrückte den Impuls, sie darauf aufmerksam zu machen, dass es eigentlich nicht *Liebe*, sondern *Storge* war, denn noch mehr von meinen absonderlichen Ideen konnte Dr. Pascal an diesem Tag bestimmt nicht verkraften.

»Und du weißt, dass sie dich auch liebt.«

Ich nickte. »Ich weiß, ich hätte das nicht zu ihr sagen sollen. Aber sie hätte auch nicht das zu mir sagen sollen, was sie mir davor an den Kopf geworfen hat.«

»Sie scheint aber irgendwie einen Nerv getroffen zu haben, hm?«

Ich starrte aus dem Fenster.

»Ich will nur eine Sache klarstellen … Hat sie gesagt, niemand könnte mit dir zusammen sein wollen, oder hat sie gesagt, du *glaubst*, niemand würde mit dir zusammen sein wollen?«

»Letzteres.«

»Dir ist schon klar, dass das nicht dasselbe ist und dass du mir vorhin die erste Variante aufgetischt hast?«

»Da muss ich mich wohl versprochen haben.«

»Nein, Aphra, das glaube ich nicht.«

»Oho«, sagte ich.

»Ich denke, Delia kennt dich eben schon sehr lange, und sie bekommt wahrscheinlich mehr von dem mit, was in dir vorgeht, als du denkst. Ich glaube, sie hat durchschaut, wie weit dein Selbstwertgefühl im Keller ist, und das von ihr zu hören, tat einfach höllisch weh.«

»Ich hab ein sehr gesundes Selbstbewusstsein«, protestierte ich. »Ich bestehe so ziemlich aus 70 % Wasser und 30 % Ego. Delia ist diejenige mit dem geringen Selbstwertgefühl. Sie ist diejenige, die denkt, dass ihr Gesicht so verdammt wichtig ist. Ich weiß, dass mein Gesicht das Unwichtigste an mir ist.«

»Ich glaube, die Tatsache, dass Delia wenig Selbstwertgefühl hat, hilft ihr, das gleiche Problem auch bei dir zu erkennen.«

Ich nahm eine der Stoffpuppen in die Hand und sagte mit meiner höchsten Falsettstimme: »Elmo sagt: Was für ein Schwachsinn!«

»Aphra, du hast einen Jungen kennengelernt, den du magst. Du hast eine Freundschaft zu ihm entwickelt und dann hast du ihn deiner besten Freundin übergeben? Warum hast du das getan?«

»Weil es das Richtige war?«

»Aus wessen Sicht?«

»Ich liebe es, dass Sie *wessen* sagen«, meinte ich. »Das macht kaum noch jemand.«

Sie funkelte mich wütend an. »War es das Richtige für die beiden oder für dich?«

»Für sie«, antwortete ich.

»Für sie. Und was ist mit dir?«

»Für mich auch!«

»Hm. Also, das ist interessant. Inwiefern war es das Beste für dich?«

Aber dann klingelte der kleine Wecker, den Dr. Pascal immer auf ihrem Schreibtisch stehen hat, und das bedeutete, dass ich mich vom Acker machen musste, weil ihr nächster Patient wartete. Zum ersten Mal schien sie sich wirklich zu ärgern, dass unsere Zeit abgelaufen war.

»Ich möchte, dass du darüber mal nachdenkst«, sagte sie. »Schreib es vielleicht auf. Ich möchte, dass du darüber nachdenkst, warum du das getan hast und warum du glaubst, dass es das Beste für dich war, und genau da machen wir dann nächstes Mal weiter.«

Kapitel 17

Danach verbannte ich Dr. Pascals Worte aus meinem Kopf. Ich wusste nämlich ganz genau, warum ich es getan hatte und dass es richtig gewesen war. Es war das Beste für alle. Bethany war glücklich. Greg war glücklich. Und ich war glücklich, weil die beiden glücklich waren. Wirklich, das war ich.

Greg kam an diesem Tag nicht zum Rudern. Nicht dass ich das unbedingt erwartet hatte. Er schien nur aufzutauchen, wenn er Zeit hatte, und ich wusste nicht, ob das bedeutete, dass er im nächsten Jahr definitiv in der Mannschaft sein würde oder ob er sich noch nicht entschieden hatte. Es war kalt und nieselte, die Art Ruderwetter, die ich am wenigsten mag – schlimmer ist nur noch Schnee, und der kommt bei uns hier im Frühling nicht besonders oft vor. Meistens wird mir vom Rudern so heiß, dass ich kältere Temperaturen sogar ganz angenehm finde, aber an diesem Tag konnte ich gar nicht aufhören zu bibbern, vielleicht weil meine Haare nass waren. Ich hätte wohl eine Mütze aufsetzen sollen, aber die wäre dann ja auch nass geworden, also hätte das vielleicht auch nicht viel gebracht. Nach dem Rudern bot uns die Trainerin heißen Apfelsaft aus einer großen Thermoskanne an, und ich umklammerte meinen Becher, bis ich wieder Gefühl in meinen Fingern hatte.

»Gehen wir danach zu dir?«, fragte Bethany und pustete in

ihren dampfenden Becher. Ihre Finger und ihre Nase waren ganz rot. »Ich hab da so eine Mathe-Webseite gefunden, die Kit gefallen würde.«

Ich zog die Stirn kraus, denn irgendwie wollte ich Bethany nicht mit nach Hause nehmen, wenn Delia zu Hause war, nicht unmittelbar nach dem, was sie gestern gesagt hatte.

»Können wir nicht zu dir gehen?«, fragte ich. »Delia ist mit ihrem Freund da.«

Bethany schmunzelte. »Und deshalb willst du lieber mit Colin abhängen?«

Das war eigentlich leicht zu beantworten, denn Colin war normalerweise nur zu seiner Familie unausstehlich, nicht zu mir, und wenn er mal eine abfällige Bemerkung in meine Richtung abfeuerte, war sie schnell abgewehrt. Ich hatte mir schon Schlimmeres anhören müssen. Und zwar erst vor Kurzem. »Ja, tatsächlich, das will ich.«

Sie pfiff durch die Zähne. »Ist er echt so schlimm?«

Ich wiegte den Kopf hin und her. »Es ist nicht so sehr er, sondern die beiden zusammen.«

»Verstehe«, sagte sie, auch wenn sie es eigentlich nicht verstand. Aber Bethany ist sehr gut darin, mir aufs Wort zu glauben. Das schätze ich wirklich an ihr. Ich muss mir nicht den Mund fusselig reden, um sie zu überzeugen, dass etwas ein Problem ist.

Als wir bei Bethany zu Hause ankamen und unsere Rucksäcke in der Küche abgestellt hatten, stutzte ich, weil die Tür zum Keller offen stand und Colin nirgends in Sicht war.

Ich deutete mit dem Kopf in Richtung Kellertür. »Bethany«, zischte ich.

Bethany hatte sich gerade eine Banane aus der Obstschale genommen, doch als sie sich umdrehte und mich auf die offene Tür deuten sah, hörte sie auf, die Banane zu schälen, und ließ sie auf die Küchentheke fallen.

»Ist er weg?«, flüsterte sie.

Ich zuckte die Achseln. Von unten war nichts zu hören.

»Mom?«, rief Bethany. »Wo ist Colin?«

Von oben hörte man Wasser platschen, als wäre Bethanys Mutter vielleicht in der Badewanne. »Beim Zahnarzt!«, rief sie zurück. »Er ist gerade los.«

Zahnarzt. Da würde er mindestens eine Stunde weg sein. Bethany und ich tauschten ein verschwörerisches Lächeln, dann schossen wir los.

»Ich such das Spiel aus!«, rief ich.

»Du warst schon letztes Mal dran!«

»Das war vor sechs Monaten!«

Aber da Bethany mit diesem faulen Sack von Bruder leben musste, protestierte ich nicht, als sie sich auf Colins ausgeklügeltes Spielearchiv stürzte. »Glaubst du, er hat noch dieses Pony-Spiel?«

»Mein Gott, ich hoffe nicht.«

»*Igitt*«, sagte sie, als sie die Spiele durchguckte. »Ego-Shooter, noch ein Ego-Shooter, *Grand Theft Auto* … Er muss doch auch irgendein Abenteuerspiel haben oder so was … Ah. *Zombie Air.*« Sie las die Beschreibung: »*Dein Flugzeug stürzt in den Bergen ab und du musst eisige Temperaturen, Zombies und sogar einen Yeti überleben, um aus den Bergen zu entkommen.* Das kann man auch zu zweit spielen.«

»Cool«, sagte ich. »Dann lass uns mal ein paar Zombies abmurksen.«

Sie steckte die Speicherkarte in die Spielkonsole und wir sahen uns das Intro-Video an, in dem ein grauenvoller Flugzeugabsturz gezeigt wurde.

»*Uah*«, sagte Bethany. »Vielleicht ist das doch etwas zu drastisch.«

Als nächstes war ein überschallartiger Knall zu hören, denn Colin hatte seine ganze Anlage an zwei Lautsprecherboxen mit Surround-Sound angeschlossen. Wir zuckten beide zusammen.

»Okay«, sagte ich. »Okay, los geht's.«

»Ich stecke in meinem Gurt fest«, sagte Bethany. »Ich komm nicht raus.«

»Nimm eine Glasscherbe«, sagte ich, nachdem ich meinen Gurt schon durchgeschnitten hatte. »Wir sollten sehen, was wir aus dem Flugzeug retten können, bevor wir uns ein Versteck suchen ... Es wird schon dunkel.«

»Sollten wir ins Cockpit gucken?«

Ich folgte ihr dorthin. Der Pilot saß zusammengesunken über den Instrumenten.

»Ist er tot?«, fragte Bethany.

Ich drückte einen Knopf auf meinem Gamepad, um ihn ein paar Mal anzustupsen, quasi nach Pygmalion-Art. »Er ist definitiv tot.«

Bethany durchsuchte das Cockpit und fand eine Wasserflasche, etwas Draht und eine Rolle Klebeband. »Meinst du, wir sollten ... ihn essen?«, fragte ich.

»Was? *Iiih*, Aphra, oh mein Gott!«

»Was? Das ist doch so was wie Regel Nummer eins. Dein Flugzeug stürzt in den Bergen ab, und das Erste, was du machst, ist: Du isst den Piloten.«

»Das ist überhaupt keine Regel! Wo hast du das bloß her?«

»Ich … ich hab es gelesen. In … in einem Buch.«

»Was für ein Buch?«

»Äh. Ein dickes Buch. Ein großes, dickes Buch.«

»Du hast das nirgendwo gelesen.«

»Aber es stimmt!«

»Es stimmt nicht.«

»Dir ist schon klar, dass es sich hier nur um Pixel handelt, oder?«

»Es geht ums Prinzip!«

»*Pffff*«, machte ich spöttisch. »Ich esse ihn. Ich werde ihn einfach« – ich klickte ein paar Mal auf meinem Gamepad – »in meinen Essensvorrat packen … so.«

Auf dem Bildschirm spritzte das Blut, begleitet von knirschenden Kaugeräuschen. Ich schrie auf und vergrub mein Gesicht in den Händen.

»Ich hab dir doch gesagt, du sollst den Piloten nicht essen!«, kreischte Bethany.

»Ich wusste doch nicht, dass es so abläuft! Ich dachte, er würde einfach in meinem Essensvorrat landen, als kleines Steak oder so was!«

»Er ist kein Steak!«

»Das sehe ich jetzt auch, danke. Oh, hey! Ich hab gerade 200 Bonuspunkte bekommen.«

»Ach, dann ist ja alles gut. Du bist zwar eine Kannibalin, aber du hast deine Bonuspunkte – *aah*, Zombies!«

»*Mist! Mist!*«

Wir ließen unsere kleinen Avatare den Berg hinunterlaufen. Bethany hinkte ein ganzes Stück hinterher.

»Warum laufe ich so langsam?«, fragte sie verzweifelt und hämmerte auf ihr Gamepad ein.

Ich deutete auf ihre Lebensenergie-Anzeige. »Du hast Hunger. Weil du nicht –«

»Oh, halt die Klappe. Warte. Warte!«

Aber die hungrige virtuelle Bethany wurde schon von Zombies zerfleischt, mit mehr Blut und Knirschen und einem aufblitzenden Schriftzug auf dem Bildschirm: SPIELER EINS IST TOT.

»Ich kann nicht glauben, dass du mich zurückgelassen hast!«

»Sonst wäre ich doch auch gefressen worden.«

»Du bist furchtbar.« Sie warf ihr Gamepad aufs Sofa und streckte ihre Arme in die Luft. »Übrigens, ich hab mich gestern für einen Job beworben.«

»Was?«, sagte ich, denn im Gegensatz zu Bethanys war meine Figur noch am Leben und ich rannte immer noch vor den Zombies davon. Hätte ich eigentlich eine Waffe haben müssen? Mit welcher Waffe sollte man einen Untoten überhaupt bekämpfen können? Sie sind doch schon tot, das ist es ja gerade. »Willst du noch mal von vorne anfangen? Ich will eigentlich nicht alleine spielen.«

Aber Bethany war auf einmal vollkommen still geworden.

»Aphra«, zischte sie da und deutete mit dem Kopf über die Sofalehne und ich dachte: *Oh Mist*, jetzt müssen wir uns anhören, wie Colin ausrastet, weil wir auf seiner geliebten Kunstledercouch sitzen. Aber als ich meinen Kopf drehte, war es nicht Colin, der da mit amüsiertem Blick hinter uns stand. Es war Greg D'Agostino.

Ich ließ mein Gamepad fallen.

Jetzt sag schon was, versuchte ich Bethany einzugeben. *Rede mit ihm. Sag irgendwas.*

»Sie hat den Piloten gegessen«, sagte sie.

Uah.

»Das hab ich tatsächlich.«

»Deine Mom hat mich reingelassen«, erklärte er. »Sorry. Ich hab nicht gewusst, dass ich euch … unterbrechen würde. Was ist das denn für ein Spiel?«

»*Zombie Air*«, sagte ich. »Ist schon okay, wir sind nicht mal bis zu der Stelle mit dem Yeti gekommen. Ich muss jetzt sowieso nach Hause.«

»Willst du noch Cupcakes essen gehen?«, fragte er.

»Oh«, sagte Bethany. »Ach ja, das hatten wir gesagt, nicht wahr? Cupcakes? Und vielleicht ein Sandwich, denn ich hab noch gar nichts zu Abend gegessen.«

»Wir waren zu sehr damit beschäftigt, Zombies zu bekämpfen«, erklärte ich.

»Ich hab gehört, bei so was vergisst man vollkommen die Zeit«, sagte Greg.

»Das hab ich auch gehört«, sagte ich und begann die Treppe nach oben zu gehen. »Man sieht sich.«

»Du hast doch auch noch nichts gegessen!«, platzte Bethany heraus und stand von der Couch auf. »Wegen der Zombies!«

Ich blieb auf der unteren Treppenstufe stehen. »Genau, deshalb gehe ich jetzt auch nach Hau-«

»Du solltest mit uns kommen! Und ein Sandwich essen! Mit uns!«

Greg sah ein wenig irritiert aus, auch wenn ich nicht sicher war, ob das daran lag, dass Bethany auf einmal redete wie auf Droge oder dass sie mich gerade zu ihrem Date eingeladen hatte.

»Oh«, sagte ich. »Nein, ich glaube wirklich nicht –«

»Wenn wir zu *Cake Baby* gehen, kannst du doch einen dieser Wraps essen, die du so gerne magst! Und Kaffee haben die auch. Können wir nicht da hingehen?«

Greg legte die Stirn in Falten, ganz offensichtlich hin- und hergerissen. Einerseits wollte er mich nicht dabeihaben, andererseits wollte er seine neue Freundin unbedingt glücklich machen. Letzteres gab den Ausschlag.

»Gut, dann lasst uns zu *Cake Baby* gehen.«

»Nein«, sagte ich. »Ich will wirklich nicht in euer Date platzen. Ich sollte –«

Aber da war Bethany schon auf mich zugekommen, hatte mein Handgelenk umklammert und mich mit dem besten Bethany-Blick aller Zeiten angesehen.

»Bitte«, flehte sie mich an. »Ich meine, es wäre doch schön, mal zusammen was zu unternehmen.«

Ich sah hinüber zu Greg. Der hatte sich anscheinend mit dieser Wende der Ereignisse abgefunden und sagte: »Du solltest wirklich mitkommen, Aphra. Es ist echt okay.«

Also gingen wir zusammen aus. Ich aß einen Wrap, Bethany nahm ein Panini und Greg bestellte einen entkoffeinierten Kaffee und einen Schoko-Cupcake.

Zu Anfang lief alles relativ normal. Ich versuchte, zurückhaltend zu sein, weil ich Bethany nicht davon abhalten wollte, sich selbst mit Greg zu unterhalten, aber auch weil ich allmählich Schwierigkeiten hatte, auseinanderzuhalten, was ich aus dem echten Leben über Greg wusste und was aus der *Deanna*-App.

Die Probleme begannen, als Bethany ihr Sandwich aufgegessen hatte und keinen Vorwand mehr hatte, nichts zu sagen. Sie starrte auf die Sojasprossen, die aus meinem Wrap auf den

Teller gefallen waren. Sie starrte auf die Tischplatte. Sie starrte auf die Tischlampe. Greg machte einen vergeblichen Gesprächsversuch nach dem anderen.

»Und«, fragte er, »wie war's heute beim Training? Ich wette, es war ganz schön kalt auf dem Wasser.«

»Es war eisig«, sagte sie und dann nichts mehr.

»Und«, fragte er weiter, »hast du den Versuchsbericht für Chemie schon geschrieben? Ich musste meine ganzen Rechnungen noch mal machen. Ich hab ewig dafür gebraucht.«

»Ja, ich hab den Bericht schon letzte Woche fertig geschrieben«, sagte sie und dann nichts mehr.

Schließlich hielt ich es nicht mehr aus. »Und was hast du gemacht, während wir auf einem eiskalten Fluss rumgerudert sind?«, fragte ich.

Er sah richtig erleichtert aus. »Oh. Ja. Ich hatte ein Treffen mit einem Prof drüben an der NOVA.«

»Echt? Ich dachte, du bist fertig für dieses Semester.«

»Das bin ich auch, aber ich bin mit den Russisch-Kursen dort durch, also mach ich im Sommer ein individuelles Studienprojekt.«

»Kannst du nicht was an der Mason machen?«, fragte ich. »Die sprachwissenschaftliche Fakultät dort ist doch viel größer.«

»Das hab ich auch überlegt, aber die Kurse sind etwa dreimal so teuer. Außerdem dachte ich mir, ein individuelles Studienprojekt macht bestimmt Spaß.«

»Ist das so was wie Einzelunterricht bei einem Professor? Wer legt denn da den Stoff fest?«

»Ich größtenteils. Ich hab einen Studienplan für mich aufgestellt und ihn mit dem Professor dort abgesprochen.«

»Und was genau studierst du dann?«

»Russische Lyrik«, sagte er.

Ich stieß Bethany mit dem Ellenbogen an und hoffte, dass sie etwas dazu sagen würde. Es wäre doch nicht so schwer gewesen. Alles, was sie sagen musste, war, wie cool das klang. Stattdessen sagte sie: »Ich muss mal zur Toilette«, und dann ging sie.

Ich saß am Tisch und starrte Greg an, der mich fragte: »Ist was mit ihr?«

»Panini«, antwortete ich, »zwischen den Zähnen. Wahrscheinlich. Ich hab etwas Zahnseide in meiner Tasche.« Dann stand ich auf und sagte: »Ich geh nur mal schnell und schau, ob ich ihr helfen kann.«

Als ich auf die Toilette kam, stand Bethany am Waschbecken und hatte das Gesicht in ihren Händen vergraben.

»Was ist mit dir?«, fragte ich.

»Ich kann das nicht«, sagte sie. »Ich kann es einfach nicht.«

»Was kannst du nicht? Du bist doch gestern schon mit ihm ausgegangen!«

»Das war was anderes! Da waren wir doch im Kino!«

»Du musst doch zwischendurch mal mit ihm geredet haben.«

»Nicht wirklich«, sagte sie.

»Was habt ihr denn nach dem Kino gemacht?«

Sie wurde knallrot.

»Schon gut, egal. Du kannst also in einem Bikini vor ihm rumlaufen, du kannst neben ihm sitzen, und du kannst mit ihm rumknutschen, aber du kannst nicht mit ihm reden? Das ist doch Quatsch.«

»Ich kann das einfach nicht!«

»Doch! Kannst du! Er mag dich doch schon. Rede einfach mit ihm.«

»Ich weiß aber nicht, was ich sagen soll! Es ist, als ob ich ihn anschaue und mein Gehirn aussetzt.«

»Das liegt nur daran, dass du nicht an ihn gewöhnt bist«, sagte ich. »Darüber wirst du hinwegkommen.«

»Ja, aber bis dahin wird er längst weg sein. Er wird doch nicht ewig warten, bis ich, na ja, mich wie ein normaler Mensch verhalte.«

Ich runzelte die Stirn. Da hatte sie wahrscheinlich recht.

Bethany war hübsch. Das war offensichtlich und unbestreitbar. Bethany war auch clever, aber das war weniger offensichtlich, weil sie es nicht zeigte. Und ein Junge, der seinen Sommer damit verbringen wollte, russische Gedichte zu lesen – und der so süß aussah, dass unzählige Mädchen für ihn schwärmten –, würde sich nicht mit einem hübschen Gesicht zufriedengeben. Sie musste da mithalten, sonst würde er sich bald langweilen. Und die Sache war, sie *konnte* mithalten. Sie musste nur den Mund aufmachen und reden, wie sie es mit mir auch immer tat. Jede Art von Geschwafel von ihr wäre besser als das Schweigen im Moment.

Aber sie fremdelte ihm gegenüber, und die Sache mit der russischen Lyrik machte es wahrscheinlich noch schlimmer, denn jetzt war sie nicht mehr nur nervös, sondern regelrecht eingeschüchtert.

»Ich weiß nicht einmal, wie ich da wieder rausgehen soll«, sagte sie.

In diesem Moment tat sie mir richtig leid. Sie war so, so nah dran, alles zu bekommen, was sie sich wünschte, und diese eine Sache, die sie nicht kontrollieren konnte, diese Angst, machte ihr einen Strich durch die Rechnung. Das kannte ich schon. Das Schlimmste war, dass sie ihre Greg-induzierte Gehirnblockade wahrscheinlich irgendwann überwinden würde, dass es aber einfach zu lange dauern würde. Er würde nicht warten.

Was Bethany brauchte, war eine kleine Hilfestellung. Eine Krücke, um es mal bildlich auszudrücken. Sie war in der Lage gewesen, ein ganzes fünfminütiges Chemie-Referat zu halten, weil sie Karteikarten hatte, die sie ablesen konnte. Ich musste einfach so was wie ein Spickzettel für sie sein, ihre temporäre Krücke. Es war total selbstlos, wirklich. Ich würde mein eigenes Ego zurückstellen und Bethanys Talisman werden, nur für eine halbe Stunde.

»Wir machen jetzt Folgendes«, sagte ich. »Ich werde dir helfen.«

»Ich kann doch nicht einfach dasitzen und lächeln, während du die ganze Zeit redest«, sagte sie. »Das sieht doch total dämlich aus.«

»Nein. Nein, *du* wirst reden. Ich werde dir nur … etwas soufflieren.«

»Soufflieren?«

Ich schwenkte mein Handy vor ihrem Gesicht herum. »Hör zu! Das ist perfekt. Ich sage dir einfach den Text vor, bis du diese Sache überwunden hast … was auch immer es ist. Ich schicke dir Text aufs Handy. Und das liest du dann einfach laut vor.«

»Wird das nicht auffallen?«

»Nicht wenn wir es geschickt anstellen. Schließlich mag er dich ohnehin schon, und zwar sehr. Alles, was wir erreichen müssen, ist, dass das auch so bleibt, bis deine Stimme wieder funktioniert. Nicht wahr? Dein Gesicht und meine Worte – das ist doch einfach die perfekte Kombi!«

»Aber … in wen verliebt er sich denn in diesem Szenario, in mich oder in dich?«

»In dich«, sagte ich. »Ist doch klar.«

»Aber –«

»Es ist ja nur vorübergehend, oder? Wir wissen doch beide, wie toll du bist.«

»Aphra.«

»Ist doch wahr! Ich … leiste doch nur etwas Geburtshilfe.«

»Aphra!«

»Sorry, schlechte Wortwahl. Der Punkt ist doch, es ist nur für heute. Hör zu, er sitzt jetzt ganz allein da drinnen und denkt wahrscheinlich, dass wir hier stehen und über ihn reden.«

»Das tun wir ja auch.«

»Ja, aber das ist schlecht. Lass uns wieder reingehen und zwanzig Minuten quatschen und dann könnt ihr beiden mich zu Hause absetzen und ihr könnt … egal.«

»Zwanzig Minuten.«

»Ja.«

Sie holte tief Luft. »Bist du sicher, es klappt?«

»Ich bin sicher«, sagte ich. »Und jetzt los.«

Kapitel 18

Bethany und ich waren im zweiten und dann noch einmal im dritten Schuljahr zusammen in einer Klasse und im vierten wurden wir dann getrennt.

Das lag daran, dass die Machthaber an unserer Grundschule beschlossen hatten, dass ich zu Höherem berufen sei (womit die Schiene für zukünftige Akademiker gemeint war), während Bethany im allgemeinbildenden Zweig bleiben sollte.

Wir erfuhren das in der Woche vor dem Ferienende, als man uns die Zusammensetzung der Klassen mitteilte. Bethany reagierte auf die Neuigkeit mit Schweigen. Was bedeutete, dass sie tatsächlich aufhörte zu sprechen, nicht nur mit mir, sondern mit jedem. Meine Reaktion war erwartungsgemäß eine andere, nämlich jedem, der es hören wollte, laut kundzutun, was für eine Ungerechtigkeit das war.

»Das ergibt einfach keinen Sinn«, sagte ich zu meiner Mutter. »Bethany ist tausendmal besser in Mathe als ich. Und sie liest auch genauso gut wie ich. Sie ist bloß …«

»Ich weiß«, sagte meine Mutter. »Aber da können wir nichts machen. Bethanys Mom kann Einspruch erheben, aber uns steht das nicht zu.«

»Aber es ist einfach nicht fair!«

»Ich weiß, Liebling. Das ist es nicht.«

Und für die meisten Leute wäre das Thema damit wahrscheinlich erledigt gewesen. Doch ich marschierte am ersten Schultag auf die Lehrerin zu und sagte: »Mein Name ist Aphra Brown. Ich bin in dieser Klasse. Und meine Freundin Bethany ist in Mrs Sullivans Klasse, aber sie sollte eigentlich auch hier sein, weil sie im ganzen Jahrgang die Beste in Mathe ist.«

Mrs Marks sah mich mit diesem eingefrorenen Lächeln an und sagte: »Hi, Aphra. Ich hab schon viel von dir gehört.« Ich bekam nicht den Eindruck, dass das etwas Gutes zu bedeuten hatte, aber nun war ich einmal in Fahrt und so plapperte ich weiter.

»Also, jetzt holen Sie Bethany doch einfach rüber, dann können wir hier anfangen.«

»Es tut mir leid, so funktioniert das nicht, aber du siehst deine Freundin ja in der Pause. Der ganze Jahrgang geht zur selben Zeit nach draußen.«

»Nein, darum geht es nicht. Sie sollte wirklich in dieser Klasse sein. Ich weiß nicht, warum sie es nicht ist.«

»Warum setzt du dich nicht erst mal auf deinen Platz, Aphra?«

»Ja, das mache ich, sobald ich Bethany geholt habe.«

»Miss Brown«, sagte sie.

»Mrs Marks«, antwortete ich.

»Setz dich hin.«

»Nein.«

»Setz dich oder du kannst Mrs Baumgartner einen Besuch abstatten.«

Mrs Baumgartner war unsere Direktorin. Ich schätze, die meisten Viertklässler hätten sich von dieser Drohung einschüchtern lassen, aber ich war schon oft genug in ihrem Büro gewesen, um zu wissen, dass ich für meine große Klappe schlimmstenfalls mit einem Anruf bei meinen Eltern bestraft werden würde, die meine Aufmüpfigkeit mit den Worten quittierten: »Wirklich? Schon wieder?« Und zu mir sagten sie dann anschließend: »Muss es denn jedes Mal so weit kommen, dass sie mich anrufen? Ich hab es satt, ständig dafür aus dem Unterricht gerissen zu werden.«

Also sagte ich: »Das ist okay. Ich rede mit Mrs Baumgartner.«

Ich ließ denselben Redeschwall bei Mrs Baumgartner los, die mich ermüdet ansah und sagte: »Ich bin stolz, dass du dich so für deine Freundin einsetzt.«

»Danke.«

»Aber es ist nicht wirklich angemessen. Wenn es ein Problem mit Bethany gibt, dann sollten Bethanys Eltern zu mir kommen und mit mir reden oder auch Bethany selbst. Nicht du.«

»Ja, aber sie wird nicht zu Ihnen kommen, weil sie Angst hat. Ich denke einfach, dass Sie einen Fehler gemacht haben, das ist alles.«

Sie räumte ein paar Akten von ihrem Tisch. »Weißt du, es gibt da drei Dinge, die wir berücksichtigen, wenn wir die Klassen zusammenstellen.«

»Okay.«

»Standardisierte Testergebnisse, Lehrerempfehlungen und die *GBRS*.« Nur, dass sie die Abkürzung aussprach wie *Gibbers*.

»Die was?«

»Das steht für *Gifted Behaviour Ratings Scale*. Es ist ein Fragebogen, in dem Lehrer beurteilen, wie sich ein Schüler im Unterricht verhält, zum Beispiel, ob er oder sie scharfsinnige Fragen stellt oder Führungseigenschaften zeigt, solche Dinge.«

Das musste ich erst mal sacken lassen. »Aber was ist, wenn da jemand schlecht abschneidet, weil er oder sie schlecht Englisch spricht? Oder schüchtern ist oder so was?«

»Na ja, dann haben wir immer noch die Testergebnisse.«

»Okay, aber muss man nicht auch gut reden können, um in den Tests gut abzuschneiden? Ich meine, wenn man fast nur Chinesisch spricht oder am Prüfungstag total nervös ist, schneidet man vielleicht auch schlecht ab.«

»Wir schauen uns schon das Gesamtbild an, Aphra.«

»Aber Bethany –«

»Ist nicht deine Angelegenheit.« Sie stand auf und tätschelte mir die Schulter, was ich nicht ausstehen konnte. »Du bist wirklich eine gute Freundin. Aber ich glaube, du solltest dich ein bisschen mehr um Aphra kümmern und Bethany sich um Bethany kümmern lassen.«

Ich machte ein mürrisches Gesicht, aber ich wusste, dass ich verloren hatte. Sie würden nicht auf mich hören und so ging ich wieder zurück in meine Klasse. Aber vergessen war die Sache damit bei mir nicht. Ich musste nur eine Möglichkeit finden, ihnen zu beweisen, dass sie falschlagen.

Ich wartete ungefähr drei Tage. Die Klasse machte gerade einen Riesenradau, und alle beschwerten sich, dass wir in Mathe noch mal den Stoff vom letzten Jahr durchkauen mussten.

Mrs Marks war schon ganz genervt. »Das ist doch nur eine Wiederholung«, sagte sie. »Nächste Woche fangen wir dann mit dem schwierigeren Stoff an.«

Einer der Jungs sagte: »Ich kann schon Gleichungen lösen. Mein Dad hat mir diese Algebra-App installiert, mit der man das lernen kann.«

»Das ist doch keine richtige Algebra«, beschwerte sich ein anderer.

»Doch!«

»Also gut«, sagte Mrs Marks. »Ich stelle euch jetzt eine richtige Algebra-Aufgabe, an der ihr knobeln könnt, und dann machen wir weiter mit unserer Wiederholung.« Und dann schrieb sie eine ellenlange Gleichung ans Whiteboard. Ich kann mich nicht mehr genau daran erinnern, aber das *x* war Teil eines großen Bruches und es gab einen Exponenten, was wir noch gar nicht gelernt hatten. Wir starrten die Gleichung in verblüfftem Schweigen an, was ja wahrscheinlich auch die beabsichtigte Wirkung gewesen war. Nach ein paar Sekunden meldete ich mich.

»Aphra?«

»Ich weiß nicht, wie man das macht«, sagte ich. »Aber ich kenne jemanden, der es kann.« Ich hatte die Gleichung auf ein Blatt Papier geschrieben, und bevor mich jemand aufhalten konnte, rannte ich schnurstracks aus dem Zimmer, Mrs Marks dicht auf den Fersen. Ich hatte Glück, dass sie ein schlimmes Knie hatte.

Bethanys Klassenzimmer war auf der anderen Seite des Gangs. Ich platzte hinein und knallte das Papier auf ihren Tisch. Sie starrte mich mit aufgerissenen Augen an, während ihre Lehrerin eine Schimpftirade auf mich losließ. Dann wechselten sich Mrs Sullivan und Mrs Marks ab, mich anzuschreien, während sie gleichzeitig darüber diskutierten, dass ich jetzt wohl vollkommen durchgedreht sei und wer von ihnen mich zum Büro der Direktorin schleifen sollte. Ich schnappte den Begriff »oppositionelles Trotzverhalten« auf. Genau wusste ich nicht, was das bedeutete, aber es klang ein ganzes Stück schlimmer als »Nervensäge«. So nannten mich meine Lehrer gewöhnlicherweise, wenn sie dachten, ich wäre außer Hörweite. Mrs Marks hatte mich gerade am Ellenbogen gepackt, um mich den Gang hinunter und in mein sicheres Verderben zu eskortieren, als Bethany von ihrem Platz aufstand und mir das Papier reichte.

Ich befreite mich aus Mrs Marks' Griff und betrachtete das Papier in meiner Hand. Bethany hatte mehrere Rechenschritte aufgeschrieben und unten auf dem Blatt stand $x = 4/7$. Ich reichte es Mrs Marks. Sie überflog das Papier, und ich wusste sofort, dass das Ergebnis richtig war.

Danach wurde beschlossen, dass Bethany zumindest für Mathe in meine Klasse wechseln sollte. Wir durften allerdings nie zusammensitzen. Ich wurde ans hintere Ende des Raumes verbannt, während Bethany sich an einen Tisch ganz vorne setzen musste.

Als mein Vater an diesem Tag nach der Schule den Anruf von Mrs Baumgartner bekam, war ich gerade in seinem Büro.

»Oppositionell«, sagte er. »Aha.« Nachdem er aufgelegt hatte, sah er mich für einen langen Moment an. Dann öffnete er seine Schreibtischschublade und nahm etwas heraus. »Das habe ich eigentlich für mich selbst aufgehoben«, sagte er und reichte es mir. »Aber ich glaube, du solltest es haben.«

Ich nahm es entgegen: Es war ein Schokoriegel mit kleinen Karamellstückchen, wie er ihn gerne am Flughafen kauft, sein Lieblingsriegel und meiner auch.

»Bist du nicht sauer wegen des Anrufs?«

»Sollte ich das?«

»Sie hat gesagt, ich bin …«

»Oppositionell, ja. Du hast Widerstand geleistet. Wogegen?«

»Sie wollten Bethany nicht in den Fortgeschrittenenkurs lassen, auch wenn sie schlau genug ist.«

»Eine Ungerechtigkeit also. Ich werde nie sauer darüber sein, wenn du dich für jemanden einsetzt, der unfair behandelt wurde. Das ist immer das Richtige. Und wenn es Mrs Baumgartners Job ein wenig anstrengender macht, nun, dann ist das ihr Pech.«

Ich riss die Verpackung auf, brach den Schokoriegel in der Mitte durch und reichte eine Hälfte meinem Vater.

»Echt?«, fragte er, und dann nahm er seine Hälfte und stieß sie gegen meine, als hätte er ein Weinglas in der Hand. »Auf den Widerstand«, sagte er.

»Auf den Widerstand«, antwortete ich.

Ich war nicht sicher, wogegen ich an diesem Tag im *Cake Baby* Widerstand leistete. Gegen die Ungerechtigkeit des Universums vielleicht, das Bethany mit dieser vollkommenen Unfähigkeit belegt hatte, mit dem Jungen zu kommunizieren, den sie mochte. Aber das war so weit okay. Ich bekam das schon in den Griff. *Wir* bekamen das in den Griff.

Greg hatte seinen Cupcake aufgegessen, während Bethany und ich auf der Toilette waren, und machte etwas auf seinem Telefon, als wir an den Tisch zurückkamen.

Ich hatte Bethany schon den ersten Satz zugeschickt, also sagte sie gleich: »Sorry. Ich hatte genug Spinat zwischen meinen Zähnen, um ein weiteres Panini zu füllen.«

Sie warf mir ein Lächeln zu. Ich lächelte zurück. Greg sah ein wenig erleichtert aus.

Bethany setzte sich wieder an den Tisch, legte sich ihr Handy auf die Knie und sah schon nicht mehr ganz so panisch aus. Ich schickte ihr die nächste SMS: **Welche russischen Dichter wirst du denn genau behandeln?**

»Äh. Alexander Puschkin, Wassili Schukowski und Alexander Blok in erster Linie.«

Bethany warf einen Blick auf ihren Schoß und sah mich an, als wollte sie fragen: *Bist du sicher?* Ich sah sie auffordernd an. Sie sagte: »Das ist eine ziemlich maskuline Aufstellung.«

Er sah etwas überrascht aus. »Darüber habe ich noch gar nicht nachgedacht.«

Bethany schielte noch einmal nach unten und sagte: »Wie bist du denn auf die Autoren gekommen?«

»Ich schätze … es sind einfach die großen Namen. Aber du hast recht. Ich sollte die Liste noch mal überarbeiten. Und was ist mit dir? Was machst du im Sommer?«

Ich dachte, das sollte sie eigentlich selbst beantworten können, aber um sicherzugehen, tippte ich: **Aphra und ich werden in einem Rudercamp für Mittelstufenschüler arbeiten.** Bethany hatte allmählich den Dreh raus und klang nicht mehr ganz so, als würde sie die Worte ablesen. Sie begann sogar ein gewisses Maß an Selbstbewusstsein zu verströmen. Vielleicht färbte ich doch etwas auf sie ab.

»Das ist ja cool. Und wo ist das?«

»West Vagina«, sagte sie emphatisch. Dann warf sie mir einen vernichtenden Blick zu und verbesserte sich: »Virginia.«

Sorry, Autokorrektur, tippte ich. Und Bethany sagte: »*Sorry, Auto–*«

Ich versetzte ihr einen Tritt. »Auto… *äh* …matisch. Die Ruderer sollen in dem Camp lernen, auf eine Weise als Team zusammenzuarbeiten, die automatisch ist. Quasi instinktiv, weißt du.«

Greg sah aus, als würde er sich sehr bemühen, nicht zu lachen, als fände er ihre gelegentliche Unfähigkeit, zusammenhängende Sätze zu bilden, absolut entzückend. Ich tippte: **Hast du denn nun vor, nächstes Jahr richtig mitzurudern?**

»Ich bin mir noch nicht ganz sicher«, sagte er. Und zu mir (zu mir!) sagte er: »Ich hab das Schwimmen so ziemlich aufgegeben, also suche ich für nächstes Jahr einen neuen Sport.«

Bethany klappte der Unterkiefer runter, denn das wusste sie natürlich noch nicht. »Oh!«, sagte ich. »Kein Schwimmen mehr?«

»Kein Schwimmen mehr.« Er nahm Bethanys Hand und drückte sie. »Es war Zeit, etwas Neues auszuprobieren.«

»Das«, sagte ich, »äh. Das war sicher keine leichte Entscheidung. Nach so langer Zeit aufzuhören.«

»Tja«, sagte er und schenkte Bethany ein liebevolles Lächeln. »Du weißt ja, ich bin manchmal ziemlich mutig.«

Ich hab immer gewusst, was in dir steckt, tippte ich.

»Ja«, sagte er, »das hast du.« Er beugte sich vor und küsste sie auf die Wange.

»Mir fällt gerade ein, ich hab meinem Bruder versprochen, ihm heute Abend Harry Potter vorzulesen. Habt ihr zwei was dagegen, mich schnell nach Hause zu bringen?«

»Ich sollte auch gehen«, sagte Bethany (ganz von allein!). »Ich hab … *ähm* … noch Hausaufgaben. Nämlich. Spanisch.«

»Stimmt ja! Aphra hat erzählt, dass du Spanisch machst. *Puedo ayudarte si quieres; he hablado español con mi mama durante toda mi vida*«, sagte er.

Bethany sah mich an. Ich hatte keine Ahnung, warum. ICH SPRECHE KEIN SPANISCH, BETHANY, tippte ich.

Bethany stotterte: »Ähm – äh – äh – *sí, me gusto mucha si me ayudar.*«

Gregs Augenlid zuckte fast unmerklich, was wahrscheinlich bedeutete, dass die Antwort nicht so gut gewesen war. **Küss ihn,** schrieb ich an Bethany. **KÜSS IHN!**

Sie warf mir einen verzweifelten Blick zu und kippte fast über den Tisch, als sie ihm ihr Gesicht entgegenstreckte. Ihr Mund fand seinen. Er schien überrascht und erfreut zu sein. Aber in erster Linie erfreut. Als sie sich wieder voneinander lösten, warf sie einen heimlichen Blick auf ihr Handy und sagte: »Sorry. Muss dein spanischer Akzent gewesen sein. Da hat es mich irgendwie überkommen.«

Er grinste sie an. Ich war, um ehrlich zu sein, inzwischen ganz schön erschöpft. Und dankbar, als Greg vom Tisch aufstand und sagte: »Ich bringe euch beide nach Hause. Wir haben Aphra genug schockiert.«

Er setzte uns bei Bethany ab. Als wir im Haus waren, zog sie mich an sich und umarmte mich fest.

»Danke«, sagte sie. »Oh Gott. *Dankedankedanke.*«

»Schon gut – warte, du weinst doch nicht etwa?«

Sie wich zurück und wischte sich die Nase an ihrem Handrücken ab. »Ich weiß auch nicht.«

»Es war doch prima«, sagte ich. »Es gab ein paar kleine Holperer, aber die fand er nur süß. Das ist doch wirklich gut gelaufen. Er ist vollkommen verschossen in dich.«

»Ich weiß. Das ist es auch nicht. Glaube ich jedenfalls.«

»Magst du ihn nicht?«

»Doch. Auf jeden Fall.«

»Was ist es dann?«

Sie schniefte noch ein bisschen und trocknete sich die Augen. »Ich weiß auch nicht, Aphra.«

Ich legte meinen Arm um sie. »Hey«, sagte ich. »Willst du deine Spanisch-Aufgaben hier machen oder bei mir zu Hause?«

In diesem Moment fiel mir wieder ein, wer ja noch bei mir zu Hause war. Aber Delia konnte mich mal. Wenn sie auch nur ein fieses Wort zu Bethany sagte, würde ich dafür sorgen, dass sie ihre Nase noch mal operieren lassen konnte.

»Bei dir?«, schlug Bethany zaghaft vor.

»Okay«, sagte ich und tätschelte ihr den Arm. »Dann lass uns mal deine Sachen holen.«

»Okay.« Und dann umarmte sie mich noch einmal.

Kapitel 19

Als wir zu mir nach Hause kamen, waren meine Eltern noch mit Delia und Sebastian beim Abendessen in der Küche. Kit benutzte seinen Stuhl als Tisch, sodass er mit dem Kater auf dem Fußboden sitzen konnte.

»Hallo«, sagte Mom. »Ich dachte, ihr beiden wolltet bei Bethany essen.«

»Wir haben ja auch schon gegessen«, sagte ich und zog mir einen Stuhl heran. Bethany setzte sich auf den Fußboden neben Kit und strubbelte Walnut durchs Fell. »Wir sind eigentlich nur hergekommen, um Hausaufgaben zu machen«, erklärte ich.

»Das ist doch was für Loser«, sagte Sebastian.

Mom stellte vier Gläser Wasser auf den Tisch. Sie schaffte es, Sebastians Glas nicht über seinem Kopf auszukippen, aber ich sah ihr an, dass sie darüber nachdachte. Dad holte eine Fertigpizza aus dem Ofen, während Delia und Sebastian die Radieschen aus dem Salat pickten.

»Delia wollte uns gerade erzählen, wie sie und Sebastian sich kennengelernt haben«, sagte Mom. Ich hoffte inständig, dass sie sich nicht auf einem YouTuber-Treffen kennengelernt hatten oder irgend so was Furchtbares.

»Wir waren im selben Biologie-Kurs«, sagte er und legte

einen Arm um Delias Stuhllehne. »Sie hat mir während der Zwischenprüfung ihren Kaffee über den Schoß gekippt.«

»War er heiß?«, fragte ich vielleicht etwas zu erwartungsvoll.

Delia verdrehte die Augen. »Der Kaffee war schon kalt. Und fast alle. Es waren nur noch ein paar Schlucke in dem Becher.«

»Also, ich hab den Kaffeebecher aufgehoben, meine Nummer draufgeschrieben und ihn auf ihren Tisch zurückgestellt«, erzählte Sebastian.

Das war eigentlich ganz süß, das musste ich zugeben. Wenn auch ein bisschen eklig.

»Und dann hat sie mich angerufen, und ich hab sie gefragt, ob sie nicht mal rüberkommen und meine Hosen waschen kann.«

Okay. Das war schon nicht mehr so süß.

»Das hab ich nicht gemacht«, sagte Delia. »Wir haben dann in der Mensa zusammen mittaggegessen.«

»Es gibt doch nichts Romantischeres als Spaghetti unter einer Wärmelampe«, kommentierte Dad.

»Und was dann?«, fragte Kit.

»Nichts«, sagte Delia. »Das war's.«

»Oh«, sagte Kit ein wenig enttäuscht. Dabei war es ja eigentlich keine dieser geschmacklosen Kennenlern-Storys gewesen, wenn man mal von dem *Komm vorbei und wasch meine Hosen*-Part absah. »Mom und Dad haben sich auch im Studium kennengelernt«, sagte Kit.

»Es war später im Aufbaustudium«, korrigierte mein Vater ihn. Er liebte es, diese Geschichte zu erzählen.

»Wir hatten damals noch kein YouTube«, fügte meine Mutter hinzu. »Das waren finstere Zeiten.«

»Es erstaunt mich immer wieder, dass wir das unbeschadet überstanden haben.«

»Manchmal bin ich mir da gar nicht sicher.«

»Also«, sagte mein Vater, denn nachdem Kit die Story erwähnt hatte, würde Dad es sich nicht nehmen lassen, sie auch zu erzählen. »Die Lateinamerikanische Studentenvereinigung hatte einen Tanzabend organisiert und mein WG-Genosse nahm mich mit. Sie hatten eine Salsa-Band, und da war sie plötzlich, das hübscheste Mädchen der Welt mit ihrer schicken Lisa-Loeb-Brille –«

»Nicht schon wieder die Lisa-Loeb-Brille«, stöhnte Delia.

»Mit ihrer Lisa-Loeb-Brille«, fuhr mein Vater unbeirrt fort. »Und mein WG-Genosse und ich guckten ihr zu, wie sie allein Salsa tanzte und mein Mitbewohner – Alex Castro hieß er – sagte: *Dieses Mädchen ist ja wohl die schlechteste Tänzerin, die ich je gesehen hab.*«

»So schlecht war ich nun auch wieder nicht«, protestierte Mom.

»Doch«, sagte ich. »Wir können es alle bestätigen.«

»Hey«, rief Mom. »Das sind deine Gene, die du hier schlechtredest.«

»Meine nicht«, sagte ich. »Ich hab mein Rhythmusgefühl von Dad. Delia hingegen …«

Delia warf mir einen Stängel Petersilie ins Gesicht. Ich reichte ihn an Bethany weiter, die daraus ein improvisiertes Katzenspielzeug machte, sehr zu Kits Vergnügen.

»Jedenfalls, dieses Mädchen tat uns richtig leid«, fuhr Dad lachend fort »Alle starrten sie an, sie tanzte ganz allein, und mit Salsa hatte das, was sie da machte, nichts zu tun. Also beschlossen wir, dass niemand, der sich so blamierte, alleine tanzen sollte und dass wir ihr als Gentlemen anbieten sollten, mit einem von uns zu tanzen.«

»Zu gütig von euch«, sagte Mom ausdruckslos.

»Das war es wirklich. Also spielten wir schnell eine Runde *Schere, Stein, Papier* und ich verlor.«

»Und wenn du nicht verloren hättest«, beendete ich die Geschichte, »wäre Alex Castro unser Vater geworden und wir würden alle in Kalifornien leben, weil du das Mädchen bekommen hast und er den Job in Stanford.«

»Da hab ich das bessere Los gezogen«, sagte er stolz und nahm einen Schluck Wasser.

»Es war Stanford«, erinnerte ihn Mom.

Er zwirbelte eine ihrer Locken und sagte: »Trotzdem.«

»Und wie war dein Tag, Aphra?«, fragte Mom.

Mein absurdes Date konnte wohl kaum mit einem bezaubernden Kennenlernen während der Bio-Prüfung oder einem süßen Techtelmechtel beim Tanz mithalten. Es hätte ganz und gar nichts Bezauberndes gehabt, wenn ich erzählt hätte: *Ich hab meiner Freundin ein paar Sätze vorgesagt, damit sie mit einem Jungen reden konnte, in den sie verliebt ist, und sie hat es trotzdem fertiggebracht, das Wort Vagina in den Dialog einzubauen.* Also antwortete ich: »Wir haben *Zombie Air* gespielt und dann haben wir uns ein Sandwich gemacht.«

»Das ist ein gutes Spiel«, sagte Sebastian, den Mund voller Salat. »Aber total schwierig. Ich hab zwei Wochen Unterricht verpasst, nur um über das erste Level hinauszukommen.« Er zeigte mit dem Finger auf mich. »Du kennst doch den Trick, oder?«

»Ja, ja, du musst den Piloten essen, gleich nachdem das Flugzeug abgestürzt ist. Das haben wir auch rausgekriegt.«

»*Wie* bitte?«, fragte meine Mom.

»Sonst bist du nicht schnell genug, um vor den Zombies wegzulaufen«, erklärte Sebastian.

»Was ist das denn für ein Spiel?«

»Komm schon«, sagte Dad zu Mom. »Du weißt doch, das ist Regel Nummer eins bei jedem Flugzeugabsturz: Um zu überleben, muss man den Piloten essen.«

»Vielen Dank«, sagte ich und warf Bethany einen entnervten Blick zu. Sie verdrehte ebenfalls die Augen.

»So eine Regel gibt es nicht«, sagte Mom. »Wovon redet ihr hier überhaupt?«

»Es ist wie in dieser Fernsehserie, *Lost*«, erklärte Dad. »Das Flugzeug stürzt auf der Insel ab und am Ende der ersten Folge essen sie den Piloten.«

»Das tun sie nicht!«, rief Mom.

»Natürlich tun sie das! Deshalb kommt er ja in den nächsten Folgen nicht mehr vor! Es ist der Typ, der in *Felicity* den Mitbewohner dieser Studentin spielt, und sie essen ihn wirklich.«

»Der Pilot wird nicht gegessen! Das Rauchmonster erwischt ihn!«

»Sie hat recht«, sagte Delia. Walnut war auf den Tisch gesprungen und sie setzte ihn wieder auf den Fußboden. »Wir haben die Serie letzten Herbst mit der WG geguckt, zwischen den Prüfungsvorbereitungen.«

»*Ooooh*«, sagte Dad und nahm sich etwas Salat. »Welchen Film hab ich denn dann im Kopf?«

»Das frage ich mich auch«, sagte Mom und küsste ihn auf die Stirn, als sie sich ein Stück Pizza von der Tischmitte nahm.

»*Battlestar Galactica*? Nein. Es war dieser Tom-Hanks-Film, in dem er mit dem Volleyball spricht.«

»Tom Hanks hat in *Cast Away* aber nicht den Piloten gegessen«, sagte Mom.

»Er hätte es aber tun sollen«, bemerkte ich.

»Danke«, sagte Dad.

»Das ist es!«, rief Sebastian und schlug mit der Hand auf den Tisch. »*Cast Away* hab ich noch gar nicht gemacht.« Er zermanschte seine Pizza mit der Gabel. »Die Szene, in der der Volleyball abdriftet und Tom Hanks weint. Das ist einfach saugut.«

Alle starrten ihn an. »Für *Careless Whisper* meine ich.«

»Ah ja«, sagte Mom und spießte mit einem mordlustigen Gabelstich eine Gurkenscheibe auf.

»Das wäre tatsächlich ziemlich witzig«, gab Dad zu.

Bethany war nach Hause gegangen und ich lag im Bett und lernte für meinen Latein-Test, als Greg wieder eine Nachricht an *Deanna* schrieb.

Ich drehte mich um und griff nach meinem Handy. Ich wusste, es war ganz und gar falsch, aber ich steckte nun einmal schon bis zum Hals in diesem Schlamassel, da konnte ich jetzt auch nicht mehr viel ändern. Er hatte geschrieben: **Es war toll, dich heute Abend zu sehen. Ich wusste gar nicht, dass du Computerspiele magst.**

Tja, ich bin eben voller Geheimisse.

Das war mir von Anfang an klar. Übrigens …

Ja?

Ich weiß, dass du manchmal nervös wirst. Ich will nur, dass du weißt: Bei mir musst du das nicht sein. Ich finde, du bist fantastisch.

Ich rieb mir ein wenig die Augen. **Ich finde dich auch fantastisch.**

In dieser Nacht hatte ich einen Traum, einen dieser seltsamen Träume, bei dem in meinem Gehirn eine Art Film abläuft, in dem ich mich von außen beobachten kann. Diese Art Träume mag ich nicht besonders. Mir sind die Träume lieber, in denen ich nicht in der dritten Person vorkomme, sondern die Dinge durch meine eigenen Augen sehen kann.

Es fing mit mir in einem Hochzeitskleid an, so einem bauschigen Traum in Weiß mit viel Spitze. Ich weiß auch nicht, wie mein Unterbewusstsein auf so etwas Klischeehaftes kommen konnte. Es ist ja nun nicht so, dass ich viel Zeit damit verbringe, in Brautmagazinen zu blättern. Jedenfalls, ich konnte mein eigenes Gesicht unter dem Schleier nicht sehen, aber Delia und Bethany waren meine Brautjungfern und sahen beide wunderschön aus in ihren schulterfreien weißen Kleidern. Mein Bruder spielte *You are my sunshine* auf der Harfe, und ich ging auf den Altar zu, wo ich Greg stehen sah. Ich warf einen Blick zu Bethany, um zu sehen, ob sie darüber traurig war, aber sie strahlte über das ganze Gesicht und tupfte sich nur anmutig eine Träne aus dem Augenwinkel. Ich drehte mich zu Greg um, und er hob die Hand, um meinen Schleier zu lüften. Ich war ganz atemlos vor Erwartung und fieberte dem Moment entgegen, in dem er mich küssen würde. Der Schleier wurde hochgehoben und unter dem Schleier war ich eine Ente.

Es war noch dunkel, als ich meine Augen öffnete, und ich lag in meinem Bett und überlegte, wie wohl Dr. Pascal diesen

Traum analysieren würde. Das mache ich manchmal, dass ich mir Gespräche mit ihr ausmale, dann kann ich mir die Mühe sparen, diese Dinge in der Therapie anzusprechen, weil ich ja schon weiß, was sie sagen wird.

Ich stellte mir vor, sie würde fragen: »Warum eine *Ente*?«

Darauf hatte ich allerdings keine Antwort.

Kapitel 20

Am nächsten Morgen fühlte ich mich sterbenskrank. Ich hatte nicht nur diesen seltsamen Traum gehabt, ich war auch zu lange aufgeblieben, um für meinen Latein-Test zu lernen. Und dann war das passiert, was mir manchmal passiert, wenn ich ohne besonderen Grund total gestresst bin. Mein innerer Monolog ist nicht mehr zu stoppen und ich liege stundenlang wach und denke: *Hör auf zu reden, hör auf zu reden, hör auf zu reden.* Aber ich kann es nicht. Es ist, als hätte mein Gehirn verbalen Durchfall und damit kann man genauso wenig schlafen wie mit echtem Dünnpfiff.

Als mein Wecker um 6:30 Uhr klingelte, war ich allerdings gerade eingeschlafen – dummerweise, denn eine halbe Stunde vor dem Weckerklingeln wegzunicken, fühlt sich noch viel schlimmer an, als überhaupt nicht zu schlafen. Ich stand auf, pfropfte mir die Kontaktlinsen in die Augen und torkelte in die Küche, wo mein Dad einen Becher Kaffee hinunterstürzte und Kit seine Schuhe anzog. Delia, die eine Vorbesprechung für ihr Praktikum hatte, ging im Hosenanzug aus dem Haus und ließ Sebastian in Boxershorts mit einer Schüssel Haferflocken auf dem Sofa zurück.

»Vergiss nicht«, sagte Dad zu mir. »Heute bist du dran, Kit zum Allergologen zu bringen.«

»Das vergesse ich nicht«, sagte ich. »Ich hab mir einen Reminder gesetzt und alles.«

»Bist du sicher, dass du das schaffen kannst? Es ist ziemlich knapp für dich, vom Stundenplan her.«

»Kein Problem«, sagte ich. »Ist doch alles in einem Fünf-Kilometer-Radius. Das wird ein Kinderspiel.« Ich tätschelte Dad den Kopf. »Zerbrich dir mal nicht deinen hübschen kleinen Kopf darüber, Daddylein.«

Er strubbelte mir durchs ungekämmte Haar. »Ich bring Kit zur Schule«, sagte er. »Vergiss nicht, Frühstück zu essen.«

»Das vergesse ich doch nie.« Er ging mit Kit aus dem Haus und ich goss etwas Milch auf meine *Cheerios*.

»Hey«, sagte Sebastian. »Guck dir das mal an.«

Ich ging ins Wohnzimmer und schaute ihm über die Schulter. Auf seinem Handy lief ein Video von einem schluchzenden Tom Hanks, der in *Cast Away* seinem davonschwimmenden Volleyball hinterherschaut, und im Hintergrund lief *Careless Whisper.* Ich prustete mit vollem Mund los und spuckte ein paar meiner *Cheerios* zurück in meine Schüssel.

»*Siehst du*?«, sagte er und zeigte auf die Anzahl der Klicks in der oberen Ecke des Bildschirms. »*Siehst du*?«

»Ja, ich geb's zu«, sagte ich und wünschte, dass Video wäre vielleicht 20 % weniger lustig gewesen.

. . .

Während der dritten Stunde guckte ich die ganze Zeit auf die Uhr und wartete darauf, dass es klingeln würde. Ich hatte genau dreißig Minuten, um loszufahren, Kit abzuholen, ihn zum Allergologen zu bringen, zurückzufahren, Kit wieder abzusetzen und zu meinem nächsten Kurs zu sprinten. Für Kit war es kein Problem; er hatte Mittagspause und eine Stunde Zeit, bevor er zurück sein musste. Aber für mich würde es ganz schön knapp werden, auch wenn ich das gegenüber meinen Eltern nicht zugegeben hatte. Ich rannte im Slalom durch die Korridore, schlängelte mich an Leuten vorbei und wich entgegenkommenden Schülern aus, bis ich vor Officer Barry an der Hintertür stand.

Ich hatte wirklich keine Zeit, lange mit ihm zu quatschen, und ich hatte bestimmt keine Zeit, ihm heute einen Burger zu bringen, also fing ich einfach an, meine Erklärung herunterzurasseln, so schnell mein Kehlkopf das zuließ. *»Ich muss meinen Bruder zum Arzt bringen ich bin so schnell ich kann zurück und ich bring Ihnen morgen früh einen Donut mit aber jetzt kann ich nicht lange reden okay sorry bitte danke.«*

Zu meiner Überraschung verstellte er mir weiterhin die Tür.

»Puh«, sagte ich und rang nach Atem. »Ich muss jetzt wirklich los.«

Er starrte den Gang hinunter. Ich folgte seinem Blick, und da stand Mrs Turner, die stellvertretende Direktorin, und starrte uns mit verschränkten Armen an.

»Verdammt«, sagte ich.

»Sie steht da schon seit fünfzehn Minuten«, sagte Barry zähneknirschend. »Bitte, jetzt guck nicht so, als ob du erwartest, dass ich dich aus dem Gebäude lasse.«

Ich warf einen Blick zurück zu Mrs Turner, die aussah, als hätte sie gerade in eine Zitrone gebissen. »HA HA HA«, sagte ich zu Barry. »Und er meinte dann: *DEINE MOM? ICH DACHTE, DAS WÄR EINE ESPRESSOMASCHINE!*«

Er sah mich verdattert an, dann klopfte er sich auf die

Schenkel und brach in ein ziemlich künstlich klingendes Gelächter aus.

»Echt jetzt«, sagte ich zwischen meinem eigenen künstlichen Gegacker. »Ich muss weg.«

»Am Ende des Gangs bei den Kunsträumen ist ein Notausgang«, murmelte er. »Da hab ich vorhin eine geraucht und vergessen, die Tür wieder zu verriegeln.«

Das flößte mir nicht gerade Vertrauen in die Sicherheit des Gebäudes ein, aber ich nickte und lief wieder zurück. Als ich an Mrs Turner vorbeikam, sagte ich: »Er ist einfach zu komisch. Lassen Sie sich mal den Witz mit dem Huhn und dem Milchshake erzählen.« Und dann rannte ich wie der Blitz den Gang hinunter.

Ich kam fünf Minuten zu spät im Sekretariat von Kits Schule an. Ich stand auf der Liste der Leute, die ihn abholen dürfen, aber ich hatte ihn noch nie während des Schultages abgeholt, also hoffte ich, dass die Sekretärin nicht das Alter auf meinem Ausweis registrieren würde.

»Ich bring ihn gleich zurück«, sagte ich. »Er bekommt nur eine Spritze beim Allergologen. Übrigens, Ihre Bluse ist wunderschön. Wo haben Sie die denn her?«, fragte ich mit gespieltem Interesse.

Die Sekretärin strich das Blumenmuster über ihrer Brust glatt. »Oh«, sagte sie, während sie meinen Ausweis einscannte. »Die hab ich im letzten Frühling in dem Outletcenter in Leesburg gekauft.«

»*Wunder*schön«, sagte ich und nahm meinen Ausweis zurück, während sie lächelte und noch mal an ihrer Bluse herumzupfte.

In diesem Moment kam Kit ins Sekretariat und maulte: »Du bist zu spät.«

»Ist ’ne lange Geschichte«, sagte ich. Und der Sekretärin versicherte ich: »Ich bring ihn gleich wieder zurück.«

»*Nordstrom Rack*«, sagte sie. »Ich glaub, ich hab sie von *Nordstrom Rack*.«

»Perfekt!«, sagte ich und schleuste Kit aus dem Sekretariat. »Vielen Dank!«

Zurück im Auto warf ich einen Blick auf die Uhr und sagte: *»Oh, Mist.«*

»Du warst echt spät«, sagte er. »Ich verpasse bestimmt den Film über die verschollene Kolonie.«

»Tja, ich verrate dir mal was: Die Kolonie geht tatsächlich verloren.«

»Ja, ich weiß. Sie haben den Namen des Indianerstamms Croatoan in einen Baumstamm geritzt und keiner weiß, warum.«

»Mir scheint, die wichtigsten Details kennst du ohnehin schon.« Ich fuhr, so schnell ich konnte, aus meiner Parklücke. Die Praxis des Allergologen ist nur ein paar Kilometer von Kits Schule entfernt. Mit ein bisschen Glück konnte ich auf der Fahrt vielleicht etwas Zeit aufholen.

»Warum fährst du so schnell?«

»Aus keinem besonderen Grund«, sagte ich.

Ich sprintete mit Kit in die Praxis und war erleichtert, dass wir nicht lange warten mussten. Kit krempelte seine Ärmel hoch und ließ die Spritzen wie ein Held über sich ergehen. Ich reichte ihm einen Kaubonbon und hielt die Tür auf, damit wir gleich wieder gehen konnten.

»Ich soll aber zwanzig Minuten hierbleiben«, sagte er.

Ich stutzte. »*Was?*«

»Nach den Spritzen. Ich soll danach zwanzig Minuten hier warten. Um sicher zu sein, dass ich keine allergische Reaktion habe oder so was.«

»Das ... Was? Wirklich? Das hat Mom mir aber nicht erzählt. Stimmt das echt?«

Er zeigte auf ein Schild an der Wand: BITTE BLEIBEN SIE NACH EINER ALLERGIE-IMPFUNG FÜR 20 MINUTEN IN DER PRAXIS.

»Oh nein«, sagte ich.

»Kann ich was auf deinem Handy spielen?«

»Klar«, sagte ich, reichte ihm mein Smartphone und ließ mich auf den nächsten Plastikstuhl fallen.

Ich sah zu, wie der Minutenzeiger auf der großen Uhr neben der Tür langsam weiterwanderte. Nach fünfzehn Minuten sagte ich: »Los, lass uns gehen.«

»Das waren aber erst fünfzehn Minuten.«

»Ja, ja, aber ich bin sicher, die letzten fünf Minuten waren ohnehin nur eine Zusatzfrist. Lass uns gehen.«

»Ich muss der Schwester noch mal meine Arme zeigen.«

»Was?«

»Um zu gucken, dass ich auch keine allergische Reaktion bekommen hab.«

»Okay, okay, dann geh schon.« Er hielt der Krankenschwester noch einmal seine Arme hin. Die war zu beschäftigt, um zu bemerken, dass die zwanzig Minuten noch nicht ganz um waren, und so konnte ich Kit endlich aus der Praxis bugsieren.

»Ich hab Hunger«, sagte er.

»Was?« Ich war auch hungrig, aber ich hatte einen Power-Riegel und einen Trinkjoghurt für den Rückweg eingepackt, da ich keine Zeit mehr haben würde, in der Schule mittagzuessen. Kit hatte eigentlich sein Lunchpaket von Mom mitbringen sollen, um es auf der Fahrt zum Allergologen zu essen. »Warum hast du denn auf der Fahrt hierher nichts gegessen?«

»Ich hab mein Lunchpaket vergessen. Es liegt noch in meinem Fach.«

Es war inzwischen 12:23 Uhr. Ich war schon drei Minuten zu spät für Latein. »Kannst du nicht einfach was essen, wenn du zurückkommst?«

»Dann ist die Mittagspause vorbei«, sagte er.

»*Uaaaahhh*«, sagte ich.

»Ich hab aber echt Hunger«, jammerte er und deutete auf die andere Seite des Parkplatzes. »Da drüben ist ein Imbiss.«

Ich griff in meine Tasche und reichte ihm meinen Power-Riegel.

»Das ist doch kein Mittagessen«, sagte er.

Ich murrte ein bisschen, aber ich konnte ihn schlecht für weitere vier Stunden in der Schule absetzen, ohne dass er etwas gegessen hatte, also parkte ich vor dem Imbiss und sagte: »Aber wir müssen uns beeilen.«

Leider war drinnen eine Schlange, und als wir endlich dran waren, war ich schon fünfzehn Minuten zu spät für den Unterricht, und ich stellte fest, dass ich nicht genügend Geld hatte, um für uns beide etwas zu essen zu kaufen. Ich bestellte ein gegrilltes Käsesandwich und eine Tüte Chips und dann ging mir auf, dass ich vergessen hatte »zum Mitnehmen« zu sagen.

In diesem Moment beschloss ich, dass der Lateinunterricht ohne mich stattfinden würde. Also nahm ich Kits Mittagessen, zusammen mit zwei (kostenlosen) Bechern Wasser, und setzte mich an einen der Tische.

»Warum hast du dir nichts bestellt?«, fragte Kit.

»Keinen Hunger«, sagte ich.

»Aber die haben doch auch diese Hummus-Wraps, die du so magst.«

»Ich weiß. Aber ich hab schon gegessen, bevor ich dich abgeholt habe.«

Kit sah mich stirnrunzelnd an. Dann riss er die Hälfte von seinem Sandwich ab und reichte sie mir. Erst fing ich an zu protestieren, aber dann sagte ich nur: »Danke, Kumpel.« Ich kaute eine Weile und schließlich fragte ich: »Wie geht's deinen Armen?«

»Gut«, sagte er. »Denkst du, Walnut kann bald wieder in meinem Zimmer schlafen?«

»Das … das glaub ich nicht. Sorry. Ich denke, das ist die eine Sache, die sich nicht ändern wird.«

»Oh«, sagte er. »Okay.«

In dem Augenblick bekam ich eine SMS von Mitzi: **Wir schreiben jetzt gleich den Latein-Test. Wo bist du?**

Mir wurde ganz schwindelig. *Wie hatte ich das nur vergessen können?*

»Was ist denn los?«, fragte Kit.

»Nichts.« Ich legte mein Handy zur Seite. Kit hatte fast alles aufgegessen, bis auf seine Chips, also sagte ich betont gelassen: »Was dagegen, wenn wir jetzt aufbrechen?«

Er brachte seinen Müll weg und ich fuhr ihn zurück zur Schule. Ich hielt in der Kurzparkzone, wo die Mütter morgens ihre Kinder abladen.

»Bis später zu Hause«, sagte ich, und als er keine Anstalten machte auszusteigen, fragte ich: »Was?«

»Du musst noch unterschreiben, dass ich wieder da bin.«

»Das kann ja wohl nicht wahr sein …« Ich schaltete den Motor aus und machte die Warnblinkanlage an. »Na, dann los.«

Als ich zum Auto zurückkam, stand da ein Polizist.

»Sie haben in einer Feuerwehrzufahrt geparkt«, sagte er und zückte einen Zettelblock.

»Es tut mir furchtbar leid«, sagte ich. »Ich hab nur meinen Bruder zurück zur Schule gebracht.«

»Deinen Bruder. Wie alt bist du denn?«

Ich wollte gerade neunzehn sagen, aber dann fiel mir ein, wenn er nach meinem Führerschein fragen würde, wäre ich geliefert. Also sagte ich: »Wissen Sie, Zeit ist doch etwas Relatives und damit ist Alter so etwas wie ein theoretisches Schwarzes Loch.«

»Alter?«, wiederholte er.

»Siebzehn.«

»Hm«, sagte er. »Und warum bist du nicht selbst in der Schule?«

»Da wollte ich ja gerade hin, sobald wir hier unser Gespräch beendet haben.«

»Tatsächlich.«

»Ja. Hören Sie zu, die Sache ist die: Mein Bruder ist allergisch gegen Katzenhaare, und er musste entweder eine Spritzenkur anfangen oder seinen Kater weggeben, aber meine Eltern konnten ihn heute nicht zum Allergologen fahren, weil sie Termine haben, also hab ich gesagt, ich mach das, und ich hab wirklich gedacht, dass ich es in meiner Mittagspause hin und zurück schaffen könnte, aber ich hab mich verspätet, weil unsere stellvertretende Direx unseren Schulaufpasser bespitzelte, und dann hatte mein Bruder nichts gegessen, also musste ich ihm noch was zum Mittag kaufen, und deshalb hab ich die erste Hälfte eines wichtigen Latein-Tests verpasst, aber wenn Sie jetzt meine Eltern anrufen, werden sie meinem entzückenden kleinen Bruder seinen Kater wegnehmen, und dann wird er wahrscheinlich einen Zusammenbruch erleiden oder sogar straffällig werden, und das wollen Sie doch nicht verantworten, oder?«

Der Polizist runzelte die Stirn. »Redest du immer so schnell?«

»Ja«, sagte ich.

In genau diesem Moment meldete sich der Polizeifunk mit der Meldung eines Diebstahls in der örtlichen Tierhandlung. Jemand hatte sich mit einem Hundewelpen in der Tasche aus dem Staub gemacht.

»Verdammt«, murmelte der Polizist.

»Los!«, rief ich. »Retten Sie das Hundebaby!«

»Versprich mir, dass du das nicht wieder machst.«

»*Hm*«, sagte ich.

Er entließ mich mit einer abwinkenden Handbewegung und ging zur Fahrerseite seines Autos. »Park nächstes Mal einfach nicht in der Feuerwehrzufahrt.«

»Bestimmt nicht! Danke!« Er schaltete die Zündung an. »Und das Hundebaby wird es Ihnen danken!«

Als ich in die Schule zurückkam, war ich vierzig Minuten zu spät für Latein.

»Aphra«, sagte Mrs White. »Hast du eine Entschuldigung?«

Das hatte ich nicht, und es war reines Glück gewesen, dass mich niemand erwischt hatte, als ich durch den immer noch unverschlossenen Notausgang ins Gebäude zurückgeschlüpft war. »Sorry. Ist 'ne lange Geschichte.«

»Du hast fast den ganzen Test verpasst.«

Ich schluckte.

»Wo warst du?«

Es gab nur eine begrenzte Anzahl von Erklärungen, die ich ihr liefern konnte. Wenn ich ihr sagte, ich wäre mit Kit beim Arzt gewesen, würde sie wahrscheinlich meine Eltern anrufen. Wenn ich ihr sagte, dass ich hinter dem Müllcontainer geraucht hätte, würde ich einen Verweis kassieren. Wenn ich behauptete, ich wäre im Krankenzimmer gewesen, würde sie wissen wollen, warum ich keine Entschuldigung mitbekommen hätte. Also sagte ich: »Ich bin eingeschlafen. In der Kantine.«

»Und … da hat dich keiner von deinen Freunden aufgeweckt?«

»Nein«, sagte ich und dann fügte ich hinzu: »Drecksäcke.«

Sie reichte mir den Test. »Du hast noch zehn Minuten«, sagte sie. »Du solltest vielleicht etwas schneller schreiben.«

Ich schrieb immer noch wie besessen, als es klingelte. Ich hörte, wie der Rest der Klasse aus dem Zimmer schlurfte, und dann stand Mrs White vor meinem Tisch. Ihre Hand schwebte über meinem Test, den ich fast fertig hatte, bis auf die letzte Seite. »Aphra«, sagte sie. »Die Zeit ist um.«

»Zeit«, sagte ich, »ist etwas Relatives.«

»Ja, nein. Nicht in diesem Fall.«

Ich übersetzte gerade einen Absatz von Virgil und schrieb, so schnell ich konnte. *Hic. Haec. Hoc.* »Nein, nein, das ist ein allgemeingültiges Konzept. Haben Sie letzte Woche die Sendung mit diesem Astrophysiker Neil deGrasse Tyson gesehen? Fantastisch.« *Hic, haec.* »Da könnte ich ihm glatt vergeben, dass er dem armen Pluto seinen Planetenstatus aberkannt hat.«

»Aphra.«

»Mrs White«, hörte ich Gregs Stimme sagen. Ich hatte gar nicht gemerkt, dass er noch da war. »Ich hab da mal eine Frage zu den Hausaufgaben.«

»*Hm?*«

»Nun, ich habe festgestellt, dass die *Aeneis*-Übersetzung in unserem Lehrbuch nicht mit der in meinem Lesebuch von Wheelock übereinstimmt, und ich hab mich gefragt, wie das angehen kann?«

»Was? Natürlich stimmen sie überein.«

»Nein, das tun sie wirklich nicht, und ich frage mich, wie das mit den Fällen –«

Greg D'Agostino sei Dank. Mrs White konnte gar nicht anders, als es nachzuschlagen, insbesondere da Greg derjenige war, der die Frage stellte. Ich hastete durch den Rest des Absatzes. Inzwischen kam es kaum noch darauf an, ob die Übersetzung perfekt war; ich musste einfach fertig werden, dann würde ich wenigstens die halbe Punktzahl bekommen.

»Aphra, deine Gnadenfrist ist vorbei«, sagte Mrs White, gerade als ich den letzten Satz geschrieben hatte.

»Ich bin fertig«, sagte ich.

»Du solltest dich bei Greg bedanken«, sagte sie und nahm meinen Test vom Tisch. »Die Extrazeit hattest du nicht verdient.«

»Danke, Greg.«

Greg lächelte sein perfektestes Lächeln, und ich wünschte irgendwie, er hätte es nicht getan. Nachdem wir aus der Tür waren, sagte ich: »Danke. Echt jetzt. Ich bin dir was schuldig.«

»Bist du wirklich in der Kantine eingeschlafen?«

»Das kommt drauf an.«

»Worauf?«

»Darauf, wie man Wörter wie *eingeschlafen* definiert. Und *Kantine.*«

Er schmunzelte. Wir waren zehn Minuten nach dem Klingeln rausgekommen, deshalb waren die Korridore fast ganz leer. Ich hätte eigentlich mit Sophie zum Training fahren sollen, aber ein Blick auf mein Handy sagte mir, dass sie mich abgeschrieben hatte und vor fünf Minuten aufgebrochen war.

»Brauchst du eine Mitfahrgelegenheit zum Training?«

»Das kommt drauf an.«

»Darauf, wie man *Training* definiert?«

»Darauf, ob du mir anbietest, mich mitzunehmen.«

»Das wollte ich damit tun. Ich hab eine Nachricht von Trainer Allen bekommen, dass Samir Rice eine Halsentzündung hat und ich heute einen der Vierer ausprobieren kann.«

»Oh, also dann ja.«

Bei dem Gedanken, an diesem Nachmittag zu rudern, wollte ich am liebsten davonlaufen, aber immerhin würde ich dann nicht mehr reden müssen, denn mein Gehirn war total ausgebrannt.

»Alles in Ordnung?«, fragte Greg auf dem Weg zum Auto.

»Ja. Warum?«

»Ich hab dich nur noch nie so still erlebt.«

Ich stieg auf der Beifahrerseite in Gregs uralten silbernen Ford Focus und schob seine Sporttasche mit den Füßen zur Seite. Die Wahrheit war, ich hatte keine Kraft mehr zu reden, immer wie ein Wasserfall zu plappern, jede Sekunde meinen Charme spielen zu lassen, mich ständig zu vergewissern, dass es allen anderen gut ging. Ich wollte einfach sagen: *Heute war ein Scheißtag, und ich hab miese Laune, und alles, was ich zum Mittagessen hatte, war ein halbes Sandwich, das mir nicht ein-*

mal geschmeckt hat. Ich wollte, dass jemand anders das Reden übernahm. Dass jemand anders die Verantwortung trug. Die Vorstellung von der Märchenprinzessin hat mir nie besonders gut gefallen, aber in diesem Moment erschien mir die Idee fast verlockend. Sollte doch jemand anders die Drachen abschlachten. Ich wollte einfach nur eine Schultermassage und vielleicht ein Nickerchen.

Ist es so verwerflich, sich manchmal einfach retten lassen zu wollen?

Ich rutschte ein Stück seitwärts in Gregs Richtung. Vielleicht war es eine unbewusste Bewegung und vielleicht war es das auch nicht. Mir fiel ein, dass ich immer noch nicht den Power-Riegel gegessen hatte, den ich mir zum Mittag mitgenommen hatte, aber ich war so müde, dass ich es nicht einmal schaffte, ihn aus meiner Tasche zu holen.

»Hey«, sagte Greg. »Sag mal, brütest du was aus?«

»Ich glaub nicht«, sagte ich.

Er legte einen Arm um meine Schulter und drückte mich kurz. Es war eine freundschaftliche Geste, nichts Romantisches – überhaupt nicht –, und trotzdem versetzte mich die Berührung fast in Schockstarre.

»Mach dir keine Gedanken um den Latein-Test«, sagte er. »Ich bin sicher, du hast das noch gut hinbekommen.«

»Ja«, sagte ich. Er hatte seinen Arm wieder weggezogen, aber ich blieb angelehnt an ihn sitzen. Er roch so gut. Ich war so müde. Seine Schulter war so … nah. Ich dachte: *Wir sind Freunde, da wäre es doch nicht weiter merkwürdig, wenn ich meinen Kopf für einen klitzekleinen Moment an ihn lehne*, also tat ich das. Ich legte meinen Kopf auf Gregs Schulter. Und er zuckte nicht zusammen. Im Gegenteil, für eine Sekunde lehnte er seine Wange an meinen Kopf. Und dann tat ich, was ich in Gregs Gegenwart nie für möglich gehalten hätte … ich schlief ein.

Ich wachte von Gregs Stimme auf: »Hey, Dornröschen, wir sind da.«

Dornröschen, von wegen. Ich öffnete die Augen und sah mit wachsendem Entsetzen, dass mein Mund durch einen Speichelfaden mit Gregs Schulter verbunden war.

Ich setzte mich auf und sagte: »Es tut mir so leid.« Ob ich mich dafür entschuldigte, dass ich eingeschlafen war, oder dafür, dass ich seine Schulter vollgesabbert hatte, blieb offen, aber ich würde das Sabbern bestimmt nicht erwähnen, wenn er es nicht bemerkt hatte. Ich rieb mir den verspannten Nacken.

»Kein Problem«, sagte er. »Ich hoffe nur, dass du jetzt ausgeruht bist, denn das Rudern wird kein Vergnügen heute.«

Er öffnete die Tür und ich stieg aus. Erst jetzt fiel mir auf, dass es angefangen hatte zu regnen.

»Oh«, sagte ich. »Toll.«

»*Carpe diem!*«, sagte er und rannte im prasselnden Regen zum Fluss.

Ich sah ihm nach, wie er zwischen den Bäumen davonlief und total durchnässt wurde. Ich legte eine Hand auf meinen Brustkorb. Vielleicht war ich noch nicht wieder ganz wach, ich weiß auch nicht, aber ich fühlte mich völlig aufgewühlt. Was immer da in mir vor sich ging, es war eine Mischung aus mehreren Dingen. Ich konnte es nicht benennen, und es brachte mich durcheinander, aber nicht auf eine schlimme Weise. Es war nicht eindeutig *Eros* und es war auch nicht eindeutig

Philia. Wenn es beides zu gleichen Teilen war, was war es dann? Liebe sollte doch etwas Spezifisches sein, nicht etwas Amorphes, wie Kartoffelbrei. Das Wort, das du für deinen Lieblingssong verwendest, sollte nicht dasselbe sein wie das, mit dem du deine Gefühle für den Menschen beschreibst, der dein ganzes Leben erhellt.

Da wurde mir klar: *Das* war das Wort, um meine Gefühle für Greg zu beschreiben. Nicht *Eros* und nicht *Philia.* Es war *Lux.* Licht.

Ich folgte ihm durch den Regen hinunter zum Fluss, dem Rest meines Teams und unseren Booten. Alle waren durchnässt und schlecht gelaunt, aber ich konnte an nichts anderes denken als an Gregs Schulter und dass sie sich für fünfzehn Minuten so wunderbar nach Zuhause angefühlt hatte.

Kapitel 21

Mom saß mit einer Tasse Tee im Wohnzimmer, als ich nach Hause kam. Sie sah nicht gerade glücklich aus, aber das war sozusagen im Moment ihr Gesicht im Ruhezustand, seit Delia ihren Freund mit nach Hause gebracht hatte, deshalb war ich nicht sicher, ob es irgendetwas zu bedeuten hatte.

»Und«, sagte sie, »wie war Latein heute?«

Ich hatte allmählich das ungute Gefühl, dass dies vielleicht doch nicht nur ein Fall von *mürrisches Gesicht im Ruhezustand* war.

»Och«, sagte ich »Es war super. Du weißt schon, *hic, haec, hoc* – das Übliche. Wir haben einen Test geschrieben. Hab ich mit links gemacht, *blah, blah, blah,* aber morgen muss ich einen Englisch-Aufsatz abgeben –«

»Deine Lehrerin hat mir eine E-Mail geschickt.«

Ich schluckte. »Tatsächlich? Mrs White? Äh. Das war, ähm, nett von ihr.«

»Sie schreibt, du hast das meiste von dem Test verpasst. Weil du in der Kantine eingeschlafen bist.«

»*Ha, ha!* Ja. Ich bin gestern zu spät ins Bett gegangen, kannst du dir das vorstellen?«

»Das willst du mir wirklich weismachen?«

Ich ließ mich auf die Couch fallen. »Ja, nein.«

»Was ist aus der *Ich hab die Route berechnet und ich kann in dreißig Minuten zurück sein*-Story geworden?«

»Das hat nicht so ganz hingehauen.«

»Du warst vierzig Minuten zu spät!«

»Fünfunddreißig! Und du hättest mir auch sagen können, dass man beim Allergologen noch zwanzig Minuten warten muss!«

Sie blinzelte mich ungläubig an. »Was?«

»Die verlangen, dass man nach der Spritze zwanzig Minuten wartet. Du hast doch bestimmt auch das Schild gelesen.«

Sie blickte mürrisch auf den Teppich. »Dein Vater hat ihn immer gebracht. Bis heute zumindest.«

»Und er hat dir nie von der Wartezeit erzählt?«

»Das muss ihm entfallen sein. Aphra ...«

»Hör zu, ich versuche hier mein Bestes!«, sagte ich »Ich versuche, das Richtige zu tun! Und ja, ich war heute spät dran, aber nächstes Mal pass ich auf, dass Kit was zum Mittag isst, und ich gehe durch eine andere Tür raus, und ich parke nicht in der Feuerwehrzufahrt. Es tut mir leid, okay? Ich bin schließlich nicht zu spät gekommen, weil ich auf dem Parkplatz Gras geraucht hab.«

»Das weiß ich, Aphra. Der springende Punkt ist, du hast einen halben Test verpasst.«

»Ich hab den Test doch noch geschafft! Hör zu, was erwartest du eigentlich von mir? Ich hab Kit schließlich heute gefahren, weil du mich darum gebeten hast.«

»Ich weiß. Ich hätte dich nicht darum bitten sollen. Und von den zwanzig Minuten Wartezeit hab ich nichts gewusst.«

»Hättest du denn deinen Termin sausen lassen, wenn du es gewusst hättest?«

Sie seufzte. »Ich weiß nicht. Aber dein Job ist es, zur Schule zu gehen. Nicht, deinen Bruder mitten am Tag durch die halbe Stadt zu fahren.«

»Also, lass mich das mal klarstellen: Bist du jetzt sauer oder nicht?«

»Nein. Natürlich nicht. Es war mein Fehler. Nur eines verstehe ich nicht: Warum hast du behauptet, du würdest das hinkriegen, wenn du doch wusstest, dass es nicht zu schaffen wäre? Selbst ohne die zwanzig Minuten wärest du zu spät gewesen.«

»Sonst hättest du doch Kit gezwungen, den Kater wegzugeben.«

Sie zuckte ein wenig zusammen. Wenn ich sie nicht so genau beobachtet hätte, wäre es mir wahrscheinlich gar nicht aufgefallen.

»Das war der Grund?«, fragte sie.

»Ja.«

Sie starrte für einen Moment aus dem Fenster, dann sagte sie: »In einer halben Stunde gibt es Abendessen, wenn du vorher noch duschen willst.«

Ich zupfte an einem Faden meines Rudertrikots. Manchmal fühle ich mich einfach überfordert von den vielen Dingen, die innerhalb eines einzigen Tages auf mich einstürzen, als wäre es einfach zu viel für 24 Stunden. Vielleicht war das der Grund, warum ich so müde war. Außerdem kratzte es mir im Hals, als würde mein Körper gegen irgendwas ankämpfen. Ich wollte mich nur noch ins Bett verkriechen.

Nachdem ich geduscht hatte, beschloss ich, mich einen Augenblick hinzulegen, bevor ich mich anziehen und zum Abendessen runtergehen würde. Stattdessen schlief ich ein.

. . .

Als ich am nächsten Morgen aufwachte, fühlte ich mich tausend Mal schlechter. Meine Halsschmerzen waren nicht stärker geworden, aber anscheinend hatte sich ein fieser kleiner Virus in meinen Zellen eingenistet und war in meinen Kopf gewandert, um sich in meinen Stirnhöhlen auszubreiten. Mein Kopf tat weh. Mein Gesicht tat weh. Besonders schlimm war der Bereich hinter meinen Augen, den ich sonst gar nicht wahrnahm und der sich jetzt anfühlte, als wäre er gefüllt mit flüssiger Lava.

Ich stand auf und nahm eine Tablette. Mom war mit Kit in der Küche. Sie warf einen Blick auf mich und sagte: »Ach, du Schande!«

»Wird schon gehen«, sagte ich. »Ich bin sicher, die Tablette wirkt in einer halben Stunde.«

Sie legte mir eine Hand auf die Stirn.

»Ich glaub, ich sterbe«, sagte ich.

»Du bist heiß«, bestätigte sie und durchsuchte mehrere Schubladen. »Ich kann das Thermometer nirgends finden. Fühlst du dich nach *zu Hause bleiben* oder *zum Doktor gehen*?«

»Zu Hause bleiben, denke ich.«

»Wie kann es sein, dass du mich das nie fragst?«, beschwerte sich Kit.

»Weil *eines* von meinen Kindern ganz gern simuliert, um sich vor der Schule zu drücken.«

Ich war es nicht. Nicht mehr jedenfalls. Zu Hause bleiben mag vielleicht ganz lustig sein, wenn man neun ist, aber sobald man auf der Highschool ist, bedeutet es nur, dass man die ganze Arbeit später nachholen muss. Das ist dann der reinste Schneeballeffekt, und irgendwann bereut man nur noch, nicht gleich hingegangen zu sein. Es lohnt sich praktisch nie, zu Hause zu bleiben, es sei denn die Alternative ist, in der Schule auf den Tisch zu kotzen.

»Ich glaub, ich sollte zur Schule gehen«, sagte ich.

Doch Mom hatte inzwischen das Thermometer gefunden und stopfte es mir ins Ohr.

»Au«, sagte ich.

»Siebenunddreißig Komma acht«, sagte sie.

»Verdammt«, murmelte ich.

»Glückspilz«, sagte Kit.

Ich verbrachte den ganzen Tag auf dem Sofa, guckte Trickfilme und wünschte mir, dass jemand zu Hause wäre. Delia und Sebastian waren in der Stadt in irgendeinem Museum (was für Sebastian geradezu schockierend spießig war) und alle anderen waren in der Schule und an der Uni. Kit hatte ein paar Bücher auf dem Couchtisch liegen lassen und nach einer Weile fing ich an, durch die Büchereiausgabe von *Märchen aus aller Welt* zu blättern, und blieb beim *Hässlichen Entlein* hängen.

Ich kann *Das Hässliche Entlein* nicht ausstehen. Es ist sogar das Märchen, das ich am allerwenigstens mag, denn die Moral der Geschichte ist, dass man zu hässlichen Leuten nicht gemein sein soll, weil sie sich später als sexy entpuppen könnten. Wie soll das eine gute Botschaft für Kinder sein? Warum hätte das Entlein nicht hässlich bleiben können und die anderen Enten hätten kapiert, dass es einfach falsch ist, seine Mitmenschen schlecht zu behandeln? Oder Mit-Enten. Oder wie auch immer. Jedenfalls ist es ein scheußliches Märchen. Der Schwan *macht* ja nicht einmal irgendetwas, außer groß zu werden und hübsch auszusehen.

Wenn ich es mir genau überlege, gibt es noch einige Märchen, die ich nicht mag. Zum Beispiel:

Die Schöne und das Biest: Es ist gut, jemanden trotz seines hässlichen Äußeren zu lieben, denn deine Liebe macht den anderen vielleicht am Ende doch noch supersexy.

Aschenputtel: Wenn du unter deinen Lumpen supersexy bist, kommt vielleicht ein Prinz, der hinter deine armselige Existenz zu blicken vermag.

Schneewittchen: Das Gleiche in Grün.

Die kleine Meerjungfrau: Nun ja, in der Disney-Version heißt die Botschaft, wenn du sexy genug bist, ist es völlig egal, ob du kommunizieren kannst oder nicht. Im Original heißt sie, wenn du sexy genug bist, kannst du einer armen Meerjungfrau den Mann ausspannen und dich ausschütten vor Lachen, wenn sie sich in Meerschaum verwandelt.

Ich muss sagen, es war wirklich deprimierend, einsam zu Hause zu hocken und diese Geschichten zu lesen. Ich wünschte mir wenigstens ein Märchen, in dem die Prinzessin hässlich war und auch so blieb und den Prinzen trotzdem bekam. Aber solche Geschichten gibt es nicht. Ich schob das Buch auf die andere Seite des Couchtischs und nahm den Becher Pfefferminztee, den ich mir gekocht hatte. Ich war in dieser Art Dämmerzustand, in dem man zu krank ist, um zu schlafen, und zu müde, um wach zu bleiben, also beschloss ich, einen Mittelweg zu finden und ein Bad zu nehmen, wodurch ich mich tatsächlich etwas besser fühlte. Danach schrieb ich Bethany eine SMS, damit sie wusste, dass ich nicht da sein würde, wenn sie zum Mittagessen ging. **OMG Ich bin so krank.**

OMG, ich auch, schrieb sie zurück.

Ich bin sterbenskrank, antwortete ich.

Halsentzündung?

Nee, Kopfgrippe.

Mein Hals tut so weh, dass ich nicht mal reden kann.

Oh nein.

Oh nein.

Ich hasse das.

Ich hasse es noch mehr. Ich wünschte, ich hätte etwas Suppe. Colin hat die ganze Nudelsuppe aufgegessen.

Ich hätte auch gern eine Suppe. Aber dann müsste ich ja kochen, und das kann ich nicht, weil ich im Sterben liege. Hey, wenn du Colin sagst, dass du sterbenskrank bist, könnte er dir dann nicht etwas Suppe besorgen?

HA HA HA nein.

Echt jetzt. Du könntest es versuchen.

Warte.

...

Er hat Nein gesagt.

Verdammt.

Ja, was Brüder betrifft, hab ich wirklich die Arschkarte gezogen.

Um ehrlich zu sein, Kit würde mir auch keine Suppe besorgen, wenn er hier wäre.

Nur weil er noch nicht Auto fahren kann.

Das ist wohl wahr.

Ich warf einen Blick auf die Uhr. Gleich fing Latein an. *Oh, Mist, Latein.*

Muss mal jemanden nach den Latein-Hausaufgaben fragen, bevor ich es vergesse, schrieb ich.

Okay, ich würde ja sagen, wir hören uns später, aber da bin ich bestimmt schon tot.

Tja, ich auch. Wenn du zuerst da bist, halt mir einen Platz frei, okay? Wo auch immer du landest.

Wie kommst du darauf, dass wir am selben Ort landen werden?

Was willst du denn damit sagen?

Nichts, schrieb sie. Ich halt dir einen Platz frei, zwischen mir und David Bowie.

Das ist zu lieb von dir.

Dann schrieb ich: John, John. John. John.

John antwortete: Wo steckst du?

Bin krank. Kannst du mir die Latein-Hausaufgaben schicken?

Bist du Freitag wieder da? Ich muss mit Joel zusammenarbeiten und der nervt.

Wahrscheinlich. Ist nur so 'ne Stirnhöhlen-Geschichte. Ich kann überhaupt nicht durch die Nase atmen.

Wow, schrieb er, und das bei deiner Nase. Bist du sicher, dass es nichts Ernstes ist? Das ist ja, als hätte Kim Kardashian ihr Hinterteil ruiniert, oder?

Ich starrte auf mein Handy. Ich antwortete nicht.

Aphra? Komm schon, das war ein Witz.

Ich antwortete immer noch nicht, denn es gibt nicht viele Dinge, über die ich keine Witze mache, aber meine Nase ist eines davon. Es tat besonders weh, weil John mein Freund ist. Wir waren schon zusammen im Lateinkurs, als ich in der

Neunten war und er in der Zehnten, und genauso lange rudern wir auch schon zusammen. Wir treffen uns nicht groß in der Freizeit, aber ich dachte immer, wir sind auf einer Wellenlänge. Ich hab das Gefühl, immer wenn ich gerade denke, dass ich wegen meiner Nase vielleicht doch etwas überempfindlich bin, sagt jemand so was, und mir wird klar, dass es keine Überempfindlichkeit ist. Es ist, als würde das Universum mich wieder auf Kurs bringen wollen: Das ist die falsche Richtung, Aphra. Du weißt doch, wo du hingehörst, und zwar nicht in die Kategorie *Fast schon hübsch im richtigen Licht.*

Schon gut, schrieb ich. **Ich frag Mitzi.**

Es war doch nur ein blöder Witz. Es tut mir leid. Frag nicht Mitzi.

Ich schaltete mein Handy aus und schlief wieder ein.

Als ich aufwachte, war es drei Uhr nachmittags und jemand klopfte an der Haustür. Mein Hals war besser, aber mein Kopf war schlimmer. Ich hoffte, es wäre nur der Postbote oder so was, aber nach dreißig Sekunden klopfte es noch einmal.

»Aphra?«, fragte eine Stimme.

Die Stimme eines Jungen. Ich kannte die Stimme.

Ich stand auf und wankte zur Tür.

Es war Greg, mit einer Imbisstüte.

»Oh, hi«, sagte ich. Ich war immer noch im Schlafanzug, der aus einer Leggings und einem alten T-Shirt bestand, das einmal meinem Dad gehört hatte. Eine Haarbürste hatte ich an diesem Tag noch nicht in die Hand genommen. Genauso wenig wie eine Zahnbürste.

»Hi«, sagte er. »Sorry, dass ich hier einfach so aufkreuze, aber ich war gerade bei Bethany, und sie hat erzählt, dass du auch krank bist.« Er hob die Tasche hoch. »Ich hab Suppe mitgebracht.«

»*Du*. Hast Suppe mitgebracht?«

»Na ja, die Sache war die: Ich wollte welche für Bethany besorgen, und sie hatte mir gesagt, dass sie die Sauer-scharf-Suppe bei *Yen Cheng* am liebsten mag und das auch deine Lieblingssuppe ist, also hab ich einfach zwei Becher mitgebracht.« Er verstummte einen Moment. »Ich hoffe, das ist okay.«

»Nein, das ist … das ist wirklich nett. Ich hab tatsächlich vergessen, was zum Mittag zu essen.«

»Du musst sie vielleicht noch mal aufwärmen«, sagte er. »Ich war zuerst bei Bethany, also ist sie wahrscheinlich nicht mehr besonders heiß.«

»Aber immer noch sauer, hoffe ich.«

Er lächelte. »Bestimmt.«

Ich nahm ihm die Tüte ab und holte den Becher mit der lauwarmen Suppe heraus. Er hatte sogar an die knusprigen Nudeln gedacht, die das Beste an dem Ganzen sind. Ich ging in die Küche, um die Suppe in der Mikrowelle aufzuwärmen. Greg folgte mir, was vielleicht auch nicht verwunderlich war, da ich mich ja nicht von ihm verabschiedet hatte oder so. Anscheinend war ich doch stärker weggetreten, als ich gedacht hatte.

»Das wäre jetzt echt nicht nötig gewesen«, sagte ich. »Aber danke. Ich meine, wirklich. Das ist echt nett.«

»Tja, meine Mom hat immer gesagt, der Weg zum Herzen eines Mädchens führt über ihre beste Freundin.«

Ich wandte mich ab, um eine Schüssel aus dem Schrank zu holen. »Aha«, sagte ich, »verstehe.«

»Nicht dass … oh Mann. So sollte das jetzt nicht klingen.«

»Schon okay. Ich werde Bethany auf jeden Fall erzählen, dass du vorbeigekommen bist.« Ich kippte die Hälfte der Suppe in die Schüssel und stellte sie in die Mikrowelle. Ich fühlte mich schmuddelig und hässlich und krank, aber immerhin gab es jetzt eine Suppe. Außerdem stand Greg in meiner Küche und redete mit mir. Und er wusste, dass ich es war, mit der er redete. Ich fühlte mich irgendwie nackt und es war kein gutes Gefühl.

»Tja«, sagte er. »Dann werde ich wohl mal …«

»Kannst du mir die Latein-Hausaufgaben geben?«

»Oh, ja klar. Ich hab sie ins Heft geschrieben. Kann ich dir nachher schicken.«

»Danke.«

»Kein Problem.«

Ich wollte, dass er jetzt ging. Und ich wollte, dass er nicht ging.

»Ähm«, sagte ich. »Bethany hat mir erzählt, du hattest letztes Wochenende deine Abschlussprüfung in Mandarin.«

»Oh. Ja, an der NOVA. Das stimmt.«

Die Mikrowelle piepte. Ich nahm meine Suppe heraus, setzte mich damit hin und atmete für einen Moment den Dampf ein. »Und was ist mit Latein? Machst du das nächstes Jahr auch an der NOVA? Den Leistungskurs hast du ja schon fertig.«

Er setzte sich mir gegenüber an den Tisch, als wären wir alte Freunde. Irgendwie waren wir ja auch alte Freunde.

»Nein«, sagte er. »Ich denke, damit höre ich jetzt auf. Ich hab Latein auch nur belegt, weil es eine gute Ausgangssprache sein soll.«

»Ach so. Und Spanisch konntest du ja schon.«

»Genau. Und was ist mit dir? Wolltest du nie mit den Lebenden kommunizieren?«

Ich lachte ein wenig und testete die Temperatur der Suppe an meiner Unterlippe. »Doch schon. Ich bin einfach mit viel Latein im Haus aufgewachsen, wegen meinem Dad, und deshalb wollte ich es auch lernen. Es gefällt mir aber auch wirklich.«

»Echt?«

»Ja, es hat so etwas … etwas Finites. Ich weiß auch nicht. Ich glaub, ich mag, dass im Lateinischen alles so klar abzugrenzen ist.«

Er nickte. »Das kann ich nachvollziehen. Und was machst du dann nächstes Jahr?«

»Was, mit Latein? Ich weiß nicht. Ich hab ja schon fünf Jahre gehabt. Vielleicht nehme ich einfach ein anderes Wahlfach.«

»Was ist mit der NOVA?«

»Ich weiß nicht. Ich schätze, daran hab ich noch gar nicht gedacht. Ist das nicht ziemlich schwierig mit der Zeitplanung?«

»Die meisten Kurse sind am Abend oder am Wochenende, so schlimm ist es also nicht.«

Ich aß schlürfend meine Suppe. »Wäre schon toll, mal die erste Schulstunde verschlafen zu können.«

»Ja, das ist mit das Beste daran.« Er stand auf. »Na ja, ich hoffe, es geht dir bald besser.«

»Bestimmt«, sagte ich. »Diese Suppe wirkt Wunder.«

»Wirklich?«

»Ganz bestimmt. Hilft bei allen Wehwehchen, sagt meine Mom immer. Als sie mit meinem Bruder schwanger war, konnte sie wochenlang nichts runterbekommen als solche Suppe.«

»*Wow*. Tja, das muss ich wohl auch mal versuchen, wenn ich das nächste Mal krank bin. Oder schwanger.«

Ich stand auf, um ihn zur Tür zu bringen. »Ich bring dir

dann welche. Oder, äh, Bethany macht das. Ich bin sicher, das macht sie.«

»Aber du musst dafür sorgen, dass es auch klappt.«

»Selbstverständlich. Ich bin dann dein Suppen-Vermittler.«

»Bis bald«, sagte er.

»Tschüss«, sagte ich, und dann war er weg. Unten in der Imbisstüte lag ein Glückskeks. Normalerweise interessiere ich mich ja nicht für Astrologie oder Wahrsagerei, aber ich habe festgestellt, dass solche Glückskekse manchmal ausgezeichnete Ratschläge parat haben. In einem stand zum Beispiel, dass eine ordentliche Umgebung das Lernen erleichtert, und als ich daraufhin meinen Schreibtisch ausmistete, fand ich zehn Dollar.

Also brach ich den Glückskeks auf. Vielleicht würde er mir ja sagen, wie ich aus dem Schlamassel herauskommen könnte, in dem ich gerade steckte. Auf dem Zettel stand: EIN SPATZ IN DER HAND GIBT EIN LECKERES DIM-SUM-ESSEN.

Vielleicht doch nicht so hilfreich.

Ich aß gerade den Rest meiner Suppe, den ich mir aufgehoben hatte, als Greg sich über die App meldete.

Geht es dir besser?

Ja, danke. Ich versuchte mich an die russischen Märchen zu erinnern, die ich gelesen hatte. Kam da nicht irgendwo eine magische Suppe vor? **Baba Yaga wäre begeistert.**

Siehst du, jetzt interessierst du dich auch für diese russischen Sachen. Hab ich dir doch gesagt.

Ich lachte. **Von all den Sprachen, die du sprichst, benutzt du meistens Russisch als Aufhänger. Könntest du nicht auch hin und wieder mal was auf Italienisch oder Spanisch sagen?**

Das könnte ich. Aber für unsere Zwecke ist Russisch besser.

Ach wirklich. Und warum?

Weil darin mehr Romantik mitschwingt, natürlich.

Ich lachte laut auf.

Stimmt. Russisch ist schließlich weltweit als Sprache der Liebe bekannt. Es soll ja Leute geben, die dasselbe von Französisch behaupten, aber das ist nichts als eine Marketingkampagne der Pariser.

Russisch ist tatsächlich eine extrem romantische Sprache. Dr. Schiwago? Anna Karenina? Krieg und Frieden? Das sind doch alles monumentale romantische Epen.

Gut, schrieb ich. Dann sag mir mal was Romantisches auf Russisch.

Er tippte:

Я вас любил безмолвно, безнадежно,

То робостью, то ревностью томим.

Ich schrieb: Sei still mein Herz

Ach, du weißt doch gar nicht, was es heißt!

Natürlich nicht!

...

Sagst du mir jetzt, was es heißt?

Du willst es also doch wissen.

Gut, dann eben nicht.

Ich sage es dir.

...

Es heißt: Ich liebte dich schweigend, ohne Zuversicht,

Von Schüchternheit, von Eifersucht gequält.

Ein erstickter Laut drang aus meiner Kehle. Ich hasste diesen Laut.

Er weiß es ja nicht, sagte ich mir. Er weiß es nicht. Das sind nichts als Worte für ihn.

Dass es genau die richtigen Worte waren, stand auf einem anderen Blatt. Ich starrte auf meinen Bildschirm und dann tippte ich: **Oh.**

Das ist Puschkin, schrieb er.

Das ist sehr romantisch, antwortete ich. **Du hattest recht.**

...

...

Hey, schrieb er. **Hab ich dich jetzt verschreckt? Hier. Hier ist noch einer: Ich bin nicht geboren, um die Zaren zu unterhalten. Auch von Puschkin. Vergiss einfach den anderen Vers.**

Nein, schrieb ich. **Nein, der andere war perfekt. Er ist perfekt.**

Oh. Gut. Das ist gut. Ich will dir keine Angst machen oder so.

Das hast du nicht, schrieb ich. **Es ist nur, ich hab das gefühlt. Diese Worte, genau das hab ich gefühlt.**

In Bezug auf mich?

Ja, in Bezug auf dich. Die ganze Zeit.

Du weißt aber schon, dass du bei mir nicht schweigen musst, oder?

Ich weiß. Es ist nur so schwer auszudrücken, was ich fühle.

Warum?, fragte er.

Ich weiß auch nicht.

Deine Worte bedeuten mir viel. Das musst du wissen.

Meine Worte.

Ich meine, du musst wissen, wie wunderschön du bist. Und das bist du wirklich. Du bist wahrscheinlich das schönste Mädchen, das ich je gesehen hab. Aber du bist so viel mehr als das. Wenn wir so wie jetzt miteinander reden, dann spüre ich einfach diese –

Verbindung, tippte ich.

Ja! Sag mir, dass du es auch so empfindest. Es ist, als wäre da

diese direkte Verbindung zwischen deinem Gehirn und meinem, als funkten wir einfach auf derselben Frequenz. Das hab ich so noch nie erlebt. Es ist, als würdest du alles durchdringen, was nicht wichtig ist, geradewegs zu den Dingen, die es wirklich sind.

Das empfinde ich auch so, tippte ich.

Vielleicht liegt es daran, dass wir uns nicht sehen können. Dann ist da nichts anderes als unsere Gedanken.

Wir sehen nicht und werden nicht gesehen. Es gibt nur den Teil von uns, der in uns ist.

JA

Ich schlug die Hand vor meinen Mund. *Wusste er es?* Er muss es wissen. *Er konnte es nicht wissen.*

Dann tippte er: Verdammt, mein Handy hat keinen Saft mehr und das Ladegerät ist im Auto. Wir sehen uns morgen, okay? Wenn es dir besser geht.

Morgen. Natürlich sehen wir uns.

Ich kann es nicht erwarten, dich in echt zu sehen.

In echt. Was tat ich da nur? Was hatte ich getan?

Plötzlich schnappte alles wieder in die Realität zurück. Ich würde Greg morgen sehen, aber er würde mich nicht sehen. Da redete er darüber, zum Wesentlichen durchzudringen, und hatte gleichzeitig keine Ahnung, wer ich war. Am liebsten hätte ich geschrieben: *Wie kannst du es nicht merken? Wie kannst du nicht wissen, wer ich bin? Ich stehe doch jeden Tag leibhaftig vor dir!*

Ich konnte es einfach nicht verstehen. Ich verstand ganz ehrlich nicht, warum Greg nicht merkte, dass es nicht Bethany sein konnte, mit der er da chattete. Sie drückte sich einfach ganz anders aus.

Vielleicht hätte ich ihm diese Unwissenheit noch verzeihen können, denn wahrscheinlich hatte er bisher kaum mitbekommen, wie sich Bethany ausdrückte. Aber ich war schließlich auch da. Ich war da und redete mit ihm, in meiner eigenen Art. Wenn er nicht kapierte, dass ich im echten Leben und im Chat dieselbe Person war, dann doch wohl nur, weil er es nicht kapieren wollte. Jemand, der sechs Sprachen beherrschte, hätte doch verdammt noch mal in der Lage sein sollen, meine Sprachmuster, meine Ausdrucksweise, meine Wortwahl wiederzuerkennen.

Dann tippte ich: **Ich kann es auch nicht erwarten, dich zu sehen.**

Und das stimmte. Ich würde morgen bestimmt mit Bethany abhängen, und er würde in seinem unbeschwerten Gang auf uns zuschlendern, und er würde Bethany küssen und nicht mich. Aber ich würde auch da sein. Und ich wäre glücklich, ihn zu sehen. Mehr als glücklich. Es wäre der Höhepunkt meines Tages zuzusehen, wie er den Arm um meine beste Freundin legt und mich anlächelt wie ein guter Kumpel.

Kapitel 22

Am nächsten Tag fühlte ich mich tatsächlich etwas besser. Ich wollte gerne glauben, dass es an der magischen Suppe lag, aber es konnte auch damit zusammenhängen, dass ich bis um 11:30 Uhr ausgeschlafen hatte. Die Stirn hinter meinen Augen fühlte sich nicht mehr ganz so an, als steckten zwei Golfbälle darin fest, und nachdem ich ein abschwellendes Mittel genommen hatte, fühlte ich mich fast wieder normal. Ich schrieb Bethany eine SMS: **Dein Freund hat mir die magische Suppe gebracht und jetzt bin ich geheilt.**

Da musst du wohl den einzigen magischen Becher erwischt haben. Ich bin immer noch krank, antwortete sie.

Verdammt. Wirklich?

Ja, mein Hals brennt wie Feuer. Ich mach gleich einen Test beim Arzt, um abzuchecken, dass es keine Streptokokken sind.

Oh. Das tut mir leid. Hoffentlich nicht.

Während ich meine *Cheerios* aß (und wünschte, ich hätte noch mehr Suppe), rief ich das Kursangebot der NOVA auf. Sie hatten kein besonders großes Latein-Programm, und die meisten Kurse wären wohl nicht mehr für mich geeignet, da ich ja ohnehin im Leistungskurs war, aber es gab ein Virgil-Seminar, das interessant klang. Es fand auf dem Annandale-Campus statt, was nicht zu weit weg ist, am Montag- und Mittwochnachmittag von fünf bis sieben. Da im Herbst kein Rudern ist, wäre es logistisch machbar. Ich ging zu meinem Vater ins Arbeitszimmer. Er saß an seinem Schreibtisch, einen Block Papier auf dem Schoß und irgendein Computerprogramm auf dem Monitor vor ihm.

»Du lebst ja noch!«, rief er, ohne sich zu mir umzudrehen. »Ich hab mir schon Sorgen gemacht.«

»Mir geht es gut«, sagte ich. »Einigermaßen.«

»Kennst du dich mit SAS aus?«, fragte er.

»Ist das nicht eine Fluggesellschaft?«

»Nein, die meine ich nicht«, sagte er mit einem Lächeln. »S-A-S. Eine Programmiersprache für Statistik. Soll sehr leicht zu lernen sein.«

»Und ist es wohl nicht?«

Er stieß sich mit seinem Stuhl vom Schreibtisch ab. »Vielleicht liegt es an mir.«

»Hast du dafür nicht deine Studenten?«

»Alles, was ich brauche, ist ein einfaches Programm, das mir eine Datenbank erstellt.«

»Frag doch Sebastian.« Er warf mir einen finsteren Blick zu. »Er macht doch was mit Computern«, sagte ich.

Dad verzog das Gesicht. Er analysierte mittelalterliche Steuerdokumente über einen Zeitraum von mehreren Hundert Jahren, um zu sehen, wie das Geld zirkulierte. Dad beschäftigte sich schon seit einigen Jahren mit diesen Dingen, aber es lief nicht besonders gut, weil Mathe und IT nicht seine Stärken sind.

»Einstein hat zehn Jahre gebraucht, um die Infinitesimalrechnung zu lernen«, erinnerte ich ihn.

»Wenn man Einstein ist, kann man sich vielleicht zehn Jahre

mit Infinitesimalrechnung beschäftigen. Ich bin nur leider nicht Einstein.«

»Dafür war er ein grottenschlechter Familienvater«, sagte ich. »Ich glaube, da haben wir das bessere Los gezogen.«

»Bist du wirklich hergekommen, um über meine Arbeit zu sprechen?«

»Nein, eigentlich nicht. Ich wollte über meine Kurswahl fürs nächste Jahr reden.«

»Ja?«

»Du weißt doch von der Möglichkeit, sich parallel an der NOVA einzuschreiben, oder?«

»Ich erinnere mich, dass Delia so etwas vor ein paar Jahren erwähnt hat.«

»Genau. Also, ich bin nach diesem Schuljahr mit dem Highschool-Latein so ziemlich durch, und da hab ich gedacht, vielleicht könnte ich an der NOVA einen Kurs belegen, damit ich es nicht ganz aufgeben muss.«

»An der NOVA? Und wie willst du da hinkommen?«

»Das weiß ich auch noch nicht genau. Ich hab da diesen, äh, Freund. Der macht auch Kurse an der NOVA und anscheinend gefällt es ihm gut. Sonst muss ich Latein wohl sein lassen.«

»Hm«, sagte er. »Da müssten wir mal mit deiner Mom über die Logistik sprechen. Warst du überhaupt schon mal dort?«

»Nein«, sagte ich. »War ich nicht.«

»Warum fährst du nicht mal hin, wenn du dich besser fühlst? Guck es dir an. Überleg dir, ob es machbar ist, dass du da allein hinkommst.« Er sah lächelnd auf den Bildschirm. »Ich schätze, die Vereinbarung mit der Highschool bedeutet nicht, dass die Kurse kostenlos sind?«

»Nein, ich denke nicht. Aber die Punkte lassen sich anrechnen, also ist es auf lange Sicht wahrscheinlich günstiger.« Er nickte nachdenklich. Ich nahm an, er wollte einfach in Ruhe weiterarbeiten. »Vielleicht sollte ich einfach heute mal hinfahren«, schlug ich vor.

»Bist du denn wieder gesund?«

»Fast«, sagte ich. »Kann ich heute Nachmittag das Auto haben?«

»Ich werde an diesem Zeug sitzen, bis ich in Rente gehe«, sagte er. »Da bin ich sicher.«

Die NOVA hat sechs verschiedene Standorte, nicht einen geschlossenen Campus wie die George-Mason-Universität. Annandale ist der größte der NOVA-Standorte und außerdem der für mich nächstgelegene, also beschloss ich, an diesem Nachmittag einfach mal kurz rüberzufahren. Ich setzte mich auf eine Bank im Innenhof und beobachtete die Studenten, die vorbeigingen. Vom Alter her war es eine bunte Mischung. Einige Leute sahen aus, als wären sie in meinem Alter oder jünger, und dann liefen ein paar Frauen mit Kopftüchern vorbei, die aussahen, als wären sie um die fünfzig.

Ich wusste eigentlich nicht, warum ich hergekommen war, außer aus Neugier. Die Highschool fühlte sich allmählich etwas eng an, wie ein T-Shirt, aus dem ich herausgewachsen war, und die NOVA war sozusagen die nächste Größe. Außerdem hatte es natürlich etwas Reizvolles, zu den anderen in der Schule sagen zu können: »Sorry, Leute, morgen bin ich nicht da. Ich bin am College.« Bei dem Gedanken musste ich lächeln. Ich streifte durch das Hauptgebäude, in dem die meisten Kurse stattfanden, und dann ging ich ins Untergeschoss, um mir den Buchladen anzusehen.

Die sprachwissenschaftliche Abteilung war nicht groß, also schlenderte ich den nächsten Gang entlang, um zu sehen, was sie für Englisch hatten. Im Regal für den Kurs »Literatur in Übersetzung« fand ich einen dicken Schinken mit einer Sammlung berühmter russischer Texte. Ich zog das riesige Buch heraus und setzte mich damit auf den Fußboden.

Die Schrift war winzig. Normalerweise machte mir das nichts aus, aber es war, als hätte der Verlag versucht, möglichst viel auf eine Seite zu bringen, um Papier und Geld zu sparen. Außerdem schien es in diesem Buch keine Absätze oder normale Satzzeichen wie Anführungsstriche zu geben.

»Ist ja krass«, murmelte ich, als ich zwei Seiten gelesen hatte. Ich hatte nicht einmal richtig mitbekommen, was ich da gelesen hatte – eine Kurzgeschichte von Tschechow, so viel hatte ich begriffen, und es ging anscheinend um einen kleinen Jungen, der Suppe aß. Mit seinem Kindermädchen, oder?

In diesem Moment kam jemand auf mich zu und sagte mit einer gedämpften Stimme wie der Erzähler in einem Film: »Aphra Brown.«

Ich hob den Kopf und sah in das Gesicht von Greg D'Agostino, der bis über beide Ohren grinste.

»Hi«, sagte ich. »Ich meine, hi. Ich meine.« Das kam davon, wenn man sich die ganze Zeit als Bethany ausgab. Jetzt stammelte ich auch schon so rum.

Ups, was für ein fieser Gedanke.

»Bist du nicht krank?«, fragte er.

»Nicht mehr so richtig. Da war ja diese Suppe, die du mir gebracht hast. Welche du mir gebracht hast. Die du mir gebracht hast. Äh, ich weiß nicht, klingt beides richtig.«

»Ich denke, *die* ist okay«, sagte er.

»Bist du sicher?«

»Na ja, das Relativpronomen *welche* wird in der gesprochenen Sprache eher selten verwendet, oder?«

»Hm«, war meine glanzvolle Antwort.

»Du hättest den explikativen Relativsatz auch weglassen können«, bemerkte er.

»Hm, nein, denn es war ja wichtig, woher die Suppe kann. Also: die Suppe, die du mir gebracht hast.«

Ich wünschte, dieses Gespräch hätte sich weniger wie ein Flirt angefühlt. Aber ich war ziemlich sicher, ein Geschäker über Grammatikregeln würde in Gregs Augen nicht als Flirt gelten. Ich fragte mich, ob er und Bethany manchmal flirteten, aber ich nahm an, sie würden den Part einfach überspringen und lieber gleich rumknutschen. »Ich hätte nicht gedacht, dass du heute hier bist«, sagte ich.

»Ich hab mich mit dem Professor getroffen, um über mein Studienprojekt zu sprechen«, sagte er. »Ich musste meinen Lehrplan ja noch mal überarbeiten, nachdem mich deine Freundin Bethany darauf aufmerksam gemacht hat, dass ich darin keine Autorinnen berücksichtigt hatte.«

Stimmt ja. Das hatte sie gesagt.

»Willst du dich einschreiben?«, fragte er.

»Ich – ich weiß noch nicht. Ich wollte mich einfach mal umsehen.«

»Und da hast du beschlossen, dir etwas Unterhaltungslektüre zu Gemüte zu führen?«

Ich sah hinunter auf mein Buch. »So in etwa.«

»Diese Übersetzung taugt nichts«, sagte er und stellte das Buch zurück ins Regal. »Zu veraltet. Ich hab die Robert-Payne-Übersetzung zu Hause, wenn es dich interessiert.«

»Liest du so was normalerweise nicht im Original?«

»Manchmal schlage ich auch in der Übersetzung nach«, sagte er. »Kommt drauf an, wie ehrgeizig ich gerade bin.«

Ich stand vom Fußboden auf. Die Tabletten, die ich genommen hatte, schienen mir etwas die Sinne benebelt zu haben, oder vielleicht lag es auch an Greg.

»Ich bin dann wohl fertig hier«, sagte ich. »Ich hab mich ja nur umgeguckt.«

»Und ich hab nur dies hier abgeholt«, sagte er und zeigte mir ein dünnes Taschenbuch. Ich konnte den russischen Titel nicht lesen und hatte jetzt auch keine Lust, danach zu fragen. »Ich wollte jetzt eigentlich was essen gehen«, sagte er und deutete mit dem Kopf zur Tür. »Hast du auch Hunger? Das Essen ist nicht berauschend, aber besser als das Zeug an der Highschool.« Er verzog das Gesicht und fügte hinzu: »Geringfügig zumindest.«

»Bist du sicher? Ich wollte eigentlich nach Hause gehen, aber …«

»Oh«, sagte er. »In Ordnung, klar. Kein Problem. War ja nur ein Angebot.« Und er sah irgendwie … traurig aus.

»Ich … ich könnte natürlich auch erst ein Sandwich oder so was essen. Ich meine, ich hab eigentlich schon Hunger«, sagte ich.

Ich stellte mich an, um mir ein Club-Sandwich zu kaufen, und setzte mich zu Greg, der einen fettigen Burger und einen Becher spiralförmiger Pommes vor sich hatte. Es war ziemlich leer in der Kantine und das sagte ich auch zu Greg.

»Ja, das ist der Nachteil. Die meisten hier studieren nur in Teilzeit und sind nicht unbedingt hier, um Freundschaften zu schließen. Aber solange du nicht wegen des Soziallebens herkommst…«

»Ich wollte eigentlich wegen Latein herkommen, wenn ich das mit der Anfahrt irgendwie hinkriege.«

»Wenn unser Unterricht zur selben Zeit ist, kann ich dich doch mitnehmen.«

Ich starrte ihn mit offenem Mund an. »Was?«

Er nahm sich von seinen Pommes und fragte: »Warum nicht?«

In meinem Kopf drehte sich auf einmal alles. Dieses verdammte Medikament.

»Was hast du denn noch gedacht?«

»Was noch?«, wiederholte ich.

»Wenn du den ersten Unterrichtsblock in der Schule streichen willst, musst du mehr als einen Kurs belegen.« Er sah plötzlich etwas verlegen aus. »Ich meine, ich weiß, das ist nicht gerade billig.«

»Das ist es nicht«, sagte ich, auch wenn ich ehrlicherweise keine Ahnung hatte, wie viel Kurse an der NOVA kosteten. »Ich weiß nur nicht, was ich noch nehmen sollte.«

Er öffnete das College-Kursangebot auf seinem Handy und schob es mir zu. »Na, dann schau doch mal. Die Welt steht dir offen, Aphra Brown.«

Kapitel 23

Ich verbrachte den Rest des Tages damit, meine eigentlichen Hausaufgaben zu ignorieren und das Kursangebot durchzugucken. Inzwischen fragte ich mich sogar, ob ich nicht noch mehr als zwei Kurse belegen könnte. Die Highschool kam mir immer mehr vor wie eine Grundschule. Es gab einfach nicht so viele Fächer, aus denen man auswählen konnte. Ich könnte die Hälfte meiner Kurse an der NOVA machen und sie fürs Studium anrechnen lassen, und ich müsste nicht einmal jemanden bestechen, um aus dem Gebäude zu kommen, wenn ich Kit zum Arzt fahren musste oder so. Dann würde man mich – zumindest für drei von sieben Kursen – wie eine Erwachsene behandeln und das war auf jeden Fall ein reizvoller Gedanke. Nach einer Stunde hatte ich meine Kursauswahl auf *Virgil*, *Einführung in die englische Literatur* und *Russisch 1* eingegrenzt. Das bedeutete, dass ich in Middleridge nur noch Mathe und Naturwissenschaften belegen musste. Außerdem hatte ich ausgetüftelt, dass ich sogar die ersten zwei Unterrichtseinheiten streichen könnte, wenn ich meinen Vertrauenslehrer davon überzeugen konnte. So müsste ich zumindest an den Tagen ohne Pflichtunterricht wie Gesellschaftskunde erst um 11:45 Uhr in die Schule kommen und hätte am Vormittag Zeit zum Lernen.

Zum Abendessen waren nur Delia und ich zu Hause. Mom hatte ein Meeting in der Fakultät, Dad war mit irgendeinem Mittelalter-Kollegen von einer anderen Uni essen gegangen, Kit war bei einem Freund und Sebastian hatte noch mit dem authentischen Tankstellen-Burrito zu kämpfen, den er zum Mittag gegessen hatte.

Walnut schien meinen Bruder ziemlich zu vermissen, denn während Delia und ich Spaghetti und Fertigsalat aßen, rollte sich der Kater auf meinem Schoß zusammen und bohrte seine Krallen durch den Stoff meiner Hose.

»Ist er in Ordnung?«, fragte ich, als Sebastian zum zehnten Mal in fünfzehn Minuten die Badezimmertür zuknallte.

»Ich hab ihm gesagt, er soll diesen Burrito nicht essen«, erzählte Delia. »Der lag bestimmt schon eine Woche da im Regal. Aber er hat nur ganz cool getan, so nach dem Motto *Ich kann alles essen. Ich war schließlich als Backpacker in Thailand unterwegs.*« Sie wickelte ein paar Spaghetti um ihre Gabel und stopfte sie sich in den Mund, während im Badezimmer die Toilettenspülung zu hören war.

»*Bah!* Na ja, ist wohl besser, wenn's rauskommt. Wie war dein Praktikums-Dingsbums?«

»Gut«, sagte sie. »Die wollten nur sichergehen, dass ich alle Laborvorschriften kenne, bevor ich anfange. Jetzt weiß ich, wo sie die guten Pipetten aufbewahren.«

»Gibt es denn auch schlechte Pipetten?«

»Das sollte ein Witz sein«, sagte sie mit vollem Mund.

Ich fragte mich, wie viel Delia diesen Sommer für das ganze Pipettieren bekommen würde; ich wusste, dass ihr Praktikum bezahlt werden würde, aber mehr auch nicht. Ich hatte meine Kursliste für die NOVA neben meinem Teller liegen lassen und fragte mich, wie viel Geld ich wohl sparen würde, wenn ich im Herbst die Kurse eines halben Semesters absolvierte.

»Warum hast du eigentlich nie Zusatzkurse am College belegt?«, fragte ich Delia.

Sie beugte sich zu mir, um sich meine Kursliste anzusehen. »An der NOVA? Ich weiß nicht. Ich hab wohl einfach keinen Sinn darin gesehen.«

»Aber es gibt dort doch viel mehr Kurse.«

»Ja, aber ich hab in der Zwölften zwei naturwissenschaftliche Leistungskurse gehabt. Ich weiß nicht, wie das hätte funktionieren sollen. Wieso? Überlegst du so was?«

Ich nickte. »Einfach, um mal etwas Neues zu probieren.«

»Und du denkst, das schaffst du neben dem Rudern? College-Kurse sind viel anspruchsvoller als die an der Highschool. Sehr, sehr viel anspruchsvoller.«

»Ich weiß schon, aber ich glaub, ich schaff das trotzdem.«

»Du musst nur abwägen, welche Zugeständnisse du dafür machen willst.«

»Ich sehe wirklich nicht, dass ich irgendetwas dafür aufgeben müsste.«

Unten knallte noch einmal die Tür.

»Das ist aber immer so«, sagte sie, stand auf und räumte ihren Teller ab. »Wenn du zu einer Sache *Ja* sagst, musst du dir überlegen, wozu du gleichzeitig *Nein* sagst.«

Ich wollte sie noch fragen, was sie damit meinte, aber Dr. Delia war schon auf dem Weg nach unten, um Sebastian zu umsorgen. Es hatte ja durchaus etwas Romantisches, seinen kranken Freund zu pflegen, wobei ich da natürlich nicht aus Erfahrung sprechen konnte. Ich stellte mir vor, wie es wohl wäre, mich um einen kranken Greg zu kümmern. Er würde seine fiebrige Stirn an meine weiche, symmetrische Brust legen, und ich würde ihm übers Haar streicheln und ihm winzige Schlucke Suppe einflößen, bis er wieder zu Kräften käme und vor Dankbarkeit in meinen Schoß schluchzte. *Aphra*, würde er sagen, *ohne dich hätte ich das nie durchgestanden.* Und dann würde er etwas Romantisches auf Russisch sagen, was ich später nachschlagen musste.

Da hörte ich Delia von unten meinen Namen brüllen.

»Was?«, rief ich zurück.

»Ich hab gesagt, das Toilettenpapier ist alle! Kannst du mal welches runterbringen?«

Ich musste mir merken, dass der kranke Greg in meinem Tagtraum wenn möglich etwas Romantischeres haben sollte als Dünnschiss.

...

Am Sonntag hatte ich das Gefühl, ich bräuchte unbedingt einen Cupcake, mehr als ich je irgendetwas in meinem Leben gebraucht hatte. Also schickte ich Bethany eine SMS: ICH MUSS SOFORT EINEN CUPCAKE ESSEN. KOMMST DU MIT?

Keine Antwort. Und das, wo es um Cupcakes ging.

Wahrscheinlich war Greg gerade bei ihr.

Ich lieh mir das Auto meiner Mutter und fuhr zu *Cake Baby*, um mir einen dunklen Midnight-Cupcake mit Mokkaglasur zu kaufen, meine Lieblingssorte. Bei dem ist die Glasur nicht zu süß, was ich sonst bei Cupcakes oft nicht mag. Ich würde einen dunklen Midnight-Cupcake mit Mokkaglasur essen und dazu einen Becher Earl-Grey-Tee bestellen, den ich zu Ehren von *Enterprise*-Captain Picard trinke, auch wenn das nicht unbedingt meine Lieblingsteesorte ist. Aber ich komme mir dann immer vor wie der reinste Nerd, was immer ein befriedigendes Gefühl ist.

Das Erste, was ich sah, als ich ins Restaurant kam, war Bethany. Hinter der Theke. Mit einer babyblauen *Cake-Baby*-Schirmmütze und einer babyblauen *Cake-Baby*-Schürze.

»Hi«, sagte ich, als ich auf die Kasse zuging. »Du arbeitest hier?«

Ihre Augen weiteten sich. »Mein Vorstellungsgespräch war am Dienstag. Ich hab dir doch davon erzählt.«

»Äh ... wirklich?«

»Du hast das vergessen?«

Ich konnte mich überhaupt nicht daran erinnern, mit ihr darüber gesprochen zu haben. Ich war wohl zu sehr damit beschäftigt gewesen, an Greg und NOVA zu denken und mir auszumalen, wie wir zwei Mal in der Woche zusammen zum Campus fuhren, gemeinsam in der Bibliothek lernten, über Grammatik redeten und flirteten.

»Tut mir leid, ich bin irgendwie immer noch etwas weggetreten wegen der Erkältung«, sagte ich zu Bethany. Und das stimmte auch. Ich nahm immer noch zwei Tabletten am Tag und davon wurde ich etwas weich in der Birne. Aber das war jetzt nicht das Thema. »Also hast du den Job?«

»Streng genommen bin ich noch in der Einarbeitungsphase«, erklärte sie.

»Aber –«

»Kann ich bitte Ihre Bestellung aufnehmen?«, sagte sie.

»Bethany!«

Sie sah mich finster an und flüsterte: »In zwanzig Minuten hab ich Pause. Kannst du jetzt einfach mal bestellen? Hinter dir ist schon eine Schlange.«

Ich warf einen Blick über meine Schulter. »Äh. Ich hätte gern einen dunklen Midnight-Cupcake mit Mokkaglasur und einen Earl-Grey-Tee«, sagte ich. Sie reichte mir einen Becher, einen Cupcake und einen Teebeutel. Ich reichte ihr 4,30 Dollar, füllte meinen Becher mit heißem Wasser, setzte mich an einen Tisch und wartete auf eine Erklärung.

Mit einer gewissen Neugier verfolgte ich, wie sie die nächsten drei Kunden bediente, als würde ich einen seltenen Vogel Strauß bei seinen Schwimmversuchen beobachten. Sie lächelte. Sie sagte für jeden Kunden denselben Spruch auf, nahm ihre Bestellungen entgegen und reichte ihnen das Wechselgeld. Dann fragte die vierte Kundin: »Hat der Karottenkuchen Nüsse drin? Ich bin allergisch.«

Sie blinzelte ein paar Mal hektisch. »Da … da … da muss ich. Äh. Nachfragen. Da muss ich nachfragen. Ich bin nicht sicher. Sorry, das weiß ich nicht.«

Die Frau stand mit verschränkten Armen da, während Bethany in Panik geriet.

»Würden Sie bitte *jetzt* nachfragen?«, verlangte die Frau.

Bethany sah sich hilflos um. »Ich – ich bin gleich zurück«, stammelte sie und verschwand. Die ganze Interaktion bereitete mir Bauchschmerzen. Die Frau hätte wirklich netter sein sollen. Aber so sind die Leute eben. Was hatte sich Bethany nur dabei gedacht, diesen Job anzunehmen?

Ein paar Sekunden später erschien ein Mann mit Bart an der Theke und sagte: »Der Karottenkuchen ist mit Walnüssen, aber der Gewürzkuchen ist ganz ähnlich und hat keine Nüsse drin. Wir bewahren alle Waren separat auf, also gibt es auch keine gegenseitige Kontamination.« Bethany stand da und starrte auf den Fußboden, während er das sagte.

»Prima, dann nehme ich zwei von den Gewürz-Cupcakes zum Mitnehmen.«

Die Frau nahm ihre Cupcakes und ging und Bethany sagte zu dem Typen: »Tut mir leid.«

»Kein Problem«, sagte er. »Deshalb wirst du ja eingearbeitet.« Er nahm einen zusammengehefteten Stapel Papiere aus einer Schublade unter der Kasse. »Hier ist eine Zutatenliste für alles, was wir verkaufen«, sagte er.

»Soll … soll ich das auswendig lernen?«

Er lachte. »Nein, das musst du nicht auswendig lernen. Aber jetzt weißt du, wo du nachgucken kannst, wenn das nächste Mal jemand fragt.« Er machte eine abwinkende Handbewegung. »Mach jetzt mal Pause. Ich bleib 'ne Weile an der Kasse.«

Ich hatte schon die obere Hälfte meines Cupcakes gegessen, als Bethany sich zu mir setzte.

»Was«, begann ich, »machst du bloß?«

»Ich arbeite«, sagte sie. »Sieht man das nicht?«

»Du arbeitest *hier*? Ist das nicht irgendwie …«

Ihre Augen verengten sich zu schmalen Schlitzen. »Irgendwie was?«

»Es ist nur … viel Interaktion mit Fremden.«

Ihr Blick ging zum Fenster, wo ein Bild von einem Storch zu sehen war, der einen Tragebeutel mit einem Cupcake transportierte. »Aber das meiste ist vorgeschrieben.«

»Vorgeschrieben?«

»99 % der Zeit weiß ich ganz genau, was ich zu den Leuten sagen muss. Ich hab einfach gedacht …« Sie zuckte die Achseln.

»Du hast gedacht?«

»Ich wollte es mir so unangenehm wie möglich machen.«

An dem Tisch neben uns standen zwei Frau mittleren Alters auf und sagten im Rausgehen: »Das war köstlich!«

»Was?«, fragte ich. »Warum?«

»Weil ich nicht so enden will wie Colin. Der Manager war einverstanden, mich für neun Stunden in der Woche anzustellen. Also muss ich mich nur für drei Stunden am Stück furchtbar unwohl fühlen und dann kann ich wieder nach Hause gehen.«

»Ich begreife nicht ganz, was das mit Colin zu tun hat.«

»Colin wird sich nach einem totalen Couch-Potato-Dasein im Keller wieder an die große Welt da draußen gewöhnen müssen, und das innerhalb eines Jahres oder so. Er hat keine Ahnung, wie man einen Job findet oder mit Menschen umgeht oder *irgendwas*. Ich will nur verhindern, dass mir das auch so geht.«

»Und deshalb versuchst du, deine Toleranzschwelle heraufzusetzen? Würde es nicht mehr Sinn ergeben, dir etwas zu suchen, was deinen Stärken entgegenkommt?«

»Welche Stärken, Aphra?«, blockte sie ab.

Ich zuckte ratlos die Achseln. »Ich meine, du bist so gut darin, Kit Sachen zu erklären. Wie wäre es damit? Du könntest im Nachhilfeinstitut arbeiten oder so was.«

»Die stellen nur Leute mit College-Abschluss an.«

»Bethany«, sagte ich. »Du wirst das hier hassen.«

»Darum geht es ja.«

»Es geht darum, dich selbst unglücklich zu machen?«

»Ja! Was ich will, ist ... ist ...«

»Einen Nervenzusammenbruch bekommen?«

»Jetzt hör endlich auf! Was wäre so schlimm daran, mich einfach ein bisschen zu unterstützen?«

»Das tue ich doch!«

»Nein, überhaupt nicht. Wie wäre es mit: *Herzlichen Glückwunsch, ich bin ja so stolz auf dich?*«

»Herzlichen Glückwunsch, ich bin ja so stolz auf dich«, wiederholte ich. »*Ähm*, da …« Ich deutete zur Theke hinüber, wo jetzt vier Leute anstanden und der Manager Bethany ein Zeichen machte, ihn abzulösen, während er einen Anruf entgegennahm.

»*Oh, Mist.*« Sie stand auf und ging zur Theke, während der Manager im Hinterzimmer ans Telefon ging.

»Entschuldigung«, sagte sie. »Darf ich Ihre Bestellung entgegennehmen?«

»Ich habe einen Gutschein«, sagte die Frau, die ganz vorne in der Schlange stand.

Bethany betrachtete den Zettel in ihrer Hand. »Der … der … ist ja vom letzten Jahr.«

»Ich weiß«, sagte die Frau. »Ich hab ihn extra aufgehoben.«

»Okay«, sagte Bethany. »Okay. Könnten Sie kurz …«, und sie verschwand noch einmal im Hinterzimmer.

Ich steckte einen Dollar in die Trinkgeldbüchse an der Kasse und ging, bevor ich noch etwas anderes wenig Unterstützendes sagen würde.

Kapitel 24

Am nächsten Tag saßen Bethany und ich hinten im App-Design-Kurs, als Mr Positano uns unsere Projekte zurückgab. Auf meinem grünen Ordner prangte ein Post-it-Sticker mit einem riesigen A, dreimal unterstrichen.

»Ausgezeichnete Arbeit, Aphra«, sagte er.

»Hm«, sagte ich, denn um ehrlich zu sein, war sie das ja nicht. »Danke.«

»Ich hätte ja nicht gedacht, dass du das zustande bringen würdest. Das hat College-Niveau. Ich hab es ein paar anderen Lehrern gezeigt, und wir waren alle schwer beeindruckt.«

»Sie«, stotterte ich, »haben das anderen Lehrern gezeigt?«

»Weißt du, das hätte auch gründlich schiefgehen können, aber du bist das Risiko eingegangen und es hat sich gelohnt. Ich finde, du solltest deine Arbeit an das Informatik-Institut der Mason schicken. Die würden sich freuen zu sehen, was jemand aus ihrem Quellcode gemacht hat.«

»Ja«, sagte ich matt. »Ich werde es mir überlegen.«

Er nickte und warf Bethanys Arbeit auf ihren Tisch. Sie hatte ein B plus bekommen und verzog etwas das Gesicht. Nachdem Mr Positano weitergegangen war, sagte sie: »Wie hast du –«

Bevor sie mich fragen konnte, wie ich die App repariert

hatte, unterbrach ich sie, indem ich das Formular für meine Kursteilnahme an der NOVA aus dem Rucksack nahm und neben meine Tastatur legte. Ich hatte eigentlich vorgehabt, bei einem Cupcake mit Bethany über die NOVA zu reden, aber da daraus ja nichts geworden war, konnte ich es genauso gut jetzt tun. Bethanys Blick wanderte über die Liste mit meinen geplanten Kursen und dem Antrag auf Unterrichtsbefreiung für die Vormittage in der Schule.

»Was ist das denn?«, fragte sie.

»Meine Eintrittskarte in das Erwachsenenleben«, sagte ich. »Greg hat mir von seinen Kursen erzählt, als er mit meiner Suppe vorbeikam, das hat mich auf den Gedanken gebracht.« Dass ich ihn auf dem Campus getroffen hatte, erwähnte ich nicht.

Bethany nahm das Blatt und las es noch einmal. »Heißt das, du kommst dann erst *nach* dem Mittag zur Schule?«

»Das ist der Plan«, sagte ich.

»Aber«, sagte sie. »Aber.«

»Für die letzten zwei Unterrichtseinheiten werde ich ja auf jeden Fall noch hier sein, aber es verschafft mir einfach Freiräume für andere Dinge.«

»Andere Dinge? Was für andere Dinge?«

»Kurse an der NOVA? Oder falls ein paar meiner Kurse am Abend sind, kann ich vormittags lernen, damit ich nach dem Rudern nicht so lange aufbleiben muss. Du solltest auch mal drüber nachdenken. Die haben total viele Kurse in Mathe und Naturwissenschaften. Du könntest Physik und Bio dort belegen statt an der Highschool.«

Bethany runzelte die Stirn. »Und wozu sollte das gut sein? Wenn ich im Leistungskurs ein A oder B habe, bekomme ich die gleiche Punktzahl, ohne für die Kurse bezahlen zu müssen.«

»Das stimmt, aber …«

»Aber was? Geht es nicht darum, Punkte fürs Studium zu sammeln?«

»Stimmt, ja, darum geht es auch, aber …« Ich seufzte. »Willst du denn nicht auch mehr als das hier?«

»Mehr als was?

»Mehr als Highschool! Die große Welt!«

Sie machte ein skeptisches Gesicht. »Wir reden hier von einem Community College.«

»Das weiß ich. Aber es ist einfach … mehr. Größer, ich weiß auch nicht. Willst du das nicht auch?« Am anderen Ende des Raumes debattierte Mr Positano mit den Typen aus der Zwölften über ihr misslungenes *Steak-Ninja*-Spiel, das ihnen ein C minus eingebracht hatte. »Es *läuft* ja nicht mal«, sagte er zum wiederholten Male betont langsam und sie antworteten zum wiederholten Male: »Aber wir haben es *versucht.*«

Bethany wandte den Blick ab und sah wieder mich an. »Aphra, ich hab gerade einen Job angefangen.«

»Ich weiß.«

»In dem ich mit Leuten reden muss, und zwar alle paar Minuten. Das ist schon sehr viel *mehr*, als ich im Moment verkraften kann.«

»Aber –«

»Kannst du bitte aufhören, mich damit zu löchern? Kannst du bitte einfach aufhören?«

»Was?«

»Hör einfach auf, mich damit zu bequatschen. Ich hab dir doch schon gesagt, dass ich es nicht machen will!«

»Ich versuche ja gar nicht, dich zu bequatschen. Ich mache dich nur darauf aufmerksam, dass es da ein paar Möglichkeiten gibt, die du vielleicht –«

»*Stopp!* Jetzt hör endlich auf! Mein Gott. Für dich ist alles so easy, du verstehst das einfach nicht.«

»Es ist überhaupt nicht alles easy für mich, Bethany«, protestierte ich.

»Doch, das ist es! Du bist einfach so ... so schnell. Du denkst schnell. Du redest schnell. Aber ich bin anders.«

»Du tust ja gerade so, als ob du beschränkt wärst, und wir wissen beide, dass du das nicht bist.«

»Bin ich nicht. Das weiß ich. Aber ich bin eben auch nicht wie du.«

»Kein Problem. Wenn du keine College-Kurse belegen willst, dann machst du es eben nicht.«

»Mach ich auch nicht.«

»Gut. In Ordnung.« Aber Bethany sah immer noch so aus, als würde sie den Atem anhalten. »Was hast du denn jetzt noch?«, fragte ich.

»Du hast mir nicht mal davon erzählt.«

»Wovon erzählt?«

»Von deinen College-Plänen. Du hast nie ein Wort davon gesagt.«

»Ich bin ja erst an diesem Wochenende auf die Idee gekommen. Bis jetzt bin ich auch noch gar nicht eingeschrieben, aber die NOVA akzeptiert Bewerbungen von Highschool-Schülern, wenn die Noten stimmen, also –«

»Das ist doch echt ’ne große Sache! Und du hast mir überhaupt nichts davon erzählt!« Bethanys Gesicht war jetzt nicht mehr kreidebleich, sondern ganz erhitzt.

»Für mich ist es ’ne große Sache, aber ich verstehe nicht, warum es für dich ’ne große Sache ist.«

Ich merkte, dass Bethany wirklich ganz aufgelöst war, aber ich begriff nicht ganz, warum. Schließlich hatten wir seit der neunten Klasse kaum mehr als ein oder zwei Kurse zusammen, da würde sie mich doch wohl nicht groß vermissen. Außer …

»Du kannst doch immer noch mit dem Rest des Ruderteams mittagessen«, sagte ich.

Bethany antwortete nicht.

»Ich meine, ich muss doch nicht unbedingt dabei sein, damit du dich zu ihnen setzen kannst.«

»Das weiß ich auch«, sagte sie schnippisch. Inzwischen hatte Mr Positano die letzten Arbeiten ausgeteilt und versuchte mit dem Unterricht zu beginnen.

»Was gibt es denn da Wichtiges zu besprechen, meine Damen?«, fragte er.

»Nichts«, murmelte Bethany, mehr an mich als an ihn gerichtet. »Gar nichts gibt es zu besprechen.«

»Bethany«, sagte ich.

»Nein, du hast recht. Es ist keine große Sache. War blöd von mir.« Sie holte tief Luft. »Tut mir leid.«

Ich dachte immer noch über Bethanys Überreaktion nach, als ich an diesem Nachmittag zum Lateinunterricht kam und erstaunt feststellte, dass Greg auf Johns Platz saß, während John in der Tür stand und ihm finstere Blicke zuwarf.

»Mitzi ist heute nicht da«, sagte Greg. »Kann ich neben dir sitzen?«

John marschierte auf uns zu und verschränkte die Arme.

»Hast du ihm jetzt echt angeboten, sich auf meinen Platz zu setzen? Echt jetzt?«

»Nein, habe ich nicht.«

»Erst spielst du dich als Hüterin des guten Humors auf und dann machst du dich selbst über andere lustig«, sagte er. Ich fing an zu lachen, denn das war einfach total abwegig. Ich habe mich zumindest noch nie über jemanden wegen dessen Aussehens lustig gemacht. Na ja, außer über Delia vielleicht, aber das ist schließlich ein Sonderfall.

»Alter«, sagte Greg. »Was hast du denn verbrochen?«

»Ich hab einen Witz gemacht«, sagte John. »Und sie macht ein Riesentheater daraus.«

»Eigentlich bist du der Einzige, der darüber redet«, bemerkte ich.

»Ist ja nicht meine Schuld, wenn du keinen Sinn für Humor hast.«

»Wann bist *du* denn mal lustig gewesen?«, konterte Greg. »Jetzt pflanz dich hin, John.«

John schnitt eine Grimasse und setzte sich allein an Gregs Tisch.

»Im Ernst jetzt«, sagte Greg zu mir. »Was hat er denn gesagt?«

»Hab ich schon vergessen«, sagte ich.

»Gut«, sagte er. »Gut. Ich wollte dich eigentlich was fragen. Also, ich hab gerade was ziemlich Bedeutsames erfahren.«

Ich ließ meinen Bleistift auf den Fußboden fallen.

»Oh«, sagte ich. »Wirklich?«

»Ja. Also, es hat was mit mir und Bethany zu tun.«

Mrs Wright stand vorne und forderte uns auf, den nächsten Abschnitt von Ovid zu übersetzen. Wir schlugen die Geschichte von Adonis auf und ich versuchte, nicht über die Ironie des Ganzen zu heulen. Ich tat mein Bestes, den Adonis neben mir zu ignorieren, und nahm mir die ersten Verse vor.

Meine Übersetzung sah nicht richtig aus.

»Heißt es wirklich *Der Baum ist schwanger*?«, fragte ich.

»Die Sache ist die, ich hab zufällig was rausgefunden.«

Ich erstarrte ein wenig. Er konnte es nicht wissen. Oder doch? Nein, wenn er Bescheid wüsste, wäre er total wütend, und er wirkte kein bisschen wütend. Er wirkte nervös oder vielleicht ein bisschen aufgeregt.

»Und was?«, fragte ich.

»Sophie Bell hat mir erzählt, dass Bethany am Freitag Geburtstag hat«, sagte er.

»Oh. Ja, das weiß ich.«

Natürlich wusste ich das. Das Geschenk für sie lag schon seit Wochen in meiner Sockenschublade: ein Armband mit chemischen Symbolen, für ihre Sammlung. Ich hatte das Armband im letzten Sommer im Internet entdeckt und drei Monate gespart, um die kleinen Emaille-Anhänger zu kaufen.

»Gut. Also, ich hab mir was überlegt …« Er machte eine ausholende Handbewegung. »Überraschungsparty!«

»Oh. Nein«, sagte ich. »*Nein, nein.*«

»Was?«

»Keine Überraschungsparty. Nicht für Bethany. Das würde überhaupt nicht gut ankommen.«

»Überraschungspartys findet doch jeder toll!«

»Wenn du mit *toll finden* meinst, dass Bethany die Party im Badezimmer verbringen wird, um die ganze Zeit in eine Papiertüte zu atmen, dann klar. Sie wird begeistert sein.«

»Ich würde doch niemanden einladen, den sie nicht kennt«,

protestierte Greg. »Nur die Mädels vom Rudern und so. Ich dachte, du könntest mir helfen, eine Gästeliste zu machen. Ich hab Sophie schon gefragt, ob wir ihren Partykeller benutzen können.«

»Du hast mit Sophie darüber gesprochen? Und sie hat dir nicht gesagt, dass das eine schlechte Idee wäre?«

»Komm schon«, sagte er. »Sie wird siebzehn! Sie sollte eine Party haben.«

»Ich glaube, du hörst mir überhaupt nicht zu. Sie *will* keine Party. Bethany hat keine Geburtstagsfeier gehabt, seit sie neun war. Damals hat ihre Mom so eine Tussi angeheuert, die als Prinzessin Belle verkleidet war, und sie hat sich die ganze Zeit auf der Toilette eingeschlossen.«

»Prinzessin Belle hat sich auf Bethanys Toilette eingeschlossen?«

Ich gab ihm einen Klaps auf den Arm. »Jetzt tu nicht so begriffsstutzig!«

»Also komm«, sagte er. »Das ist acht Jahre her.«

»Sie hat seitdem keine Persönlichkeitsveränderung durchgemacht. Also, hör zu. Hör – mir – zu. Bethany will keine Überraschungsparty.«

Er stieß einen langen gequälten Seufzer aus.

»Hast du es jetzt kapiert?«

»Aber sie war doch auf dem Schulball«, sagte er. »Das war ja auch eine Party. Und da schien sie durchaus Spaß zu haben.«

»Hm, ja. Aber das war nur, weil es keine Party für sie war. Sie stand nicht im Mittelpunkt.«

»Aber du stimmst mir zu, dass sie an dem Tag Spaß hatte.«

Ich dachte nach. Wir waren zusammen zum Schulball gegangen und wir hatten einen fantastischen Abend gehabt …

Zuerst waren wir mit den Mädels vom Rudern essen gegangen, dann hatten wir zwei Stunden lang getanzt, bis uns die Füße wehtaten, und anschließend hatten wir alle bei Sophie übernachtet. Es war großartig gewesen. »Ja, das hatte sie.«

Greg sah mich mit einem halben Lächeln an. Ich brauchte ihn nur anzusehen, um zu wissen, was er dachte, und ich wusste nicht, ob ich mich darüber freuen oder ärgern sollte. Vielleicht gab es ja wirklich eine besondere Verbindung zwischen unseren Gehirnen. Ich weiß auch nicht.

»Du schlägst also vor«, sagte ich, »dass wir eine Party für Bethany machen, die nicht wirklich eine Party für Bethany ist.«

Gregs Lächeln wurde breiter.

»Aber wenn wir das machen, können nicht nur ihre Freunde kommen, oder sie weiß Bescheid«, sagte ich. »Es müssen richtig viele Leute kommen, und die meisten dürfen nicht wissen, warum sie eigentlich da sind.«

»Ein getarnte Geburtstagsparty«, sagte er. »Wir haben nur zufällig einen großen Kuchen dabei. Auf dem natürlich nicht *Happy Birthday, Bethany* steht.«

»Das ist perfekt«, gab ich zu. »Das wird ihr gefallen. Das wird ihr total gefallen.«

»Dann ist ja alles geritzt«, sagte Greg.

»Abgesehen von der ganzen Logistik, ja.« Er hob seine Wasserflasche und ich stieß mit meiner an.

. . .

Ich setzte mich auf Dr. Pascals Couch und schnappte mir meine üblichen drei Pfefferminzbonbons aus der Schale. Heute lag Abby Cadabby mit ihrem Zauberstab auf dem Tisch.

Sie war immer Bethanys Lieblingsfigur in der *Sesamstraße* gewesen. Ich persönlich hielt es ja eher mit Grobi, aber die Leute sind eben unterschiedlich.

»Helfen diese Stoffpuppen eigentlich?«, fragte ich, während Dr. Pascal sich ihren Pausen-Joghurt in den Mund schaufelte.

»Bei einigen Kindern schon«, antwortete sie.

»Bei mir haben Sie die noch nie verwendet«, bemerkte ich.

»Ich glaub nicht, dass sie dir helfen würden.«

»Vielleicht unterschätzen Sie die Muppets«, sagte ich. »Ich meine, ihr Erfinder Jim Henson war doch ein Genie. Haben Sie mal seinen Film *Der dunkle Kristall* gesehen?«

Anstatt mir eine Antwort zu geben, fragte Dr. Pascal: »Also, was hast du dir überlegt: Warum hast du Greg an Bethany abgetreten?«

»Ich bin beeindruckt, dass Sie sich von einer Woche zur anderen all diese Namen merken können.«

»Ausführliche Notizen«, sagte sie und hielt ihren Papierblock hoch.

»Na ja«, sagte ich. »Ich hab versucht, darüber nachzudenken. Psychoanalytisch gesehen würde ich sagen, dass mein *Über-Ich* mein *Es* überstimmt hat.«

»Nur zu deiner Information: Niemand, der heutzutage Psychologie praktiziert, glaubt noch an solche Sachen.«

»*Was?*«

»Das ganze Freud-Zeug. Das ist ungefähr hundert Jahre überholt.«

»Im Ernst?«

»Ja. In Science-Fiction-Streifen wie *Alarm im Weltall* mag es ja noch *Monster des Unterbewusstseins* geben, aber in der Realität hat die moderne Wissenschaft so was längst widerlegt.«

Ich hatte *Alarm im Weltall* nie gesehen, aber der Ausdruck *Monster des Unterbewusstseins* beeindruckte mich. »Hm, tja, das ist aber enttäuschend.«

»Findest du?«

Die Vorstellung, dass da diese kleinen Abteilungen in meinem Gehirn nebeneinander existierten, hatte mir eigentlich ganz gut gefallen. Wenn ich ein Arschloch war, konnte ich es auf die Monster meines *Es* schieben, was im Grunde dasselbe ist, als ob man sagt: *Das war nicht ich und deshalb ist es auch nicht meine Schuld.* Ich hatte das Gefühl, mein *Es* war nicht ich, so ähnlich wie meine Bauchspeicheldrüse nicht ich war. Ich mochte das *Es*. Ein bisschen war das, als hätte man einen Hund im Haus, den man beschuldigen konnte, wenn man am Essenstisch gefurzt hatte. *Entschuldigt bitte mein stinkiges Verhalten, das war nur mein Es, das hat einen streichen lassen, ha ha. Ich schick es jetzt ins andere Zimmer.*

»Ich glaub schon«, antwortete ich.

»Was du gesagt hast, war, dass dein Bedürfnis, das Richtige zu tun, wichtiger war als das, was du wolltest. Nämlich den Jungen.«

Ich zuckte die Achseln.

»Und du hast gedacht, beim Allgemeinwohl würdest du gar nicht erst berücksichtigt werden, weil du es nicht verdient hast, mit ihm zusammen zu sein.«

»Nicht, weil ich es nicht verdient habe, sondern weil es klar war, dass es sowieso nicht passieren würde«, sagte ich.

»Hm«, sagte Dr. Pascal und reichte mir ein riesiges Buch, das auf ihrem Schreibtisch lag. »Ich dachte mir, wir versuchen heute was Neues. Guck dir das mal an.«

Ich nahm das Buch in die Hand. Auf dem Cover prangten

ein geprägtes Wappen mit zwei Adlern und der Titel: *Frontier High School 1992.*

»Das ist ja ein Highschool-Jahrbuch«, sagte ich. »War das Ihr Jahrgang?«

»Ganz genau.«

»Oh! Und wo sind Sie?«

»Seite 37. Und bitte sei nachsichtig.«

Ich hob den Blick und sah sie an. »Soll das heißen, Sie haben alle Tricks aus der Seelenklempner-Schule durch?«

»Ich bitte dich, die Seelenklempner-Tricks hatte ich schon vor drei Monaten durch.«

»Moment mal. Wirklich?«

»Jetzt schau dir einfach das Buch an.«

Ich blätterte zu Seite 37 und überflog die Bildunterschriften. Schließlich entdeckte ich PASCAL, LAILA mit diesem albernen Schulterumhang, den Highschool-Abgänger seit fünfzig Jahren tragen müssen. Überraschenderweise sah sie nicht viel anders aus als heute, nur mit einer anderen Brille und etwas dralleren Wangen.

»Sie sahen richtig süß aus«, sagte ich. »Und damals trugen Sie nicht einmal diesen grässlichen pflaumenfarbenen Lippenstift. Sehr zu Ihrem Vorteil.«

»Danke. Also, ich möchte, dass du Folgendes machst: Ich möchte, dass du dieses Buch durchguckst und mir sagst, welches Mädchen in der Abschlussklasse deiner Einschätzung nach am hübschesten war.«

Ich hob den Blick, um zu sehen, ob sie das ernst meinte. Es sah so aus. »Wenn ich jetzt Sie auswähle, bekomme ich dann einen Preis oder so was?«

»Nein. Fang einfach an.«

»Gibt es eine Zeitvorgabe? Wie lange habe ich denn, um die Optionen abzuwägen?«

»Sagen wir mal: nicht mehr als fünf Minuten.«

Ich blätterte zurück zu den ersten Fotos. »Kann ich mal ein paar Klebezettel haben oder so was?«

Sie öffnete ihre Schreibtischschublade. »Du nimmst das aber sehr ernst.«

»Sie haben doch gesagt, dass ich es machen soll«, entgegnete ich, als sie mir ein paar pinkfarbene Klebefähnchen zuwarf.

Also fing ich bei ABADAH, RENEE an und ging die Bilderreihen durch. Das war eine schwierigere Übung, als ich gedacht hatte. Zum einen, weil die Mädchen, reduziert auf ein fünf mal fünf Zentimeter großes Quadrat und alle mit demselben Umhang bekleidet, bald alle irgendwie gleich aussahen, zum anderen, weil ich mich die ganze Zeit fragte, ob das womöglich irgendein Trick von Dr. Pascal war. Hoffte sie, dass ich jemanden nicht so Offensichtliches wählen würde? Jemanden, der genauso aussah wie Bethany? Ich konnte mir nicht erklären, worauf sie hinauswollte, und das machte mich nervös. Schließlich ging ich noch mal alle Fotos durch, die ich mit einem Klebestreifen versehen hatte, und entschied mich für GARCIA, CLAUDIA.

»Claudia«, sagte Dr. Pascal nachdenklich.

»War sie nett?«

»Es war ein großer Jahrgang«, sagte sie. »Ich kannte sie kaum, aber ich glaube schon. Warum hast du sie ausgesucht?«

Ich zuckte die Achseln und sah noch einmal das Bild an. »Sie hat ein nettes Lächeln«, antwortete ich. »Und ihre Haare sehen schön aus.«

»Okay, das sind stichhaltige Argumente.« Sie nahm ein Blatt Papier von ihrem Tisch. »Also, das hier habe ich gemacht, bevor du kamst ... ich hab die Namen der vier Mädchen aufgeschrieben, die alle für die hübschesten hielten, diejenigen, die immer wieder zur Ballkönigin gewählt wurden und so was.«

Ich streckte die Hand aus und nahm ihr das Papier ab.

»Ist sie dabei?«, fragte ich.

Sie war nicht dabei. Ich blätterte noch einmal durch das Jahrbuch und schaute mir die Fotos dieser vier Mädchen an. Drei von ihnen hatte ich mit einem Fähnchen versehen, aber sie waren auch nicht hübscher als das Mädchen, das ich dann ausgewählt hatte. Um ehrlich zu sein, waren sie nicht einmal hübscher als das obere Drittel des Jahrgangs oder so.

»Was fällt dir an den vier Mädchen auf?«, fragte Dr. Pascal.

»Na ja, sie sind alle schlank und weiß«, sagte ich. »Sie wollen mir also im Grunde sagen, dass Sie auf einer beschissenen Highschool waren.«

»Sie hatte ihre Probleme, das bestimmt«, sagte sie. »Und jetzt such die Hässlichste aus.«

Ich fühlte mich ein bisschen, als hätte mir jemand einen Schlag in die Magengrube verpasst. Ich hasse dieses Wort, vor allem in Bezug auf Menschen. Hässliche Gefühle mochten ja noch angehen. Hässliche Gebäude, klar. Hässliche Leute? Das mochte ich nicht hören.

»Was?«, fragte ich, als hätte ich nicht ganz verstanden, wozu sie mich da aufgefordert hatte.

»Du hast schon gehört, was ich gesagt habe.«

»Das mache ich nicht.«

»Warum nicht?«

»Weil das fies ist!« Ich gab ihr das Jahrbuch zurück. In diesem Moment war ich drauf und dran zu gehen. »Jetzt sagen

Sie bitte nicht, dass Sie den Namen des hässlichsten Mädchens in Ihrer Klasse aufgeschrieben haben.«

»Nein, das habe ich nicht.«

»Warum fragen Sie mich dann danach?«

»Weil ich wusste, dass du es nicht tun würdest.«

Ich lehnte mich auf der Couch zurück. »Ich finde, Sie sollten sich lieber an die Muppets halten«, sagte ich. »Das war wirklich krass.«

»Du magst es also nicht, wenn andere Leute mit diesem Wort beschrieben werden.«

»Nein.«

»Aber du benutzt es, wenn du an dich selbst denkst. Das hast du neulich hier gesagt.«

»Ich glaube nicht.«

Sie hob ihren Notizblock hoch. »Ich schreibe mit, schon vergessen? Also, warum denkst du, dass du dein eigenes Wohlwollen weniger verdient hast als andere Leute?«

Dafür hatte ich keine Antwort parat.

»Ich bin einfach gerne ehrlich«, sagte ich schließlich.

»Was ich dir verklickern will, ist, dass Attraktivität – konventionelle Attraktivität – etwas vollkommen Willkürliches ist. Es ist nichts Reales.«

»Das stimmt nicht ganz«, sagte ich. »Es hat etwas mit Gesichtssymmetrie zu tun und –«

»Nein. Aphra, nein. Und das Zweite, was ich dir klarmachen will, ist, dass die Leute, von denen du glaubst, dass sie die Kriterien konventioneller Attraktivität erfüllen, empirisch gesehen nicht hübscher sind als jene, die das nicht tun. Ist es dir schwergefallen, das Buch durchzugucken und jemanden herauszupicken?«

»Ja, das ist es.«

»Mm. Du hast wahrscheinlich gedacht, dass die Hälfte der Mädchen eigentlich ganz gut aussah. Hab ich recht?«

»Ja, das stimmt wohl.«

»Und die Mädchen, die du nicht ausgewählt hast, sind wahrscheinlich nur durchgefallen, weil ihre Brillen altmodisch waren oder sie komisch geschminkt waren oder zu viel Haarspray im Haar hatten.«

»Was wollen Sie damit sagen?«

»Ich will sagen, dass du da einer Illusion aufgesessen bist. Du hast Claudia ausgewählt, aber ich kann dir versichern, dass ihr damals niemand die Tür einrannte, um mit ihr auszugehen.«

»Sie wollen also von mir hören, dass Schönheit eine Illusion ist. Ich sehe genauso gut aus wie Bethany und deshalb hätte ich mir Greg selbst schnappen sollen. Also, echt jetzt.«

»Du sollst einfach begreifen, dass Schönheit relativ ist. Du bist nicht hässlich, und du hättest dem Jungen eine Chance geben sollen, *Ja* zu sagen, bevor du ihm das *Nein* in den Mund legst.«

Ich nahm mir meinen nächsten Pfefferminzbonbon. Es war schon der dritte, also würde ich meine Ration noch vor dem Ende der Therapiestunde aufgebraucht haben, und das ärgerte mich tierisch.

Dr. Pascal fuhr fort: »Als du auf diese College-Party kamst, was war da das Erste, was dir passiert ist?«

»Ähm«, sagte ich, denn als Erstes hatte mir ja jemand einen Cocktail angeboten, und das wollte ich lieber nicht erwähnen. »Ich hab mit dem Typen an der Bar geredet.«

»Nein. Der Typ an der Bar hat dich *angemacht*.«

»Es war dunkel«, sagte ich.

Sie verzog spöttisch das Gesicht.

»Echt. Und er war nicht mehr ganz nüchtern – erzählen Sie das jetzt meinen Eltern?«

»Nein.« Sie stand auf, ging zur Tür und knipste den Lichtschalter aus, sodass nur noch etwas Licht an den Seiten der geschlossenen Jalousien hereinfiel. »War es so dunkel wie jetzt?«, fragte sie.

»Vielleicht noch etwas dunkler.«

»Aber nah dran.«

»Ja, ja«, sagte ich, verdrehte die Augen und hoffte, sie konnte es in dem dämmerigen Licht nicht sehen.

»Kannst du noch erkennen, wie ich aussehe?«

»Ja, so ziemlich …«

»Aha. Aber du denkst, dieser Junge konnte dich nicht sehen? Es war hell genug, dass er nicht über deine Füße stolperte, aber du denkst, er hat keine Ahnung, wie du aussahst.«

»Er war –«

»Auch betrunkene Jungs haben Augen im Kopf.« Sie knipste das Licht wieder an. »Ich werde jetzt ganz direkt sein.«

»Sie meinen, das waren Sie bisher nicht?«

»Ich habe noch nicht dieses Wort in den Mund genommen, weil ich wusste, dass du protestieren würdest, aber was du hast, nennt sich Dysmorphophobie.«

Ich warf die Hände in die Luft.

»Nein, nein und nochmals nein. Du wirst mir jetzt nicht widersprechen, Aphra Brown. Hier ist die grundehrliche Wahrheit über dich: Du siehst nicht aus wie eine Barbiepuppe. Stell dir vor, ich auch nicht. Genauso wenig wie die meisten anderen Menschen.« Sie hob einen Finger. »Deshalb bist du aber nicht hässlich. Nicht einmal annähernd.«

»Meine Nase –«

»Ist groß. Du hast eine große Nase, Aphra. Das bedeutet aber nicht, dass du hässlich bist. Es bedeutet lediglich, dass du eine große Nase hast. Das ist alles. Das ist alles, was es bedeutet.«

Aber es war nicht alles, was es bedeutete. Nicht wirklich. Denn es war nicht nur meine Nase. Es war *alles.*

Kapitel 25

Greg und ich hatten drei Tage, eine Party für Bethany zu planen, die vordergründig nicht für Bethany war.

Kein Problem, sagte ich zu Greg, denn ich hatte schon eine Idee.

Es war nicht einmal eine neue Idee. Das Team redete schon seit einem Monat darüber. Die Idee war, dass die Rudermannschaft der Mädchen etwas machen wollte, um Geld für die Anschaffung der Mannschaftskleidung fürs nächste Jahr zu sammeln. Wir hatten die ganze Zeit hin und her überlegt, ob wir von Tür zu Tür gehen sollten oder Autos waschen oder Kuchen verkaufen, und nun kam mir ein Gedanke: Wir könnten die Fundraising-Aktion als Tarnung für Bethanys Party benutzen. Es müsste nur schon diese Woche stattfinden. Und anstatt Brownies und Ähnliches zu verkaufen, würden wir einfach eine Party bei Sophie veranstalten – sie ist die Einzige, deren Haus groß genug ist – und an der Tür fünf Dollar Eintritt verlangen.

Wir planten die Party für Donnerstag, da wir am Freitag schulfrei hatten, und alles war wunderbar, bis Sophie mich anrief und erzählte, dass ihre Eltern am Donnerstag eine Dinnerparty veranstalten wollten und wir ihr Haus doch nicht benutzen konnten.

Es fing also nicht gerade gut an. Nachdem ich von Dr. Pascal zurückgekommen war, hatte ich den Nachmittag damit verbracht, jedes Gemeindezentrum anzurufen, das mir einfiel – sogar die Pferdescheune im Freilichtmuseum –, aber sie waren alle komplett ausgebucht, und alle anderen Veranstaltungsorte würden zu teuer werden. Es sah fast so aus, als würde die Party nicht stattfinden.

Später an diesem Abend rief Greg mich an.

»Hi«, sagte ich etwas verwirrt, weil ich gar nicht gewusst hatte, dass er meine Nummer besaß. Ich hockte gerade mit Sebastian auf dem Sofa, der in einem zerlesenen Science-Fiction-Roman meines Vaters schmökerte. Meine Latein-Übersetzung, an der ich arbeitete, lag auf dem Couchtisch neben einer riesigen Lego-Konstruktion, die Kit an diesem Nachmittag dort stehen gelassen hatte, damit wir sein Bauwerk bewunderten. »Hi, Greg.«

»Ich hab gute Nachrichten«, sagte Greg. »Ich hab das Gemeindezentrum angerufen.«

»Welches? Ich hab schon Fairfax, Oak Mill und McLean angerufen. Sind alle ausgebucht. Ich weiß wirklich nicht, was wir jetzt machen sollen.«

»Du hast recht – sie sind ausgebucht. Aber ich hab noch mal nachgehakt und herausgefunden, dass Oak Mill für den Geburtstag einer Sechsjährigen gebucht ist. Die Halle ist von fünf Uhr bis 23:30 Uhr vermietet. Das machen die immer so, aber die Geburtstagsparty geht nur bis um sieben.«

»Bis um sieben«, wiederholte ich. Walnut versuchte immer wieder, sich auf meine Latein-Hausaufgaben zu setzen. Ich kritzelte ein neues Blatt voll, um ihn auszutricksen, und schob den Kater auf die gefakten Hausaufgaben. Er musterte mich mit einem mürrischen Blick, als wäre nur eine echte Ovid-Übersetzung es wert, dass er sich mit seinem erlauchten Katzenhintern darauf niederließ.

»Genau«, sagte Greg. »Also hab ich mit der Mutter gesprochen, und sie hat gesagt, wir können den Raum ab sieben haben, solange wir hinterher alles aufräumen, und wir müssen nicht einmal was dafür bezahlen. Der einzige Nachteil ist, dass wir die Halle umdekorieren müssen.«

»Aber das wird ewig dauern.«

»Ja, ich weiß, aber es ist ein kostenloser großer Raum. Ich glaube, etwas Besseres finden wir nicht.«

Ich atmete laut aus, während ich mit einer von Kits Lego-Figuren spielte und den kleinen Kopf auf- und absetzte.

»Was meeeiiinst du?«, fragte Greg gedehnt.

»Es ist nur ... eine Party unter der Woche in einem Gemeindezentrum – nicht gerade das, was ich mir vorgestellt hatte. Ich wünschte wirklich, wir hätten bei Sophie feiern können.«

»Ja, ich weiß, aber das geht eben nicht.«

»Da kommt doch bestimmt niemand.«

»Die Rudermannschaft wird kommen.«

»Aber niemand *anders* wird kommen.«

»Deshalb brauchen wir ein Lockmittel.«

»Ein Lockmittel? Die werden uns nicht erlauben, Alkohol zu trinken, und eine Band oder so was können wir uns nicht leisten.« Walnut hatte die falschen Ovid-Hausaufgaben links liegen gelassen und ich setzte ihn auf den Boden, wo er um meine Füße strich.

»Wie wäre es mit einem DJ?«

»Auch zu teuer«, sagte ich.

»Es muss ja kein richtiger sein«, sagte er.

Walnut sprang wieder auf den Tisch und warf Kits Lego-Haus – zumindest glaube ich, dass es ein Haus war – auf den Fußboden, wo es zerbrach.

»Verdammt«, sagte ich.

»Was?«

»Nichts«, sagte ich, während ich versuchte, die Teile wieder aufzuheben. Sebastian, der sein Buch zur Seite gelegt hatte, hob ein halbes Dach auf und setzte es auf meine Hausaufgaben. Den kleinen Lego-Kopf hatte Walnut schon mit der Pfote unter das Sofa geschubst. »Du willst einen Fake-DJ besorgen?«

»Nein, es kann schon eine echte Person sein. Wir müssen nur die Qualifikationen etwas aufbauschen. Kennst du jemanden, der so was können würde?«

Ich dachte einen Moment nach, während ich versuchte, Kits Haus zu sanieren. Sebastian schüttelte den Kopf über meine Bemühungen, nahm mir den quadratischen Legostein aus der Hand und reichte mir dafür einen länglichen, den ich auf den Rand der Lego-Platte setzte. »Celia Cardon aus dem Juniorteam. Sie prahlt immer damit, dass sie auf Partys Musik aufgelegt hat, als sie noch in Annapolis wohnte, aber ich weiß nicht, ob das stimmt.«

»Besser als gar nichts«, sagte Greg. »Ping sie mal an und frag, ob sie das machen würde.«

Das tat ich, während Sebastian an einem Erkerfenster baute.

»Sie ist dabei«, berichtete ich, nachdem Celia zurückgeschrieben hatte. »Ich hoffe bloß, sie hat wirklich Ahnung davon. Beim Rudern ist sie die Einzige aus der Zwölften, die noch nicht in die Auswahlmannschaft aufgerückt ist.«

Ein paar Minuten später schickte mir Greg eine elektronische Partyeinladung: MIT DJ CELIA, hieß es in der Ankündigung, Gewinnerin des diesjährigen Montgomery Lights Mix Festival!

Gibt es das überhaupt?, fragte ich.

Nein, das gibt es nicht!, antwortete er.

Ich hatte ja keine Ahnung, was für ein versierter Lügner du bist, gab ich zurück.

Ich habe nichts dagegen, die Wahrheit etwas zurechtzubiegen, wenn es einem höheren Ziel dient, sagte er. Es gibt nur noch ein Problem. Ich hab mit der Mutter gesprochen, die vor uns die Party schmeißt, um herauszufinden, ob wir ihre Dekorationen weiterverwenden dürfen.

Und?

Es ist eine Mein kleines Pony-Party.

Ich lächelte mein Handy an. Das ist eigentlich perfekt.

Weil nichts so sehr zum Spenden für den Ruderclub animiert wie tanzende Ponys?

Ganz genau, antwortete ich. Dann warf ich mein Handy aufs Sofa, während Sebastian das Lego-Haus inzwischen mit Verzierungen versah.

»Und?«, fragte er.

Es sah nicht aus wie Kits Haus; es war sogar ein bisschen besser. Sebastian hatte einen Zaun hinzugefügt und etwas, das wohl eine formgeschnittene Hecke sein sollte. Ich setzte meine kopflose Lego-Figur davor.

»Hier«, sagte ich. »Ein Dullahan.« Er sah mich verwirrt an. »Der kopflose Reiter«, erklärte ich, »war ein Dullahan.«

»Ah«, sagte er und zog einer weiteren Lego-Figur den Kopf ab, um sie neben meine zu setzen. »Hier. Jetzt hat er einen Freund.«

In diesem Moment kam Delia aus der Küche, ein Handtuch

um den Kopf geschlungen und ein Glas Milch und einen Teller Kekse in der Hand. Als sie uns beide sah, breitete sich ein Grinsen auf ihrem Gesicht aus.

»Spielt ihr zwei etwa Lego?«

»Nein!«, protestierte ich.

»Natürlich nicht«, sagte Sebastian. »Das hier ist Ernst.« Er hielt eine andere Lego-Figur hoch, die ganz schwarz war und lila Augen hatte. »Die Dullahan kämpfen gegen eine Invasion der Endermen.«

»Eigentlich«, sagte ich, »müssten ein Dullahan und ein Enderman sich doch gut verstehen. Ein Enderman hasst es, wenn man ihn anschaut –«

»Und ein Dullahan hat kein Gesicht«, beendete Sebastian den Satz. »Da ist was dran.« Dann reichte er Delia eine der Lego-Figuren: »Hier, du kannst Wilbur sein.«

. . .

Am Donnerstagnachmittag fuhren Greg und ich zum *Costco*-Großhandel und kauften ein halbes Dutzend Platten mit Partyhäppchen und viel zu viele Zweiliterflaschen mit Softdrinks, zusammen mit einem lilafarbenen aufblasbaren Baby-Planschbecken, das wir mit Eis füllen wollten, um die Getränke zu kühlen. Ich hoffte nur, dass wirklich Leute kommen würden. Wir hatten die Nachricht auf Twitter und Instagram verbreitet, aber es war eben ziemlich kurzfristig. Auf der anderen Seite waren es nur fünf Dollar, um eine (angeblich) preisgekrönte DJane zu sehen. Das ist eigentlich ein unschlagbares Angebot.

»Sag mal«, begann Greg, als wir von *Costco* zurückfuhren. »Du kennst doch Bethany ziemlich gut, oder?«

»Klar. Wir sind schon ewig befreundet.«

»Hm, ja. Also, ich meine, du weißt doch noch, dass ich damals mitbekommen hab, wie ihr in Bethanys Keller *Zombie Air* gespielt habt.«

»Ist sie immer noch sauer, weil ich sie den Zombies überlassen hab?«

»Nein. Nein, das ist es nicht. Es ist nur … sie redet mit dir.«

Ich starrte ihn an. »Natürlich redet sie mit mir.«

Er guckte zur Seite in Richtung Sonnenuntergang. »Mit mir redet sie nicht.«

»Was meinst du damit, sie redet nicht mit dir?«

»Ich meine, wenn wir zusammen sind, dann … redet sie einfach nicht. Sie sagt kaum mehr als drei Worte am Stück.«

»Aber ihr zwei wart doch schon so oft zusammen aus. Was macht ihr denn die ganze Zeit, wenn ihr nicht … redet …«

Greg wurde rot und sah wieder weg.

Ich verzog unwillkürlich das Gesicht. »Egal. Weißt du, Bethany ist einfach etwas schüchtern, weil sie dich noch nicht so lange kennt. Das ändert sich schon mit der Zeit.«

»Also, wenn wir nicht direkt miteinander reden, wenn wir chatten oder so was, dann hab ich das Gefühl, sie kennt mich besser als jeder andere Mensch. Und wenn wir uns dann treffen und ich versuche, mit ihr über dieselben Dinge zu reden, dann … macht sie einfach dicht. Das kapiere ich nicht. Bin ich denn so furchterregend?

»Nein«, sagte ich. »Du bist überhaupt nicht furchterregend.«

»Was ist es dann?«

»Sie ist einfach so«, sagte ich. »Gib ihr noch etwas Zeit. Bethany … sie ist das wert.«

Das Sonnenlicht ließ seine Augen aufleuchten. »Sie hat Glück, dass sie dich hat, weißt du das.«

Ich streckte meine Beine. Ich hatte auf meinem Fuß gesessen und er war eingeschlafen.

»Eigentlich ist es umgekehrt, glaub mir«, sagte ich und sah aus dem Fenster. »Ich kenne niemanden, der so ein gutes Herz hat wie sie.«

»Ich weiß«, sagte er. »Ich weiß, dass da diese kühne, mutige, fantastische Person in ihr steckt. Manchmal kann ich sie sehen, und ich wünschte einfach, sie würde sie endlich rauslassen. Das ist das Mädchen, mit dem ich zusammen sein will. Sie hat mein Leben verändert.«

Ich spürte, wie sich mir die Kehle zuschnürte.

»Oh«, sagte ich.

»Alle denken, sie ist nur ein hübsches Püppchen, aber das stimmt nicht. Sie ist … sie ist so witzig. Und sie … sie sieht den Dingen auf den Grund. Wenn wir anfangen uns auszutauschen, dann ist da so eine Klarheit. Ich weiß auch nicht.«

»Nichts als Gedanken«, sagte ich.

Er sah mich von der Seite an. »Was hast du gesagt?«

»Nichts«, beteuerte ich und fragte mich gleichzeitig, ob mir das nicht ganz unabsichtlich herausgerutscht war. Das verflixte *Es* meldete sich wieder zu Wort. Ich tat mein Bestes, die Stimme zu verdrängen. »Nichts. Ich meine, ich verstehe, was du meinst. Das stimmt alles, was du über Bethany sagst. Sie hat ein Gespür für Menschen.«

»Also einfach Geduld haben, hm?«

»Genau. Einfach Geduld haben.«

Er setzte mich bei mir zu Hause ab.

»Bis heute Abend«, sagte er. »Meinst du, sie wird sich freuen?«

»Ja«, sagte ich. »Ganz bestimmt.«

Bethany hatte noch immer mein rotes Kleid, und so stand ich in Unterwäsche vor meinem Kleiderschrank und überlegte, was ich anziehen sollte. Nicht dass es eine große Rolle spielte, schließlich war es Bethanys Nicht-Geburtstagsparty und nicht meine und niemand würde groß auf mich achten. Aber ich hasse es einfach, schlampig auszusehen. Jemand wie Bethany kann es sich erlauben, in der Öffentlichkeit rumzulaufen, als wäre sie gerade erst aus dem Bett gestiegen. Ich nicht. Ich zog ein weißes Kleid mit blauen Punkten aus dem Schrank, doch dann beschloss ich, dass ich zu alt für Pünktchenmuster war, und hängte es zurück.

Ich entschied mich für einen komplett anderen Stil. Ich suchte eine enge schwarze Hose heraus, ein Button-down-Hemd und eine graue Weste. Dann holte ich mir einen Schlips aus dem Schrank meines Vaters.

Ich ging hinunter in den Keller, wo Delia irgendeinen Wissenschaftsartikel auf dem Laptop las und Sebastian ausgestreckt auf dem Bett lümmelte und Videos guckte.

»Hey«, sagte ich zu Delia. »Kannst du mir den binden?«

»Soll das ein Kostüm sein? Wenn du wirklich scharf aussehen willst, solltest du das Hemd weglassen und nur die Weste anziehen.«

»Echt?« Ich warf einen Blick in den Spiegel. Es sah tatsächlich etwas kostümmäßig aus, also ging ich auf den Flur, zog das Hemd aus und streifte die Weste wieder über meinen BH. »Besser?«, fragte ich.

»Viel besser«, sagte Delia.

»Okay. Kannst du mir jetzt den Schlips binden?«

»Nein«, sagte sie. »Sorry, das übersteigt meine Fähigkeiten.«

»Verdammt«, murrte ich. »Aber im Internet gibt es bestimmt Anleitungen. Kannst du mal kurz nachgucken?«

»Ich kann einen Schlips binden«, sagte Sebastian, legte sein Handy zur Seite und setzte sich auf.

»Nee«, sagte ich, »ist schon okay.«

»Willst du einen Four-in-Hand- oder einen Windsorknoten?«, fragte er. Dann stand er auf und nahm in jede Hand ein Ende der Krawatte. »Oder vielleicht einen Trinity-Knoten? Das wäre doch krass.«

Als ich ihn anstarrte, sagte er: »Tja, ich hab eben nicht umsonst vier Jahre in Andover verbracht.«

»Du warst auf dieser Eliteschule?«

»Ja«, sagte Sebastian, während er an meinem Schlips herumfingerte. »Anscheinend nehmen sie hin und wieder auch überhebliche Schwachmaten auf.« Delia, die noch am Schreibtisch saß, hielt sich die Hand vor den Mund, um nicht zu lachen.

Ich merkte, wie mir heiß im Gesicht wurde. »Ähm«, sagte ich.

»Du hast eine gut tragende Stimme.«

»Hm, ja, damit scheine ich gestraft zu sein.«

Er rückte den Krawattenknoten zurecht und drehte mich herum, damit ich in den Spiegel an Delias Schrank gucken konnte.

»Voilà!«, sagte er. »Ganz wie Marlene Dietrich. Die wilden Zwanziger.«

Ich wusste zwar nicht, wer Marlene Dietrich war, aber ich sagte: »Danke.«

»Sebastian wollte immer auf die Filmhochschule«, erklärte Delia.

»Musst du ihr das erzählen?«, stöhnte Sebastian und ließ sich wieder aufs Bett fallen.

»Warum?«, fragte ich. »Warum nicht?«

»Weil es sowieso nichts wird.«

»Und wieso?«

»Bin nicht reingekommen.«

»Oh«, sagte ich. »Das tut mir leid. Kannst du dich nicht noch mal bewerben? Oder woanders?«

»Ich weiß nicht«, sagte er. »Ich weiß nicht. Es ist einfach ein Hirngespinst.«

»Nicht mehr als mit einem YouTube-Kanal Geld zu machen.«

»Ja, aber das ist was anderes. Wenn ich scheitere, kratzt das niemanden.« Er hob sein Smartphone wieder auf und ließ das Video weiterlaufen, das er sich angeguckt hatte.

»Und welche Schuhe willst du dazu anziehen?«, fragte Delia.

»Ich weiß nicht«, sagte ich und beobachtete, wie Sebastian sich mit aufgesetztem Lachen das Video ansah. »Äh. Chucks vielleicht?«

»Wenn du aussehen willst wie Marlene Dietrich, brauchst du hochhackige Schuhe«, sagte sie und schickte mich mit einem sanften Schubs wieder nach oben. »Und einen knalligen Lippenstift.«

Auf meiner Kommode, wo ich die wenigen Make-up-Utensilien aufbewahre, die ich besitze, lag ein dunkelroter Lippenstift. Ich hatte ihn letztes Jahr an einem *Estée-Lauder*-Stand gekauft, als Bethany und ich beschlossen hatten, uns vor dem großen Schulball kostenlos schminken zu lassen. Ich hatte keinen Begleiter, weil mich niemand gefragt hatte, Bethany hatte keinen Begleiter, weil sie jeden hatte abblitzen lassen, der sie gefragt hatte, und so hatten wir uns entschieden, gemeinsam hinzugehen, zusammen mit ein paar Mädchen vom Rudern, die auch ohne Date dastanden.

Die gnadenlose Wahrheit ist, es macht sowieso viel mehr Spaß, in der Gruppe zu solchen Veranstaltungen zu gehen. Niemand ist nervös. Alle haben ihren Spaß. Danach übernachten wir alle bei einer von uns, essen Waffeln und müssen später nicht irgendjemanden aus den Fotos rausschneiden, wenn es mal wieder eines der unausbleiblichen Trennungsdramen gegeben hat.

Ich trage den Lippenstift fast nie – ich schmiere mir damit nur immer meine Zähne, meine Wasserflasche und meinen rechten Handrücken voll – aber ich hebe ihn trotzdem auf, als Erinnerung an den Tag, an dem ich ihn gekauft habe.

In der Kosmetikabteilung war auch eine Frau mittleren Alters, die uns mit Argusaugen beobachtete. Sie bedachte mich mit einem vielsagenden Blick und raunte ihrer Freundin zu: »Man kann aus einem Ackergaul kein Rennpferd machen.«

Bethany wäre am liebsten auf der Stelle gegangen, aber ich drehte mich zu der Frau um und sagte: »Ich mag vielleicht ein Ackergaul sein, aber wenigstens hab ich keinen Pferdearsch.«

Dann wandte ich mich der Verkäuferin zu und kaufte den Lippenstift, zusammen mit dem fantastischen Concealer, den ich immer benutze.

Bis zum heutigen Tag habe ich nicht verstanden, was eine erwachsene Frau geritten hatte, ein Mädchen im Teenageralter mit einem Ackergaul zu vergleichen, aber es ist ja auch egal.

An diesem Tag hatte ich es ihr gezeigt. Mochte mir das Universum ruhig immer wieder eins überbraten. Ich war ein Stehaufmännchen.

Ich war fabelhaft. Ich war großartig. Ich besaß den rotesten Lippenstift der Welt.

Kapitel 26

Der Parkplatz beim Gemeindezentrum war überfüllt.

Ich hatte angeboten, Bethany hinzufahren. Greg und die meisten anderen Jungs vom Rudern waren schon da und vor fünfzehn Minuten hatte ich eine SMS von Claire bekommen. Wir hätten ein Problem, es wären nicht genügend Softdrinks da.

Greg und ich hatten damit gerechnet, dass wir vielleicht beide Ruderteams plus etwa zwei Dutzend andere Leute zusammenbekommen würden, wenn wir Glück hätten. **Wie viele sind denn schon da?**, hatte ich zurückgeschrieben.

Schon fast 100, schrieb Claire.

Ungläubig starrte ich mein Handy an. **Wie kann das angehen? Wir haben ja nicht mal Alkohol.**

Ich glaub, Greg hat der Schwimmmannschaft Bescheid gesagt. Von denen sind die meisten da und haben noch Freunde mitgebracht. Und Celia hat allen aus der Zwölften gesagt, sie sollen kommen. Ich hab gerade Jenna losgeschickt, um mehr Getränke zu kaufen.

Außerdem, fügte sie hinzu, **hat anscheinend jemand Alk gekauft.**

Na ja, wenigstens die Spendenaktion würde ein Erfolg werden. Wir hatten ja keine Raummiete zahlen müssen und abzüglich der Getränke und Snacks war alles, was wir einnahmen, Profit. Bethany, die mir über die Schulter geschaut und die Nachrichten mitgelesen hatte, sah etwas nervös aus.

»Das sind ganz schön viele Leute«, sagte sie.

»Kein Problem«, meinte ich. »Das sind immer noch nicht so viele wie auf dem Schulball.«

Bethany trug nun endlich mein rotes Kleid und sah darin aus, wie ich es mir nur erträumen konnte. Alles an ihr war perfekt, ohne dass sie sich dafür auch nur ein bisschen anstrengen musste. Ich konnte mich abmühen, so viel ich wollte, ich würde nie auch nur ein Bruchteil so gut aussehen. Ich zupfte an meiner Krawatte herum.

»Du siehst fantastisch aus«, sagte sie.

»Nee«, sagte ich.

»Ich wünschte, mir würde so was stehen.«

»Hör auf. Bist du fertig?«

Sie klappte die Sonnenblende herunter und überprüfte ihr Make-up noch einmal im Spiegel. Ich hatte ihr die Augen geschminkt, mit meinem besten bronzefarbenen Eyeliner. Für mich hatte ich einen schwarzen Eyeliner genommen, denn laut Delia passte das am besten zu meinem Outfit und den roten Lippen. »Okay«, sagte sie. »Es ist ja nur eine Spendenparty.«

»Ja, klar. Mit etwas Tanzen und so.«

»Tanzen?«

Ich stieg aus dem Auto und Bethany folgte mir. »Tanzen gehört dazu.«

Ich war nicht sicher, wie *Mein kleines Pony* bei Leuten in unserem Alter ankommen würde, aber der Raum war so voll, dass die Dekorationen kaum auffielen. Claire und Sophie saßen an einem Tisch am Eingang und kassierten Fünf-Dollar-Scheine. Sie sprangen auf, als sie uns kommen sahen, und als Bethany ihre fünf Dollar herausholen wollte, sagte Claire: »Du musst nichts bezahlen! Du hast doch –.«

In diesem Moment grub Sophie ihre Fingernägel in Claires Ellenbogen und verbesserte sie schnell: »Ich hab gerade kein Wechselgeld mehr. Zahl einfach später.«

»Ich hab fünf Dollar passend«, sagte Bethany und reichte ihr den Schein.

Ich bezahlte auch und dann gingen wir in die Halle, wo JV Celia mit einem Arm in der Luft umherwirbelte und alle – aber auch wirklich alle – tanzten.

Vielleicht war es, weil es kaum Platz gab, sich hinzusetzen, oder weil es der Donnerstag vor einem langen Wochenende war oder weil jemand Alkohol hereingeschmuggelt hatte. Jedenfalls ging es ganz schön ab. John O'Malley tanzte mit einem Pinkie-Pie-Luftballon auf dem Tisch, während ein paar Leute Fotos von ihm machten, die ihn wahrscheinlich ein Leben lang verfolgen würden.

Ich hörte, wie jemand meinen Namen rief, und plötzlich wurde ich zu einer Gruppe aus dem Jungs-Ruderteam auf die Tanzfläche gezogen. Ich reckte den Hals und sah mich nach Bethany um. Sie stand immer noch da, wo ich sie zurückgelassen hatte, nur dass Greg sie gefunden hatte und sie anstarrte, als hätte er eine göttliche Erscheinung. Ich beobachtete, wie er sie bei der Hand nahm, sie hinüber zum Getränketisch führte und ihr eine Limo aufmachte. Dann küsste sie ihn auf die Wange und ich beschloss, nicht länger hinzugucken, denn ich wollte jetzt nur noch tanzen.

Ich tanzte mit dem Ruderteam und mit dem Schwimmteam

und mit Sophie und Claire, die ihren Posten am Eingang aufgegeben hatten, weil wir schon jetzt viel mehr Geld eingenommen hatten, als wir brauchten. Talia reichte mir eine Billig-Cola und ich trank sie. Im nächsten Augenblick tanzte ich mit John O'Malley und seinem Ballon auf dem Tisch und vergaß für eine Minute, dass ich ja eigentlich sauer auf ihn war.

Danach taten mir richtig die Füße weh.

Als der Song zu Ende war, kletterte ich vom Tisch herunter (worauf John und ein Haufen anderer Leute mit Buhrufen reagierten) und suchte mir einen Platz an der Wand, um mich für einen Moment anzulehnen. Ich sah mich nach Bethany um. Sie saß zwischen Sophie und Claire, knabberte Chips und beobachtete die Party. Sie wirkte etwas benommen, aber glücklich. Ich hatte sie sogar etwas tanzen sehen, und ich wünschte, ich hätte selbst daran gedacht, sie mit auf die Tanzfläche zu ziehen, aber sie sah auf jeden Fall aus, als hätte sie ihren Spaß. Ich hatte gerade beschlossen, mir meinen Weg zurück zu ihr zu bahnen, als Greg auf mich zu kam.

»Hi«, sagte er glücklich. Ob er von Bethany berauscht war oder von irgendeinem Fusel aus dem Geheimvorrat, konnte ich nicht sagen, aber er roch eigentlich nicht nach Alkohol. »Also, ähm, du hast etwas Lippenstift auf deinen Zähnen.«

Verdammt. Ich wandte mich ab und rieb meine Zähne mit einem Taschentuch. Dann drehte ich mich wieder zu ihm um und lächelte.

»Jetzt ist es weg«, sagte er. »Im Ernst, ich weiß nicht, wie ihr das schafft, euch nicht die ganze Zeit die Zähne vollzuschmieren. Wie hält das Zeug überhaupt auf den Lippen?«

»Reine Willenskraft«, antwortete ich.

Er lächelte, stellte sich neben mich und ließ seinen Blick

über die Menge schweifen. »Schau dir nur an, wie viele Leute gekommen sind!«

»Ich weiß«, sagte ich. »Es ist großartig. Wir sollten das jede Woche machen.«

»Meinst du?«

»Na ja, jede Woche würde es wahrscheinlich keinen Spaß machen.«

»Nein«, sagte er. »Nein, das denke ich auch. Aber selbst die Pony-Deko scheint niemanden zu stören. Ich hab gedacht, da kommen bestimmt ein paar blöde Kommentare, aber nein.«

»Es ist eine Party«, meinte ich. »Alles, was die Leute interessiert, ist die Musik. Und der Alkohol, schätze ich. Weißt du, wer den mitgebracht hat?«

»Das würde ich nie sagen«, sagte er mit einem Mona-Lisa-Lächeln. Dann drehte er sich im Kreis. »Ich hab ja gar nicht gewusst, dass du so gerne tanzt. Hab ich da nicht vorhin einen kleinen Salsa gesehen?«

»Oh«, sagte ich. »Ja, das hat mir mein Dad gezeigt, als ich klein war.«

Die Musik wechselte zu einem langsameren Song, und ich wollte schon meine Schuhe ausziehen, aber mit ihnen war ich fast so groß wie Greg, und irgendwie gefiel mir das. »Ich glaub, du hast schon mit jedem in diesem Raum getanzt«, sagte er. »Hab ich dich nicht sogar mit John gesehen?«

»Na ja, die meiste Zeit hab ich mit Pinkie Pie getanzt. John war nur manchmal im Weg.«

»Ja, das ist so seine Art.«

Ich lachte.

»Übrigens«, sagte Greg. »Die Krawatte sieht echt stark aus. Du kannst den Knoten besser binden als ich.«

»Danke«, sagte ich und beschloss, dass ich ruhig etwas netter zu Sebastian sein könnte.

»Du siehst ganz aus wie Marlene Dietrich.«

»Das hat man mir schon gesagt.«

»Du weißt gar nicht, wer das ist.«

»Nein, keine Ahnung.«

»Meine Eltern gucken oft alte Filme«, erklärte er. »Google sie mal. Marlene Dietrich war echt etwas Besonderes. Und jetzt komm schon.«

»Komm schon was?«

»Wenn du mit allen hier tanzt, nur mit mir nicht, wird Bethany noch denken, da stimmt was nicht.«

»Was? Das denkt sie bestimmt nicht«, sagte ich, aber ich hatte ihm schon meine Hand gereicht und dann tanzten wir. Es war das zweite Mal, dass ich Greg berührte. Nein, Moment. Das dritte. Es fühlte sich erschreckend vertraut und vollkommen unwirklich an.

Irgendjemand dimmte ein wenig das Licht, nur ein bisschen, oder zumindest kam es mir so vor. Greg war ganz nah, ganz warm und ganz er. Seine Augen sahen in dem schummrigen Licht fast schwarz aus.

»Du bist sehr groß«, sagte er. »In diesen Schuhen.«

»Ich bin in allen Schuhen sehr groß.«

Wir wiegten uns ein wenig im Takt. »Ich bin mir nicht sicher, was man dazu tanzen soll«, sagte er. Es war ein lateinamerikanischer Popsong, der ständig im Radio lief. »Ein Salsa ist das nicht.«

Ich antwortete nicht, ich tanzte einfach.

»Könnte als Tango funktionieren«, sagte er.

»Ich kann keinen Tango«, sagte ich.

»Ich kann es dir beibringen«, sagte er. »Aber dazu müssten wir enger zusammenstehen.«

»So?«, fragte ich und trat etwas näher an ihn heran.

»Ja«, sagte er. »Es geht so: langsam-langsam-schnell-schnell-langsam.«

Ich folgte seinen Schritten.

»Das ist gut«, sagte er. Wir machten noch ein paar Schritte hin und zurück und dann im Karree. Es machte richtig Spaß, er lachte, und ich wollte auch lachen, aber ich musste mich zu sehr auf meine Füße konzentrieren. Und dann guckte er mich an, als wäre ihm auf einmal aufgefallen, dass ich ein Mädchen, eine Person, eine Aphra war, nicht nur ein Objekt, das zufällig in seiner Nähe stand, sondern ich, ich, ich. Seine Hand hielt meine, und seine Augen waren auf meine gerichtet, und ich fühlte mich heiß und schwindelig und lebendig.

Er wirbelte mich im Kreis herum, mein Haar flog nach hinten, und dann zog er mich wieder zu sich heran. Meine Wange streifte seine, und sie war ganz glatt, als hätte er sich frisch rasiert. Mein Mundwinkel berührte für einen winzigen Moment seinen Mundwinkel. Kein Kuss, aber vielleicht ein Anflug davon. Ich fühlte, wie er neben meinem Ohr schluckte.

»Das ist …«, begann er und dann ließ er mich los. Ich spürte einen kalten Luftzug, wo er noch eine Sekunde zuvor gestanden hatte.

Was machte ich hier eigentlich?

Ich versuchte ihn nicht mehr anzugucken. »Ich wollte eigentlich gerade Bethany suchen«, sagte ich eine Spur zu laut. »Wir haben ihr ein paar … ein paar Cupcakes gekauft.«

»Gut«, sagte er. »Gut. Gut. Die mag sie ja total gern.«

Mein Gehirn suchte nach etwas, was ich sagen könnte,

irgendetwas. »Tja, ich schätze, jetzt kann ich John den Tango beibringen, also vielen Dank.«

Er atmete erleichtert aus; ich konnte es sehen. »Ja. Ja, das kannst du bestimmt. Solange du nicht seinen Ballon zerquetschst. Ich meine …«

Mir war immer noch ganz schwindelig von den Drehungen und seinem Blick auf mir. »Also wirklich, Greg«, sagte ich und legte eine Hand auf meine Brust. »So was mache ich doch nie.«

Er lachte, sah zu Boden und strich sich durch die Haare.

Ich sah zur anderen Seite des Raumes und wechselte einen Blick mit Sophie, die mich etwas seltsam ansah. Ich formte das Wort *KUCHEN* und sie nickte und bückte sich, um etwas unter einer der lilafarbenen Tischdecken hervorzuholen. Greg und ich bahnten uns einen Weg zu Bethany. Sie stand zwischen der Wand und einer künstlichen Topfpflanze, die mit einer violetten Luftschlange verziert war.

»Hey«, rief Sophie und boxte sich durch die Menge zu uns. »Also, die Mutter des Geburtstagskindes von vorhin hat aus Versehen zu viel Kuchen bestellt, also hat sie uns was dagelassen.« Sie hielt uns einen weißen Konditorei-Karton hin.

Ich verzog kurz das Gesicht. Ich hatte vergessen, Sophie zu sagen, dass sie nichts von *Cake Baby* besorgen sollte, weil Bethany jetzt dort arbeitete.

»Na, dann wollen wir doch mal sehen, was sie uns übrig gelassen haben«, sagte ich und öffnete den Karton, der mit zwei Dutzend gemischten Cupcakes in Bethanys Lieblings-Geschmacksrichtungen gefüllt war. »Du solltest unbedingt einen essen, Beth. Das sind alles deine Lieblingssorten.«

Nach einigem Überlegen wählte sie einen Cupcake mit

Zitronenbaiser und hob ihn mit den Fingerspitzen aus dem Karton, während wir anderen sie andächtig beobachteten.

»Und?«, fragte sie und sah in die Runde. »Wollt ihr euch nicht auch einen genehmigen?« Ich nahm mir einen Gewürz-Cupcake und sah die anderen auffordernd an.

Greg sagte: »Herzlichen Glückwunsch zum Geburtstag. Für das Mädchen mit den Extra-Cupcakes.« Er hatte einen kaum wahrnehmbaren Fleck von meinem Lippenstift genau in seinem Mundwinkel.

»Sollen wir singen?«, fragte ich.

»Für … für … für das kleine Mädchen, das nicht da ist?«, fragte Bethany.

»Das wäre doch nett«, sagte Greg, der es vermied, mich direkt anzusehen. »Schließlich hat sie uns die Cupcakes dagelassen.«

»Wie heißt sie denn?«, fragte Bethany.

Da keiner ihren Namen kannte, beschlossen wir, das Happy-Birthday-Lied einfach zu summen, und am Ende steckte Claire eine Kerze in Bethanys Cupcake, und wir bliesen sie all zusammen aus.

Ich hatte Greg überzeugt, dass ich den letzten Schritt des Bethany-Geburtstags-Plans umsetzen sollte, also fuhr ich sie nach der Party nach Hause.

»Ich bin ja soooo müde«, sagte sie, als ich nach einem Umweg vor ihrem Haus hielt. »Ich glaub, ich könnte morgen den ganzen Tag schlafen und wäre immer noch müde.«

»Aber du hattest deinen Spaß, oder?«

»Ja! Es war super. Vor allem das mit den Cupcakes. Ich meine, das war doch fast, als hätte jemand gewusst, dass ich

Geburtstag habe.« Sie sah mich an und zog die Augenbrauen hoch.

»Was?«, fragte ich. »Nein, natürlich nicht. Ich hab *niemandem* was gesagt.«

»Komm schon«, sagte sie. »Ich weiß, dass du das mit den Cupcakes arrangiert hast.«

»Na ja, vielleicht hab ich da ein bisschen was gedreht.«

»Jedenfalls danke dafür.«

»Du hast dich gefreut, nicht wahr? Du kannst noch einen haben; ich hab die restlichen Cupcakes mitgebracht.«

»Da waren noch welche übrig?«

Ich holte den Karton aus dem Kofferraum. »Voilà!«, rief ich.

»Ooh«, sagte sie, nahm sich einen zweiten Cupcake und begann, an dem Zuckerguss zu knabbern. Auf ihr Drängen hin nahm ich mir auch noch einen. Als ich reinbiss, stellte ich entsetzt fest, dass es Kokosnuss war, und spuckte den Bissen auf den Rasen.

»Also echt jetzt«, sagte sie.

»Schon gut«, sagte ich. »Alles in Ordnung.«

Wir gingen ins Haus, ich wusch mir kurz in der Küche den Mund aus, und dann gingen wir nach oben. Aus dem Keller waren die Geräusche irgendeines Ballerspiels zu hören und aus dem Zimmer von Bethanys Mutter drangen die Klänge eines Podcasts.

»Übrigens«, sagte ich, »herzlichen Glückwunsch zum Geburtstag.« Und dann öffnete ich Bethanys Zimmertür.

Ihr Zimmer war voller pink- und lilafarbener Luftballons, in der Mitte schwebte ein großer Fluttershy-Ballon und auf ihrem Bett lagen acht eingepackte Geschenke, von mir und dem Rest des Ruderteams, plus eins von Greg. Bethany schlug die Hand vor den Mund und sah mich von der Seite an. Ich machte einen kleinen Hüpfer auf der Stelle, so stolz war ich auf mich.

»Die Spendenparty –«

»Oh, es war eine echte Spendenparty. Übrigens, wir haben 425 Dollar eingenommen.«

Sie ließ ihre Hand sinken. »Weiß Greg es denn?«

»Dass du heute Geburtstag hast? Ich bitte dich, das war alles seine Idee.« Sie sah mich skeptisch an. »Das war es wirklich!«, sagte ich und schubste ein paar Ballons zur Seite, damit wir uns hinsetzen konnten. »Größtenteils. Hier, mach meins zuerst auf.«

Sie zögerte nur eine Sekunde, bevor sie den Rest ihres Cupcakes absetzte und eifrig das Papier von meinem Geschenk riss. »Es ist perfekt«, sagte sie und streifte sich das Armband über die Hand. »Und du hast sogar an das Selen gedacht«, staunte sie und bewunderte das kleine chemische Symbol.

»Wie könnte ich je das Selen vergessen?«

Sie zog mich an sich und ich tätschelte ihr den Rücken. »Aphra«, murmelte sie in meine Schulter, »das ist der beste Geburtstag, den ich je hatte. Einschließlich des Tages, an dem ich geboren wurde.« Sie schob den Rest der Geschenke zur Seite und setzte sich aufs Bett.

»Das wundert mich nicht, schließlich war das der Geburtstag, an dem du deinen Kopf durch eine Vagina zwängen musstest.«

Sie gab mir einen Klaps auf die Schulter. »Es war ein Kaiserschnitt. Das weißt du doch.«

»Ich bin mir nicht sicher, ob das besser ist.«

»*Hm-m*«, sagte Bethany. »Mom sagt, der Arzt hat sie aufgeschlitzt wie einen Lachs.«

»Also, ich glaub kaum, dass das der richtige Vergleich ist. Wenn sie ein Lachs war, was warst du dann?«

»Äh. Ich weiß nicht. Lachs-Eingeweide, schätze ich.«

»Aha«, sagte ich. »Wenn wir aus dem Lachs einen Stör machen, bist *du* Kaviar.«

Sie lächelte und zog die Schultern hoch. »Kaviar.«

»Kavi-arrrr«, sagte ich und rollte das *r*.

Bethany nahm Gregs Geschenk in die Hand. »Soll ich das aufmachen?«

»Natürlich sollst du das!«

»Weißt du, was drin ist?«

»Nee«, sagte ich. »Aber ich hab ihm gesagt, auf keinen Fall was Versautes. Du kannst dich also ruhig trauen, es aufzumachen.«

»Wie gut, dass ich dich hab, Aphra.« Sie riss die Verpackung des kleinen Kästchens auf. Ich hatte damit gerechnet, dass Ohrringe darin wären oder irgendein anderer Schmuck, aber in dem Kästchen lag nur ein Schlüssel. Bethany nahm ihn heraus und betrachtete ihn, als würde er sich vielleicht bei näherem Hinsehen in etwas anderes verwandeln.

»Hä?«, sagte sie.

Ich nahm ihr das Kästchen ab und fuhr mit den Fingern darin entlang. Unten drin klemmte eine kleine Karte und ich reichte sie Bethany. Darauf stand: *Wozu dieser Schlüssel gehört, wirst du morgen erfahren. Herzlichen Glückwunsch an das schönste Mädchen der Welt.*

»Das ist aber wirklich süß«, sagte ich.

Bethany ließ sich zur Seite fallen und landete mit ihrem

Kopf auf meinem Schoß. »Ich glaub, ich bin dabei, mich in ihn zu verlieben«, sagte sie. »Vielleicht sollte ich ihm das sagen. Meinst du, ich sollte ihm das sagen?«

Ich versuchte zu lachen. »Willst du nicht erst mal sehen, wofür der Schlüssel ist?«

»Der Tag heute war einfach perfekt. Die ganze Sache mit dem Schlüssel ist perfekt.« Sie musste gähnen. »*Er* ist perfekt.«

Ich überlegte mir schon eine witzige Entgegnung, aber echt, was sollte ich da noch sagen? Irgendwie stimmte es ja.

Kapitel 27

Ich hoffe, du hattest einen tollen Geburtstag, hatte Greg an diesem Abend geschrieben.

Irgendwie hatte ich das Gefühl, damit eine größere Grenze als sonst zu überschreiten – als würde ich durch eine Antwort darauf in Bethanys Rolle schlüpfen, auf eine Art, wie ich es mir eigentlich hatte verbieten wollen. Allerdings war ich wieder in einer Zwickmühle, denn wenn ich nicht antwortete, würde er wissen wollen, warum. Also schrieb ich: **Danke, das hatte ich,** weil ich wusste, dass das stimmte.

Doch dann tippte ich weiter, weil ich es nicht lassen konnte: **Wofür ist der Schlüssel?**

Ts, ts. Da musst du schon bis morgen warten.

Was passiert denn morgen?

Brunch, erinnerst du dich, nachdem du bei Cake Baby fertig bist? Oder hattest du das vergessen?

Bethany hatte gar nicht erwähnt, dass sie Greg zum Brunch treffen würde. Ich fragte mich, ob das mit Absicht gewesen war oder nicht. Wahrscheinlich nicht. Warum sollte sie es mir nicht erzählen?

Richtig, schrieb ich. **Ich meinte, was passiert mit dem Schlüssel?**

Na ja, du bekommst das Schloss ausgehändigt, ist doch klar.

Klar. Ich hoffe, der Schlüssel öffnet nicht irgendwas Furchtbares. Wie eine große Kiste mit Spinnen.

Wäre eine kleine Kiste mit Spinnen denn besser?

Nein, du hast recht. Die Größe der Kiste ist irrelevant. Wie ein explikativer Relativsatz.

...

Was hast du da gesagt?

Sorry, tippte ich schnell. Ich hab eine Schwäche für antiquierte Grammatikbegriffe.

Ich dachte, du hasst Englisch.

Das lief nicht gut. Ha, schrieb ich. Weißt du, ich hab einen sehr speziellen Humor. Ich glaub, du musst deine Antenne für Sarkasmus neu einstellen.

Das muss ich wohl. Dass du Pfannkuchen magst, hast du aber nicht sarkastisch gemeint, oder?

Nein, nein, antwortete ich. Das war mein voller Ernst.

Gut. Dann bis morgen, мое истинное серце.

Willst du mich jetzt wirklich damit hängen lassen?

Allerdings.

Und damit meldete er sich ab. Ich gab den Satz in den Google-Übersetzer ein. Er hatte geschrieben: *mein wahres Herz.*

...

Die Dinge entwickelten sich nicht gerade ideal, was eine harmlose Umschreibung dafür ist, dass die Kacke am Dampfen war, was wiederum ein etwas weniger netter Ausdruck dafür war, dass die Dinge aus der Bahn liefen. Während ich versuchte, mich als Bethany auszugeben, ohne so zu tun, als ob ich krampfhaft versuchte, mich als Bethany auszugeben, wurde ich immer schlechter darin, mich als Bethany auszugeben, und dieser Gedankengang war so verworren, dass nicht einmal ich ihm folgen konnte. Ich musste die App löschen. Aber ich konnte die App nicht löschen. Es war eine klassisch ausweglose *Catch-22*-Situation. Das weiß ich, weil wir den Roman *Catch 22* im letzten Herbst in der Schule gelesen haben. Ich hab einen Aufsatz darüber geschrieben und ein A dafür bekommen. Im Aufsätzeschreiben bin ich gut.

Ich musste eine Möglichkeit finden, die App loszuwerden, und gleichzeitig verhindern, dass Greg Bethany danach fragen würde. Ich schätze, ich könnte ihm einfach präventiv erzählen, dass ich die App abschalten würde. Ich könnte ihm sagen, dass ich den Platz auf meinem Smartphone bräuchte. Oder ich könnte sagen, dass die App gehackt worden sei, und er mir einfach eine SMS schreiben sollte wie jeder normale Mensch. Jede sentimentale Verbundenheit mit der App als unsere persönliche Flirt-Plattform sollte er gefälligst über Bord werfen, weil ich nie, nie wieder darüber reden wollte. Niemals.

Ich glaube, die Dinge waren einfacher, als es noch keine Handys gab.

Am nächsten Morgen stand ich früh auf, weil ich Kit versprochen hatte, mit ihm Minigolf zu spielen und unterwegs was zum Mittag zu essen. Natürlich dauert Minigolf spielen mit einem unkoordinierten Neunjährigen doppelt so lang wie Minigolf spielen mit einem normalen Menschen, und als wir endlich durch waren, hatten wir nur noch Zeit für einen Ein-Dollar-Hamburger vom Drive-in. Als wir nach Hause kamen, stand Mom mit dem Telefon in der Küche und redete sehr schnell. Wir kickten unsere Schuhe in die Ecke und hörten sie sagen: »Jetzt ist er da«. Dann legte sie auf und sagte: »Kit, geh mal für einen Moment auf dein Zimmer.«

»Krieg ich jetzt Ärger?«

»Nein, ich muss nur mal mit Aphra reden.«

»Kriegt *sie* Ärger?«

»Jetzt geh einfach.«

Kit sah sie etwas verunsichert an und ging nach oben.

»Wo wart ihr?«

Ich war etwas überrascht, dass sie sauer war. Warum das denn? Ich hatte doch nichts getan, als mit meinem kleinen Bruder Spaß zu haben, und ich hatte sie nicht einmal gebeten, für die Runde Minigolf zu bezahlen.

»Wo ist das Problem? Ich hatte Kit versprochen, mit ihm Minigolf zu spielen, weil er für sein Afrika-Projekt ein A bekommen hat.«

»Ich versuche seit zwei Stunden dich anzurufen.«

Ich holte mein Handy hervor.

»Mein Akku ist leer«, sagte ich. »Hab ich gar nicht gemerkt. Tut mir leid. Warum hast du denn angerufen?«

»Weil ich wissen wollte, wo mein Neunjähriger ist? Ich hab all seine Freunde angerufen! Du hast mir überhaupt nicht erzählt, dass du mit ihm wegfährst.«

»Ich hab gedacht, das hat er dir erzählt.«

»Darauf kannst du dich doch nicht verlassen. Er ist neun.«

»Gut, tut mir leid. Nächstes Mal sag ich dir selbst Bescheid. Hör zu: Es geht ihm gut, mir geht es gut, es geht uns beiden gut, abgesehen davon, dass er zehn Versuche gebraucht hat, um seinen Ball durch die Windmühle zu bekommen, und ich den Leuten hinter uns mit meinem Schläger drohen musste, weil sie immer so laut gestöhnt haben.«

Mom stieß selbst einen tiefen Seufzer aus. »Ich finde es toll, wie du dich für Kit engagierst«, sagte sie. »Das ist großartig. Aber denkst du auch daran, dass du in einem Jahr weg sein wirst? Genau wie Delia?«

»Ich werde *überhaupt nicht* genau wie Delia sein«, sagte ich aufgebracht.

»Aphra, was ich damit sagen will, ist, dass du ihn damit ganz schön durcheinanderbringen wirst.«

»Du willst also sagen, dass ich mich weniger mit ihm beschäftigen soll?«

»Du sollst nur nicht vergessen, dass seine Hauptbezugspersonen die Menschen sein sollten, die nicht kurz davor sind auszuziehen!«

»Oh. Prima. Darf ich vorschlagen, dass du und Dad dann mal etwas mehr Einsatz zeigt?«

»Das ist jetzt nicht fair.«

»Doch, das ist fair. Ihr habt Delia und mir immer die Arbeit mit Kit überlassen, weil ihr zu beschäftigt wart. Und jetzt beschwert ihr euch darüber?«

Sie holte tief Luft. »Dein Dad und ich haben wahrscheinlich zu viel auf dich und deine Schwester abgewälzt, das gebe ich zu. Aber im letzten Jahr hast du es ein wenig übertrieben. Vielleicht ist es, weil Delia weg ist oder weil du sauer auf sie bist, aber du musst einsehen, dass es für Kit leichter sein wird, wenn du dich allmählich etwas zurückziehst, anstatt im nächsten August von einem Tag auf den anderen zu verschwinden.«

»Wenn Kit mich lieber mag als dich, dann vielleicht, weil ich diejenige bin, die sich wirklich für seine Gefühle interessiert.«

»Redest du schon wieder von dem Kater? Ich kann Kits

Gefühle nicht über seine Gesundheit stellen, Aphra!« Ich nahm an, das sagte sie, weil Kit immer noch diesen Ausschlag im Gesicht hatte. Aber es war seltsam ... manchmal war es für einen oder zwei Tage besser, und dann wurde es wieder schlimmer, dabei war der Kater doch die ganze Zeit da. Irgendwie war das nicht logisch.

»Psychische Gesundheit ist auch Gesundheit! Gebt ihr deshalb nicht all das Geld aus, um mich zu Dr. Pascal zu schicken?«

»Du bist unmöglich!«, rief sie.

»Du bist nur sauer, weil ich recht habe.«

»Nein, ich bin frustriert, weil du das immer so machst. Du kannst dich aus allem herausreden, und deshalb musst du dich nie mit dem Gedanken auseinandersetzen, dass du unrecht haben könntest. Weil du *deiner* Meinung nach nie unrecht hast! Warum solltest du auch darüber nachdenken, dass jemand anders im Recht sein könnte, wenn du jede Debatte gewinnen kannst?«

»Ich gewinne gar nicht jede Debatte.«

»Doch, das tust du. Die Wahrheit ist, Aphra, du bist schlauer, als es gut für dich ist.«

»So etwas gibt es gar nicht«, sagte ich. »Also, was du sagen willst, ist, dass ich jetzt aufhören soll, mich um Kit zu kümmern, weil du glaubst, dass es weniger verwirrend für ihn sein wird, wenn ich noch hier wohne und ihn ignoriere. Und wie soll ich ihm das erklären? *Sorry, Kleiner, ich würde dir ja gerne bei den Hausaufgaben helfen, aber das könnte später psychologische Konsequenzen für dich haben, also verschwinde.*«

»So meine ich das nicht.«

»Was meinst du denn dann?«

»Ich meine … ich weiß auch nicht, was ich meine.«

»Da hast du es, genau das ist dein Problem.«

Sie machte ein beleidigtes Gesicht. »Kit braucht dich als seine Schwester. Nicht … nicht als zweite Mutter.«

»Wenn Kit mich als zweite Mutter sieht, dann liegt das an dir. Nicht an mir.« Und damit ging ich raus und knallte die Haustür hinter mir zu. Erst dann fiel mir auf, dass ich keine Schuhe anhatte. »Mist«, murmelte ich, aber weil es nichts Schlimmeres gibt, als einen dramatischen Abgang zu ruinieren, lief ich barfuß zu Bethany.

Als ich auf halbem Wege zu ihrem Haus war, fiel mir ein, dass sie ja mit Greg zum Brunch verabredet war und vielleicht noch nicht wieder zurück sein würde. So richtig wurde mir das erst klar, als Colin mir die Tür öffnete.

»Sie ist nicht da«, sagte er und kratzte sich am Kopf.

»Äh«, sagte ich. »Kann ich vielleicht hier auf sie warten?«

»Bei dir zu Hause mögen sie dich wohl auch nicht?«

»Im Moment nicht«, gab ich zu. Er ging zurück in die Küche und setzte sich mit einer Ausgabe des *Otaku*-Magazins an den Tisch.

»Ich wusste gar nicht, dass du Mangas magst«, sagte ich.

»Hä? Ja«, antwortete er.

»Meine Schwester hat das auch immer gelesen«, sagte ich.

»Okay«, brummte er und las weiter. Ich wünschte mir zum wiederholten Male, dass ich mein Handy aufgeladen hätte.

»Und«, versuchte ich es noch einmal, »was wirst du machen, wenn du nächstes Jahr ausziehen musst?«

»Ich werde ausziehen«, sagte er, ohne aufzusehen.

»Und sonst?«

»Und sonst hab ich keine Ahnung.«

»Ich werde nächstes Schuljahr ein paar Kurse an der NOVA belegen«, erzählte ich.

»Okay«, sagte er. »Soll mich das jetzt beeindrucken?«

»Ich meinte nur, ich könnte dir das Kursprogramm zeigen. Wenn du es sehen willst.«

»Ich will es nicht sehen.«

Er starrte auf sein Magazin. Ich starrte aus dem Fenster. Schließlich fragte ich: »Hast du ein Kaugummi?«

Er stand auf und ging zurück in den Keller. Das Magazin ließ er auf dem Tisch liegen. Ich zögerte nicht lange, es zu beschlagnahmen, und fing an, das Bonuskapitel von *My Hero Academia* zu lesen.

Bethany kam etwa eine halbe Stunde später nach Hause, nachdem ich mir erlaubt hatte, mein Handy mit Colins Ladegerät aufzuladen und die *Nespresso*-Maschine der Newmans in Gebrauch zu nehmen. So ein Kaffee, den jeder Idiot zubereiten kann, hat etwas fragwürdig Wunderbares. Man muss nicht einmal darauf warten, man steckt einfach den Stecker rein und los geht's. Und noch mal. Und noch mal.

Vielleicht wird es einem damit etwas zu leicht gemacht, es mit dem Koffein zu übertreiben.

Bethany kam herein und blieb wie angewurzelt stehen, als sie mich an ihrem Küchentisch sitzen sah.

»Hi!«, sagte ich.

»Hi«, sagte sie. Sie trug ihre *Cake-Baby*-Schürze zusammengefaltet über dem Arm. Jetzt fiel mir auch ein, dass sie Frühschicht gehabt hatte und gleich von der Arbeit aus zum Brunch gegangen sein musste. Sie legte die Schürze über die Lehne von Colins leerem Stuhl. »Bin ich zu spät? Für irgendwas?«

»Nein, ich wollte nur mal kurz vorbeischauen. Hab 'ne Weile mit Colin abgehangen. Er ist echt cool, weißt du.« Ich hielt die Manga-Zeitschrift hoch. »Er hat mir sein Magazin geliehen und so. Ich glaub, er ist nur mal kurz rausgegangen.« Ich rief die Treppe hinunter: »Kommst du wieder rauf?«

»Bist du nicht mehr ganz dicht oder was?«, brüllte er zurück.

Bethany setzte sich neben mich.

»Wie war der Brunch?«, fragte ich. »Habt ihr Pfannkuchen gegessen?«

Mit einiger Verspätung fiel mir ein, dass ich ja gar nicht von dem Brunch wissen sollte. Doch sie antwortete schon: »Ja, es war lecker. Echt gute Pfannkuchen.«

»Und, hast du es ihm gesagt?«, fragte ich etwas forscher, als ich beabsichtigt hatte. »Hast du *Ich liebe dich* gesagt? Hat er es gesagt? Habt ihr es beide gesagt?« Ich merkte, dass ich etwas aufgedreht klang. Mehr als etwas aufgedreht. Ich sollte ungefähr tausend Mal gleichgültiger sein.

»Nein«, antwortete sie. »Ich hab es nicht gesagt.«

»Nein?« Ich rutschte etwas näher. »Und wofür war der Schlüssel? Ein Tagebuch? Al Capones Tresorraum?«

»Was?«

»Ach, das war doch diese Geschichte in den Achtzigern. Die hatten Al Capones geheimen Tresorraum gefunden und ihn live im Fernsehen geöffnet, und rate mal, was drin war?«

»Was denn?«

»Nichts. Der Raum war leer, und dreißig Millionen Menschen guckten zu, wie er geöffnet wurde.« Bethany sah mich irritiert an und ich fügte hinzu: »Irgendwie war die Geschichte besser, als mein Vater sie erzählt hat.«

»Geht es dir nicht gut?«

»Alles prima. Also, wofür war denn nun der Schlüssel?«

»Für ein Kästchen.«

»Und in dem Kästchen war …«

Sie zog eine Kette mit einem silbernen Anhänger aus ihrem Blusenausschnitt. Es war eine Kompassrose, die nordwärts auf Bethanys Gesicht zeigte. »Er hat etwas eingravieren lassen«, sagte sie.

»Das sehe ich«, sagte ich und drehte den Anhänger um. Die Gravierung war in kyrillischen Buchstaben. »Er hat etwas Russisches eingravieren lassen? Hat er dir erzählt, was es bedeutet?«

»Es war mir zu peinlich nachzufragen.«

»*Was?*«

»Ich hab ihm gesagt, dass ich ihn liebe oder so was in der Richtung, und dann hab ich ihn geküsst, und dann bin ich abgehauen. Ich weiß auch nicht.«

»Was? Warum das denn?«

»Ich hab gedacht, ich blamiere mich.«

»Das ist doch jetzt wirklich Quatsch.«

»Ich weiß auch nicht, was los war.«

»Puh. Und was steht jetzt auf dem Anhänger? Hast du das rausgefunden?«

Sie sah mich finster an. »Ich kann kein Russisch.«

»Google-Übersetzer«, sagte ich. »Dein Freund und Helfer.«

»Das hab ich schon versucht. Was Google ausgespuckt hat, ergab keinen Sinn.«

Ich nahm mein Handy und öffnete den Google-Übersetzer.

»Ich hab dir doch gerade gesagt, das hat nicht funktioniert. Da kommt nur Kauderwelsch bei raus.«

Bethany saß da und beobachtete, wie ich einen Buchstaben

nach dem anderen eingab. »Wozu hast du denn eine App mit kyrillischer Tastatur?«, fragte sie.

»Äh«, sagte ich. »Schule … ein Projekt. Ein Projekt für die Schule. Wir haben, äh, russische Deklinationen verglichen. Mit den lateinischen.« Ich hab keine Ahnung, ob sie mir das abgenommen hat. Es ergab keinen Sinn. Aber ein Geschenk anzunehmen und dann wegzurennen, weil man die Widmung nicht lesen kann, war genauso abwegig, also war Bethany anscheinend Expertin für Sinnwidriges. Ich gab den letzten Buchstaben ein und drückte die Enter-Taste.

Ich verlor dich schweigend.

»Ich verlor dich?«, wunderte ich mich. »Das ist aber seltsam.«

»Hab ich dir doch gesagt«, meinte Bethany. »Aber du bist schon weitergekommen als ich. Bei mir stimmte nicht mal der Anfang. Ich hab immer nur *R verlor dich* rausbekommen.«

»Du hast wahrscheinlich *R* anstelle von *Я* eingegeben«, sagte ich, und dann wurde mir klar, dass ich auch einen Buchstaben falsch geschrieben hatte – es musste *o* anstelle von *ю* heißen. Ich tippte die Inschrift neu und versuchte es noch einmal. Dieses Mal ergaben die Wörter Sinn, auf gewisse Weise zumindest. Sie waren nur in der falschen Reihenfolge. »Du liebtest Schweigen?«, murmelte ich. »Nein, es ist …« Ich beendete den Satz nicht, denn auf einmal ging mir auf, wie die Inschrift lautete.

Ich liebte dich schweigend, ohne Zuversicht.

Bethany hatte recht. Es war perfekt. Es war das perfekte Geschenk für *mich.*

An diesem Abend klickte ich mich durch die Fotos von der

Party auf Sophies Instagram-Seite, während Kit und Sebastian unten Videos von *Minecraft*-Spielern anguckten, die im ganzen Haus zu hören waren. Auf einem Foto war Bethany in meinem roten Kleid zu sehen. Sie sah makellos und strahlend und wunderschön aus. Auf dem nächsten Bild lächelten wir beide zusammen in die Kamera, sie mit ihrem farblosen Lipgloss und ich mit meinem mattroten Mund. Und dann war da ein Foto von Bethany und Greg zusammen. Sie sahen so perfekt nebeneinander aus. Er guckte nicht in die Kamera; er guckte Bethany an, als könne er nicht glauben, dass dieses Mädchen tatsächlich neben ihm stand. Bethany allerdings guckte zur Seite und lachte jemand anderen an. Dieser Jemand, da bin ich sicher, war ich.

In diesem Moment schnappte sich Delia, die sich irgendwie angeschlichen hatte, mein Handy und warf einen neugierigen Blick auf das Display. »Ist er das?«, fragte sie. »*Wow.*«

Ich griff nach meinem Handy, aber sie hielt es außer Reichweite. »Sieht aus, als wäre er ganz schön in sie verschossen.«

»Ja«, sagte ich. »Das stimmt.«

Sie gab mir mein Handy zurück und ich schaltete es aus. »Sieht aus, als wärest *du* ganz schön in *ihn* verschossen.«

»Halt die Klappe«, sagte ich.

»Komm schon, du hast das Foto so angehimmelt, dass du mich überhaupt nicht gehört hast, als ich reingekommen bin.«

»Ich hab gerade nachgedacht«, protestierte ich.

»Ja, ja, darüber, wie gern du mit ihm rumknutschen würdest.«

»Kann dir doch egal sein«, sagte ich.

Sie hob die Augenbrauen. »Wenn dir dazu nichts anderes einfällt, muss ich ja ins Schwarze getroffen haben.«

»Ich bin müde«, sagte ich. »Im Gegensatz zu euch hatte ich was anderes zu tun, als rumzuhängen und den ganzen Tag Videos zu gucken. Ich dachte, du machst ein Praktikum.«

»Das ist bis nächste Woche nur halbtags«, sagte sie. »Und das weißt du auch.«

»Egal«, sagte ich.

»Mein Gott, du bist wirklich etwas neben der Spur. Wie lange stehst du denn schon auf den Typen?«

»Halt die Klappe, Delia. Geh lieber runter und sag deinem durchgeknallten Freund, er soll meinen Bruder in Ruhe lassen.«

»*Unseren* Bruder. Was ist bloß los mit dir?«

»Ich hab die Schnauze voll von dir«, sagte ich. »Das ist alles.«

»Hör zu«, sagte Delia, »es gibt keinen Grund, warum du so weitermachen musst. Es hat nichts ... Ehrenhaftes, ein Gesicht zu behalten, das du nicht ausstehen kannst. Wenn du das beheben würdest, hättest du in fünf Minuten einen Freund.«

»Ach!«, sagte ich. »Klar, du hast ja so recht. Ich könnte mich einfach auch in Frankensteins Monster verwandeln und irgendeinen Typen aufreißen, der mich dann im Keller meiner Eltern flachlegt!«

»Du bist widerlich!«

»Und du bist ein Fake! Weiß er überhaupt, wie du wirklich aussiehst? Du hast alle alten Fotos von dir aus deinem Zimmer verschwinden lassen. Denkst du, das hab ich nicht gemerkt?«

»Das waren Highschool-Fotos. Ich bin jetzt auf dem College.«

»*Bullshit*. Du hast die Fotos weggetan, weil du nicht wolltest, dass er sie sieht. Du willst so tun, als ob du so geboren wurdest, denn du weißt, was passieren wird, wenn er jemals die Wahrheit herausfindet.«

»Was? Was denkst du denn wird passieren?«

»Er wird dir den Laufpass geben!«

»Nein, das wird er nicht. Warum sollte er?«

»Weil du ein Fake bist! Weil … weil du aussiehst wie ich!« Ich wedelte mit der Hand vor ihrem Gesicht herum. »Das hier … ist doch eine falsche Darstellung!«

»Wovon? Das ist mein Gesicht, so wie es jetzt aussieht!«

»Ja, *jetzt*. Aber was wirst du machen, wenn du eine Tochter hast, die aussieht wie du? Ich meine, wie du wirklich aussiehst. Legst du dann gleich ein Sparbuch an, um ihre Schönheitsoperation zu bezahlen? Wie alt wird sie sein, wenn du ihr sagst, dass sie zu hässlich ist, um zu existieren, wie sie ist?«

»So was hab ich nie gesagt. Du bist total ungerecht, weil du genau weißt, wenn du hübscher wärst, würde dieser Typ jetzt nicht mit Bethany zusammen sein, sondern mit dir.«

»Ich hasse dich«, sagte ich.

»Du kannst mich hassen, so viel zu willst, aber du weißt, dass es die Wahrheit ist. Ich hätte mit meinem Aussehen nie das vom Leben bekommen können, was ich wollte, also hab ich mein Aussehen geändert. Und du kannst moralisieren, so viel du willst – im Grunde weißt du, dass ich recht habe, und deshalb bist du sauer. Dein Gesicht wird *immer* das sein, was dich daran hindert, voranzukommen.«

»Raus hier«, sagte ich. »Raus, *RAUS*, habe ich gesagt!« Ich packte Delia an den Schultern, schob sie aus meinem Zimmer und knallte die Tür zu, sobald sie draußen war. Dann ließ ich mich mit dem Rücken gegen die Tür fallen und rutschte langsam zu Boden.

Das stimmte einfach nicht. Es stimmte nicht. Es stimmte total.

Kapitel 28

Am Montagnachmittag war ich irgendwie nicht in der Stimmung für meine Therapie.

Zwischen meiner Mutter und mir lief es nicht gerade gut. Mit Delia hatte ich kein Wort mehr gewechselt und das würde vielleicht auch immer so bleiben. In Latein hatte Greg mich angeguckt und dann so schnell den Kopf weggedreht, dass er glatt ein Schleudertrauma hätte bekommen können. Er hatte mir eine Nachricht geschickt, als ich gerade Delia aus meinem Zimmer geschmissen hatte, und ich hatte geantwortet: **Ich kann jetzt nicht, ich bin gerade mitten im Ringkampf mit meiner Schwester, 12. Runde.** Schnell tippte ich: **Bruder, meine ich,** aber da hatte Greg schon geschrieben: **Okay, bis morgen,** und sich ausgeloggt, worüber ich mir jetzt den Kopf zerbrach.

Dann kam ich auch noch fünf Minuten zu spät zur Therapie, weil ich hinter einem Müllwagen herzuckeln musste. Jedes Mal, wenn ich versuchte, ihn zu überholen, schwenkte er nach links und ich konnte nicht an ihm vorbei. Ich hasse es, wenn das passiert. Ich hasse es.

Ich ließ mich auf Dr. Pascals Couch fallen und nahm mir meine Pfefferminzbonbons. Vier diesmal, denn ich hatte das Gefühl, nach diesem Tag hatte ich einen Extrabonbon verdient.

Oder vielleicht sollte ich sagen: nach dieser Woche. Das wäre zutreffender. Oder länger. Oder wie auch immer.

»Also«, sagte Dr. Pascal. »Sieht so aus, als wäre dieser Stimmungshurrikan zurück.«

»Ich glaube, jetzt ist es ein Taifun. Moment. Was ist schlimmer, ein Hurrikan oder ein Taifun?«

»Selbe Sache, anderer Ozean.«

»Wirklich? Ich dachte, ein Taifun wäre stärker.«

»Mit anderen Worten: Du bist besonders schlecht gelaunt heute.«

»Ja«, sagte ich und zerkaute meinen ersten Pfefferminzbonbon. »Ziemlich.«

Sie wartete darauf, dass ich das näher ausführte. Als ich nichts dergleichen tat, sagte sie: »Willst du mir meine Arbeit unbedingt besonders schwer machen?«

»Na gut. Ich hab mich mit Delia gestritten. Und mit meiner Mom. Und, äh, ich hab mich irgendwie an Bethanys Freund rangemacht, aber das war ein Versehen, weil er mir den Tango beigebracht hat.«

»Das war aber eine Menge auf einmal zu verarbeiten.«

»Ja, und jetzt bin ich ehrlich gesagt ziemlich erledigt.«

»Also gut. Erzähl mir, was passiert ist.«

Ich erzählte ihr, wie meine Mutter mir vorgeworfen hatte, meine Rolle als Kits Schwester zu überschreiten, was überhaupt nicht meine Schuld war. Und wie ich mit Delia aneinandergeraten war, weil sie immer wieder in der Sache mit Greg herumgestochert hatte, bis ich explodierte, was überwiegend nicht meine Schuld war. Und wie ich mich über Bethany aufgeregt hatte, weil sie sich nicht getraut hatte, wegen ihrem blöden Geburtstagsgeschenk nachzufragen, was ganz und gar ihre Schuld war. Und wie frustriert ich war, weil Greg noch immer nicht darauf gekommen war, dass ich hinter der *Deanna*-App steckte. Ich war mir nicht sicher, wessen Schuld das war. Ich schätze, in erster Linie meine, weil ich es ihm nicht erzählt habe. Aber vielleicht nicht nur.

»*Hm*«, sagte Dr. Pascal.

»Sie bringen es auf den Punkt. Und jetzt werden Sie mir bestimmt erzählen, dass ich mein Aggressionsproblem in den Griff bekommen muss.«

»Ich glaube gar nicht, dass du ein Problem mit Aggressionen hast. Ich glaube, du fühlst dich einfach sehr verletzt.«

Ich runzelte die Stirn. »Ich bin nicht verletzt. Wie kommen Sie darauf? Ich bin kein bisschen verletzt.«

Sie schüttelte den Kopf. »Was ist mit all der Wut, die du empfindest? Du bist wütend auf Delia. Du bist wütend auf Bethany. Du bist wütend auf deine Mutter. Du bist wütend auf Greg. Was meinst du denn, was das ist?«

»Wut ist Wut«, sagte ich. »Deshalb nennt man es ja *Wut*. Weil es *Wut* ist. Ist es Ihnen je in den Sinn gekommen, dass ich vielleicht wütend sein *sollte*, weil die Dinge so sind, wie sie sind?«

»Wenn deine Wut dich dazu bringen würde, etwas Konstruktives zu tun, würde ich vielleicht Ja sagen. Aber so ist es nicht. Deine Wut hält dich nur davon ab, deine Probleme an der Wurzel zu packen.«

Ich nahm mir einen weiteren Pfefferminzbonbon.

»Stell dir deine Emotionen mal als Band vor. Im Moment ist die Wut dein Frontman. Aber der Schlagzeuger? Das ist der Schmerz.«

Ich hoffte, solchen Quatsch trichterte sie ihren kleinen

Patienten nicht ein. Ich hob das Krümelmonster auf, aber sie nahm mir die Puppe aus der Hand und sagte: »Lass mal das Krümelmonster aus dem Spiel.«

»Ich bin nicht verletzt. Ich würde doch wissen, wenn ich das wäre, und ich bin es nicht.«

»Ich glaube, im Grunde weißt du genau, dass es so ist. Und ich glaube, du hast Angst, es zuzugeben, weil dein Schmerz etwas ist, das du nicht kontrollieren kannst. Deshalb tust du lieber so, als ob er nicht existiert. Aber solange du dir etwas vormachst, kann ich dir nicht helfen, Aphra.«

»Vielleicht brauche ich ja gar keine Hilfe«, sagte ich. »Vielleicht bohren Sie da in der Tiefe, wo gar nichts ist. Haben Sie sich das mal überlegt?«

Sie seufzte.

Na, großartig. Nun war ich nicht nur auf alle anderen wütend, sondern auch noch auf Dr. Pascal.

»Hören Sie«, sagte ich. »Das war alles nicht meine Idee. Es war nicht meine Idee, hierherzukommen.«

»Nein, aber du bist all die Monate wiedergekommen, und wir wissen beide, wenn du es nicht wolltest, wärest du nicht hier, Aphra. Du willst dieser Sache auf den Grund gehen.«

»Vielleicht ist es ja auch, weil ich so früher aus der Schule wegdarf. Ich meine, wer will das schon so genau wissen?« Ich zerkaute meinen Pfefferminzbonbon. Und dann nahm ich mir noch einen.

»Aphra«, sagte Dr. Pascal.

»Vielleicht muss ich ja gar nicht mehr hier sein«, meinte ich. »Vielleicht sind wir jetzt durch, oder?«

Sie lehnte sich zurück. »Erzähl doch mal«, forderte sie mich auf, »warum denkst du, bist du ursprünglich hergekommen?«

»Wegen Delia!«

Sie schüttelte den Kopf. »Doch nicht wegen Delia. Glaubst du wirklich, deshalb sitzen wir hier?«

»Äh, ja?«

»Nein. Die Sache mit deiner Schwester ist nur ein Symptom. Es war der Auslöser, durch den deine Tarnung aufgeflogen ist. Du bist so gut darin, deine wahren Gefühle zu verbergen, dass niemand gemerkt hatte, was mit dir los war.«

»Ach«, sagte ich. »Tatsächlich. Und was ist mit mir los?«

»Aphra, dein Selbstwertgefühl stinkt zum Himmel.«

»Oh nein, mein Selbstwertgefühl ist völlig in Ordnung. Ich bin einfach nur ehrlich und sehe meine Schwächen realistisch.«

»Aphra, du hast dich in einen Jungen verliebt und ihn an deine beste Freundin abgetreten, weil du denkst, dass du es nicht verdient hast, zurückgeliebt zu werden.«

Ich versank in der Couch. Draußen machten ein paar Krähen einen Heidenlärm, als hätten sie es gerade geschafft, einen Müllcontainer zu öffnen.

»Ich meine nicht, dass ich es nicht verdient habe!«, protestierte ich. »Es ist einfach nicht realistisch.«

»Es ist *nicht realistisch* zu denken, dass dich nie jemand lieben könnte.«

»Das denke ich ja auch gar nicht! Es ist … es ist …«

»Es ist was?«

»Also, die Sache ist die. Wollen Sie wissen, ob ich glaube, dass ich einen Kerl allein durch die Kraft meiner Persönlichkeit dazu bringen könnte, mich zu mögen? Natürlich könnte ich das. Ich bin clever. Ich bin witzig. So ziemlich jeder mag mich.«

»Willst du denn nicht, dass ein Kerl dich aufgrund deiner Persönlichkeit mag?«

»Das habe ich nicht gesagt. Ich will nur nicht, dass ich ihn überzeugen muss, das hier« – ich deutete auf mein Gesicht – »zu übersehen.«

»Mit anderen Worten, du willst jemanden, der dich hübsch findet.«

Ja. Nein. Das wollte ich. Ich wollte mehr als das.

»Ist es das, was du willst?«, fragte sie.

»Ich weiß es nicht. Ich weiß es nicht.«

»Ich glaube, du weißt das durchaus. Ich denke, du weißt genau, was du willst, und ich glaube, du hast solche Angst vor dem, was du willst, dass du im Moment auf alle Menschen in deinem Leben losgehst.«

Ich rieb mir die Stirn, bis sie wehtat. Alles tat weh. Warum tat nur alles so weh? Ich hasste das. Hasste es.

»Aphra«, fragte Dr. Pascal noch einmal, »was willst du?«

Ich wollte nach Hause. Ich wollte mit Kit Dame spielen. Ich wollte mit Bethany Cupcakes essen, ohne ein schlechtes Gewissen zu haben, weil ich hinter ihrem Rücken mit ihrem Freund chattete. Ich wollte mit Greg reden und ihm sagen, wer ich war, damit er entscheiden konnte, *mein* Freund zu sein statt ihrer. Ich wollte, dass er mich so ansah, wie er sie ansah.

Ich sagte: »Ich will jemanden, der mich liebt, *weil* ich so bin, wie ich bin. Nicht *obwohl.*«

Bei diesem erschreckenden Geständnis spürte ich, wie etwas in mir zerbrach.

Mir war schlecht.

Dr. Pascal machte sich ein paar Notizen, bis sie wieder zu mir aufsah. Sie schob ihre Brille auf die Stirn und entblößte ein passendes Paar dunkle Augenringe. Ich fragte mich, wie viele Patienten sie an diesem Tag schon vor mir gehabt hatte und wie viele danach noch kommen würden. Wahrscheinlich hatten viele von ihnen echte Probleme, hatten Missbrauch erlebt, oder ihre Mutter war gestorben, oder sie hatten eine Essstörung. Was machte ich hier eigentlich? Wahrscheinlich sollte ich ein schlechtes Gewissen haben, dieser Frau die Zeit zu stehlen, wo sie doch Leute hatte, die sie wirklich brauchten, nicht nur jemanden wie mich ohne wirkliche Probleme.

Schließlich sagte sie: »Und du glaubst, das ist unmöglich?«

»Ja. Das ist es.«

»Ich sage dir, das ist es nicht.«

»Jetzt hören Sie schon auf!«

Sie warf ihren Notizblock auf den Tisch. »Hier ist die Wahrheit, Aphra Brown: Ich kenne kaum jemanden, der die Vorstellung von konventioneller Schönheit mehr verinnerlicht hat als du.« Als ich widersprechen wollte, hob sie eine Hand. »Du glaubst, das hast du nicht, weil du keine Zeitschriften liest oder die entsprechende Mode kaufst, aber es stimmt. Du hast das konventionelle Schönheitsideal nicht nur verinnerlicht, sondern du überschätzt auch vollkommen, wie wichtig es ist. Du sitzt hier jede Woche und erzählst mir, dass dein Gesicht das Unwichtigste an dir ist, aber du verhältst dich, als wäre es das Wichtigste.«

»Es ist nicht, dass es das Wichtigste ist. Es ist nur einfach das, was … was mir im Weg steht. Aber das ist in Ordnung! Es ist in Ordnung. Es ist keine große Sache. So ist das einfach.«

Sie schüttelte den Kopf. »Wann hast du das letzte Mal wirklich zugelassen, verletzlich zu sein?«

»Verletzlich«, wiederholte ich. Das Wort fühlte sich seltsam an in meinem Mund. Noch ein Wort, das mir aus dem Latein-Unterricht im Gedächtnis geblieben war: *vulnerare*, was *verwunden* oder, richtig konjugiert, *verletzt werden* heißt. Es weckte die Vorstellung, von irgend so einem römischen Zenturio aufgespießt zu werden, bis meine Innereien zutage traten. »Das klingt schrecklich.«

»Es macht einem Angst, nicht wahr?«

Ich antwortete nicht.

»Aphra Brown. Ich bin überzeugt, dass du es wert bist, geliebt zu werden. Also, hier ist meine Frage: Warum sieht *du* das nicht auch so?«

Ich blinzelte ein paar Mal. Dann sagte ich: »Es ist ja nicht, dass ich nicht glaube, es wert zu sein, es ist bloß nicht –«

»Jetzt komm mir nicht wieder mit diesem *nicht realistisch*. Warum glaubst du nicht, dass es realistisch ist?«

»Weil«, sagte ich. »Weil ich hässlich bin.«

Ich war überrascht, dieses Wort aus meinem Mund zu hören. Ich hasse dieses Wort. *Unattraktiv, gewöhnlich, unterdurchschnittlich* – mit all diesen Begriffen kann ich umgehen. Aber das Wort *hässlich* kann ich nicht ausstehen. Es klingt so unumstößlich wie *Ungeheuer.*

»Ich finde nicht, dass das stimmt«, sagte sie. »Aber selbst wenn, okay. Jeden Tag werden hässliche Menschen geliebt.«

»Ich will aber nicht wie ein hässliches Mädchen geliebt werden«, sagte ich. »Ich will wie ein hübsches Mädchen geliebt werden.« Dieses blöde *Es*. Blödes, blödes *Es*.

Ich fing an zu weinen, zuerst ein bisschen und dann mehr und dann ziemlich heftig.

Dr. Pascal stand auf und reichte mir eine Schachtel Kleenex. »Das«, meinte sie, »ist das Wahrste, was du hier je gesagt hast.«

»Was nützt das«, sagte ich. »Das, was mit mir nicht stimmt, lässt sich ja nicht ändern, es sei denn, ich mache es wie Delia.«

»Es gibt nichts, was sich nicht ändern lässt«, sagte sie. »Du hast gerade dein Herz sprechen lassen. Jetzt lass uns daran arbeiten, dich von dem zu überzeugen, was der Rest der Welt schon weiß.«

Ich schniefte und wischte mir die Augen trocken. »Und was ist das?«

»Dass du es wert bist, geliebt zu werden, weil du so bist, wie du bist, und nicht trotzdem. Und wenn du mit dieser Einstellung auf die Leute zugehst, wirst du das auch erleben. Und zwar bestimmt nicht nur einmal.«

»Aber das ist nicht –«

»*Schsch!*«, sagte sie. »*Sch-sch.*« Sie hob die Muppet-Puppe in die Höhe, die am nächsten lag. »Elmo sagt: *Bullshit.*«

Kapitel 29

Am Dienstag veranstalteten wir Mädchen aus dem Achter unsere jährliche Frühjahrs-Pyjamaparty.

Eigentlich war es erst unsere zweite jährliche Pyjamaparty. Die erste war am Abend vor dem Beginn der letzten Regatta der Saison gewesen, und wir waren uns einig, dass das eine superschlechte Idee gewesen war, weil wir am nächsten Morgen alle vollkommen gerädert waren. In diesem Jahr hatten wir also beschlossen, uns unter der Woche zu treffen. Wir würden Spaghetti essen, den Klassiker *Eight Girls in a Boat* von 1934 gucken und dann morgens gemeinsam frühstücken, bevor wir zur Schule mussten.

All das sollte bei Sophie stattfinden, weil sie einen riesigen Keller mit einem gigantischen Flachbildschirm hat. Also zwängten wir uns nach dem Training am Dienstag in zwei Autos (Sophies und Claires) und hielten beim Supermarkt, um das Zeug für die Spaghetti, Snacks für den Film und Sachen fürs Frühstück zu kaufen. Wir teilten die Einkaufsliste unter uns auf und trafen uns hinterher bei den Autos wieder.

Meine Liste bestand aus *Pop-Tart*-Toast (Schoko und eine andere Sorte) und *Harshey's*-Schokotropfen, eine große Tüte. Ich bezahlte für meinen Teil und machte mich auf den Weg zurück zum Auto, wo Sophie ungeduldig mit den Fingern auf dem Lenkrad trommelte, während Claire und Talia schon wieder auf dem Rücksitz saßen.

»Wo ist Bethany?«, fragte ich, denn sie war die Einzige, die noch fehlte. Ich hatte die anderen nicht so lange warten lassen wollen, aber das Klo ist in der Nähe der Süßigkeitenabteilung, und ich hatte pinkeln müssen.

»Bethany ist noch nicht wieder da.«

»Was sollte sie denn besorgen?«

Sophie, die den Einkaufszettel geschrieben hatte, antwortete: »Müsli, Cornflakes und so was.«

»Ich bin gleich wieder da«, sagte ich und lief zurück in den Supermarkt. Wie ich erwartet hatte, stand Bethany in der Zerealienabteilung, den Blick auf ihr Handy geheftet und die Stirn in tiefe Falten gelegt. »Hi«, sagte ich.

Als sie nicht gleich antwortete, sagte ich: »Brauchst du Hilfe beim Aussuchen?«

»Was? Oh ja, das sind ja Hunderte von Sorten. Sag mal, Aphra –«

»Mach dir nicht zu viele Gedanken. Lass uns einfach etwas Gesundes nehmen, etwas Süßes und etwas dazwischen«. Ich nahm Weizenflocken, *Froot Loops* und eine Art Knuspermüsli aus dem Regal. »So, jetzt lass uns zur Kasse gehen.«

»Sag mal, Aphra …«, begann sie noch einmal, als wir auf dem Weg zur Kasse waren.

»Ich weiß sowieso nicht, warum wir die kaufen. Nachher essen doch wieder alle *Pop-Tarts* oder getoastete Waffeln. Was ist?«

Sie holte tief Luft, atmete aus und sagte: »Ich sollte doch auch noch *Twizzlers* kaufen.«

Wir holten schnell zwei große Tüten Fruchtgummi und ich

legte alles aufs Band an der Kasse. Bethany war ungewöhnlich still für jemanden, der so viele Süßigkeiten einkaufte.

»Ist alles okay mit dir? Letztes Jahr hat dir die Pyjamaparty doch super gefallen. War was bei *Cake Baby*?«

»Oh nein, da ist alles gut. Ich hab diese Woche eine Gehaltserhöhung bekommen.«

»Was? Du bist doch erst anderthalb Wochen da.«

Der Mann vor uns stritt sich mit der Kassiererin über das Preisschild auf vier Packungen mit gemischtem Krautsalat und verlangte nach dem Manager. Ich weiß auch nicht, warum ich mir immer die falsche Kasse aussuche, aber ich mache das jedes Mal.

»Ja, ich habe herausgefunden, dass unser Lieferant uns zu wenig Mehl geliefert hat«, erzählte Bethany und ihr Gesicht hellte sich etwas auf. »Ich hab meine Badezimmerwaage mit zur Arbeit genommen, weil ich mich gefragt habe, ob in einem Sack wirklich exakt zehn Kilo sind. Als meine Waage ein halbes Kilo weniger anzeigte, hab ich einen Mehlsack zum *FedEx*-Kurierdienst um die Ecke gebracht und sie gebeten, ihn für mich zu wiegen.«

Ich machte einen Schritt zur Seite, um den Krautsalat-Mann durchzulassen, der anscheinend beschlossen hatte, seinen Salat zurück in die Gemüseabteilung zu bringen, anstatt dreißig Cent extra zu bezahlen.

»Du hast einen Zehn-Kilo-Mehlsack bis zu *FedEx* geschleppt?«, fragte ich Bethany.

»Ja, und als ich den Kubik-Inhalt des Sacks überprüft habe, ist mir klar geworden, dass da gar nicht zehn Kilo Mehl reinpassen. Die haben uns schon seit Ewigkeiten übers Ohr gehauen.«

»*Wow*«, sagte ich. »Das ist aber echt krass. Der Job läuft also gut.«

»Ja. Doug hat mich gleich beauftragt, von jetzt an alle Lieferungen zu überprüfen. Alles gut also. Ich mach mir wahrscheinlich nur Gedanken wegen Greg.«

Ich wartete, bis sie der Kassiererin ihr Bargeld gegeben und ihre Tüte genommen hatte. »Was stimmt denn nicht?«

»Es ist … ich weiß auch nicht. Er ist großartig. Er ist fantastisch. Ich hab nur das Gefühl, die Hälfte der Zeit weiß ich nicht, wovon er redet. Gestern hat er mich zum Beispiel gefragt, wie viel Ahornsirup in Kanada produziert wird. Und ich denk natürlich: Woher soll ich denn das wissen? Wie kommst du denn darauf?«

»Hast du, äh, hast du das gesagt?«, fragte ich und blieb vor der Kaugummimaschine stehen.

»Nein, natürlich nicht. Ich hab gesagt, ich könnte mich nicht erinnern, und dann hab ich mit ihm rumgeknutscht.«

»Aha. Okay.«

»Und wenn ich mit ihm über Chemie oder so was reden will, wirkt er immer total weggetreten. Er will immer nur über russische Literatur reden. Die ganze Zeit. Und dann sagt er ständig was auf Russisch und … wartet darauf, dass ich ihn frage, was es bedeutet. Und vorhin hat er mich gefragt –«

Wir warteten, bis eine Frau, die gerade durch die Tür kam, ihr kleines Kind in den Sitz des Einkaufswagens gezwängt hatte.

»Willst du mit ihm Schluss machen?«, fragte ich.

»Was? *Nein!* Ich bin … ich weiß auch nicht. Ich glaub, ich musste das nur mal loswerden. Es ist einfach, ich hatte ja noch nie einen Freund. Ich weiß einfach nicht, wie das alles funktioniert.«

»Ihr zwei seid doch noch dabei, euch kennenzulernen, nicht wahr?«

»Ja. Das ist es wahrscheinlich. Ich bin nur eben gewohnt …«

Ein paar Meter entfernt drückte Sophie auf die Hupe. Dann lehnte sie sich aus dem Fenster und rief: »Kommt schon, ihr zwei! Wir verschwenden hier nur Zeit!« Also stiegen wir ein und fuhren zu Sophie. Ich wollte Bethany noch fragen, was sie gewohnt war, aber ich kam nicht mehr dazu.

Bethany und ich schrieben uns während des Films Nachrichten, denn Sophie wird total sauer, wenn man beim Filmgucken quasselt.

Sag es bitte niemandem, schrieb Bethany, **aber ich hasse diesen Film.** Wir hatten schon unsere Spaghetti gegessen und ich hatte einen Geschmack von Knoblauch und Weingummi im Mund. Was eklig klingt und es auch ist.

Ja, antwortete ich, **mein Lieblingsfilm ist es auch nicht. Aber es kommen eben Mädchen und ein Boot vor.**

Vielleicht können wir nächstes Jahr abstimmen, statt diesen Streifen noch mal zu gucken?

Vielleicht, tippte ich. **Ich bin einfach froh, nicht zu Hause zu sein. Ich hab Delia so was von satt, ich könnte schreien.**

Sie sah von ihrem erleuchteten Display auf und warf mir einen Blick zu. **Was meinst du?**

Sie ist einfach furchtbar.

Streitet ihr zwei euch etwa IMMER noch?

Ich hatte Bethany nicht von unserem letzten Streit erzählt, weil es ja dabei auch um Bethany gegangen war. Na ja, um Bethany und Greg. **Ja,** antwortete ich, **wir sind jetzt in der 12. Runde.**

Bethany starrte mich mit offenem Mund an, bestimmt eine halbe Minute lang. Dann fing sie an, mir mit dem Finger in die Schulter zu bohren. Mehrmals und nicht gerade sanft.

»Au«, sagte ich und tippte: **WAS???**

Ich muss mit dir reden. SOFORT.

Was ist denn?

Sie stieß mich noch ein paar Mal an.

Ich höre. Was ist denn?, tippte ich.

Komm nach oben. Nimm dein Handy mit.

Wir kamen gerade zu der Filmszene, in der Christas Rudertrainer – ohne zu wissen, dass sie schwanger ist – sie antreibt, sich zu verausgaben, bis sie zusammenbricht, doch ich folgte Bethany die Treppe hinauf in Sophies dunkles Wohnzimmer.

»Wozu brauchst du mein Handy?«

»Hast du Greg Nachrichten geschickt?«, fragte sie.

Ich spürte, wie meine Muskeln erstarrten. »Was?«, fragte ich.

»Du hast mich schon verstanden. Hast du mit ihm gechattet und ihm vorgemacht, dass du ich bist?«

Ich starrte sie im Dunkeln an. Sie wedelte mit ihrem Handy in der Luft herum und sagte: »Er redet immer dieses zusammenhanglose Zeug, so wie mit dem Ahornsirup und seinen Kursen an der NOVA und den russischen Gedichten, und ich hab die ganze Zeit gedacht, dass er nur witzig sein wollte oder … ironisch oder so was, aber vorhin im Supermarkt hat er mir eine SMS geschickt und mich gefragt, ob meine Schwester und ich *Runde 13* eröffnet oder eine Waffenruhe vereinbart hätten.«

Oh Gott.

Ich spürte, wie das Blut aus meinem Gehirn wich und

irgendwo in meine Beine strömte. »Und was hast du geantwortet?«

»Nichts«, antwortete sie. »Ich wusste nicht, was ich sagen sollte. Angesichts der Tatsache, dass ich keine Schwester habe. Und jetzt will ich wissen, Aphra, warum Greg denkt, dass ich eine Schwester habe, und warum er immer diese ganzen Insider-Witze bringt, die ich nicht kapiere, und was zum Teufel hier abgeht.«

Ich wäre am liebsten tot umgefallen.

»Was auch immer du als Nächstes sagst«, meinte Bethany, »sieh zu, dass es die Wahrheit ist.«

»Bethany«, begann ich. Gleich würde ich anfangen zu heulen, und zwar richtig. Es war bescheuert. Ich war im Unrecht. Ich war so was von im Unrecht, aber ich würde heulen, und das nicht auf eine anmutige, zurückhaltende Art.

»Aphra, was hast du gemacht?«

Ich holte ein paar Mal tief Luft. »Erinnerst du dich an die *Deanna*-App?«, fragte ich.

»Ja. Sie hat nicht funktioniert, aber du hast sie repariert, oder? Du hast doch eine super Note dafür bekommen.«

»Nein. Ich hab es nicht geschafft, sie zu reparieren. Aber das wollte ich Mr Positano nicht erzählen, also hab ich … meine Daten gefälscht, sozusagen.«

»Und was hat das mit mir und Greg zu tun?«

»Greg hat die App benutzt«, erzählte ich. »Ich hab die Antworten selbst getippt, um die Tatsache zu verbergen, dass die App nicht funktionierte, und er hat das rausgefunden.« Ich schluckte. »Und dann hat er dich mit dem Code gesehen, an diesem Tag in der Schule.«

»Dem Code?«

»Dem *Deanna*-Code. Als er dich auf dem Gang geküsst hat, hast du dich nie gefragt, warum?«

»Weil er mich mag!«

»Ja, das tut er, aber er dachte auch, dass er mit dir gechattet hatte. Er dachte, es sei *deine* App.«

Bethany lehnte sich zurück und schlug langsam die Hand vor den Mund. Das Schlimmste war, dass sie ja noch nicht einmal das Krasseste erfahren hatte.

»Warum hast du nichts gesagt?«, wollte sie wissen. »Warum hast du mir von all dem kein *einziges* Wort gesagt?«

»Du warst so glücklich«, sagte ich. »Und es wäre ein einziges Chaos gewesen, für nichts und wieder nichts. Ich wusste doch, wie sehr du ihn mochtest. Ich dachte, ich bin eine gute Freundin.«

»Mein Gott, Aphra.« Sie schüttelte den Kopf. »Ich kann nicht fassen, dass du mir nichts gesagt hast.«

Ich wartete auf den Moment, in dem es ihr dämmern würde. Und da war er schon.

»Warte, das war doch vor drei Wochen oder so.«

Ich ließ meinen Kopf auf meine Knie sinken.

»Da war Delia doch noch nicht mal da.«

Ich sagte nichts.

»Du chattest *immer noch* mit ihm?«, fragte Bethany ungläubig.

»Es tut mir leid«, sagte ich zum Teppich. »Ich hab das nicht geplant.«

»Du hast das nicht *geplant*?«

»Er … er hat sich in die App eingeloggt. Und ich wollte eigentlich gar nicht mit ihm reden, aber er hatte jede Menge Probleme mit seinen Eltern, und ich hatte das Gefühl, vielleicht sollte ich ihm dabei noch helfen, verstehst du? Und dann hat sich das Ganze irgendwie … verselbstständigt.«

»*Verselbstständigt.*«

Ich öffnete die *Deanna*-App und reichte ihr mein Handy, damit sie meine Nachrichten lesen konnte, aber sie scrollte nur mit weit aufgerissenen Augen durch den Chat. Schließlich hob sie den Blick und sah mich an.

»Du hast über *diese ganze Zeit* mit ihm gechattet?«

Ich wandte den Blick ab. »Ja.«

»Und er denkt, er chattet mit mir?«

»So kann man es sagen.«

»Und da hast du nicht daran gedacht, du solltest mir vielleicht erzählen, dass er denkt, ich wäre du?«

»Welchen Zweck hätte das gehabt? Du bist diejenige, die er will. Hör zu, ich weiß, ich hätte nicht weiter mit ihm chatten sollen, nachdem ihr zwei zusammengekommen wart. Das weiß ich. Aber ich … hab es eben getan.«

»Du hast es eben getan. Du hast einfach weiter so getan, als wärest du ich, während du spät abends mit meinem Freund gechattet hast.« Sie warf das Handy auf die Couch und stand auf. »Was denkst du eigentlich, wie ich mich dabei fühle? Das ist doch alles total verkorkst.«

»Ich weiß. Ich weiß, dass es das ist, deshalb hab ich es dir ja jetzt erzählt.«

»Du hast es mir erzählt, weil ich es rausgefunden hab!«

»Na ja, eigentlich –«

»*Aaaah! Sei still!* Jetzt komm mir nicht mit der Aphra-Masche. Ich will mir nicht schon wieder anhören, warum du eigentlich recht hast und ich nicht. Das ist doch der totale Wahnsinn. Ich kann nicht glauben, dass du das getan hast.«

»Ich weiß! Ich weiß und es tut mir leid. Ich hätte es dir sagen sollen. Ich hätte es dir gleich am ersten Tag sagen sollen.«

»Warum hast du es dann nicht getan?«

»Du warst so *glücklich*.«

»Ich war glücklich. Das ist alles?«

»Nicht … nicht nur du.«

»Du meinst, Greg und ich?«

»Ja. Ihr wart zusammen, und ihr wart so glücklich, und ich hätte doch nur alles kaputtgemacht. Ich dachte … es würde ja niemandem schaden.« Ich reichte ihr noch einmal mein Handy. »Du kannst es lesen. Lies alles. Du wirst sehen, ich hab nie versucht, ihn dazu zu bringen, mich anstelle von dir zu mögen, das schwöre ich.«

»Ich will das gar nicht lesen!«

Ich versuchte ihr das Smartphone in die Hand zu drücken. »Guck es dir einfach an.«

»Nein, Aphra, nein. Ich will nicht lesen, was du geschrieben hast! Ich kann … ich kann dir nicht glauben. Ich kann nicht glauben, dass du mir das angetan hast.«

»Ich weiß. Ich weiß! Es tut mir leid.«

Sie starrte auf mein Handy, das zwischen die Sofakissen gerutscht war. Nach einer halben Minute sagte sie: »Wir müssen es ihm sagen.«

»Nein. Nein, Bethany, das können wir nicht machen.«

»Das müssen wir aber!«

»Er wird es nicht verstehen. Er wird uns beide hassen!«

»Aber –«

»Hör zu, ich weiß, wie sehr du ihn magst. Und er mag dich auch, das weiß ich, aber wenn du ihm das Ganze erzählst, ist es aus. Ich will nicht, dass ihr zwei euch deshalb trennt. Es war ja alles nicht deine Schuld.«

»Wir können ihn doch nicht weiter anlügen!«

»Du hast ihn doch nie angelogen«, sagte ich. »Das habe ich getan.«

»Noch nicht, aber ab jetzt werde ich lügen, wenn ich es ihm nicht erzähle.«

»Bethany«, flehte ich sie an. »Bitte erzähl es ihm nicht. Bitte. Ich … ich höre auf ihm zu schreiben. Sofort, ich verspreche es. Ich werde ihm sagen … ich werde ihm irgendetwas sagen, ich weiß auch nicht. Ich werde warten, bis er sich das nächste Mal einloggt, und ihm sagen, dass ich nicht mehr mit ihm chatten kann. Ich werde mir schon was ausdenken. Es tut mir leid.« Ich drehte mich um und wischte mir mit dem Ärmel über die Nase, um eine Sekunde zu gewinnen und mein Gesicht wieder in Ordnung zu bringen. Ich wollte nicht, dass Bethany wusste, wie schwer es mir fiel zu versprechen, dass ich nie mehr mit ihm chatten würde. Er würde nicht mehr der Letzte sein, mit dem ich am Abend sprach. Und ich wäre nicht mehr diejenige, die seine Geheimnisse bewahrte. Er wäre einfach nur noch der Freund meiner besten Freundin.

Bethany trat zur Tür.

»Wo gehst du hin?«, fragte ich.

»Ich kann jetzt einfach nicht mit dir zusammen sein«, sagte sie. »Ich kann es einfach nicht.« Und damit ging sie hinunter, um den Rest des Films zu gucken, während ich im Dunkeln saß, das Smartphone in meinen Händen anstarrte und mich fragte, was ich nur tun könnte, um den riesigen Schlamassel zu beseitigen, den ich da angerichtet hatte.

Eine halbe Stunde später loggte sich Greg ein, um mit mir zu chatten. *Mit Bethany.* Er loggte sich ein, um mit Bethany zu chatten.

Der Film war inzwischen zu Ende, und alle drängten sich im Bad, um ihre Zähne zu putzen und so. Bethany hatte sich gerade das Gesicht gewaschen und breitete ihren Schlafsack auf dem Boden aus.

»Hi«, sagte ich.

»Hi«, sagte sie, während sie die Falten in ihrem Schlafsack glattstrich und vorsichtig eine Ecke zurückschlug.

»Ich … wollte dir nur sagen, dass ich die Sache beenden werde. Mit der App. Jetzt sofort. Wenn du dabei sein willst, um sicherzugehen, dass ich es tatsächlich mache.«

»Ich kann dir also nicht vertrauen, dass du es machst, wenn ich nicht zugucke?«, fragte sie.

»Das meinte ich nicht«, sagte ich. »Ich hab nur gedacht –«

»Nein«, sagte sie. »Mach es einfach. Ich muss da nicht zuschauen.«

Ich schlüpfte durch die Hintertür in den Garten und setzte mich auf die Kante von Sophies abgedecktem Whirlpool.

Greg hatte geschrieben: **Du musst jetzt bei der Pyjamaparty sein. Sorry, wenn ich störe.**

Tust du nicht, antwortete ich, **wir machen uns eben alle fertig fürs Bett.**

Ja? Dann bist du also gerade im Schlafanzug?

Ich warf einen Blick zur Tür, um zu sehen, ob Bethany doch noch beschlossen hatte, mir nach draußen zu folgen. Bisher noch nicht.

Ich tippte: **Ich bin immer im Schlafanzug, wenn ich abends mit dir chatte.**

Das hab ich noch gar nicht überlegt. Da sind mir ja einige Gelegenheiten für Fantasien entgangen.

Meine Brust zog sich vor Schmerz zusammen, als ich den nächsten Satz schrieb: Ich muss dir was sagen.

Oh-oh. Hab ich Grund, mir Sorgen zu machen?

Nein. Nein, es ist nur, ich glaube, der Grund, warum es mir schwerfällt mit dir zu reden, wenn wir uns treffen, ist, dass ich die App als Krücke verwende. Anfangs war das vielleicht eine ganz gute Sache. Aber jetzt glaube ich das nicht mehr. Ich glaube, solange wir auf diese Weise reden, wird da immer diese Distanz zwischen uns sein. Ich denke, wir sollten die App beide löschen.

Für einen langen Moment kam keine Antwort. Dann: Bist du sicher?

Ich bin sicher.

Okay, wenn du das wirklich willst. Bedeutet das, auch keine SMS mehr?

Ich stieß langsam die Luft aus. Ich glaube, SMS ist okay.

Also gut, wenn du meinst. Ich werde das hier aber vermissen. Mit dir so zu reden. Ich weiß, das klingt jetzt kitschig, aber es hat sich irgendwie immer total magisch angefühlt. Selbst als du noch so getan hast, als ob du ein Computer wärst.

Ich werde es auch vermissen, tippte ich.

Dann löschte ich die App.

Kapitel 30

Ich fühlte mich schrecklich – als wäre da dieser Lichtblick in meinem Leben gewesen, der gerade ausgelöscht worden war. Jetzt würde es keine vertrauten Gespräche mit Greg mehr geben – nicht online und im wahren Leben wahrscheinlich auch nicht. Es war, als ob dieser Teil meines Lebens einfach verschwunden war. Und es war komplett meine Schuld.

Zudem wusste ich nicht, wie ich die Dinge mit Bethany geradebiegen sollte. Auf jeden Fall half es nicht gerade, dass eine kleine Stimme in mir immer wieder sagte, dass ich ja nur getan hatte, was sie wollte. Ich hatte ihr geholfen, Greg zu bekommen. Ich hatte dafür gesorgt, dass sie clever und charmant klang. Dieser Kuss auf dem Gang? Den hatte sie *mir* zu verdanken.

Allerdings war ich nicht dumm genug, ihr das ins Gesicht zu sagen.

...

Zwei Tage später fand am Vormittag die Preisverleihung für die unteren Klassen statt.

Früher gab es zum Schuljahresabschluss eine große Zeremonie für alle, aber es waren einfach zu viele Preise gewesen und die Veranstaltung hatte ewig gedauert. Also hatte die

Schulleitung im letzten Jahr beschlossen, die Zwölftklässler während ihrer Abschlussfeier auszuzeichnen, denn sie bekamen die meisten Preise. Für uns andere gab es nun eine gesonderte Veranstaltung, bei der wir neunzig Minuten über uns ergehen lassen mussten, in denen Sportauszeichnungen, Musikpreise und so weiter verteilt und die Wahlergebnisse für die Schülervertretung bekannt gegeben wurden. Es war wie immer superlangweilig, und ich hätte das Ganze lieber sausen lassen und wäre einen *McFlurry* essen gegangen, aber als mir das einfiel, stand leider schon eine ganze Armee von Lehrern vor den Hintertüren, um uns an der Flucht zu hindern. Ich fügte mich in mein Schicksal und marschierte mit den anderen in die Turnhalle. Bethany saß vor der Tribüne auf dem Boden und hatte den Blick auf einen Riss im Linoleum geheftet.

»Hi«, sagte ich. Eigentlich hätte ich mich lieber weiter hinten hingesetzt, wo ich ungestört auf mein Handy gucken könnte, aber Bethany sitzt nicht gerne da, wo man nicht so leicht rauskommt, also richtete ich mich nach ihr. Als sie nicht antwortete, sagte ich: »Hi, Beth.«

»Hi«, sagte sie tonlos.

Ich wusste, dass ich das verdient hatte. »Also, ich wollte dir noch erzählen«, begann ich, aber dann setzte sich Greg auf der anderen Seite neben Bethany und legte einen Arm um ihre Schultern. Sie erstarrte ein wenig, bemerkte dann, dass ich sie beobachtete, und warf mir einen finsteren Blick zu. Ich sah hinüber zum Podium, wo Mrs Turner die Leute aufrief, sich schnell hinzusetzen, damit wir anfangen könnten.

Greg flüsterte Bethany etwas ins Ohr, um die Tatsache zu überspielen, dass er die Stelle unterhalb ihres Ohrläppchens küsste, und ich versuchte krampfhaft, so zu tun, als ob ich davon nichts mitbekam. Irgendwann tauchte er wieder auf, um Luft zu holen, und sagte zu mir: »Hey, hast du eigentlich schon deine NOVA-Kurse gewählt?«

»Hm«, sagte ich.

»Wenn du willst, können wir ja mal schauen, ob wir zur selben Zeit Unterricht haben. Von wegen Fahrgemeinschaft und so.«

Bethany funkelte mich wütend an.

»*Ähm*«, sagte ich. »So weit bin ich noch nicht, sorry.«

Inzwischen war Mrs Turner auf dem Podium schon dunkelrot angelaufen, und die restlichen Lehrer flehten uns an, wir sollten ruhig sein, bevor sie einen Schlaganfall bekäme.

Mrs Turner dozierte eine Weile über unsere Schulwerte – Ehrgeiz, Respekt und Verantwortung –, verkündete die Gewinner der Schülerschaftswahl und verlas die Liste der Schüler mit der höchsten Anwesenheit – auch wenn diese noch zwei Wochen Schule hatten, um das wieder zunichtezumachen. Ich holte mein Handy hervor und schrieb an Bethany: **Es tut mir immer noch leid.**

NICHT JETZT, antwortete sie. Doch dann warf sie einen kurzen Blick zu mir und tippte: **WIR MÜSSEN IHM DIE WAHRHEIT SAGEN.**

Nein, Bethany, das können wir nicht.

Ich will aber nicht lügen!

Es ist ja nicht lügen, etwas nur nicht zu erwähnen!

Das ist doch absurd!

Ich hatte gerade angefangen, das Wort *eigentlich* zu tippen, da rief sie laut: »Jetzt hör schon auf!«

Mrs Turner, die einer Gruppe Basketballspieler aus der

Zehnten ihre Auszeichnungen überreichte, hielt für einen Moment inne und warf einen wütenden Blick in unsere Richtung. Bethany wurde krebsrot und sackte in sich zusammen.

Ich steckte mein Handy weg. Greg sah Bethany verwirrt an und flüsterte: »Was ist denn los?«.

»Nichts«, antwortete Bethany.

Als sich der letzte Sportler wieder hingesetzt hatte, sagte Mrs Turner: »Es ist mir ein großes Vergnügen, eine neue Reihe von Preisen anzukündigen, mit der hervorragende Leistungen in der elften Jahrgangsstufe gewürdigt werden sollen. Jeder Fachbereich hat sich in den letzten zwei Wochen abgestimmt und mehrere Schüler nominiert, die ihrer Einschätzung nach die Leistungserwartungen in der jeweiligen Disziplin übertroffen haben. Hierzu möchte ich die folgenden Schüler zu mir auf die Bühne bitten«, sagte sie. »Sophie Bell, Aphra Brown, Greg D'Agostino, Neil Froderman, Bethany Newman, Sam Nguyen und Annette Park.«

Etwas befangen stakskten wir einer nach dem anderen auf die Bühne und setzten uns auf die Stühle, die dort in einer Reihe bereitstanden. Ich bereute, nicht etwas anderes angezogen zu haben als dieses Ruder-T-Shirt mit dem platten Spruch *Rowers Stroke It Better*. Ich sah zu Bethany hinüber, die Gregs Hand losgelassen hatte und mit gequälter Miene dasaß. Sie zog ihre Bluse etwas von ihrem Körper weg, als wollte sie damit eine Art Isolierschutz zwischen sich und den gaffenden Blicken der anderen Schüler schaffen. Ich hörte, wie Greg ihr zuflüsterte: »Es ist alles okay. Alle wissen, wie großartig du bist.«

Auf dem Podium wurde Mrs Turner von Dr. Rishi abgelöst, dem Leiter des Fachbereichs für Mathematik, der jetzt das Wort ergriff: »Als Erstes möchten wir eine Mathe-Schülerin auszeichnen, die sich in diesem Jahr wirklich mit herausragenden Leistungen hervorgetan hat.«

Ich fragte mich, wie oft sie das Wort *herausragend* noch verwenden würden. Das Ganze würde ewig dauern, und ich war mir sicher, sie hatten nur beschlossen, im elften Jahrgang Auszeichnungen zu verteilen, damit wir sie in unseren College-Bewerbungen auflisten könnten. Ich hatte diesen Laden so was von satt.

Dr. Rishi redete weiter: »Als eine von nur drei Elftklässlern im Mathe-Leistungskurs hat diese Schülerin ganzjährig einen Durchschnitt von 98 % aufrechterhalten. Jeden Tag bereichert sie mit unglaublichem Eifer den Unterricht, stellt intelligente Fragen, hilft geduldig ihren Mitschülern und ist ein echter Lichtblick für unseren gesamten Kurs. Ich persönlich kann es nicht erwarten, diese Schülerin im nächsten Jahr in meinem Algebra-Kurs dabeizuhaben.« Er drehte sich zu uns und lächelte Bethany an. »Herzlichen Glückwunsch, Bethany Newman.«

Wir applaudierten alle. Bethany stand auf, Dr. Rishi hängte ihr eine Medaille um den Hals, dann kam sie zurück und setzte sich wieder zwischen mich und Greg, der sagte: »Glückwunsch, Miss Clever.« Sie fingerte an ihrer Medaille herum und lächelte.

Der Fremdsprachen-Preis ging natürlich an Greg, und dann war ich etwas überrascht, als der Englisch-Preis an Sam Nguyen ging, denn ich war davon ausgegangen, dass ich deshalb auf dem Podium saß. Na ja, dann musste es wohl wegen Geschichte sein. Mrs Young hatte gesagt, dass mein Essay über das Massaker von Wounded Knee die beste Arbeit gewesen sei, die sie in dem Jahr gelesen hatte.

Dann trat Mr Positano für die Verleihung des Technologie-Preises ans Rednerpult.

»In diesem Jahr«, sagte er, »konnte sich unser Fachbereich glücklich schätzen, eine Studentin unter uns zu haben, deren Arbeit in Informatik so bemerkenswert kreativ war, dass wir einen Preis für unabdingbar hielten.« Ich warf einen Blick zu Bethany, doch die betrachtete Gregs Profil.

»Ich gebe zu«, fuhr Mr Positano fort, »als sie mir den Entwurf für ihr Projekt vorgelegt hat, hab ich gedacht, es wäre zu ambitioniert, um es zustande zu bringen. Sie hat mich eines Besseren belehrt und hat eine so anspruchsvolle KI entwickelt, das sie die Grenzen dessen überschreitet, was man mit einer Smartphone-App machen kann.«

Bethany hörte auf, Greg anzugucken, und sah mit weit aufgerissenen Augen zu mir.

Mr Positano redete weiter: »Darüber hinaus nutzte sie ihr Projekt, um Mitschülern in Not zu helfen, indem sie eine App entwarf, um anonyme Ratschläge zu allen möglichen Problemen von Sexualkrankheiten bis zu Familienkonflikten zu geben, und das alles unter Verwendung eines Interface, das auf der allseits beliebten Ratgeberin aus *Star Trek* basiert.«

Greg lächelte Bethany an und flüsterte lautlos: »Du bekommst zwei!«

Bethany sah aus, als wäre ihr übel.

Ich hatte das Gefühl, die Bühne neige sich seitwärts und ich würde gleich hinunterrutschen. Alles in meinem Kopf war auf einmal furchtbar laut.

Ich versuchte, mit Mr Positano Augenkontakt aufzunehmen, und schüttelte heftig den Kopf. Neben mir hörte ich Bethany stoßweise atmen.

»Aphra, komm nach vorn.«

Als ich mich nicht rührte, sagte er: »Aphra *Brown.*« Er schmunzelte. »Anstelle der fünf anderen Aphras, die wir an dieser Schule nicht haben.«

Ich konnte mich immer noch nicht rühren.

Neben mir raunte Greg Bethany zu: »Mensch, der hat es verwechselt. Das war doch deine App. Du musst das richtigstellen.«

Bethany sah vollkommen entsetzt aus. »Los, Bethany«, sagte Greg. »Sag es ihm, lass dir deinen Preis nicht nehmen.« Und zu mir sagte er: »Komm schon, Aphra.«

Bethany saß wie erstarrt da, als wünschte sie sich, vom Erdboden verschluckt zu werden und in den Tiefen eines Schwarzen Lochs zu verschwinden. Das wusste ich, weil ich mich ganz genauso fühlte.

»Komm schon!«, drängte Greg sie. »Jetzt zeig, dass du das Mädchen bist, an das ich glaube!«

»Das bin ich nicht«, sagte Bethany. Ihr Gesicht fiel in sich zusammen. »Das bin ich nicht.«

Sophie, die auf der anderen Seite von Sam Nguyen saß, flüsterte: »Die *Deanna-Troi*-App war Aphras. Bethanys war die mit dem Wetter.«

»Was?«, fragte Greg. Er begriff es wirklich nicht. Sein Gehirn hielt noch immer an der Vorstellung fest, dass Bethany dieser … dieser vollkommene Engel war, und er konnte nicht akzeptieren, dass die feinfühlige Person, mit der er abends gechattet hatte, ich gewesen war.

»Greg«, sagte Bethany flehend.

Mr Positano stand am Rednerpult und verfolgte diesen Austausch, ohne zu hören, was wir sagten. Greg packte Bethany an den Schultern und sagte: »Я вас любил безмолвно, безнадежно. Was heißt das?«

»Jetzt komm mal wieder runter«, zischte Sophie.

Greg ignorierte sie und wiederholte: »Was heißt das, Bethany?«

»Ich weiß es nicht«, antwortete Bethany.

Mr Positano hustete. Es schien ihm allmählich zu dämmern, dass es ein Fehler war, mir diesen Preis zu geben, aber er sagte: »Jetzt lass uns hier endlich weitermachen, Aphra.«

Mir wurde klar, dass ich da durchmusste, wenn ich je hier wegkommen wollte, also stand ich auf und nahm ihm die Medaille ab.

»Glückwunsch?«, sagte er zögernd, als wäre er nicht sicher, ob es das richtige Wort sei.

Ich hängte mir die Medaille nicht um den Hals. Unschlüssig blieb ich zwischen dem Rednerpult und den anderen Preisträgern stehen. Eigentlich sollte ich zu ihnen zurückgehen, aber dann musste ich mich wieder neben Bethany sitzen, die inzwischen weinte.

Ich hörte, wie einer der Lehrer etwas von *zerbrechlich* murmelte, als würde Bethany weinen, weil sie zusätzlich zu ihrer Mathe-Auszeichnung nicht auch noch den Informatik-Preis bekommen hatte.

Greg holte sein Handy hervor und öffnete die App. Bis dahin hatte er leise geredet, aber nun wurde seine Stimme immer lauter, bis sie sogar von dem Mikrofon auf dem Podium eingefangen wurde. »Du hast gesagt, ich soll das löschen, erinnerst du dich? Aber das hab ich nicht. Ich hab es nicht gelöscht. Weil ich all diese Chats nicht verlieren wollte. Manchmal klicke ich sie an und lese sie noch mal. Wusstest du das?

Ich hab dir Sachen erzählt, die ich noch nie jemandem erzählt habe. Nicht meinen Freunden.« Seine Stimme überschlug sich. »Nicht meinen Eltern. Und du willst sagen, die *ganze Zeit …*?«

»Ich hab es nicht gewusst«, sagte Bethany. »Ich hab nicht gewusst, dass sie das gemacht hat.«

»*Wer?*«, brüllte er.

Es herrschte vollkommenes Schweigen.

Nur eine Person rief: »Was zum Teufel geht hier eigentlich ab?«, und jemand anders schrie: »Die süße Bethany Newman bekommt gerade den Laufpass!«

Ich konnte nicht verstehen, warum er es einfach nicht begriff. Mr Positano hatte meinen Namen ausgerufen, Sophie hatte es bestätigt, und er sah die Wahrheit immer noch nicht.

Ich ging das letzte Stück über die Bühne und sagte: »Ich war das. Du hast mit mir gechattet.«

»Oh mein Gott«, murmelte Mr Positano ins Mikrofon.

»Ist das alles irgendwie ein kranker Witz?«, rief Greg. »War ich so was wie … ein Spielzeug für euch zwei, das ihr hin- und hergereicht habt?«

»Nein«, sagte ich, denn Bethany war überhaupt nicht mehr in der Lage, etwas zu sagen. »Nein, natürlich nicht –«

»Warum bist du diejenige, die hier redet?«, fuhr er mich an. »Sie ist das Mädchen, mit dem ich zusammen bin! Sie ist das Mädchen, das ich …«

Das Mädchen, das er eigentlich wollte.

»Das ist alles nicht Bethanys Schuld«, sagte ich. »Es war immer nur ich. Sie wusste es wirklich nicht.«

»Aphra«, sagte Bethany mit erstickter Stimme. »Hör auf.«

»Beantworte mir nur eine Frage«, sagte Greg zu Bethany. Er zitterte. Er zitterte wirklich, und mir wurde klar, dass er nicht nur wütend war. Er war verletzt. »Hast du sie je gebeten, mit mir zu reden? Um mich zu … um mich für dich zu gewinnen?«

Bethany wandte sich ab, und weil sie, im Gegensatz zu mir, keine Lügnerin ist, sagte sie: »Ja. Das habe ich.«

»*Ooooooo*«, kam es jetzt aus dem Publikum. Ich warf einen Blick hinunter und sah, dass ein Haufen Leute das Ganze mit ihren Handys aufnahmen und mit unverhohlener Schadenfreude die Demütigung des hübschesten Mädchens der Schule verfolgten.

Wie ich sie alle hasse, dachte ich.

Greg presste eine Hand vor den Mund und fluchte leise vor sich hin. Einen Augenblick später sagte er: »Ich will nie wieder mit dir reden.« Und mit einem Blick zu mir fügte er hinzu: »Und mit dir auch nicht.« Dann schleuderte er seine Fremdsprachen-Medaille auf die Bühne und stürmte aus der Turnhalle.

Unter den Schülern brach ein Riesenlärm und Durcheinander aus, während Bethany in Sophies Armen zusammensackte.

»Schon gut«, raunte Sophie. »Es wird alles wieder gut.« Dann sah sie mich an und formte mit den Lippen so was wie: *Was soll der Scheiß, Aphra?*

Mrs Turner murmelte: »Ich werde nicht gut genug bezahlt für diesen Mist«. Sie hatte wohl nicht bedacht, dass sie noch ziemlich nah am Mikro stand und alle sie hören würden.

Ich spürte eine Hand auf meiner Schulter. Es war Mr Positano, der mich fragte: »Nur um eines mal klarzustellen: Hat Mr D'Agostino mit deiner KI gechattet oder mit dir?«

Ich verzog das Gesicht und gab zu: »Mit mir.«

Sein Mund war nur noch ein schmaler Strich, als er sagte: »Dann müssen wir mal ein Wörtchen miteinander reden.«

Fünf Minuten später, nachdem ich die Fälschung meiner Daten zugegeben hatte, war meine App neu bewertet worden: mit null Punkten wegen akademischer Unehrlichkeit. Mr Positano machte mir klar, dass ich verdammtes Glück hatte, wenn man mich nicht vom Unterricht ausschließen würde oder Schlimmeres.

Doch die null Punkte waren schlimm genug. Dieses Projekt machte 35 % meiner Gesamtwertung aus, also sah ich in diesem Kurs einer grottenschlechten Note ins Auge.

Natürlich bekam ich auch den Informatik-Preis nicht. Vielmehr nahm ich an, die Preisverleihung für die elften Klassen würde schnell den gescheiterten Experimenten unserer Highschool zugerechnet werden, die man besser nicht wiederholen sollte, so wie in dem einen Jahr, als die Schülerschaft nach einer unentschiedenen Wahl zwei Präsidenten hatte und die zwei sich einen Faustkampf lieferten, weil sie sich nicht auf ein Thema fürs Absolventenfest einigen konnten. Ich stellte mir vor, dass Mrs Turner sich gerade in ihrem Büro betrank, in einen Blumentopf heulte und lallte: »Das machen wir nie wieder.«

Nach der Schule schickte ich Bethany eine SMS. **Bist du okay?**, schrieb ich, auch wenn das wahrscheinlich das Dümmste war, was man zu einem Mädchen sagen konnte, das gerade vor 2000 Leuten von dem Jungen ihrer Träume abserviert worden war.

Ich will nicht mit dir reden, antwortete sie. **Nie wieder.**

Kapitel 31

Freitag war der letzte Trainingstag in dieser Saison. Noch nie in meinem Leben war ich so ungern hingegangen.

Bethany würdigte mich keines Blickes, und als ich an Claire vorbeikam, die gerade Sit-ups machte, schüttelte sie den Kopf und sagte: »Mann, Aphra.« Auch von den anderen wollte niemand wirklich mit mir sprechen. Selbst die Leute, die nicht auf unsere Highschool gingen.

Ich wollte das alles einfach hinter mich bringen. Ich hatte mich verpflichtet, die Saison abzuschließen, und das beinhaltete dieses Training und die Regatta am Wochenende. Danach musste ich dann sehen, wie ich es schaffen würde, morgens aus dem Bett zu kommen und mich dem Leben zu stellen. Ausnahmsweise war ich tatsächlich froh, dass ich am Montag meinen Termin bei Dr. Pascal hatte, auch wenn ich nicht wusste, was sie wohl zu mir sagen würde außer: »*Was* hast du gemacht?«

Ich war gerade draußen im Boot, als Trainerin Kim vom Steg aus übers Wasser zu uns rüberbrüllte.

Ich hab keine Ahnung, warum sie das macht. Wir können sie sowieso nicht verstehen. Sophie legte eine Hand hinter ihr Ohr und schüttelte den Kopf, da schaltete Kim ihr Megafon ein: »Ich hab eine Nachricht für Aphra.«

Wir hatten angehalten, um zu verschnaufen und dann noch mal 1500 Meter zu rudern. Ich konnte mir nicht vorstellen, wer versucht haben sollte, mich über Kim zu erreichen.

»Es ist eine Nachricht von deinem Dad, Aphra. Er sagt, dein Bruder ist in der Notaufnahme.«

Ich zuckte vor Schreck zurück, sodass unser Boot ins Wanken geriet. Alle anderen stießen bestürzte Laute aus.

»Ich muss los!«, rief ich. »Ich muss sofort aus diesem verdammten Boot raus!«

»Okay«, sagte Sophie. Sie war so ruhig. Wie konnte sie nur derart ruhig sein? »Wir rudern zurück zum Anleger. Mädels, wir wenden über Backbord. Los geht's!«

Drei Sitze vor mir reckte Bethany den Hals, um mich anzuschauen. Sophie kommandierte: »Mädels, fertigmachen zum Wenden. Alle bereit – los!«

Wir drehten um und ruderten zurück zum Steg. Als ich aus dem Boot kletterte, fiel mir ein, dass ich dummerweise nicht mit dem eigenen Auto gekommen war.

»Ich fahr dich, Aphra«, bot Sophie an. »Könnt ihr anderen das Boot verstauen?«

»Klar«, sagte Claire.

»Ist Kit okay?«, fragte Bethany.

Ich registrierte kaum, dass sie mit mir gesprochen hatte, und antwortete nicht. Ich stieg einfach mit Sophie ins Auto und wir fuhren los.

Zwanzig Minuten später setzte Sophie mich beim Krankenhaus ab. Ich fragte sie nicht, ob sie mit reinkommen würde, und sie bot es mir auch nicht an, worüber ich eigentlich erleichtert war.

Die Dame am Empfang ließ mich rein und ich fand Kit und meine Eltern in einem dieser durch Vorhänge abgetrennten Krankenabteile. Kits Körper war von dicken roten Quaddeln übersät.

»Verfluchter Mist«, sagte ich.

»Aphra«, sagte Dad. »Was machst du denn hier?«

»Du hast Kim eine Nachricht geschickt, dass Kit in der Notaufnahme ist!«

»Ja, aber …«

»Was ist mit ihm?«

»Hat deine Trainerin dir ausgerichtet, was ich gesagt hab?«

»Sie hat nur gesagt, Kit wäre hier …« Ich fischte mein brummendes Handy aus der Tasche. Es war eine SMS von Kim, die schrieb: **Dein Dad sagt, dein Bruder ist okay. Er hatte eine allergische Reaktion und muss ein paar Stunden im Krankenhaus bleiben, weil sie ihm einen EpiPen gegeben haben.**

»Vielleicht solltest du nächstes Mal gleich sagen, dass er okay ist«, meinte ich.

»Tut mir leid«, sagte Dad. »Ich wollte nur sichergehen, dass du die Nachricht bekommst. Ich hab versucht, dich selbst anzurufen, aber dein Handy war aus.«

»Stimmt.« Ich atmete ein paar Mal tief durch. *Kit war in Ordnung.* Es ging ihm gut. Er sah nur so aus, als wäre er kopfüber in einen Giftefeustrauch gefallen. »Was geht, Kit-Kat?«

Statt einer Antwort fing er an zu schniefen. Mom sagte zu mir: »Ich brauch was zu trinken. Kommst du mal mit?«

»Was? Nein.«

»Aphra«, wiederholte sie. »Komm mit mir zum Automaten.« Wir gingen zurück ins Wartezimmer und sie zog mich auf die Couch neben dem Cola-Automaten.

»Was ist denn los?«, fragte ich.

»Ich bin nach Hause gekommen und hab ihn so vorgefunden«, sagte sie.

»Er war allein zu Hause?«

»Oh. Nein, Delia war unter der Dusche. Als ich reinkam, hatte Kit sein ganzes Gesicht im Fell dieses verdammten Katers vergraben, und als er aufsah, atmete er schon so pfeifend und seine Lippen waren geschwollen und – na ja, du hast es ja gesehen.«

»Der Kater? Aber so was ist doch noch nie passiert.«

»Der Arzt hat gesagt, diese Dinge können mit der Zeit schlimmer werden.«

»Aber … vorher hat es ihn doch nur gejuckt. Und manchmal musste er niesen.«

»Aphra, jetzt hör mir mal zu. Walnut muss weg, und du musst aufhören, dagegen zu protestieren.«

»Aber du weißt doch gar nicht, ob es an dem Kater lag!«, wiederholte ich. »Das ergibt doch keinen Sinn!«

Sie senkte die Stimme. »Wir haben das schon diskutiert. Du bist seine Schwester. Ich bin seine Mutter. Du wirst einfach akzeptieren müssen, dass ich hier die Autorität habe.«

»Hier geht es aber nicht um deine Autorität!«

»Doch, genau darum geht es. Wir können den Kater nicht behalten. Wir werden ein gutes Zuhause für ihn finden, das verspreche ich, aber wir können ihn nicht behalten.«

»Aber Kit –«

»Stopp! Aphra. Stopp.«

Ich stand auf und ging aus dem Wartezimmer, auch wenn ich nicht wusste, wo ich hinsollte. Ich lief durch den Flur, und dann blieb ich stehen und presste meine Stirn gegen die Wand, denn diese ganze Sache war meine Schuld. Ich gab mir solche Mühe, *solche Mühe*, und dabei machte ich alles nur noch schlimmer. Alles, was ich anfasste, wurde zu einem riesigen Haufen Dreck. Ich schluchzte ein paar Mal laut auf und fühlte mich, als bekäme ich gleich einen Herzinfarkt. Ich hatte alles vermasselt. Alles. Ich wusste nicht, was ich tun sollte. Es fühlte sich an wie eine Panikattacke. Ich konnte kaum noch atmen.

Ich bekam keine Luft mehr, weil ich meinen Atem anhielt. Ich zählte bis zehn und atmete langsam aus, denn das hatte ich irgendwo gelesen. Ich fühlte mich trotzdem nicht wirklich besser. Mein Brustkorb schmerzte. Meine Hände kribbelten. Ich hatte alles vermasselt, und ich hatte niemanden, mit dem ich reden konnte, weil ich alle Menschen um mich herum dazu gebracht hatte, stinksauer auf mich zu sein. Es gab niemanden, den ich anrufen konnte.

Na ja, außer einer Person.

Ich holte mein Handy raus und tippte Dr. Pascals Notfallnummer.

Ich rechnete damit, dass ihre Mailbox rangehen würde oder so was, aber stattdessen hörte ich ihre Stimme sagen: »Hallo?«

»Sie haben mir Ihre richtige Nummer gegeben?«, fragte ich ungläubig, wischte mir über die Augen und tat, als hätte ich nicht gerade geweint.

»Aphra?«

»Ja«, sagte ich. »Hi. Ich bin es.«

»Bist du in Ordnung?«

»Nein. Ich meine, ja. Ich meine, sorry, dass ich angerufen hab. Ich hab nicht gewusst, dass das Ihr Handy ist. Es tut mir leid. Es ist nur, meine Mom will meinem Bruder seinen Kater wegnehmen.«

Warum mir das schlimmer erschien als alles andere, mit dem ich gerade zu kämpfen hatte, weiß ich auch nicht, aber es war so. Im Hintergrund war das Geklirr von Gläsern zu hören. »Sind Sie …«, sagte ich. »Wo sind Sie?«

»Ich bin gerade bei einem Date, Aphra.«

»Oh«, sagte ich. »Wow. Sorry. Ich, *ähm*. Ich hab gedacht, Sie sind verheiratet.«

»Es ist ein Date mit meinem Mann. Also, du rufst mich wegen des Katers deines Bruders an?«

»Ja, es ist einfach … es ist nicht fair. Es ist nicht fair.«

»Für den Kater?«

»Für meinen Bruder! Er liebt diesen Kater, er liebt ihn so sehr, und er sollte einfach nicht … ich meine, wenn man jemanden so liebt, sollte man mit ihm zusammen sein.« Jetzt weinte ich wieder. »Ist es nicht so? Man sollte mit demjenigen zusammen sein dürfen, den man liebt!«

»Reden wir jetzt immer noch von dem Kater?«

»Ja! Wir reden von dem Kater.«

»Ich glaube kaum«, sagte sie. Ich hörte sie kauen.

»Essen Sie gerade?«

»Ich bin beim Dinner, Aphra. Ich glaube nicht, dass es hier um den Kater geht. Ich glaube, hier geht es um den Jungen. Der Junge ist der Kater.«

»Der Junge ist nicht der Kater!«

»Der Junge ist der Kater. Das nennt man projizieren. Warum muss er denn den Kater aufgeben?«

»Er ist … Er ist allergisch. Gegen den Kater.«

»Das klingt mir nach einem ziemlich guten Grund.«

»Aber es ist nicht fair! Er ist … Kits … Es wird ihm das Herz brechen.« Ich schluchzte mehrmals.

»Aphra, meine Liebe«, sagte Dr. Pascal.

»Warum tut alles so weh? Warum muss nur alles *so* weh tun?«

»Weil du deine Wut verloren hast«, antwortete sie. »Aber du wirst das schaffen. Du wirst das alles auf die Reihe kriegen.«

»Wie denn? Wie soll ich das auf die Reihe kriegen? Alle haben herausgefunden, dass ich mit Greg gechattet hab. Und jetzt hasst Bethany mich und Greg und Delia und meine Mom hassen mich und jetzt wahrscheinlich auch Kit … ich … ich weiß einfach überhaupt nicht, was ich machen soll!«

»Ich glaube nicht, dass sie dich hassen.«

»Doch. Das tun sie.«

»Sie sind wütend, und das wirst du wieder geradebiegen müssen, aber als Erstes, Aphra, ist es Zeit für dich zu lernen loszulassen.«

»Den Kater?«

»Mehr als den Kater. Du musst diesen Jungen loslassen. Du musst die Vorstellung loslassen, dass die Dinge fair sein sollten, und die Idee, dass du weißt, was das Beste für die Leute ist. Du bist siebzehn Jahre alt, und du bist noch dabei herauszufinden, wie die Welt funktioniert. Gestehe dir selbst zu, noch zu lernen. Und akzeptiere einfach, dass dein Bruder gegen den Kater allergisch ist.«

Ich seufzte. Draußen war eine Krankenwagensirene zu hören – Leute mit echten Problemen, mit Schusswaffenwunden oder Verkehrsunfallopfer vielleicht.

»Jetzt sage ich dir mal, was ich denke«, begann Dr. Pascal. »Ich denke, du weißt, wie sehr es wehtut, nicht die Liebe zu bekommen, die man sich wünscht, und du hast es zu deiner Mission gemacht, dass niemand anders in deinem Leben so leidet wie du selbst, weil du ein wunderbares, gutes Herz hast. Aber das kann nicht deine Aufgabe sein. Du musst loslassen.«

»Okay«, sagte ich. »Okay.«

Es entstand eine Pause. Dann fragte sie: »Warte, ist das alles?«

»Wollten Sie, dass ich Ihnen widerspreche?«

»Nein, ich habe es nur erwartet.«

Ich lachte ein wenig. »Danke«, sagte ich. »Tut mir leid, dass ich angerufen hab.«

»Deshalb hab ich dir die Nummer ja gegeben. Wir sehen uns am Montag, okay?«

»Okay«, sagte ich. »Tschüss.« Ich legte auf.

Loslassen. Loslassen. Ich wusste nicht, wie man das machte. Aber in diesem Moment hatte ich keine Wahl. Viele Dinge, die ich jetzt losließ, waren ohnehin schon außerhalb meiner Reichweite. Ich musste wohl eigentlich nur akzeptieren, dass sie bereits weg waren.

Ich ging zurück zu meiner Mutter, die noch im Wartezimmer saß und eine kalte Coladose an ihre Stirn presste.

»Hi«, sagte ich. »Es … es tut mir leid, dass ich dich angeschrien hab.«

»Ja«, sagte sie. »Mir auch. Aber der Kater muss weg.«

Während wir sprachen, war Delia am Wartezimmer vorbeigerauscht. Ihre Haare hatten einen nassen Fleck auf ihrem T-Shirt hinterlassen und sie redete aufgeregt mit der Dame am Empfangstresen. »Brown«, sagte sie. »Christopher. Er ist neun.«

»Delia!«, rief Mom und meine Schwester eilte zu uns.

»Könntest du nächstes Mal an der Badezimmertür klopfen, statt eine SMS zu schreiben? Ich kam aus der Dusche und alle waren weg. Ist er okay?«

»Es geht ihm gut«, sagte Mom.

Da ich noch immer nur zu achtundneunzig Prozent bereit war loszulassen, fragte ich Mom: »Kann es … kann es sein, dass es etwas war, was er gegessen hat?«

»Er hat nichts gegessen!«

»Wartet«, sagte Delia.

»Wir hatten nichts anderes im Haus als sonst auch«, sagte Mom.

»Vielleicht hat er ja im Bus was gegessen.«

»Kit ist heute gar nicht mit dem Bus nach Hause gekommen«, sagte Mom, »Delia hat ihn abgeholt.«

»Vielleicht hat ihm in der Schule jemand etwas gegeben! Etwas wie … wie einen Cupcake oder so. Vielleicht hatte jemand Geburtstag.«

»Niemand hatte Geburtstag!«, sagte Mom. »Aphra, es war nicht etwas, was er gegessen hat.«

Delia sagte: »Ich glaube, es könnte etwas zu essen gewesen sein.«

»Jetzt fang du nicht auch noch an«, stöhnte Mom.

»Nein, hör zu –«

»Ihr zwei müsst einfach kapieren, dass ich die Mutter bin! Ihr seid die Kinder! Und ihr müsst –«

»Wir haben auf dem Rückweg beim Drogeriemarkt gehalten«, erzählte Delia.

»Was?«, fragte Mom.

»Ich brauchte Tampons. Also hab ich Kit einen Riegel gekauft und für mich auch einen.«

»Was für einen hatte er denn?«, fragte ich.

»Einen einfachen Schokoriegel«, antwortete sie. »Aber ich hatte ein *Bounty* und er hat die Hälfte davon gegessen.«

»Ein *Bounty*?«, fragte ich. »Du hast ihm den weißen Tod gegeben?«

»Aphra«, sagte Mom. »Ehrlich jetzt.«

»Aber Kit kann doch Kokosnuss nicht ausstehen.«

»Nein, das bist du«, sagte Delia. »Du bist diejenige, die immer sagt, dass Kokos eklig ist.«

»Kokosnuss *ist* auch eklig. Jedenfalls wirft Kit an Halloween die Süßigkeiten mit Kokos immer weg. Das hab ich genau gesehen.«

»Klar, weil du ihm gesagt hast, dass sie eklig sind. Aber heute wollte er es mal probieren und ich hab ihn gelassen.«

Delia und ich starrten einander an, dann sahen wir zu Mom.

»Haben sie ihn auf Kokosnuss getestet? Beim Allergologen?«, fragte ich.

»Ich bin nicht … ich glaube nicht. Das gehört ja nicht zu den typischen Dingen, die sie als Erstes testen, oder?«, antwortete sie, doch dann griff sie sich auch schon in die Haare. »Oh mein Gott«, stöhnte sie.

»Dieses verdammte Shampoo«, sagte ich.

»Heißt das etwa«, fragte Delia, »Kit war nie allergisch gegen den Kater?«

»Doch, das ist er«, sagte Mom. »Das wissen wir, das haben sie *überprüft*.«

»Aber solche Tests sind nicht immer akkurat«, sagte Delia. »Es gibt falsch positive Ergebnisse. Und selbst wenn er gegen Katzenhaare allergisch ist, so scheint er doch sehr viel allergischer gegen Kokosnuss zu sein. Es ist also gut möglich, dass diese Allergie die meisten seiner Symptome hervorgerufen hat.«

»Mom«, sagte ich. »Kit ist nicht allergisch gegen Walnut. Er ist allergisch gegen *dich.*«

»Deshalb kommen und gehen die Symptome auch«, sagte Delia. »Es flackert an den Tagen auf, an denen du deine Haare wäscht. Schmiegt er sich immer noch so an deinen Hals, wenn du ihm abends vorliest?«

Mom stützte ihren Kopf in die Hände und flüsterte: »Ich bin eine furchtbare Mutter.«

»Nein«, sagte Delia. »Nein, das bist du nicht.« Sie sah mich an, aber ich war immer noch etwas sauer und machte nur eine *So-lala*-Handbewegung. Delia gab mir einen Klaps auf die Hand und sagte: »Aber das sind doch jetzt gute Neuigkeiten, oder?«

»Na ja, soviel wir wissen, ist er immer noch allergisch gegen den Kater«, sagte Mom. »Nur nicht in anaphylaktischem Sinne.«

»Wir werden noch mal zum Arzt gehen müssen«, meinte Delia. »Mal sehen, was er sagt.«

»Das hier ist keine Gemeinschaftsentscheidung«, sagte Mom. Wir starrten sie beide an. Dann sagte sie: »Wir werden noch mal zum Arzt gehen müssen.«

»Ich werde mich deiner Autorität beugen«, sagte ich.

»Danke«, antwortete sie.

Dann saßen wir alle drei in einer Reihe und guckten auf den Fernsehbildschirm an der Wand, der auf den Wetterkanal eingestellt war. *Morgen sonnig mit Höchsttemperaturen von 22 Grad.* Ich drehte mich zu meiner Mom und fragte: »Kann ich deine Cola haben, wenn du sie nicht willst?«

Sie reichte mir die Dose und ich öffnete sie.

Kapitel 32

Der Teambus zur Regatta fuhr am nächsten Morgen um 5:30 Uhr ab. Ich war als Erste am Treffpunkt, vor allem, weil ich mir dann als Erste einen Sitzplatz aussuchen konnte und nicht hin- und herüberlegen musste, ob ich mich neben Bethany setzen sollte oder nicht. Sie würde entscheiden müssen, was sie machen wollte, und ich musste loslassen. Oder so ähnlich.

Wie sich herausstellte, kam Bethany fünf Minuten zu spät. Als sie in den Bus stieg, war nur noch ein Platz frei. Sie setzte sich neben mich, ohne mir einen Blick zu schenken.

Nach einer Minute fragte sie: »Wie geht es Kit?«, aber sie guckte immer noch starr geradeaus.

Ich wollte ihr die Sache mit dem blöden Shampoo erklären, aber irgendwie hatte ich keine Lust, so weit auszuholen, und sagte nur: »Es geht ihm gut. Er ist allergisch gegen Kokosnuss.«

»Oh«, antwortete Bethany. Und dann fragte sie: »War das bekannt?«

»Nein, das war es nicht.«

»Oh.«

Ich wollte sie fragen, ob sie von Greg gehört hatte. »Hast du … hast du mit ihm gesprochen?«

»Nein, ich hab nicht mit ihm gesprochen!«

»Aber wenn du vielleicht –«

»Halt die Klappe! Gott, jetzt halt endlich die Klappe!«

»Ich hab ja nur versucht –«

»*UAH!* Hörst du jetzt mal auf?«

Ich sagte nichts mehr und drehte mich zum Fenster.

Aber Bethany war anscheinend noch nicht fertig, also drehte ich mich wieder zu ihr.

»Du redest und redest und redest und hörst nie richtig zu«, warf sie mir vor. »Ich hab dir ja gesagt, dass ich es Greg erzählen wollte. Und du hast mir einfach nicht zugehört.«

»Aber das war, weil –«

»Nein! Kapierst du es nicht? Du hast immer irgendeine … Erklärung. Irgendeinen Grund. Und aus deinem Mund klingt das dann alles so verdammt logisch. Anstatt dass du einfach mal *mir* zuhörst. Ich bin schließlich auch ein eigenständiger Mensch. Ich bin nicht wie du, aber ich bin trotzdem ein eigenständiger Mensch, und was ich möchte, zählt auch.«

»Natürlich bist du ein eigenständiger Mensch!«

»So verhältst du dich aber nicht!«

»*Was?*«

»Du tust, als sollte ich dankbar sein, dass du bei mir bist, um mir zu sagen, was ich tun soll. Weil ich so eine Versagerin bin, dass ich nie selbst darauf käme. Aber ich bin nicht dankbar. Ich bin nicht dankbar, dass du Greg angelogen hast und mich dann dazu gebracht hast, das mitzumachen. Ich bin nicht dankbar, dass du hinter meinem Rücken versucht hast, Greg für mich zu interessieren, weil du denkst, dass ich so viel weniger wert bin als du und er nie um meiner selbst willen mit mir zusammen sein würde.«

»Das habe ich nie gesagt! Ich denke nicht, dass du weniger wert bist als ich!«

»Auf jeden Fall verhältst du dich so. Aber weißt du was? Greg hat mich schon gemocht, bevor du dich eingemischt hast. Und wenn du einfach die Klappe gehalten hättest, wäre alles gut gewesen. Aber du konntest es ja nicht lassen, dich einzumischen. Als wolltest du meiner Beziehung unbedingt deinen Stempel aufdrücken.«

»Das war nicht der Grund, warum …«

»Nicht der Grund wofür?«

»Dafür, dass ich mit ihm gechattet hab.« Ich presste eine Hand vor meine Augen. »Bethany …«

»Was.«

Das war der Teil, den ich nicht einmal mir selbst gerne eingestand. Denn so sehr ich auch versucht hatte, mich davon zu überzeugen, dass ich das alles für Bethany getan hatte, im Grunde war ich nicht edel und selbstlos gewesen. Überhaupt nicht. »Ich hab nicht mit Greg gechattet, weil ich ihn dazu bewegen wollte, dich zu mögen. Oder dich noch mehr zu mögen, als er es ohnehin schon tat.«

»Und warum hast du es dann getan?«

»Weil ich ihn mochte.« Ich stieß einen langen Atemzug aus. »Weil ich ihn liebe.«

Sie stutzte. »Was?«

»Es tut mir leid«, sagte ich.

»Du bist *nicht* in ihn verliebt.«

Ich sagte nichts.

»Das bist du nicht, Aphra. Ich weiß, dass du das nicht bist.«

»Ich hab nie versucht, ihn dazu zu bringen, mich lieber zu mögen«, sagte ich. »Ich hab dir ja die Nachrichten gezeigt. Du weißt, das ist die Wahrheit. Ich wollte einfach … ich wollte einfach das Gefühl haben als … als gäbe es irgendein Universum, in dem er mich auch wollen könnte. Das wollte ich spüren.«

»Du wolltest spüren …«

»*Eros* … ich weiß auch nicht.«

»Du wolltest *Eros* spüren.«

»Ja.«

»Mit meinem Freund.«

»Na ja, er war ja noch nicht dein Freund, als es anfing –«

»Merkst du nicht, wie krank das ist?«

»Es tut mir leid!«

»Das ist abartig, Aphra! Greg und ich sind Menschen. Wir sind nicht so was wie … wie … psychologische Experimente für dich, mit denen du herumspielen kannst, weil du etwas spüren willst.«

»Das weiß ich. Natürlich weiß ich das.« Sie schnaubte laut. Ich fühlte mich … wütend, als hätte mein Schmerz sich wieder zurückverwandelt. Vor allem war ich wütend auf mich selbst. Aber nicht nur. »Aber weißt du«, sagte ich, »du hättest auch ein paar Dinge anders machen können.«

»Willst du wirklich so tun, als wäre *irgend*was davon meine Schuld gewesen?«

»Weißt du, du hättest … du hättest dir ja auch nicht unbedingt den einzigen Jungen anlachen müssen, den ich seit der achten Klasse mag, und mich dann auch noch bitten müssen, dir dabei zu helfen, ihn zu erobern. Dich mit Sonnencreme einzuschmieren und deine SMS für dich zu schreiben und im blöden *Cake Baby* zu sitzen und deine Unterhaltung für dich zu führen. Was hast du denn gedacht, wie ich mich dabei fühle?«

Sie blinzelte ein paar Mal. »Wann hast du mir denn überhaupt davon erzählt?«

»Dir was erzählt?«

»Dass du in ihn verliebt warst!«

»Ich hab es dir erzählt.«

»Stimmt, du hast mir erzählt, dass du in der Mittelstufe für ihn geschwärmt hast. Daran erinnere ich mich noch gut. Was du mir allerdings nicht erzählt hast, ist, dass du ihn immer noch magst!«

»Na ja, ich hab mich nicht verpflichtet gefühlt, dir mitzuteilen, dass ich nie aufgehört habe, ihn zu mögen!«

»Aber –«

»Wann habe ich je über jemand anders geredet?«

»Das war vor drei Jahren!«

»Ja. Das stimmt.«

»Warum hast du mir das denn damals nicht gesagt, als ich dir erzählt habe, dass ich auf ihn stehe? Warum hast du da nicht den Mund aufgemacht?«

»Was hätte das gebracht? Du wusstest doch sowieso, dass aus Greg und mir nie etwas werden würde.«

»Oh, klar. Genau. Deshalb hab ich das gemacht. Ich hab dir absichtlich den Kerl weggeschnappt, den du magst, weil ich so eine Zicke bin«, sagte sie spöttisch. »Du unterschätzt mich einfach *immer.*«

»Das ist nicht fair.«

»Es ist die Wahrheit. Du kannst noch so oft behaupten, dass du mich nicht für eine dumme Nuss hältst, wenn es drauf ankommt, verhältst du dich doch so, als würdest du genau das denken. Du tust, als könnte ich allein keinen Kerl bekommen. Als hätte ich mich absichtlich an einen Typen rangeschmissen, auf den du stehst. Du behandelst mich, als wäre ich die dumme Prinzessin und es wäre an dir, mich die ganze Zeit zu retten, weil ich ohne dich in dieser Welt überhaupt nicht zurechtkommen kann.«

»Na ja, hast du mal überlegt, dass du dich auch genauso verhältst? Du hast doch schon Panik bekommen, als du von meinen NOVA-Plänen erfahren hast, weil du dann alleine mittagessen musst! Ich sollte ja wohl kein schlechtes Gewissen haben, weil du dir mal andere Leute suchen musst, mit denen du dein Sandwich essen kannst! Du machst doch rein *gar* nichts, wenn ich nicht dabei bin.«

»Ich hab ohne dich einen Job bekommen«, sagte sie.

»Ja, aber mal abgesehen davon. Du bist nur in die Rudermannschaft eingetreten, weil ich dabei war. Du willst ja nicht mal an Halloween ohne mich losziehen. Weißt du noch, in dem Jahr, als ich die Grippe hatte? Da bist du einfach gar nicht gegangen! Das ist echt anstrengend. Als müsste ich *ständig* für dich da sein. Hast du nie überlegt, dass ich es satthaben könnte, mich schuldig zu fühlen, wenn ich mal was allein machen will?«

»Ich hab nie gesagt, dass du dich dafür schuldig fühlen musst! Es gibt keinen Grund für dich, nicht was allein zu machen!«

»Wirklich.«

»Wirklich. Ich komm sehr gut allein zurecht. Ich brauche dich nicht. Überhaupt nicht. Für nichts.«

»Tatsächlich? Na, dann bin ich ja froh, dass wir das klargestellt haben.«

Bethany drehte sich zur Seite. »Sophie«, sagte sie. »Tausch mal den Platz mit mir.«

»Bethany …«, begann Sophie.

»Sofort. Bitte.«

Sie wechselten die Plätze. Ich hatte das Gesicht ans Fenster gepresst, denn ich wünschte mir inständig, nicht in diesem Bus zu sitzen. Ich hasste das alles. Ich hasste Bethany dafür, dass ich mich jetzt wie der letzte Dreck fühlte. Ich hasste es, in einem schmuddeligen Bus zu sitzen, der nach alten Socken roch. Ich hasste die Welt.

»Und ich dachte, die Cheerleader hätten die Sache aufgebauscht«, sagte Sophie. »Echt, musste das jetzt sein?«

Ich antwortete nicht.

»Ach, jetzt fällt dir nichts mehr ein.«

»Bitte lass mich einfach allein.«

»Tja, das ist nicht so einfach, denn du *bist* nicht allein. Da sind noch acht andere Mädchen in unserem Boot, die darauf angewiesen sind, dass du jetzt bei der Sache bist. Also reiß dich zusammen.«

»Ich weiß«, sagte ich. »Das werde ich.«

Ich war nicht bei der Sache.

Wir bauten unser Teamzelt auf, und die Eltern, die zusammen hergefahren waren, zündeten den Grill an und stellten einen Tisch für Nudelsalat, Bananen und Chips auf. Meine Eltern waren mit Kit zu Hause geblieben und darüber war ich eigentlich ganz froh. Niemand erwartete von mir, dass ich lächelte oder aufgeregt war. Ich guckte auf die Uhr: Noch sechs Stunden und ich konnte nach Hause gehen. Dann nur noch ein Tag Regatta und ich konnte aufatmen.

Die Jungenmannschaft war in einem anderen Bus gekommen, und erst als das Zelt aufgebaut war, sah ich, dass Greg dabei war. Entweder hatten sie ihn als Ersatzmann vorgesehen, oder er war einfach gekommen, um zuzusehen. Er warf mir einen Blick zu und schaute gleich wieder weg. Ich ging zum Tisch, nahm mir eine Banane und setzte mich damit allein auf einen Klappstuhl.

Die Sache ist die, so eine Regatta besteht aus 10 % Rudern und 90 % Warten. Bisher hat mich das nie gestört, denn während der 90 % Auszeit konnte ich mit meinen Freunden abhängen und die anderen Boote anfeuern. Aber heute war das anders. Alle hatten den Streit im Bus mitbekommen – was bedeutete, dass niemand in meiner Nähe sein wollte.

Anscheinend wollte auch niemand in Bethanys Nähe sein, also vermieden sie es zumindest, Partei zu ergreifen.

Nach einer Weile stand ich auf, um meine schleimige Bananenschale in den Mülleimer zu werfen. Natürlich war das exakt der Moment, als Greg beschloss, die Verpackung seines Frühstücks-Burritos zu entsorgen.

Ich hielt es für die beste Vorgehensweise, auf meine Füße zu gucken und in die entgegengesetzte Richtung zu gehen, aber Greg hatte anscheinend anderes vor. »Aphra«, sagte er.

»Hallo«, sagte ich zu meinen Füßen.

»Was soll das denn jetzt?«

Ich hob den Blick. Er sah schlecht aus. Als hätte er nicht besonders gut geschlafen oder so.

»Es tut mir leid«, stammelte ich. »Es tut mir echt leid, ich … weiß einfach nicht, was ich sonst sagen soll.«

»Tatsächlich? Du weißt nicht, was du sagen sollst.«

»Gibt es denn … gibt es denn etwas, was du von mir hören möchtest?«

»Ich möchte, dass du mir die Wahrheit sagst!«

»Die Wahrheit?«

»Ich glaube, das schuldest du mir. Habt ihr zwei nur mit mir gespielt? Habt ihr euch einfach einen Spaß daraus gemacht, mich zum Narren zu halten?«

»Nein«, sagte ich. »Ein Spiel war es nie. Es tut mir leid, aber das war es wirklich nicht.«

»Was war es dann?«

Ich stieß einen langen Atemzug aus und schloss die Augen. »Die *Deanna*-App war kaputt, und ich wollte das Projekt nicht versemmeln, also hab ich selbst angefangen, die Antworten zu schreiben. Ich wusste nicht, wer du bist. Am Anfang.«

»Aber dann hast du es rausbekommen.«

»Ja. Irgendwann schon.«

»Und als ich dich gefragt hab, wer du bist ...«

»Da – da hab ich Panik bekommen. Ich hab gedacht ... das wird total peinlich.«

»Peinlich warum?«

»Weil ... weil ich dich so mochte. Weil ... weil ich nicht geglaubt hab, dass du mich auch mögen könntest.«

Für einen langen Moment starrte er mich mit verzerrtem Gesicht an, auch wenn sich seine Gefühle nicht daraus ablesen ließen. »Und deshalb hast du mich angelogen? Mein Gott, hältst du mich wirklich für so oberflächlich?«

»Nein«, sagte ich. »Nein. Ich finde überhaupt nicht, dass du oberflächlich bist. Ich finde auch nicht, dass es oberflächlich ist, wenn man sich von der Person angezogen fühlen will, mit der man zusammen ist.«

»Ach, jetzt verstehe ich«, sagte er. »Es ist also nicht so, dass du mich für oberflächlich hältst. Sondern *du* bist oberflächlich.«

Vom Ufer aus war etwas Jubel zu hören, was bedeutete, dass gerade ein Rennen zu Ende war. Es waren die Vierer, glaube ich. Ich hatte nicht besonders gut aufgepasst.

»Ich wollte es dir ja sagen«, beteuerte ich. »Am nächsten Tag, nachdem du mich gefragt hast, aber dann hast du Bethany mit meinem Code gesehen und … und du warst so glücklich.« Ich kniff die Augen zusammen. »Du warst so glücklich, dass sie es war. Sie wusste es nicht. Sie wusste nicht, dass wir gechattet hatten.«

»Du hast ihr das nicht erzählt?«

»Nicht dann. Ihr beiden wart so glücklich und ich – ich weiß, für dich ergibt das keinen Sinn, aber ich dachte, ich tue das Richtige, das schwöre ich.«

»Weil wir glücklich waren. Bethany und ich.«

»Ja, deshalb.«

»Und was war mit dir?«

»Ich … ich war glücklich, dass ihr zwei glücklich wart.«

»Das ist doch Bullshit, Aphra.«

»Das ist die Wahrheit.« Ich atmete stockend ein. »Ich wusste, dass du mich nicht mögen würdest. Nicht auf diese Weise.«

Für einen Moment sagte er gar nichts, dann entgegnete er: »Aber du hast immer noch online mit mir gechattet. Und du hast gewusst, dass ich dich für Bethany hielt.«

»Ja.«

»Warum?«

»Ich … es war ein Fehler.«

»Was hast du dir dabei gedacht? Dass du so tun könntest, als wärest du mit mir zusammen?«

»So ähnlich. Es tut mir leid.«

»Und dann hat Bethany es herausbekommen?«

»Ja, und sie wollte es dir sagen, aber ich hab sie nicht gelassen, weil nichts von alledem ihre Schuld war. Es war komplett meine Schuld.«

Er vergrub die Hände in seinen Hosentaschen. Im Gegensatz zu mir trug er kein Ruder-Outfit. Warum war er überhaupt hier? Er hatte gar nicht vor, an diesem Tag zu rudern. Er atmete so laut aus, dass ich es trotz der vielen Leute um uns herum hören konnte. »Du hast recht«, sagte er. »Das war es. Es war abartig und ätzend und es war deine Schuld.«

Ich nickte. Ich brachte es nicht über mich, ihn richtig anzusehen. Doch da ich ohnehin schon ehrlicher gewesen war als je zuvor, sagte ich: »Я вас любил безмолвно, безнадежно.«

Ich liebte dich schweigend, ohne Zuversicht.

Ich sagte es so leise, dass ich nicht einmal sicher war, dass er es gehört hatte, und als er nicht antwortete, hob ich ein wenig den Blick, nur um zu sehen, ob er noch da war. Das war er. Ich beobachtete, wie sein Adamsapfel sich auf und ab bewegte, als er schluckte. Dann drehte er sich um und ging weg, ohne ein Wort zu sagen.

»APHRA!«

Ich drehte mich um. Sophie und die anderen winkten mir von unserem Zelt aus zu. *»WIR MÜSSEN AN DEN START!«*

Ich rieb mir die Tränen aus den Augen und ging zurück zu meiner Mannschaft, denn eines muss man mir lassen: Ich bin ein Teamplayer.

Kapitel 33

»Okay«, sagte Sophie. »Ich brauche vier Leute für den Achter.«

Es war Zeit, unser Boot aus dem Bootshaus zu holen und wir machten uns daran, es vom Gestell zu heben. Ich nahm meinen Platz ein und umfasste mit beiden Händen die Bordwand.

»Fertig zum Hochheben«, rief Sophie. Wir hatten gerade begonnen, das Boot anzuheben, als Bethany, die viel zu nah hinter mir stand, ins Wanken geriet und das Boot losließ. In diesem Moment wurde meine Hand zwischen Bordwand und Ausleger eingeklemmt.

Ich kreischte. Und dann schrie ich noch einmal, weil das verdammte Boot immer noch meine Hand zerquetschte.

»Hebt das Boot hoch!«, rief Sophie. »Hebt das Boot hoch!«

Die anderen zerrten *Dullahan* ein paar Zentimeter hoch und ich zog meine Hand heraus und presste sie an meine Brust.

Trainerin Kim griff nach meiner Hand, aber ich wollte nicht, dass irgendjemand sie berührte.

»Lass mich mal sehen«, sagte sie, während Bethany die ganze Zeit stammelte: »Es tut mir so leid. Es tut mir so leid.«

Ich zeigte Kim meine Hand, die schon angeschwollen

war. Sie hielt meine Hände nebeneinander, um sie zu vergleichen.

»Mach mal eine Faust«, befahl sie mir. Ich versuchte es und stieß dabei ungefähr zwanzig Mal hintereinander das F-Wort aus. Schließlich setzte ich die heiterste Stimme auf, die mir gelingen wollte, und sagte: »Könnte ich vielleicht etwas Eis haben?«

»Ich glaub, es ist nur eine Verstauchung«, sagte Kim. »Die Hand sieht nicht gebrochen aus, aber du musst vielleicht trotzdem geröntgt werden.«

»Nee«, sagte ich. »Das geht schon. Es ist bloß … *HAHAHA*, es ist alles okay, es tut kaum weh.«

»Leute, wir müssen uns jetzt am Start melden«, erinnerte uns Claire.

»Kannst du noch rudern?«, fragte Sophie.

»Ha«, tönte ich. »Ha, ha, klar. Das ist doch gar nichts. Ich meine, ich hab schließlich zwei Hände, oder?«

Doch Kim sagte schon zu Sophie: »Geh und hol Melina.« Melina war eine der besseren Ruderinnen in unserer Juniorauswahl.

»Nein«, beteuerte ich. »Nein, mir geht es wunderbar.« Ich versuchte noch einmal, eine Faust zu machen, was nicht besonders gut gelang. »Ich kann bestimmt noch rudern. Ich muss die Hand nur einen Augenblick kühlen.«

»Aphra«, sagte Kim. »Du ruderst nicht.«

»Es geht bestimmt gleich besser!«

Sie legte mir eine Hand auf die Schulter und zog mich von den anderen weg. »Es gibt ja noch die nächste Saison«, sagte sie. »Nächstes Jahr ruderst du.«

Sophie kam mit Melina zurückgesprintet, die sich verdammt zu freuen schien, meinen Platz einzunehmen. »Vierter Sitz, nicht wahr?«, flötete sie.

»Ja«, murmelte ich.

»Lasst uns zum Start gehen«, sagte Sophie. Und dann kam wahrscheinlich die Cheerleaderin in ihr durch, denn sie rief: *»WIR SCHAFFEN DAS – FÜR APHRA!«*

Hört schon auf, Leute, dachte ich, ihr *habt doch das Boot auf meine Hand fallen lassen.*

»FÜR APHRA!«, wiederholten die anderen, als hätten sie mich nicht den ganzen Vormittag wie Luft behandelt. Bethany wechselte immerhin einen Blick mit mir und verdrehte die Augen. Ob sie damit mich oder die anderen meinte, wusste ich nicht.

Und so blieb mir nichts anderes übrig, als zuzusehen, wie meine Mannschaft mit einem Freshman auf meinem Platz das letzte Rennen der Saison fuhr. Ich setzte mich ans Ufer. Nach einer Minute pflanzte sich John O'Malley neben mich.

»Was«, sagte ich tonlos.

Wortlos reichte er mir einen Eisbeutel.

»Haben die wirklich das Boot auf dich fallen lassen?«

»Halt die Klappe, John.«

»Hey, *ich* hab doch nicht das Boot auf dich fallen lassen.«

Ich sah hinunter auf meine Hand, die sich schon schwarzblau verfärbte. Das würde morgen ganz schön schlimm aussehen. Aber immerhin war es nicht meine rechte Hand. Ich konnte John also immer noch einen Fausthieb verpassen, wenn ich wollte.

Zusammen sahen wir zu, wie die Boote zur Startlinie fuhren. John reichte mir sein Fernglas.

»Willst du nicht selbst?«, fragte ich.

»Es ist doch dein Boot«, sagte er. Und dann, nur für den Fall, dass ich es vergessen hatte, fügte er hinzu: »Das auf deine Hand gefallen ist.«

»Ein restriktiver Relativsatz«, sagte ich automatisch.

»Was?«

»Ein Nebensatz mit unerlässlicher Zusatzinformation.«

Das Startsignal ertönte.

Es war ein 1500-Meter-Rennen. Das dauert normalerweise um die vier Minuten. Vier Minuten, in denen du dein ganzes Herzblut in deine Arme und Beine schickst. Du hörst, wie Sophie ihre Befehle brüllt, du liebst sie, und du liebst die Mädchen vor und hinter dir, denn für diese vier Minuten seid ihr eine Person, ein Organismus mit sechzehn Armen, die sich alle im Gleichtakt bewegen. Die Mannschaft findet ihren Rhythmus, und das ist das Beste, was passieren kann. Alles ist in vollkommenem Einklang. Das spürt man, wie wenn man perfekt gereimte Poesie hört; man hört es sogar an dem zischenden Geräusch der Ruder, die sich zusammen durch Luft und Wasser bewegen. Das ist es, was wir alle erreichen wollen, diese perfekte Synchronität. Wenn man die gefunden hat, ist das besser, als ein Rennen zu gewinnen.

Vom Ufer aus konnte ich genau sehen, in welcher Sekunde meine Mannschaft den Rhythmus fand. Ich sah es in ihren Gesichtern. Sie flogen *über* das Wasser, schossen zwischen den anderen Booten hindurch. Sie nahmen den vierten Platz ein und dann den dritten und dann den zweiten.

»*Wow*«, rief John. »Meinst du, sie gewinnen?«

Ich hielt den Atem an. Ich wünschte inständig, sie würden gewinnen.

Sie fuhren jetzt Bug an Bug mit dem Boot von Great Falls,

dem besten Mädchen-Achter der letzten drei Jahre. Sie waren so nah aneinander, dass ich nicht erkennen konnte, wer in Führung lag. Ich konnte hören, wie Sophie versuchte die Zuschauer zu übertönen, die vor Aufregung vollkommen ausflippten. Ich spürte das Gekreische um mich herum in meinen Knochen.

Ich wünschte mir so sehnsüchtig, auch in diesem Boot zu sein, wünschte mir, alles hören, sehen und fühlen zu können, was meine Freunde fühlten. *Dullahan* unter ihnen, Sophie vor ihnen und die anderen Boote zu beiden Seiten.

Ich konnte nicht erkennen, wer gewonnen hatte. Dann hörte ich es über den Lautsprecher.

»Der Gewinner ist … *Occoquan Club*!«

John und ich sprangen auf. Er umarmte mich und ich drückte ihn und dann hüpften wir bestimmt eine Minute lang wie wild auf und ab.

Als der Jubel der Menge langsam abebbte, konnte ich von den Booten an der Ziellinie lautes Rufen hören. »Sie rufen nach dir«, sagte John.

Tatsächlich. Meine Mädels riefen meinen Namen. Ich rannte hinunter zum Anleger, wo meine Mannschaft gerade das Boot aus dem Wasser zog. John, der noch immer bei mir war, hielt mich zurück.

»Du hast nur noch eine Hand«, sagte er.

Aber als das Boot verstaut war, lief ich zu meinen Freunden. Sophie sprang mir auf den Rücken und heulte wie ein Wolf, und Claire war so glücklich, dass sie mich auf den Mund küsste, was überraschend kam, mir aber nichts ausmachte. Nur Bethany stand etwas abseits. Ich wollte ihr den Glücksmoment nicht verderben, also sagte ich: »Ich brauch 'ne *Gatorade* – ich bin völlig fertig nach dem Ganzen«, und ging zurück zu unserem Zelt, während die anderen Selfies machten und für Siegerfotos posierten.

Ich trank meine *Gatorade* allein und nach ein paar Minuten trudelten die anderen ein. Sie redeten noch immer viel zu laut, als wären sie alle ein bisschen betrunken. Bethany war nicht dabei.

»Wo ist Beth?«, fragte ich Sophie, als mir klar wurde, dass sie nicht mehr kommen würde.

»Ich glaub, sie ist aufs Klo«, sagte Sophie und ging weiter, um sich mit Kim zu unterhalten.

Ich wusste, dass so eine große Regatta nicht Bethanys Ding war. Es ist immer furchtbar voll und laut, und meistens seilt sie sich nicht gerne alleine ab, weil sie diese irrationale Angst hat, dass sie nicht mehr zum Zelt zurückfindet. Ich sah mich in der Nähe der Dixiklos um, bis ich sie gefunden hatte. Sie redete mit irgendeinem Typen im Great-Falls-Trikot, den ich noch nie gesehen hatte. Er stand viel zu nah bei ihr, und sie versuchte immer wieder zurückzuweichen, aber um sie herum waren so viele Leute, dass sie nicht so einfach wegkam. Er lächelte und sie nicht. Er redete und sie nicht. Sie schüttelte den Kopf. Er beugte sich vor und berührte ihre Schulter.

Aus der Ferne konnte ich sehen, wie ihr Mund deutlich ein Wort formte: *Stopp.*

Ich stürzte auf sie zu. Oder versuchte es zumindest. Ich schlängelte mich durch die Menge und bahnte mir mit den Ellenbogen einen Weg.

»He!«, rief ich. *»HE!«*

Jetzt konnte ich auch hören, was er sagte: »Komm schon,

setz dich zu uns. Du kannst später mit in unserem Bus zurückfahren.«

Ich packte Bethany an der Hand und sagte: »Lass uns gehen.«

Sie blinzelte mich überrascht an.

»Hey«, sagte der Junge. »Wir unterhalten uns hier gerade.«

»Trainerin Kim sucht dich«, sagte ich zu Bethany. »Komm schon.«

Bethany sah erleichtert aus. Der Typ redete weiter auf sie ein: »Gib mir deine Nummer, okay? Wir treffen uns später.«

Er war größer als wir, das fiel mir jetzt erst auf. Meistens achte ich gar nicht darauf, wie groß die Jungs sind, mit denen ich rede. Bei Greg zum Beispiel weiß ich, dass er größer ist, aber ich hab bisher nie viel über den Unterschied zwischen uns nachgedacht, weil Greg keine große Sache daraus macht. Er baut sich nie vor einem auf. Dieser Typ aber machte genau das.

Mit gepresster Stimme sagte er: »Jetzt gib mir einfach dein Handy, damit ich meine Nummer eingeben kann, okay?« Er versuchte, Bethany das Telefon aus der Hand zu nehmen, aber sie zog ihren Arm zurück.

»Sie will, dass du sie in Ruhe lässt«, sagte ich.

»Ich glaub, sie will, dass *du* sie in Ruhe lässt«, entgegnete er. »Es lief alles prima, bis du hier reingeplatzt bist.«

»Komm, Beth«, sagte ich nur und wandte mich ab, aber in diesem Moment hörte ich Bethany schreien: *»HE!«* Ich drehte mich um und sah, dass er nach ihrem Hintern gegriffen hatte.

Ich wartete gar nicht erst ab, was sie tun würde. »Das ist ja wohl das Letzte!«, brüllte ich und stieß ihm meine gesunde Faust in den Bauch.

Er krümmte sich stöhnend und ich dachte noch: *Jetzt sollten wir besser abhauen.* Dann traf mich etwas an der Brust und fast gleichzeitig spürte ich eine Explosion in meinem Gesicht.

Meine Füße verloren den Kontakt zum Boden und für einen Moment war ich wie betäubt. Dann begriff ich, dass es *seine* Faust gewesen war. Er hatte mich ins Gesicht geschlagen. Ich hatte es nicht einmal kommen sehen.

Was ich allerdings sah, war eine kreischende Bethany: »Du verdammtes Arschloch. *DU VERDAMMTES ARSCHLOCH!*« Und dann trat sie ihm zwischen die Beine. Er brach geräuschlos zusammen, was mir sagte, dass sie gut getroffen hatte.

Fast blind vor Schmerzen beobachtete ich, wie Bethany total besessen auf diesen Kerl einschlug. *Gleich bringt sie ihn um*, dachte ich, und das schien mir auch vollkommen in Ordnung zu sein, bis mir einfiel, dass man für so was üblicherweise im Gefängnis landet. Ich sah, wie sie ihm eine Faust in die Niere rammte, während er sich krümmte – einmal und dann noch einmal, und dann wurde sie von zwei großen Typen, die ich nicht kannte, weggezerrt. Dabei schrie sie mehr Schimpfwörter, als ich ihr je zugetraut hätte, als hätte irgendwo tief in meiner Fluttershy-liebenden Freundin eine wütende Dämonin geschlummert, die gerade erwacht war.

Blut strömte über mein Gesicht.

»Scheiße«, sagte Bethany, nachdem sie sich aus dem Griff der beiden Jungen befreit hatte. »*Scheiße. Scheiße.* Lass mich mal sehen, Aphra.«

Aber ich hatte mein Gesicht jetzt in beiden Händen vergraben. Ich zitterte. Plötzlich kam mir alles total witzig vor und ich scherzte: »Mir geht's blendend. Du solltest mal den anderen Typen sehen.«

Der andere Typ lag noch immer wimmernd im Gras und krümmte sich. Ein paar Erwachsene sprinteten auf uns zu.

»Das hätte ich auch allein geschafft«, sagte Bethany, aber sie weinte.

»Natürlich hättest du das«, sagte ich. »Ganz klar.«

Jemand reichte mir ein zusammengeknülltes T-Shirt und ich tupfte damit das Blut ab, das aus meiner Nase lief. Das Blut lief mir über beide Arme *und* tropfte auf meine verletzte Hand. »Danke«, sagte ich zu dem Besitzer des mittlerweile blutgetränkten T-Shirts. Dann wurde mir klar, dass es das T-Shirt war, das er eben noch angehabt hatte, denn er stand direkt hinter mir und ich konnte seinen nackten Oberkörper an meinem Rücken spüren. *Noch so ein Widerling*, dachte ich.

»Drei Meter«, sagte die männliche Stimme in meinem Ohr. »Ich war drei Meter hinter dir. Du hättest dich nur mal umdrehen müssen.«

Natürlich war es Greg. Ich konnte nicht anders, als mich an ihn zu lehnen. Ich war einfach total erschöpft.

»War schon gut so«, murmelte ich in sein T-Shirt. »Um dein Gesicht wäre es eher schade gewesen.«

Greg seufzte. Er legte eine Hand auf meine Schulter und sagte, was wir beide wussten: »*Mich* hätte er nicht geschlagen.«

Ich schloss die Augen. Bethany stammelte immer wieder meinen Namen und dann fragte sie besorgt: »Bist du in Ordnung?«

»Er … er hat mich zweimal geschlagen. Wie kann das angehen?«

»Was?«

Ich strich über meinen Brustkorb. »Da tut es auch weh«, sagte ich.

»Dort hat er dich nicht geschlagen«, sagte Greg. »Bethany hat dich gestoßen.«

»Ich hab nicht schnell genug reagiert«, sagte ich.

Ich versuchte krampfhaft, meine Augen offenzuhalten. »Ich glaub, meine Nase ist gebrochen«, brachte ich gerade noch hervor, und dann war mir überhaupt nicht mehr danach, irgendetwas zu sagen.

Kapitel 34

In der Notaufnahme lag ich auf einer Trage. Auf der einen Seite standen meine Eltern, auf der anderen Delia.

»Wenn die Blutung abgeklungen ist, müssen wir ein CT machen«, sagte der Arzt. Es war zufälligerweise derselbe, der am Tag zuvor Kit untersucht hatte.

»Denken Sie, er hat mir die Nase gebrochen?«

»Oh, die Nase hat er dir mit Sicherheit gebrochen. Ich mach mir mehr Sorgen um deine Augenhöhlen.«

»Ihre Augen?«, sagte Delia. »Oh Gott.«

»Die Augenhöhlen sind ganz schön empfindlich. Ein Schlag ins Gesicht kann sie ziemlich leicht beschädigen.«

»Und was würde man dann machen?«, fragte Delia.

»Im besten Fall können wir abwarten und sie heilen von allein. Im schlimmsten Fall müssten wir operieren, was für die Nase vielleicht sowieso nötig ist.«

»Eine Operation?«, fragte ich.

»Wir werden unser Bestes tun, damit sie gerade heilt«, sagte er.

Er sagte noch ein paar andere Sachen, und meine Eltern antworteten, aber ich hörte nicht richtig zu, denn ich konnte nur denken: *Operation.*

Eine Operation an meiner Nase.

Wunderbar.

Als der Arzt sich abwandte, fragte ich meine Eltern: »Wer ist eigentlich bei Kit, wenn ihr alle hier seid?«

»Sebastian«, sagte Delia. »Die beiden sind inzwischen dicke Freunde. Ich kann nicht glauben, dass dieser Typ dich geschlagen hat.«

»Ich schon«, sagte ich.

»Du hast Glück, dass deine Freundin dich zur Seite geschubst hat«, sagte der Arzt. »Es hätte sehr viel schlimmer ausgehen können, wenn du die volle Wucht dieses Schlags abbekommen hättest.«

»Meine Nase wäre mehr als gebrochen gewesen?«

»Er meint, du hättest tot sein können«, sagte Delia. »Im echten Leben kann man durch einen Schlag ins Gesicht sterben. Das ist nicht wie im Kino.«

Meine Mutter schlug sich die Hand vor den Mund und mein Vater sah aus, als wäre ihm übel.

»Ist sie hier?«, fragte ich. »Sie muss doch auch irgendwo hier sein.«

»Ich glaub, sie macht gerade eine Aussage«, meinte Delia.

»Für die Polizei?«

»Ja. Dich werden sie bestimmt auch noch befragen.«

Ich lehnte meinen Kopf in die Kissen zurück. »Könnte ich vielleicht mal kurz allein sein, nur für fünf Minuten oder so?«

»Klar«, sagte Dad. »Natürlich kannst du das. Kommt, ihr Lieben.« Und alle standen auf und gingen aus dem Zimmer.

Ich drehte mich zur Seite und starrte auf das Poster neben mir, auf dem zehn kleine, finster dreinblickende Gesichter abgebildet waren, die den Schmerzgrad darstellen sollten. Ich hatte meinen Schmerz vorhin bei sieben eingestuft, aber jetzt hatte er sich eher bei sechs eingependelt. Meine Hand allerdings tat noch immer *höllisch* weh, aber wenigstens schien sie nicht gebrochen zu sein. Im Gegensatz zu meiner Nase.

Da kam mir ein Gedanke: Wenn sie mich sowieso unter Narkose setzen und an mir rumoperieren würden, könnte ich sie doch gleich weitermachen und meine Nase reparieren lassen, wie sie es bei Delia gemacht hatten. Ich könnte genauso aussehen wie sie, wenn ich wollte.

Und die Versicherung würde das wahrscheinlich sogar bezahlen. *Wahnsinn.*

Ich stellte mir vor, ich hätte ein Gesicht wie Delia und würde in den Semesterferien einen Typen wie Sebastian mit nach Hause bringen, der darum betteln würde, in meinem Bett zu schlafen.

Na ja, vielleicht nicht so einer wie Sebastian. Vielleicht ein linguistisches Genie mit nussbraunen Augen und Grübchen am Kinn.

Wenn ich aussehen würde wie jemand anders, hätte Greg mich dann gewollt?

Wenn ich aussehen würde wie jemand anders, hätte ich dann zugeben können, dass ich auf ihn stand?

Ich schloss die Augen und träumte von einer Welt, in der ich so hübsch war, dass Greg d'Agostino seinen Blick nicht von mir lassen könnte.

Als ich wieder aufwachte, war es schon dunkel und Delia tätschelte meine Schulter. »Hey««, sagte sie, »Zeit für dein CT.«

Ich setzte mich ein wenig auf. »Wie lange hab ich geschlafen?«

»Eine halbe Stunde. Wahrscheinlich der Stress und die Schmerzmittel.«

»Oh Gott. Sie haben mir doch kein Morphium gegeben, oder?«

Sie lachte. »Nein, ich glaub, es war nur Ibuprofen.«

»Oh.«

»Delia«, sagte ich. »Es tut mir leid.«

»Was tut dir leid? Dass man dich zusammengeschlagen hat?«

»Dass ich so fies war. Zu dir. Wegen der Nasen-Geschichte. Jetzt kapier ich es. Ich kapiere, warum du hübsch sein wolltest.«

Sie starrte eine Weile auf den Monitor mit meinen blinkenden Vitalfunktionen. Schließlich sagte sie: »Es war ja gar nicht, dass ich eine hübsche Nase wollte.« Ich warf ihr den besten ungläubigen Blick zu, den ich mit meinem entstellten Gesicht zustande brachte. »Ich wollte einfach, dass meine Nase etwas wäre, an das ich nicht mehr denken müsste. Ich dachte die *ganze* Zeit daran. Jedes Mal, wenn ich in einen Spiegel schaute, ein Foto von mir anguckte oder irgendwo anders mein Spiegelbild sah, dachte ich daran. Ich wollte einfach, dass meine Nase wäre wie … wie mein Kinn oder so.«

»Dein Kinn? Was ist denn mit deinem Kinn?«

»Nichts! Das meine ich ja. Über mein Kinn denke ich nie nach. Es ist einfach da. Und genauso sollte auch meine Nase sein.«

»Okay«, sagte ich. »Das verstehe ich.«

Sie lächelte bitter. »Heißt das, du überlegst, ob du deine auch reparieren lassen sollst? Ich hab dein Gesicht gesehen, als der Arzt gesagt hat, dass du vielleicht operiert werden musst.«

»Nein. Nein, ich muss sie nicht reparieren lassen. Sie ist nicht kaputt. Ich meine, ich weiß, sie ist gebrochen, aber nicht … Nein.« Ich lockerte das zu enge Patientenarmband an meinem linken Handgelenk. »Ich lasse sie nicht ändern.«

»Aber du hast es überlegt.«

»Ja. Ich hab es überlegt.«

»Aber warum nicht …«

»Es ist genau, wie du gesagt hast. Ich möchte, dass es etwas ist, worüber ich nicht nachdenke. Sobald meine Nase operiert wäre, würde ich *immer* darüber nachdenken. Wenn irgendein Typ mit mir flirten würde, müsste ich mich immer fragen, ob er das auch machen würde, wenn mein Gesicht so aussähe wie früher. Alles würde sich die ganze Zeit darum drehen.«

»Aber dreht sich jetzt nicht auch ständig alles darum?«

Ich seufzte. »Ja. Aber sei mir nicht böse – das ist eigentlich deine Schuld.«

»Meine? Weil ich mir die Nase hab operieren lassen?«

»Na ja, schon. Ich meine, ich nehme es dir nicht mehr übel. Ich verstehe es.« Ich tätschelte ihre Hand, die auf meiner Bettdecke lag. »Das Leben ist eines der schwersten, nicht wahr?«

»Ja. Das stimmt.« Sie sah mich an und sagte: »Es tut mir leid, dass ich nicht darüber nachgedacht habe, wie du dich dabei fühlen würdest.«

Ich berührte den Verband über meiner Nase. »Vielleicht könnte ich es einfach so lassen? Das hat doch ein gewisses Etwas, oder?«

Sie lachte. »Weißt du, was der Unterschied zwischen dir und mir ist? Du kannst dir diese Nase erlauben. Denn alles, was die anderen sehen, ist« – sie stupste mir mit zwei Fingern auf den Brustkorb – »das hier.«

»Mein umwerfender Vorbau?«

»Hör schon auf«, sagte sie. »Nicht alles ist ein Witz.«

»Du hast mir auf den Busen getatscht!«

»Das hab ich nicht … Mann, Aphra.«

»Tut mir leid«, sagte ich. »Ich kapier schon. Und danke.«

Als wir die CT-Aufnahmen bekamen, zeigten sie einen glatten, unverschobenen Bruch meiner Nase und keinerlei Fraktur meiner Augenhöhlen. Ich hatte anscheinend auch keine Gehirnerschütterung, auch wenn so etwas manchmal nicht sofort zu erkennen ist.

»Gott sei Dank, dass du so einen Dickschädel hast«, sagte mein Vater. Delia war inzwischen nach Hause gegangen, um sich zu vergewissern, dass Sebastian und Kit nicht in ein Schwarzes YouTube-Loch gefallen waren.

»Das hat sie von dir«, sagte Mom.

»Vielen Dank auch«, sagte ich. »Darf ich denn jetzt nach Hause?«

»Sie wollen noch deine Nase schienen und dann können wir gehen.«

Da kam Bethany durch den Vorhang um mein Bett. Genau wie ich trug sie noch ihre Ruderklamotten. Sie hatte eine Schiene an ihrem rechten Zeigefinger.

»Was ist denn mit deinem Finger?«, fragte ich.

Sie hob ihre Hand. »Gebrochen.«

»Weil du den Drecksack vermöbelt hast?«

»Genau.«

»Ich glaub, wir sollten mal nach deinen Entlassungspapieren fragen«, sagte meine Mutter und zog meinen Vater hinaus in den Flur.

Bethany setzte sich auf den Stuhl neben mich. »Du siehst echt furchtbar aus.«

»Ja, das hab ich mir auch sagen lassen.«

»Tut dein Brustkorb noch weh? Ich fürchte, ich hab dir einen ganz schönen Schlag versetzt. Das wollte ich nicht.«

»Nein, das weiß ich. Danke, dass du versucht hast, mich aus dem Weg zu stoßen. Der Arzt sagt, du hast wahrscheinlich mein Gehirn gerettet.«

»Rück mal ein Stück.«

»Was?«, fragte ich, aber ich rutschte schon ein Stück auf die andere Seite des Bettes. Bethany legte sich neben mich und holte ihr Handy hervor.

»Bitte mach jetzt kein Selfie von uns«, sagte ich. Sie sah mich an, als wäre ich nicht ganz dicht. Dann spielte sie eine Folge von *Mein kleines Pony* ab und hielt den Bildschirm so, dass wir ihn beide sehen konnten.

Sie griff mit ihrer unverletzten Hand nach meiner unverletzten Hand, hielt meine rechte in ihrer linken, und so blieben wir liegen, bis meine Mutter mit den Entlassungspapieren zurückkam und es Zeit war zu gehen.

Kapitel 35

Am Montag ging ich wieder in die Schule.

Nachdem ich meinen Wecker ausgeschaltet hatte, schlurfte ich nach unten, um zu sehen, ob Delia mir irgendwie helfen könnte, mit einem Concealer meine blau unterlaufenen Augen zu kaschieren. Stattdessen fand ich Sebastian vor, der auf dem Bett saß und sich das Foto von mir und Delia in unseren *Sailor-Moon*-Kostümen ansah. Der Rest des Bettes war voller unordentlich gefalteter Klamotten und sein Koffer stand halb gefüllt auf dem Fußboden. Ich konnte mich nicht erinnern, ob sein Flug an diesem oder am nächsten Tag ging, denn ich war zu sehr mit mir selbst beschäftigt gewesen.

»Oh«, sagte ich. »Hi. *Äh*. Ist Delia hier?«

»Sie ist schon los. Bei ihrem Praktikum.«

»Oh, stimmt ja.«

»Ja.« Er drehte das Bild zu mir. »Wer ist das?«

Ich zupfte an meinem Pferdeschwanz herum. »Wo hast du das denn gefunden?«

»Es stand heute Morgen auf ihrer Kommode. Habt ihr beiden noch eine Schwester?«

»Ähm«, stammelte ich. »Das ist, äh …«

Er schlug sich die Hand vor den Mund. »Oh mein Gott. Ist sie gestorben? Das tut mir leid. Oh Mann.«

»Nein«, sagte ich. »Nein.«

»Im Ernst jetzt. Das erklärt einiges.«

»Nein«, sagte ich. »Wir haben keine verstorbene Schwester. Das ist Delia.«

Er sah noch einmal das Bild an.

»Vor ihrer Nasen-OP«, erklärte ich.

Ich konnte förmlich sehen, wie ihm die Schuppen von den Augen fielen.

»Oh«, sagte er. Und dann musterte er das Bild noch einmal eine Ewigkeit.

»Und?«, fragte ich.

»Und was?«

»Hast du … hast du denn gar nichts dazu zu sagen?«

Er stellte das Bild auf die Kommode und fuhr fort, seinen Koffer zu packen. »Hör mal«, sagte er. »Ich hab schon mitgekriegt, dass du hier so was wie das Alphatier bist, aber meine Meinung zur Nasen-OP deiner Schwester geht dich nichts an.« Er stopfte seine letzten Sachen in den Koffer und zog den Reißverschluss zu.

Diese Bemerkung war ja vollkommen legitim, auch wenn ich tatsächlich gerne gewusst hätte, was er dachte, ob er geschockt war – von ihrem früheren Gesicht oder ihrem jetzigen oder der Schönheitsoperation an sich. Ich wollte so viele Dinge wissen. Sein Gesichtsausdruck verriet nichts, als wäre die ganze Sache nichts als eine kuriose Nebensächlichkeit.

»Okay«, sagte ich.

Ich wartete noch einen Moment, um zu sehen, ob er seine Meinung ändern oder mich fragen würde, wann sie die Operation hatte oder warum oder was ich davon hielte oder ob ich mich deshalb mies fühlte oder auch so etwas machen wollte.

Aber er sagte nichts von alledem.

»Gehst du wirklich nicht zurück an die Uni?«, fragte ich.

»Nein, wirklich nicht.«

»Du willst also in Denver nichts anderes machen als YouTube-Videos?«

»Ich will eigentlich gar nicht nach Denver zurück. Ich würde lieber hier wohnen.«

»In unserem Keller?«

Er verdrehte die Augen. »In dieser Gegend. Mir gefällt es hier. Außerdem könnte ich Delia dann an den Wochenenden sehen. Ich brauch nur noch einen Brotberuf und einen Platz in einer WG und noch habe ich beides nicht, also muss ich erst mal nach Hause fahren und Pläne machen.«

»Du brauchst einen WG-Genossen?«

»Ja, genau. Mir hier alleine eine Wohnung zu nehmen, wäre zu teuer.«

»Da wüsste ich vielleicht jemanden«, sagte ich.

In der Mittagspause traf ich mich mit Bethany vor der Kantine. Die Leute starrten uns an: mich wegen meiner Nase (*ha*) und Bethany, weil sie jetzt den Ruf einer knallharten Type weghatte und nicht mehr nur als das Mädchen bekannt war, das vor der gesamten Schule von seinem Freund den Laufpass bekommen hatte.

»Hi«, sagte sie.

»Hi«, sagte ich. »Ich möchte einfach nur raus hier.«

»Ich auch.«

»Dann raus aus der Schule. Kommst du mit?«

»Das geht doch nicht«, sagte sie.

»Oh doch. Das geht schon. Ich meine, wenn du willst.«

Ich nahm sie bei der Hand und ging mit ihr zum Hinterausgang, wo Officer Barry Wache stand, die Hände hinter dem Rücken verschränkt.

»Hi«, begrüßte ich ihn.

»Ach du heilige Scheiße«, sagte er.

»Sie sagen es.«

»Tut's weh?«

»Vor allem beim Ansehen, denke ich«, sagte ich lächelnd. »Ein ordentlicher Burrito könnte da Wunder bewirken.«

Er nickte und machte einen Schritt zur Seite, um Bethany und mich durchzulassen.

»Warte«, sagte sie, als wir durch die Tür waren. »Das war alles?«

»Ja.«

»Im Ernst jetzt? Du sagst ihm einfach, dass du einen Burrito willst, und er lässt dich raus?«

»Genau. Komm schon, ich hab Hunger.«

In einvernehmlichem Schweigen gingen wir die drei Blocks zum *Taco Bell*. Schließlich sagte ich: »Übrigens, ich möchte mich entschuldigen. Noch einmal. Wegen der Sache mit Greg. Du hattest recht. Ich hätte es ihm sagen sollen. Ich hätte dich mit ihm reden lassen sollen. Wie auch immer.«

»Ich wünschte einfach, du hättest mir von eurem Chat erzählt. Das hättest du wirklich tun sollen.«

»Ja«, sagte ich. »Ich weiß.«

Sie kickte einen Stein den Gehweg entlang. Ich fragte mich, wie sie mit ihrem gebrochenen Finger im Unterricht mitschreiben konnte. »Du hast deine Hand für mich gebrochen«, sagte ich.

»Und du für mich deine Nase«, antwortete sie.

»Um ehrlich zu sein, eigentlich hatte ich das nicht vor.«

»Na ja, ich eigentlich auch nicht.«

Wir gingen noch ein Stück weiter. Ich wollte mich irgendwie rechtfertigen, aber das ging nicht. Ich hatte gedacht, ich könnte mir erlauben, was ich getan hatte, oder dass es vielleicht sogar das Beste wäre, was ich tun könnte. Ich hatte gedacht, ich könnte das tun und trotzdem ein guter Mensch sein.

Aber die Wahrheit war: Ich war kein guter Mensch mit einem hässlichen Gesicht gewesen. Sondern ein schlechter Mensch mit einem hässlichen Gesicht. Ich hatte so viele Lügen erzählt. Ich war eine total miese Freundin geworden, nur damit ich ein Fitzelchen von dem bekommen konnte, was ich mir so wünschte. Denn welche andere Möglichkeit gab es für mich, geliebt zu werden, als irgendwo tief in Bethanys Schatten?

Deshalb war es natürlich trotzdem nicht richtig.

»Es ist bloß«, begann ich. »Du weißt nicht, wie das ist. Du hast keine Ahnung, wie das ist, wenn man weiß – ganz sicher weiß –, dass einen nie jemand lieben wird.«

Bethany machte ein etwas zerknautschtes Gesicht. »Meinst du wirklich, ich weiß nicht, wie das ist? Bist du …« Sie schniefte und stieß ein Schluchzen oder ein Lachen aus oder beides.

»Was meinst du –«

»Aphra. Mit mir wollte niemand etwas zu tun haben. Mit mir wollte *nie* jemand etwas zu tun haben.«

»Das stimmt doch nicht!«

»Doch, das stimmt. Hast du eine Ahnung, wie das ist, wenn du acht Jahre alt bist und niemand was von dir wissen will? Mein Dad war weg. Meine Mutter und mein Bruder redeten kaum mit mir. Die Kinder in der Schule fanden mich seltsam. Ich hatte niemanden, Aphra, *niemanden*.«

Sie drückte auf die Ampel am Fußgängerüberweg. »Ich lungerte immer in der Nähe der anderen herum und versuchte, etwas von ihren Gesprächen aufzuschnappen. Und dann warfen sie mir diesen Blick zu, so nach dem Motto: *Was willst du denn?* Also ging ich auf Abstand, was anderes bleibt einem da nicht übrig, weißt du? Niemand wollte was mit mir zu tun haben! Weißt du, wie das ist?«

»Bethany –«

»Und dann kamst du! Du warst total nervig, und du fingst einfach an zu reden und zu reden und zu reden, und es war dir ganz egal, ob ich antwortete. Du hast einfach weitergeplappert, als wären wir beste Freunde. Ich dachte, am nächsten Tag wärest du bestimmt weg, aber das warst du nicht. Du hast mir einen Platz in der Kantine freigehalten.«

»Neben mir wollte sowieso niemand sitzen.«

»*Stopp*. Du hast mir einen Platz freigehalten. Du *wolltest* neben mir sitzen. Du wolltest mich um dich haben. Kapierst du nicht? Bevor du kamst, wollte mich nie jemand um sich haben. Also sag mir nicht, ich wüsste nicht, wie es sich anfühlt, wenn keiner einen mag. Dann fühlst du dich als … als wäre alles in dir hohl. Als wäre der Platz, wo du dich geliebt oder gewollt fühlen solltest, einfach *leer* und würde *höllisch wehtun*.« Sie wischte sich das Gesicht an ihrem Arm ab. »Ich kann nicht glauben, dass wir über so was auf dem *Taco-Bell*-Parkplatz reden. Mir tut es auch leid.«

»Was sollte dir denn leidtun? Du hast doch überhaupt nichts gemacht!«

»Na ja, vielleicht doch. Du hattest schon recht mit dem, was du neulich im Bus gesagt hast. Ich weiß, ich lehne mich zu sehr an dich an. Es ist nur, du bist so …«

»Robust?«

»Hm, ja. Das hab ich gedacht.«

Wir ließen eine Mutter durch, die für ihre vier kleinen Kinder etwas zum Mittagessen kaufen wollte.

»Wolltest du eigentlich wirklich einen Burrito?«, fragte Bethany.

»Eigentlich schon«, sagte ich.

»Okay. Mir fällt nur gerade ein, dass ich kein Geld mit hab.«

»Kein Problem«, sagte ich. »Ich lade dich ein.«

Wir gingen hinein und stellten uns an. Ich kaufte Burritos für mich und Officer Barry und Bethany nahm drei Chalupas, denn anscheinend verbraucht es eine Menge Kalorien, einen Kerl zu vermöbeln, und so war sie total ausgehungert. Wir setzten uns an einen Tisch, und ich sah zu, wie sie die erste Teigtasche verschlang und dann die zweite. Mein Gesicht tat noch so weh, dass es schwierig war, den Burrito zu essen, und ich ihn mit der Gabel in kleine Stücke zerteilen musste.

»Ich kann nicht glauben, dass heute erst Montag ist«, sagte ich.

Montag. Immerhin war heute kein Training. Nach der Therapie konnte ich heimgehen und mich für den Rest des Tages hinlegen.

»Hey«, sagte ich. »Willst du vielleicht heute mit mir zur Therapie kommen?«

»Was? Wie kommst du denn darauf?«

»Ich weiß auch nicht. Willst du?«

»Zu Dr. Pascal? Worüber würden wir denn sprechen?«

»Ich weiß nicht. Vielleicht darüber wie … ich weiß auch nicht. Wie wir bessere Freundinnen sein könnten?«

»Du bist meine *beste* Freundin.«

»Nicht bessere Freundinnen in dem Sinne. Aber vielleicht wie wir beide … ich weiß auch nicht. Einander weniger brauchen könnten. Ein bisschen weniger. Oder … oder wir könnten auch über was anderes reden. Wenn du willst.«

»Ist das denn überhaupt erlaubt? Wenn ich da einfach mit aufkreuze?«

»Na klar. Ich bin doch diejenige, die sie bezahlt. Na ja … nicht ganz, aber es ist meine Sitzung, also …«

»Okay.«

»Wirklich?«

»Ja, ich komm heute mit.«

Zurück in der Schule schlüpfte ich möglichst unauffällig in den App-Design-Kurs und versuchte mein Bestes, keinen Augenkontakt mit irgendjemandem aufzunehmen. Wir sprachen die ganze Stunde darüber, wie man Apps an unterschiedliche Plattformen anpasst, und als es dann klingelte, sagte Mr Positano: »Aphra, bleib doch bitte noch einen Augenblick hier.«

Widerstrebend blieb ich im Klassenzimmer.

»Also«, sagte er, als alle anderen gegangen waren. »Ich hab mir deine *Deanna*-App noch mal angesehen.«

Ich nickte. Ich war müde, und mein Gesicht tat weh, und ich wollte nach Hause.

»Ich bin zu dem Schluss gekommen, dass du die Aufgabe durchaus erfüllt hast oder es zumindest versucht hast, aber es war ein zu ambitioniertes Projekt. Du hast dich einfach übernommen.«

»Das passiert mir ständig«, sagte ich.

»Tatsache ist, wenn du das Projekt eingereicht und mir

gesagt hättest, was schiefgelaufen war, hätte ich dir mindestens ein B gegeben. Warum bist du nicht gleich zu mir gekommen?«

»Weil es hätte funktionieren sollen. Wenn niemand damit Quatsch gemacht hätte, wäre alles okay gewesen. Und ich hab gedacht … ich hab gedacht, wenn Sie sehen, dass die App Porno-Links rausgibt und so was, würden Sie mich durchfallen lassen. Also hab ich das Ganze einfach … *gefakt*. Ich wusste nicht, was ich anderes tun sollte. Ich hab einfach Panik bekommen.«

»Du weißt schon, dass so was Betrug ist?«

»Ja«, sagte ich. »Ich weiß.«

Er blätterte durch die Seiten. »Nach unserem Gespräch neulich hab ich mir diese Antworten noch mal etwas genauer durchgelesen«, sagte er. »Ich hätte wohl gleich merken müssen, dass sie nicht von einer echten KI stammen konnten. Sie klangen ziemlich persönlich. Und nach dem, was Greg erzählt hat, ging das ja noch eine Weile weiter, als du das Projekt abgegeben hattest.«

»Ja«, gab ich zu.

Für einen kurzen Moment zeigte sich Mitgefühl in seinem Gesicht.

»Nebenbei bemerkt«, sagte er. »Ich erinnere mich durchaus noch daran, wie es ist, siebzehn zu sein und Mist gebaut zu haben.«

Ich schloss die Augen. »Ich hab so getan, als wäre ich meine beste Freundin, damit ich online mit ihrem Freund chatten kann.«

»Das ist allerdings ziemlich verkorkst. Warum hast du das gemacht?«

»Mein *Es* hat mein *Über-Ich* verdrängt«, sagte ich und

schüttelte den Kopf. »Wissen Sie, ich bin schon in Therapie, um einmal in der Woche über diese Dinge zu reden, also möchte ich das hier nicht noch mal durchkauen, wenn Sie einverstanden sind.«

»Na schön«, sagte er. »Aber ich erinnere mich trotzdem, wie es ist, siebzehn zu sein und Mist zu bauen, und wenn ein kleiner Fehler plötzlich eine Lawine lostreten kann.« Er beugte sich hinunter, um mir in die Augen zu sehen, und lächelte. »Ich bin überzeugt, du bist mehr als dieser Fehler. Und was dein Projekt anbelangt«, fuhr er fort, »so werde ich diesen Kurs zufällig im Sommer noch mal unterrichten. Gut möglich, dass ich nachgefragt habe, ob jemand diesen Kurs zum Punktausgleich noch einmal belegen könnte, und gut möglich, dass die Antwort Ja gewesen ist.«

»Punktausgleich?«

»Das bedeutet, dass du den Kurs noch mal machen kannst, und dann wird dein F durch die neue Note ersetzt, je nachdem wie viel Punkte du im Sommer erzielst.«

Eigentlich sollte ich in diesem Sommer arbeiten. Im Rudercamp. Ich hatte mich schon total darauf gefreut, vor allem jetzt, wo Bethany nicht mehr sauer auf mich war. Wir übernachten alle in diesen Hütten an einem wunderschönen Fluss, haben immer viel Spaß und rösten Marshmallows am Lagerfeuer.

»Aber«, sagte ich.

»Hältst du das nicht für einen fairen Vorschlag?«

»Doch, extrem fair. Es ist nur … ich muss sehen, wie ich das hinkriege.«

»Nun, das musst du dir überlegen.« Er lächelte. »Sag mir Bescheid, wenn du dich entschieden hast.«

»In Ordnung«, sagte ich. »Okay. Danke, Mr Positano.«

. . .

Als Bethany und ich in Dr. Pascals Behandlungszimmer kamen, wurde mir klar, dass sie die Geschichte von meinem Schlag ins Gesicht noch nicht gehört hatte, denn sie war gerade dabei, ihren Joghurt zu essen, und ließ vor Schreck den Löffel fallen.

»Hi«, sagte ich. »Also, das ist Bethany. Sie wollte heute mal mitgekommen.«

Ich sah, wie Dr. Pascals Blick von meinem Gesicht zu Bethanys verletzter Hand ging, und wusste sofort, was sie dachte.

»Sie war nicht diejenige, die mich geschlagen hat«, sagte ich. »Sie war diejenige, die mich gerettet hat.«

Ich setzte mich auf die Couch, nahm sechs Pfefferminzbonbons aus der Schale und reichte drei davon Bethany, die zu Dr. Pascal sagte: »Freut mich, Sie kennenzulernen.«

»Freut mich auch«, antwortete Dr. Pascal. »Ich hab schon gehört, was für eine tolle Freundin du bist.«

Kapitel 36

Der Sommer kam mir lang vor ohne Bethany. Während sie sechs Wochen im Rudercamp war, verbrachte ich meine Vormittage in der Sommerschule und die meisten meiner Nachmittage damit, auf Kit aufzupassen, während mein Dad über seinen mittelalterlichen Steuerdokumenten saß. Mom arbeitete an irgendeinem Artikel über frühenglische Romane und Delia ging zu ihrem Praktikum.

Ich hatte letzten Endes doch nicht an der Nase operiert werden müssen. Sobald die schwarzen Ringe unter meinen Augen verblasst waren, sah ich also genau so aus, wie ich immer ausgesehen hatte, nicht besser und nicht schlechter.

Am Montag- und Mittwochabend ging ich zur NOVA, um mit etwa dreißig anderen Leuten Russisch zu lernen, denn ich hatte meinen Anfängerkurs auf den Sommer verlegt. Es war seltsam, die Jüngste in der Klasse zu sein; die meisten Teilnehmer waren so alt wie meine Eltern oder sogar noch *älter.* Und wie ich feststellen musste, ist Russisch um einiges schwieriger als Latein, was mir immer ziemlich leichtgefallen ist. In meinem ersten Test bekam ich ein C und wollte den Kurs schon hinschmeißen, aber meine Eltern redeten mir zu weiterzumachen.

Greg sah ich ein paar Mal, als ich mit Kit im Freibad war. Als Kit sich einmal das Knie aufschürfte, war es Greg, der ihn mit einem Pflaster versorgte, während ich verlegen danebenstand. Mein Bikini war auf den Müllhaufen der Geschichte verbannt worden (das heißt, ich hab ihn weggeschmissen und hoffe, dass alle anderen vergessen haben, dass er existiert hat) und ich trug wieder meinen bequemen roten Einteiler.

»Hey«, sagte Greg, nachdem Kit zu seinen Freunden gerannt war, um während der Badepause Uno zu spielen. »Du musst nicht so tun, als ob du mich nicht kennst.«

Ich beschrieb mit dem Zeh einen Kreis auf dem Fußboden. »Ich wollte dir nur etwas Freiraum geben«, sagte ich.

Er lächelte mich an, als wollte er sagen: *Und trotzdem bist du hier.*

»Ja, tut mir leid, ich weiß«, stammelte ich. »Ich weiß, es ist seltsam, dass ich ständig hierherkomme, aber die Freunde meines Bruders gehen alle in dieses Freibad und –«

»Ist schon okay«, sagte er. »Du kannst doch hingehen, wo du willst.«

»Oh. Okay, ja. Bist du … bist du eigentlich mit diesem Lyrik-Projekt fertig, das du dir vorgenommen hattest?«

»Mein Studienprojekt? Nein, noch nicht. Drei Wochen noch, denke ich. Es dauert länger, als ich dachte.«

»Kann ich mir vorstellen«, sagte ich. »Ich hab diesen Sommer auch Russisch gelernt.«

»An der NOVA?«

»Ja, nur den Russisch-1-Kurs.«

»Bei Pavlova oder bei Rodin?«

»Rodin. Es ist echt schwieriger, als ich mir vorgestellt habe.«

»Ja, am Anfang ist es eine ganz schöne Herausforderung.« Er nahm den Verbandskasten und stand auf. »Man sieht sich.«

»Tschüss.«

Ich ging zurück zu meinem Liegestuhl, um meine russischen Konjugationen zu üben.

Любло

Любишь

Любит

Als ich aufsah, stand Greg neben meinem Liegestuhl. »Hallo noch mal«, sagte er.

Er warf einen Blick über meine Schulter, nahm mir den Bleistift aus der Hand und machte aus Любло Люблю.

»So ist es richtig«, sagte er. »*Ich liebe.*«

»*Oh*. Was hab ich denn geschrieben?

»Nichts, das Wort gibt es nicht.«

Sag es nicht. Sag es nicht, redete ich mir zu. »Ich vermisse es, mit dir zu chatten«, sagte ich.

»Ja. Ich auch.« Er schirmte seine Augen mit der Hand ab. »Sehr sogar. Und eigentlich hasse ich dich dafür.« Er rieb sich die Schläfen, als grübelte er, was er als Nächstes sagen sollte. »Warum hast du es mir nicht einfach gesagt?«

Die Antwort war nicht leicht. Ich hatte einfach keine gute Antwort. »Ich … ich schätze, ich war egoistisch und selbstlos zugleich und irgendwie ist alles aus dem Ruder gelaufen. Es gibt keine Entschuldigung.« Ich schloss die Augen. »Ich hab so viele Fehler gemacht.«

Einige Kinder machten Arschbomben vom Sprungbrett aus, und das Mädchen auf dem Bademeisterturm brüllte, sie sollten einer nach dem anderen springen.

Greg redete weiter: »Du hast neulich gesagt: Я вас любила.«

Ich liebte dich. Ich schloss die Augen und nickte.

»любила. Du liebtest. Vergangenheitsform. Also nicht mehr.« Ich antwortete nicht. »Aphra«, sagte er.

»Ich überlege noch, welche Antwort die Sache jetzt nicht noch schlimmer macht.«

»Die Wahrheit«, sagte er, »würde es nicht schlimmer machen.«

Ich öffnete die Augen. »Es ist nicht: любила.« Ich seufzte. »Nicht *ich liebte*, sondern *ich liebe*. Ich würde dir auch das Futur nennen, aber das haben wir noch nicht gelernt.«

»любить«, erklärte er. *Ich werde lieben.*

Ich schluckte und antwortete: »Das sollte ich mir aufschreiben, danke.«

Greg setzte sich auf die Kante des Liegestuhls neben mir und sagte: »Du hattest dieses rote T-Shirt an.«

»Was?«

»An diesem gewissen Tag, in Gesundheit und Soziales. *Dieses T-Shirt normalisiert Menstruation* stand darauf.« Er lachte. »Ich fand das total krass.«

Ich erinnerte mich an das T-Shirt. Ich hatte es vor allem getragen, um Delia zu ärgern. »Welchen Tag meinst du denn?«

Sein Gesicht färbte sich ein wenig rot. »Den Tag, an dem wir den Heimlich-Handgriff geübt haben. Wahrscheinlich erinnerst du dich gar nicht daran.«

»Doch«, sagte ich. »Doch, ich erinnere mich.«

Er wandte den Blick ab. »Ich hatte bis dahin noch nie ein Mädchen umarmt.«

Ich starrte ihn sprachlos an. Er fuhr fort: »Du hattest also dieses alberne T-Shirt an, und dann hast du diesen Typen zusammengeschissen, wie hieß er noch mal?«

»Kieran.« Nur dass nicht ich ihn zusammengeschissen hatte, sondern Greg.

»Kieran, genau. Ich dachte schon, du schlägst ihn zusammen, aber dann dachte ich nur noch: *So fühlt sich also ein Mädchen an.*«

Ich hatte jetzt selbst die Arme um mich geschlungen. »Tut mir leid, wenn ich dich traumatisiert habe«, sagte ich.

»Hältst du jetzt mal die Klappe?«

Ich presste die Lippen aufeinander und sah weg.

»Jedenfalls, ich glaub, danach war ich ein bisschen verschossen in dich. Eine Zeit lang.«

»Eine ... eine Zeit lang.«

Er sah mir in die Augen. »Eine Zeit lang« wiederholte er. Dann stand er auf und sagte: »Wenn ich jetzt nicht auf meinen Posten zurückkehre, bringt Shannon mich um.«

»Okay«, sagte ich. »Tschüss.«

»Ich verzeihe dir nicht.«

»Okay«, sagte ich. »Das habe ich verdient.«

»Ich bin immer noch total sauer.«

»Ja.«

»Ich werde dir wahrscheinlich nie verzeihen.«

Ich nickte.

»Scheiß drauf«, sagte er, und dann trat er auf mich zu, nahm mein Gesicht in beide Hände und beugte sich vor, um mich zu küssen.

Es war kein langsamer oder sanfter Kuss. Er kam so unerwartet, dass ich überhaupt nicht darauf vorbereitet war. Ich dachte nur: *Greg d'Agostino berührt meinen Mund*, und war vollkommen erstarrt. *Greg d'Agostino berührt meinen Mund*, dachte ich noch einmal und dann begriff ich, dass ich meine Chance verpasste, ihn zurückzuküssen, und dann dachte ich einfach gar nichts mehr.

Es war egal, dass ich eigentlich noch niemanden so richtig

geküsst hatte außer den betrunkenen Barkeeper auf der Studentenparty. Wie sich herausstellte, wusste ich, wie ich ihn zurückküssen musste, also tat ich es einfach.

Nachdem ich mir diesen Moment so oft ausgemalt hatte, wurde mir klar, dass dieser Kuss ganz anders war, als ich ihn mir vorgestellt hatte.

Er war so viel realer. Und so viel besser.

Er war allerdings auch etwas kürzer. Greg wich zurück und stand auf.

»Sorry«, sagte er. »Kommt nicht wieder vor.«

Ich berührte meinen Mund und nickte. Er klang, als meinte er es.

»Ich geh dann mal«, sagte er.

Ich nickte noch einmal, und er wandte sich ab, um zu gehen. Ich fand endlich meine Stimme wieder und rief: »Greg!«

Er drehte sich um, als hätte er gehofft, dass ich ihn zurückrufen würde. Ich lächelte und sagte: »До свидания.« *Bis dann.*

»До свидания«, antwortete er.

. . .

In der folgenden Woche kam Bethany aus dem Rudercamp zurück. Sie war braun gebrannt und sah aus, als könnte sie mit ihrem Bizeps Walnüsse knacken.

»*Wow*«, rief ich, als ich sie sah. »Du hast ja jetzt mehr Muskeln als ich.«

»Nicht wahr? Ich bin der reinste Kraftprotz.«

»Und, wie war West Vagina?«

»Gut«, sagte sie. »Sehr gut sogar.« Sie grinste verschmitzt. »Überraschend feucht allerdings.«

Da musste ich schallend lachen.

Wir saßen auf den Stufen vor Bethanys Haus und genossen das ungewöhnlich frische Augustwetter. In dem Freibad, wo Greg arbeitete, war an diesem Tag bestimmt nichts los, aber ich hatte ihn seit dem Kuss auch nicht mehr gesehen. Irgendwie wollte ich es auch nicht, zumindest noch nicht. Auf diese Weise konnte ich mich einfach nur daran erinnern, dass es passiert war, und musste mir keine Gedanken darüber machen, was als Nächstes käme. Er hatte mich geküsst, *mich*, Aphra, mich selbst, in dem vollen Wissen, wer ich war und was ich getan hatte und dass ich es nicht verdient hatte, dass er mich küsste. Das schien mir für den Augenblick genug zu sein.

Ich konnte nicht ganz begreifen, warum er es getan hatte. Ich dachte, Liebe wäre etwas, das man sich verdienen müsse, und das hatte ich bestimmt nicht. Und ich meine, es war ja auch keine Liebe, es war nur ein Kuss, das war mir schon klar. Und trotzdem dachte ich immer wieder darüber nach. Bestimmt gab es für so etwas auch einen Begriff.

»Ich kann nicht glauben, dass ich am Montag wieder arbeiten muss«, sagte Bethany. »Ich hab Doug versprochen, dass ich die Mittagsschicht übernehme. Ich weiß auch nicht, was ich mir dabei gedacht hab.«

Ich lehnte meinen Kopf an Bethanys Schulter und sie lehnte ihren Kopf an meinen.

»Du bist großartig«, sagte ich. »Weißt du das?«

Sie zuckte die Achseln.

»Nein, echt jetzt. Du … du verdienst es einfach, glücklich zu sein, mehr als alle anderen, die ich kenne. Und du bist verdammt mutig, viel mutiger als ich.«

»Ha, ha«, sagte sie.

»Nein, das stimmt wirklich. Du packst die Dinge an, vor

denen du Angst hast. Du traust dich an den Typen ran, der dir gefällt. Du suchst dir den schwierigsten Job, den du dir vorstellen kannst. Und ich, ich … ich hab nicht mal zugeben können, dass ich mit jemandem geredet hab.«

»Das war schon ziemlich feige.«

»Das musst du mir nicht noch mal unter die Nase reiben.«

»Aber weißt du was?«

»Hm?«

»Ich bin glücklich. Im Moment bin ich über so ziemlich alles in meinem Leben glücklich.«

»Na ja, darüber, dass ich deine Beziehung kaputtgemacht hab, ja wohl kaum.«

»Darüber bin ich hinweg. Ich meine, ja, mein Freund hat mit mir Schluss gemacht, aber das ist schon okay. Ich mochte ihn. Aber ich denk nicht, dass er meine große Liebe war oder so. Ich glaube einfach, dass da draußen noch jemand auf mich wartet, der mich richtig versteht, weißt du? Wie du es tust. Und das wäre Greg nie gewesen.« Sie lachte. »Er versteht ja nicht mal den Unterschied zwischen Kettenisomeren und Stellungsisomeren.«

»Um ehrlich zu sein«, sagte ich, »den hab ich auch nie ganz verstanden.«

Auf dem Rasen hüpften ein paar Rotkardinäle herum und machten einander schöne Augen, zwei knallrote Männchen und ein unscheinbar braunes Weibchen, denn so läuft das bei den Vögeln – die Männchen müssen die ganze sexuelle Arbeit leisten und die Weibchen erscheinen einfach auf der Bildfläche und suchen sich einen aus.

»Übrigens«, sagte Bethany. »Ich hab was für dich.«

Wir gingen in ihr Zimmer und Bethany öffnete die kleine

Kiste auf ihrem Schreibtisch, in der sie all ihre kleinen sentimentalen Schätze aufbewahrt: eine Kette von ihrer Urgroßmutter, ein paar blaue Bänder aus dem Sommerschwimmclub in der Mittelstufe, eine Handvoll Armkettchen mit Anhängern wie Ponys und Cupcakes und mathematischen Symbolen. Ihre Radieschen-Ohrhänger, die sie sich extra für unsere gemeinsame Halloween-Verkleidung gekauft hatte – wir waren als Hermione Granger und Luna Lovegood gegangen, und die Kostüme waren so gut angekommen, dass wir sie drei Jahre hintereinander getragen hatten, bis unsere Umhänge zu kurz geworden waren, und bis dahin waren wir ohnehin zu alt geworden, um an Halloween von Haus zu Haus zu ziehen.

Ganz unten in der Kiste lag ein zusammengefaltetes Blatt Papier. Bethany holte es heraus und sagte: »Das habe ich an dem Tag gemalt, als wir uns kennengelernt haben.« Sie reichte mir den Zettel.

Ich faltete das Papier auseinander. Es war eine Buntstiftzeichnung: zwei Ponys mit menschlichen Gesichtern und einem Regenbogen zwischen ihnen. Eins war blau und eins war pink, und darunter hatte Bethany geschrieben: *Ich und Aphra*. Wir standen auf kleinen Wolken und beide lächelten wir.

Ich betrachtete das Bild und suchte nach irgendeinem Hinweis darauf, dass Bethany hübsch war und ich nicht, aber da war kein Unterschied. Wir hatten beide zwei Augen, einen Mund wie eine Scheibe Wassermelone und überhaupt keine Nase.

»Was siehst du?«, fragte ich. »Wenn du mich anguckst?«

Sie strich mir eine lose Haarsträhne hinter das Ohr. »Ich sehe meine Freundin.«

»Nein«, beharrte ich. »Nein, komm schon. Sag es einfach.«

»Was möchtest du denn von mir hören? Dass ich denke, dass du hässlich bist? Das denke ich nicht. Das sehe ich nicht.«

Ich stieß einen tiefen, schwermütigen Seufzer aus. Ich bemühte mich ja zu glauben, was Dr. Pascal immer sagte – dass ich nicht mit Hässlichkeit gestraft war, sondern mit einem kaputten Spiegel. Aber es war schwer. *Und der kaputte Spiegel,* dachte ich, *ist eben nicht nur meiner.* »Bitte«, sagte ich leise, aber ob es ein sarkastisches *bitte* war oder eine aufrichtige Bitte – *Bitte hilf mir, dieses Gefühl loszuwerden* –, das wusste ich auch nicht so recht.

Ich malte mir eine andere Art Märchen aus, anders als jene, die ich gelesen hatte, kein hässliches Entlein oder die Schöne und das Biest. Eine Geschichte, in der die Prinzessin entscheiden kann: schön zu *sein* oder sich schön zu *fühlen.* Ich glaube, wenn ich diese Wahl hätte, würde ich mich für die gefühlte Schönheit entscheiden.

»Ich mag dein Aussehen. Weil du einfach so aussiehst wie meine Freundin«, sagte Bethany und gab mir einen Kuss auf die Stirn.

Ich legte die Arme um sie und vergrub mein Gesicht an ihrer Schulter. »Ich liebe dich«, sagte ich, und in diesem Moment *spürte* ich das ganz und gar – es war viel mehr als nur Worte. Wäre die achtjährige Bethany mit ihrem Sinn für Albernheit und ihrem großen Herzen nicht gewesen, die mich genauso liebte, wie ich war, dann wäre aus mir eine andere geworden.

Ich fragte mich, was ich dann jetzt für ein Mensch wäre, ob ich dasselbe Temperament und dieselbe große Klappe hätte oder ob ich zu einer kleineren, blasseren Ausgabe meiner selbst zusammengeschrumpft wäre.

Ich wusste nicht, was für eine Art Liebe das war. Ich hatte sie nicht verdient. Ich hatte nichts dafür getan. Sie war so groß und so viel und so viele Dinge auf einmal, als reichte ein einziges Wort dafür nicht aus. Ich konnte diese Art Liebe nicht definieren oder mit einem Etikett versehen oder sie einkreisen. Es war einfach da, dieses große, wunderbare Gefühl. Ich wusste nur, was für ein riesiges Glück ich hatte, dass das Universum Bethany Newman geschaffen hatte und uns zur selben Zeit an denselben Ort geschickt hatte.

»Du meinst wohl: Ich *philia* dich«, korrigierte mich Bethany.

»Nein«, sagte ich. »Ich liebe dich.«

Dank

Es gibt immer eine Menge Leute, denen man als Autorin zu danken hat für die Unterstützung, die sie einem beim Schreiben gewähren, und noch mehr sind es, wenn die Figuren in dem Buch Sprachen sprechen, die man selbst nicht kann, und einen Sport ausüben, von dem man keine Ahnung hat.

Jede Menge Dank (und philia!) geht an: das professionelle Universalgenie, meine Agentin Hanna Bowman, die sagte: »Ich würde mich so über eine heutige Cyrano-Geschichte freuen!«, obwohl selbst ich noch nicht genau wusste, worum es darin gehen würde. Meine unerschütterliche Lektorin Katherine Harrison, die mit der Arbeit an diesem Buch begann, als es gerade mal ein paar Kapitel davon gab, und mit mir nun schon an drei Büchern gearbeitet hat, was wirklich eine Leistung ist. All die großartigen Leute bei KBFYR: Jake Eldred, Melanie Nolan, Artie Bennett, Angela Carlino, Diane Joao, Alison Kolani und Colleen Fellingham – danke, dass ihr dieses Projekt in die Welt hinausgebracht habt. Hilary Wilkenfeld und Spencer Kolssak, die ich mit Fragen über Ruderteams überschüttet habe, während ich an der ersten Fassung saß, und Sarah Prineas, die mich geduldig auf all die Fehler hingewiesen hat, die ich gemacht habe, und mir half, sie auszubügeln. Alle Fehler oder Ungenauigkeiten in dem Buch gehen allein auf meine Kappe. Kate Hattemer, die mal wieder ihre Latein-Expertise beigesteuert hat, Susan Brown für das Gegenlesen der spanischen Ausdrücke und Dr. Farhad Safi und Julia Kodysh, die dafür gesorgt haben, dass Greg wirklich Russisch spricht. Mein Vater, der mir erlaubt hat, mir seine Dissertation für Gordon Brown auszuleihen, und der selbst eine wirklich gute Vorlesung über die Schlacht von Hastings gehalten hat. Meine Mutter, die sagt, dies sei ihr Lieblingsbuch, und beim Lesen prusten musste. Und natürlich meinen Mann und meine Kinder – ich hoffe, ihr werdet immer von Menschen umgeben sein, die euch lieben, so wie ihr seid. Ich tue es auf jeden Fall.

Autorin

Ariel Kaplan begann ihr Leben als unperfektes Baby, entwickelte sich weiter zu einem unperfekten Kind und ist nun eine nach wie vor unperfekte Erwachsene, obwohl sie manchmal perfekte Schoko-Cupcakes hinbekommt (der Trick ist, die Eier wegzulassen, die den Schokogeschmack verändern). Sie lebt mit ihrer Familie in Virginia, wo sie ständig an neuen Büchern arbeitet.

Übersetzerin

Mareike Weber studierte Literatur- und Verlagswissenschaften in Bamberg, Edinburgh und Stirling. Für Verlage auf beiden Seiten des Kanals hat sie zahlreiche Bücher begutachtet, vermittelt und übersetzt. Ihre besondere Leidenschaft gehört dabei schon immer der Literatur für junge Leser. Inzwischen lebt Mareike Weber mit ihrer Familie in Schottland und übersetzt englische Kinder- und Jugendbücher.

Mehr über cbj auf Instagram unter @hey_reader

Leslie Margolis

Einmal Sommer und zurück

256 Seiten, ISBN 978-3-570-31101-1

Der Plan: Diese Sommerferien sollen für Katie und ihre beste Freundin Melody die besten aller Zeiten werden. Fakt: Am Ende der Ferien reden die beiden kein Wort mehr miteinander und sind höllisch eifersüchtig aufeinander. Warum: Natürlich wegen eines Jungen! Und weil keine damit glücklich ist, wünschen sie sich nichts mehr, als den Sommer noch mal zu erleben, in der Haut der anderen. Und so haben die beiden auf einmal einen nagelneuen Sommer vor der Nase. Ob nun ihr Plan wohl doch noch aufgeht?

30449

www.cbj-verlag.de